晚明小品文
审美嬗变研究

张 啸 著

人民出版社

目　录

前　言

　　本书立足于晚明小品文的创作实绩与创作实践，从作品内容、创作手法和艺术风格的梳理，延伸至对作品中涵盖的晚明审美风尚、文学思潮等时代特质的分析与挖掘。综合采用多种研究方法与视角，以尝试探讨晚明转型时期的社会风貌与文学创作的双向互动关系；再现晚明小品文的发展和演变历程。本书所述的晚明时期为嘉靖元年至崇祯朝结束的一百余年时间。这一时期的小品文创作呈现出不同以往的新面貌，主要涉及的作家有公安派袁宗道、袁宏道、袁中道，竟陵派的钟惺、谭元春、刘侗，以及祁彪佳、汤显祖、冯梦龙和张岱等人。

　　本书所论及的小品文特指由晚明时期作家创作的，除诗、词、歌、赋等文体和公务文书之外的，篇幅较短、形式和内容较为丰富，着重表达作者个性化情感体验的文学作品，包括游记、信函、文论、尺牍、序跋、传记、祭文、偈、赞、铭文、杂文和读后感等多种文学样式。通过对晚明小品文相关文本及创作实践的研究，分析和探求晚明小品文在创作实践中存在的审美嬗变问题，从审美嬗变这一角度实现对晚明小品文创作的再度梳理和总结，并将其放置在晚明乃至文学史发展的脉络中进行整体性的考量，注重于对晚明小品文审美独特性的观测以及归因，并探求晚明小品文对后世文学创作的深层次影响，以期对晚明的小品文创作有一个全面的把握和评价。

　　本书对晚明小品文的相关作品进行全景式梳理，选取不同时期的代表性作家和作品进行详尽地分析和解读。综合运用文学审美等有关理论着重探究晚明社会转型时期独具特色的社会环境和人文环境对晚明小品文的创作所起到的独特作用。在此基础上，探讨文学创作与社会思潮的双向作用关系。本书以创作审美转型的研究视野为背景，充分展示晚明小品文创作在散文发展中的重要作用，及其在中国文学史中的文化价值，有助于丰富、拓展散文研究的内涵与外延，对于推进中国古代文学研究的理论建构具有积极的、尝试性的理论意义与现实意义。

绪　　论

文学史常言"一代有一代之文学"，如汉之赋、唐之诗、宋之词、元之曲、明清之小说。在明清小说之外，晚明小品文以其独具特色的审美体验和优美闲适的表达方式，成为中国文学史上不容忽视的一种文学样式。小品文在晚明时期完成了创作上的审美嬗变，形成了艺术创作的高峰，小品文文体在这一时期逐步走向成熟和繁荣，内容更加丰富、创作群体日益扩大，出现了众多优秀的作品。从审美嬗变的角度研究晚明小品文创作的相关情况，对其代表性作品进行有意义的文本分析与学术探讨，从而发现晚明小品文创作呈现出的新变化并分析这些变化出现的原因，可以彰显晚明小品文创作的文学史意义及其对后世文学创作的影响。

一、研究对象概述

"小品文"亦称作"小品"，是散文的主要形式之一。其中"品"字最初的含义为"众多"，东汉许慎在《说文解字》中对"品"的定义为"品，众庶也"①。《后汉书》中"品庶以陛下为父"的"品"即为此义。后来，"品"引申指"事物的种类"，如王羲之在《兰亭集序》中所言"仰观宇宙之大，俯察品类之盛"。在这一含义的基础上又进一步引申而来"事物的等级高低

---

① （东汉）许慎：《说文解字》，岳麓书社 2006 年版，第 48 页。

与质地好坏"这一义项，例如，我们所熟知的魏晋时期重要的选官制度"九品中正制"，再如古代通行的以"品"论官职的高低等皆为此义。除此之外，"品"也引申做动词使用，如"品读""品鉴"等，意为鉴别事物的类别与好坏。

依据学界目前的研究资料可知，"小品"一词始见于佛经，最早出现于南北朝时期。当时佛家称详本的佛经类著作为"大品"，简本的佛经则为"小品"，这可视为"小品"与文学相联系的开始。南朝宋刘义庆所著《世说新语》中就曾提及"殷中军读《小品》，下二百签，皆是精微，世之幽滞。尝欲与支道林辩之，竟不得。今《小品》犹存。"① 南朝梁代刘孝标这样注释道："《释氏辩空经》，有详者焉，有略者焉，详者为《大品》，略者为《小品》。"② 由此可见，"小品"一词最早为佛家用语，是与"大品"相对而言的专用概念。与大品佛经相比，小品佛经篇幅短小，更易理解诵读，且更具趣味性，因而受到人们的喜爱。

"小品"一词运用于文学领域可追溯至明代中期。明嘉靖三十三年（1554 年），田艺蘅选编前人有关茶与水的诗文而成《煮泉小品》一书，被视为小品文的肇始。后人研究认为这里的"小品"应为动词，意为"品鉴与回味"，并不等同于"小品文"之意。明万历三十九年（1611 年），王纳谏选择宋代苏轼的短篇文学作品整理而成《苏长公小品》一书，从而赋予"小品"以文学概念。至此，"小品"作为一种特殊的文体开始出现在中国古代文学作品之列。

"小品文"这一名称的正式使用应追溯到民国初期，特指篇幅较短的抒情散文。林语堂于 1932 年 9 月创办的半月刊《论语》是最早刊登小品文的杂志。从 20 世纪 30 年代开始，文学界涌现出鲁迅、周作人、郁达夫、李素伯、废名、梁实秋等诸多小品文作家，小品文从而盛极一时。其中，周作人的小品文注重在闲谈中开掘幽默和智慧的人生理趣，代表作有《吃茶》《谈

---

① （南朝·宋）刘义庆著，刘孝标注：《世说新语》，中华书局 2015 年版，第 252 页。

② （南朝·宋）刘义庆著，刘孝标注：《世说新语》，中华书局 2015 年版，第 252 页。

酒》《乌篷船》等；郁达夫在自己的山水游记小品中对大自然的一草一木充满至真至诚的关切；李素伯的小品文则崇尚自然随性，写出了《观万流亭之夜》《春的旅人》等名篇。除此之外，朱自清、徐志摩和林语堂等人也均有大量的小品文作品。这些小品文作家以其丰厚的创作实绩推动了小品文的创作，也促进了小品文的研究。

　　对于小品文这一概念，学界至今尚未形成统一的定义。早在 20 世纪 30 年代小品文盛行的时期，不少人就开始尝试对小品文进行某种界定。如鲁迅在《杂谈小品文》一文中就曾这样定义："讲小道理，或没道理，而又不是长篇的，才可谓之小品"①；王力在《谈谈小品文》中也曾说道："小品文是篇幅短小、形式活泼、内容多样化的一种杂文。"② 这些定义均对小品文的篇幅有着特定的要求。夏衍的《谈小品文》则认为"具有幽默才能和文艺素养的战斗性的社会论文"③ 才可谓之小品；钱歌川在《我们所要读的小品文》中也有类似的定义，认为小品文应该"刻画我们的社会，描写我们的生活，反映我们的现在，暗示我们的将来之一种富于同情、含有批判的文字"④；傅德岷说"辑录逸闻轶事，描写世风民俗，具有讽喻性"⑤ 的文章才是小品文。以上观点侧重于小品文独特的社会功用。除此之外，还有观点认为小品文应广泛存在于各种体式的散文作品中，不必刻意划分，如 20 世纪 30 年代初期的散文作家刘思慕在《小品文的一种看法》一文中，便认为"小品文是文学中的简便的形式"⑥。

　　概观以上形成于 20 世纪 30 年代对于小品文的各种观点，我们不难看出当时的文艺界对小品文给予了极大的关注，并从不同角度对小品文进行概念

---

① 鲁迅：《鲁迅全集》第七卷，人民文学出版社 2005 年版，第 431 页。

② 王了一：《谈谈小品文》，《文艺研究》1982 年第 1 期。

③ 夏衍：《谈小品文》，《人民日报》1954 年 5 月 16 日。

④ 钱歌川：《我们所要读的小品文》，陈望道编：《小品文和漫画》，上海书店 1981 年版，第 117 页。

⑤ 傅德岷：《散文艺术论》，重庆出版社 2006 年版，第 70 页。

⑥ 小默（刘思慕）：《小品文的一种看法》，陈望道编：《小品文和漫画》，上海书店 1981 年版，第 102 页。

上的区别和划分，虽然没能形成统一的定义，但对后世小品文的发展和研究提供了极为有价值的参考和借鉴。

总结这些形成于当代的小品文定义，可以看出当下学界对小品文有如下认知：其一，小品文属于散文这一文学体裁中的一个分支；其二，小品文一般篇幅短小、形式多样；其三，从内容上来看，小品文涉猎广泛，多关注社会现实和作者自身的生活境况，具有现实性和思想性；其四，从审美情趣来看，小品文一般具有讲求轻松、幽默、闲适等特点。

需要注意的是，这一源于现当代文学领域的小品文概念虽然较为清晰地描述了小品文的主要特征，但并不完全适用于中国古代小品文的研究。仅从篇幅来看，欧明俊在他的《论晚明人的"小品"观》中就提出了异议。他认为，古代文学中"小品"一词中的"小"不应简单理解为作品篇幅的短小，而首先是作者身份的"小"和内容上的"小"，其次是指作品思想上、格调上的"小"①。由此可见，古代小品文是与主流文学中立意高远、文以载道的散文样式相对应的文学概念，多表现作者个性化的情感体验，并不适合单纯以篇幅而论。就审美情趣而言，古代文学中的小品文也并不局限于轻松、幽默、闲适的标准。许多古代小品文的名篇多为作者抑郁、发愤之作，作品通篇或充满哀伤、或饱含愁苦、或洋溢着愤激之情，这些情感均不具有"轻松、幽默、闲适"的审美特征，但却都是作者真实的情感流露，带给读者以独特而真切的审美体验，这也并不违背"小品"之"品"的初衷。正如吴承学在《晚明小品研究》一书中所言："'小品'是一个颇为模糊的文体概念，要为'小品'下一个准确定义，恐非易事。"②

本书意在通过对晚明小品文相关文本及创作实践的研究，达到分析和探求晚明小品文在创作实践中存在的审美嬗变问题，需要整理和发掘能够带有晚明时期独特审美价值和创作特征的小品文作品。鉴于此，本书所论及的小品文特指由晚明时期作家创作的，除诗、词、歌、赋等文体和公务文书之

---

① 参见欧明俊：《论晚明人的"小品"观》，《文学遗产》1999 年第 5 期。
② 吴承学：《晚明小品研究》（修订本），北京大学出版社 2017 年版，第 5 页。

外的，篇幅较短、形式和内容较为丰富，着重表达作者个性化情感体验的文学作品，包括游记、信函、文论、尺牍、序跋、传记、祭文、偈、赞、铭文、杂文和读后感等多种文学样式。

通常而言，事物的发展总要经历一个由低级到高级，最终走向成熟和定型的缓慢发展历程。同其他文学样式一样，小品文的发展也经历了初始、发展、鼎盛和衰落的阶段。不同阶段的小品文创作有着代表性的作家和作品，也呈现着独特的创作风格和特征。

（一）小品文的初始阶段

小品文的发端可以追溯到先秦时代，在这一时期的诸子散文和历史散文中，我们可以看到中国古代小品文的雏形。钱穆《中国文学中的散文小品》一文就曾提到"中国最古的散文小品，应可远溯自《论语》"①，作为中国最早的语录体散文，《论语》较为全面地记载了孔子及其弟子的言行事迹，里面有许多内容带有小品文的色彩。例如《论语·先进》中"子路、曾皙、冉有、公西华侍坐"一节，就描述了孔子与其弟子子路、曾皙、冉有、公西华等人一起聊天，询问自己学生的人生志向的场景。短短四百余字的篇幅生动描写了人物的语言、动作、心理和神态，更鲜明地表达了孔子的政治理想。全文既可以看作是一个小故事也像是一篇语言精练、文笔优美、生动有趣的哲理散文，符合小品文的审美特征。

除此之外，这一时期的其他散文作品也多带有小品文的特质。如在以寓言说理见长的《庄子》《孟子》中，就有诸如《鲁侯养鸟》《井底之蛙》《邯郸学步》和《缘木求鱼》等充满哲理和思辨色彩的寓言故事，作者通过讲述寓言故事，生动形象地论说自己的政治见解、人生态度等，至今读来仍带给读者以人生感悟和启迪。除了上述的诸子散文之外，这一时期的历史散文也颇具小品文的审美特征。如《左传》《战国策》等传世名篇中记载了《狡兔三窟》《触龙说赵太后》《内助之贤》等历史故事，后世读者可以视为历史文

---

① 钱穆：《中国文学论丛》，生活·读书·新知三联书店 2002 年版，第 80 页。

献记载，但其中对人物的刻画、道理的论说都遵循了简约、生动的审美标准，让我们感知到古人的智慧，不失小品文的风采。

（二）小品文的发展阶段

自秦汉至明代以前可视为小品文的发展阶段。在这一时期，小品文经过长期的发展和蜕变，逐步形成了自己较为稳固的文学样式。因此，这一时期是小品文最终确立和定型的时期。在这一发展阶段，山水游记小品、人物传记小品、笔记小品乃至尺牍小品相继出现，极大地丰富了小品文的种类。也正因如此，小品文的内容和创作手法也得以极大的开掘。具体而言，主要有如下几种形式：其一，山水游记小品；其二，人物传记小品；其三，笔记小品；其四，尺牍小品。

在山水游记小品方面。魏晋时期随着玄学的兴盛，士人阶层多以寄情山水来寻求精神上的解脱和慰藉，这就催生了包括山水诗和山水游记小品在内的山水文学。山水游记类小品文典型代表当为北魏时期郦道元的《水经注》，这部地理学巨著详细记载了一千多条河流及流域间的神话传说、历史遗迹等内容，对于河流沿岸的风景描写以其形象生动而又细致入微的描绘令后人称道。唐代的柳宗元继承和发展了《水经注》中山水游记小品文的写作，他的"永州八记"因对景物的描写详尽而传神、抒发了自己独特的情感，一直被视为山水游记的典范之作。

在人物传记小品方面，陶渊明的《五柳先生传》和《晋故征西大将军长史孟府君传》以及阮籍的《大人先生传》可谓是这一题材小品文中的代表之作。其中《五柳先生传》被普遍认为是陶渊明所作带有自传性质的作品。文中作者采用白描的手法，行文简洁，着重描写了五柳先生的三大人生志趣：读书、饮酒和写作，人物形象塑造得传神、生动而又真实，表现了主人公卓然不群的高尚品格，流露出强烈的人格之美。就表达创作主体独特的审美体验而言，这些作品已经具备了人物传记小品的审美艺术风格，为后世开创了延续写作的道路。

在笔记小品文方面应首推成书于魏晋时期的两部作品，那就是晋代干宝所作《搜神记》和南朝刘义庆所作《世说新语》，这两部作品被学界普遍视为最早的笔记小品文。《搜神记》共记录故事454个，多取材于民间传说和鬼怪神异之事。这些故事均篇幅简短、文辞简约、情节紧凑而又设置精妙，借神怪传说之事影射现实社会中的某些弊端。既富于浪漫主义色彩又带有鲜明的社会现实意义，是笔记小说的奠基之作。《世说新语》则是以人物为中心的笔记小说，主要表现魏晋时期士族阶层的生活状态，虽然篇幅较为简短，但充分使用了比喻、夸张、对比等多种修辞手法，极具文学价值。其中的人物故事多成为后世经常引用和进行再创作的文学典故。

在尺牍小品方面，魏晋南北朝时期已出现了以往来书信为主要形式的尺牍小品，如萧纲的《与萧临川书》、刘峻的《重答刘秣陵沼书》和繁钦的《与魏文帝笺》等。唐宋时期尺牍小品得以进一步发展，如韩愈的《答崔立之书》《答吕医山人书》等尺牍作品，融叙事、议论和抒情于一体，情真意切；苏轼则在《与鲁直书》中表达自己对于平淡自然、通俗流畅、不事雕琢文风的追求。

除了上述的几种小品文类型之外，这一时期还有诸多其他类型的小品文不容我们忽视。如唐代韩愈《马说》、皮日休《鹿门隐书》、陆龟蒙《野庙碑》等杂论小品，观点鲜明、论述有力，多为针砭时弊之作；这一时期还出现了以文艺评论为主要内容的小品文，如严羽的《沧浪诗话》、张戒的《岁寒堂诗话》、李清照的《词论》以及张炎的《词源》，等等。另有韩愈的《殿中少监马君墓志》《祭十二郎文》，李商隐的《祭小侄女寄文》等祭文类小品文的问世。

综上所述，这一时期的小品文创作有了长足的发展和进步，作者较以往更为注重自身情感的表达，小品文的种类和样式如游记、传记、笔记、尺牍、杂论、祭文等纷纷出现，并且日臻完善趋向成熟，这为接下来小品文走向成熟和辉煌奠定了基础。

（三）小品文的鼎盛阶段

有明一代，小品文进入了鼎盛时期，其在文学史上的地位得到了众多文学创作者的认同和重视。依据这一时期的小品文发展状况，可分为前期、中期和晚期三个阶段。

明前期的小品文创作尚处于在其他文体创作的夹缝中求发展的阶段。明代初期，以唱和应景、粉饰太平见长的台阁体诗文一度成为文学创作的主流，小品文的生存空间显然有限。尽管如此，明前期的小品文仍然不乏优秀之作。如宋濂创作了《秦士录》《杜环小传》《抱瓮子传》《记李歌》《王冕传》等传记小品，这些作品情节生动，具有鲜明的人物形象。刘基在归隐之后创作了大量以寓言为题材的小品文，著有寓言集《郁离子》。清代的刘熙载在《艺概·文概》中这样评价："后世学子书者，不求诸本领，专尚难字棘句，此乃大误。欲为此体，须是神明过人，穷极精奥，斯能托寓万物，因浅见深，非光不足而强照者所可与也。唐宋以前，盖难备论，《郁离子》最为晚出，虽体不尽纯，意理颇有实用。"[①] 其中"意理颇有实用"一句精准揭示出刘基小品文的艺术特征。茶陵派的代表人物李东阳也创作出许多小品文的佳作，如《游西山记》《听雨亭记》等均有细致入微的景物描写。除此之外，高启、王祎、方孝孺、苏伯衡等人也都有小品文传世。

明朝中期的小品文创作以"前七子""后七子"和唐宋派为代表。"前七子"以"文必秦汉，诗必盛唐"的文学主张掀起了一场声势浩大的文学复古运动，这在客观上促进了小品文创作的发展。其中的代表人物均不乏小品文的上乘之作，如李梦阳的《题史痴江山雪图后》等题跋作品；何景明的《壁盗》《说琴》等幽默小品，具有语言诙谐幽默的特征；王廷相的《狮猫述》生动描绘了一只外表光鲜亮丽却害怕老鼠的"狮猫"，借猫喻人、引人深思。"后七子"继承和发展了"前七子"的文学主张，从而把明代文学的复古浪潮推向一个新的高度。其中的李攀龙、王世贞、宗臣等人均擅长小品文的写作。李攀龙的《与刘希皋》《与宗子相》《与赵仲鸣》《报郑永侯》《报子子长》《与吴思睿》等尺牍小品语言流畅，具有平和之美，注重表达自己内心的感受；王世贞的小品文不事雕琢、独具平淡，讲求表达真实自我，其游记小品

---

① （清）刘熙载：《艺概》，上海古籍出版社 1978 年版，第 36 页。

《游张公洞记》记述了游历过程，并描写了洞中的景观，文章显得妙趣横生；其祭文《哭亡妹王氏文》《祭宗子相文》等很好地表达了自己的哀悼之情，真挚感人；其人物传记小品《李于鳞先生传》《许长公小传》等塑造人物生动传神，宛在眼前。宗臣的《报刘一丈书》历来被视为"后七子"小品文的优秀代表，这一书信体小品文运用多种描写手法，辛辣嘲讽了权奸严嵩，揭露出当时官场的黑暗一面，独具形象性和讽刺性。唐宋派则倡导文章的直抒胸臆和本色书写，抒发作者内心的真实情感，其代表人物归有光即是小品文写作的大家。归有光的小品文善于融记叙与抒情于一炉，如我们熟知的《项脊轩志》《先妣事略》等，这些作品均语言平实自然、感情真挚，于平淡的叙述间寻求最动人的表达方式。

小品文创作到了明代后期终于迎来了自己的辉煌时期。晚明著名的文学流派公安派、竟陵派等相继出现，带动了小品文创作的进一步发展。这一时期的小品文创作表现出明显的自我意识和个性色彩，小品文开始从其他文体中逐步脱颖而出，成为一种独立的文体。李贽被认为是晚明小品文创作的先驱，他提出的"童心说"对这一时期的小品文写作有着深远的影响，其本人的小品文创作也具有文风犀利、思想深刻的特征。以三袁为代表的公安派大力倡导"性灵说"，注重小品文的个性化写作，具有不拘俗套、求新求变、独抒性灵的艺术特点，其中袁宏道的小品文写作成就最高：其尺牍小品现存280余篇，长短不一，内容丰富，语言多清新俊逸，洋溢着才情；其游记小品注重对自然景物的细致描摹，凸显自然趣味，以求情景交融之美。其人物传记小品多反映普通人的寻常琐事，塑造的人物形象个性鲜明、神采毕现。以钟惺、谭元春为代表的竟陵派是稍晚于公安派出现的一个重要文学流派，倡导"幽深孤峭"的独特审美风格，在当时有着重要的影响。其中钟惺的小品文讲求作品的构思和立意，于平淡中见真情；谭元春的游记小品重在对景物的精准描绘，别具特色。张岱被学界誉为晚明小品文的集大成者，他注重吸收和借鉴前人小品文写作的经验，同时匡正小品文发展中的弊病，使小品文的艺术成就走向高峰，代表作《西湖七月半》突出表现了他描绘细致、独具匠心，寓深刻说理于寻常描绘的艺术特色。

（四）小品文的衰落阶段

进入清代之后，随着文学发展潮流的逐步推进，主流文学审美标准发生了明显的变化。以桐城派为代表的主流文学流派开始大力倡导"师古"，批驳晚明小品文缺乏古文的义法，之后的林纾等人也对晚明小品文持否定态度。这使得小品文从清代开始逐步呈现出了衰微之势。

尽管如此，小品文作为一种独特的文学样式不可能完全消逝，仍然在文学的百花园中倔强地生存。在清代仍有部分文人坚守着小品文的阵地，代表人物有侯方域、魏禧和袁枚等。侯方域的传记小品文独具特色，主要反映社会中的底层人物生活和性格特点，如《李姬传》《马伶传》等，着重表现这些底层民众的美好品德；魏禧的传记小品文多彰显忠良之士的高尚情操，如《大铁椎传》《高士汪沨传》等；袁枚在小品文创作中继承了公安派的"性灵说"，主张反映作者真实的情感，如《祭妹文》，情感真实、催人泪下；《黄生借书说》融记叙议论为一体、论说充分有力；《峡江寺飞泉亭记》《游桂林诸山记》等游记小品均注重对景物进行细致描绘，显得清新自然。这些作品都生动地显示出小品文的强大生命力。

二、晚明小品文的研究现状

本书研究的主要对象是晚明时期的小品文创作。从历史学角度而言，"晚明"指嘉靖至明朝灭亡这一历史时期。从文学史的角度而言，目前学界存有两种不同的观点：一种观点以嘉靖元年之前为明前期，以嘉靖至万历为中期，以天启至崇祯为后期；另一种观点以成化元年以前为明前期，以成化至正德为中期，以嘉靖元年以后为晚明时期。综合明代社会历史发展的特点以及明代文学的演变规律，为准确而完整地概括分析晚明小品文的发展状况，本书所述的晚明时期为嘉靖元年至崇祯朝结束的一百余年时间。这一时期的小品文创作呈现出不同以往的新面貌，主要的作家有公安三袁、竟陵派的钟惺、谭元春、刘侗，以及祁彪佳、汤显祖、冯梦龙和张岱等人。

前文已经对小品文的发展历程作了简要地梳理和回顾，小品文这一源于古代散文而产生的文学样式在魏晋南北朝阶段已经进入了创作的自觉时期，经过漫长的发展阶段之后终于在明朝中后期迎来了创作的顶峰，之后趋向衰落。这一特殊的发展历程使得学术界对小品文的关注也呈现出不一样的态势。早在 20 世纪初期，学术界对小品文的评价就呈现出明显的差别：致力于小品文写作的周作人、林语堂、郁达夫等人对晚明小品给予了极高的评价，将其视为中国新文学的源头；而鲁迅等人则认为晚明小品过于"闲适"，由此产生了针锋相对的文艺论争。这一时期也有其他一些关于小品文研究的成果，如李素伯的《小品文研究》、阿英的《语体小品文作法》、石苇的《小品文讲话》、洪一尘的《小品文十讲》和冯三昧的《小品文作法》等，这些著作对小品文的文体和写作特点作了概括和总结，但多关注于"五四"以来的小品文写作，并没有涉及古代文学中的小品文领域。

在新中国成立以来的相当长一段时间内，小品文在古代文学研究领域没有得到应有的重视。这一时期众多的古代文学史和文学批评史著作中没有对小品文进行专门论述和研究，更多的是在论及某个作家如苏轼、归有光、袁宏道、张岱时顺便提及，并没有对小品文作为一个单独的文体进行专门分析和介绍。

陈书良、郑宪春在1991年出版的《中国小品文史》①被学术界普遍认为是第一部中国古代小品文史，该部著作对小品文的概念、文体特征、发展脉络进行了全面的阐述，并分析了大量的作家作品，对后世研究小品文提供了大量资料。21 世纪以来，国内学术界对小品文的研究明显增多，出现了诸多有分量的学术专著。如赵伯陶的《明清小品：个性天趣的显现》②对明清时期小品文的"个性天趣"特征进行梳理总结，在对相关作品分析的基础上认为明清小品具有士林文化与市民文化的双重品格，并受到了老庄禅悦之风

---

① 陈书良、郑宪春：《中国小品文史》，湖南出版社 1991 年版。

② 赵伯陶：《明清小品：个性天趣的显现》，广西师范大学出版社 1999 年版。

的深刻影响。吴承学的《晚明小品研究》① 对晚明之时的小品文按照创作主
体、作品题材、文体结构进行分门别类地梳理，继而从社会文化心态、文体
创造、文学接受等角度对晚明时期的小品文创作情况进行了宏观的把握。尹
恭弘的《小品高潮与晚明文化：晚明小品七十三家评述》② 收录了徐渭、陆树
声、高濂等晚明时期的十三位小品名家的代表性作品，并从创作风格、思想
内涵等方面进行了综合性的评述。罗筠筠的《灵与趣的意境：晚明小品文美
学研究》③ 以晚明小品文为主要的研究资料，考察晚明时期社会审美风尚的
整体特征，并对文学创作与社会文化精神的关系加以剖析。周荷初的《晚明
小品与现代散文》④ 通过具体的作家与文本个案阐述了晚明小品与现代散文
创作的区别与联系。上述几部学术专著均对晚明时期相关的作家作品进行了
较为细致的梳理和阐释，从文学史的角度对晚明小品文的创作进行了新的认
知与定位，为后人的持续研究奠定了丰厚的基础。

　　就近十年的学术论文情况而言，学界对晚明小品文的研究多集中于如
下领域。其一，在整体研究方面。首先将晚明小品文置于整个文学史发展进
程中考量其独特的文学史意义。如妥建清的《绮丽审美风格与晚明文学现代
性——以晚明小品文为考察中心》⑤ 认为晚明小品文在承续南朝文学的颓废
审美风格的同时又具有新的文学创作特质，表现出审美文化中人与文的觉
醒，从而具有了一定的现代意义。其次是基于个人视角的系统观照。如何
宗美《〈四库全书总目〉的小品批评——以明代子部提要为中心》⑥，从文学
批评发展史的角度对《四库全书总目》的小品批评进行了归纳和总结，认
为《四库全书总目》中有关小品文风的归纳方法虽有纰漏，但其中对于文学

---

①　吴承学：《晚明小品研究（修订本）》，北京大学出版社 2017 年版。

②　尹恭弘：《小品高潮与晚明文化：晚明小品七十三家评述》，华文出版社 2001 年版。

③　罗筠筠：《灵与趣的意境：晚明小品文美学研究》，社会科学文献出版社 2001 年版。

④　周荷初：《晚明小品与现代散文》，湖南人民出版社 2004 年版。

⑤　妥建清：《绮丽审美风格与晚明文学现代性——以晚明小品文为考察中心》，《中州学刊》
2018 年第 6 期。

⑥　何宗美：《〈四库全书总目〉的小品批评——以明代子部提要为中心》，《文学评论》2019
年第 5 期。

风格批评方法的运用与丰富值得后世关注。吕贤平《从晚明小品文的"一点觉醒"到〈儒林外史〉的文化省思》①认为小品文的问世标志着晚明文人开始出现一点觉醒的意识，《儒林外史》中对士人阶层在文化专制制度下出现的精神萎靡及由此引发的文化危机做出反思，是继承并发展晚明小品文精神的体现。其二，在局部研究方面。首先是作家作品个案研究。如刘尊举的《真我·破体·摆落姿态：徐渭散文的文体创格》②，通过对徐渭小品文创作的"破体"现象以及独存"本色"的风格特征进行归纳，论述了徐渭的小品文创作在明代中后期散文文体演变中发挥的重要作用。其次是文体研究。如沈揆昊的《晚明小品文和正祖的文体反正》③论述了晚明小品文流传至朝鲜以后，出现了朝鲜士大夫阶层争相模仿的创作潮流。正祖用文体反正式的方法来进行潮流纠偏，以期达到重整道统和文统的目的。陈鹭的《文体的传承与流变——以晚明小品和中国现代散文为例》④一文通过梳理晚明至现代这一时段小品文的发展历程，对小品文的审美特质和创作规律进行了重新确认，论述小品文对现代散文的形成与发展有着理论价值和现实意义。

　　通过上述梳理可知，目前学界对晚明小品文的研究呈现出方兴未艾的发展态势。多位学者已对小品文的文学价值给予了充分关注，并取得了较为深入的研究成果。这些学术成果从文本特征、作品题材、创作主体、审美风格等诸多方面对晚明时代的小品文创作进行了深入而细致的观照，得出富有新意的结论，对晚明小品文的研究有着十分重要的意义。但不容忽视的是，目前针对这一领域的研究还没有做到完全深入。主要表现在如下几方面：其一，对于晚明小品文呈现出的独特审美价值还缺乏系统的梳理；其二，尚未实现对于晚明小品文审美转型的文学史观照；其三，关于晚明小品文对后世

---

① 吕贤平：《从晚明小品文的"一点觉醒"到〈儒林外史〉的文化省思》，《福州大学学报》（哲学社会科学版）2017 年第 4 期。

② 刘尊举：《真我·破体·摆落姿态：徐渭散文的文体创格》，《文学遗产》2019 年第 1 期。

③ 沈揆昊：《晚明小品文和正祖的文体反正》，《扬州大学学报》（人文社会科学版）2016 年第 1 期。

④ 陈鹭：《文体的传承与流变——以晚明小品和中国现代散文为例》，《安徽理工大学学报》（哲学社会科学版）2017 年第 2 期。

散文写作产生的深远影响有待进一步思考。鉴于此，本书将研究的对象选定在晚明小品文审美嬗变这一范畴，意在从审美嬗变这一角度实现对晚明小品文创作的再度梳理和总结，并将其放置在晚明乃至文学史发展的脉络中进行整体性的考量，注重于对晚明小品文审美独特性的观测以及归因，并探求晚明小品文对后世文学创作的深层次影响，以期对晚明的小品文创作有一个全面的把握和评价。

三、散文与小品文关系探讨

前文已对小品文的定义进行了梳理和归纳，但若要进行小品文的研究则必须厘清小品文与散文之间的历史关系。对于散文与小品文两者的关系，学界一直存有不同的声音。通常意义上，人们将小品文视为散文中的一种形式，但为何要从散文中独立出"小品文"这一概念则值得我们进行深入思考。

在思考小品文的独立概念之前，首先应明确散文的概念。现代的散文概念较为明确，指独立于小说、诗歌、戏剧之外的文体形式，多用于表现创作主体自身的审美体验。但在厚重而漫长的古代文学阶段，散文的概念充满了多义性和不确定性，学界一般认为散文是中国最早出现和形成的文体形式，如郭预衡先生认为："中国散文的产生，始于文字记事。中国的文字记事，大约是从商代开始的。这时不仅有了甲骨刻辞，而且有了铜器铭文。"① 但古代的散文并不能简单理解为现代意义上的散文，应是与诗词等韵文相对应而产生的文体概念。从所包含的文体结构而言，由于古代没有完整的应用文概念，故而今天所说的序跋、文艺评论、政论文、公文、墓志铭、笔记等应用文体也归属于散文范畴之内。从文本内容而言，古代散文多长于表现当时社会的现实问题以及彰显创作主体对现实问题的态度，带有鲜明的社会公共话语体系的色彩。从文学作品的表达方式而言，古代散文多以论说性的表

---

① 郭预衡：《中国散文简史》，北京师范大学出版社 1994 年版，第 1 页。

达方式来抒发创作主体的政治见解和个人主张；多以描述性的语言来陈述历史事件和人物形象。上述的三个特征应是古代散文自先秦时期确立的写作范式，在后世的散文写作中得以很好地传承。

伴随古代散文发展延续的同时，其中的一个文体分支——小品文也应运而生。在一个相当长的历史时期内，小品文处于散文这一大的文体概念之下，创作主体并没有对其进行系统的审视和思考，此时的小品文创作多属于无目的式的自发创作。这种情况一直延续到明代中期以后，由于创作观念的变革，当时的创作主体开始重新思考文学的审美属性和审美表达。在这种观念的召唤之下，小品文的创作进入黄金时期：有大量从事小品文写作的文人以群体的姿态出现，有众多带有独特审美情致的小品文作品传世。至此，小品文作家终于以成熟的作品将这种独特的文体固定在文学发展史上。具体而言，小品文相对于传统意义上的散文有着如下几方面的新变化。

其一，在表达方式上由重说理转为重抒情。

中国散文重说理的倾向是早在先秦时代就已经形成的写作传统。如成书于周代的《尚书》是公认的我国最早的一部历史文献汇编，记录了大量的历史事件和政治文献，其中就存有大量的说理性语言。如在《盘庚上》一篇中，详尽记述了盘庚为迁都而对臣民进行劝说的过程。整篇文章基本由盘庚的话语组成，盘庚为了说服身边的臣子用了大量的论说性语言，譬如在向民众表示迁都是自己经过深思熟虑的决定时，盘庚说道："若网在纲，有条而不紊；若农服田，力穑乃亦有秋。"[①] 连用"若网在纲""若农服田"几个比喻句进行道理的阐释；在告诫身边臣子不要向百姓散布于国不利的传言时说道："若火之燎于原，不可向迩，其犹可扑灭。"[②] 用燎原的烈火形象比喻民众发生变乱的危害。继而又引用迟任的话"人惟求旧，器非求旧，惟新。"[③] 来表达自己对臣子的倚重之情。通篇使用了比喻、引言等多种论述方式来阐述自己的观点，是一篇结构完整、创作成熟的论说文。先秦之时的其他散文

---

① 王世舜、王翠叶译注：《尚书》，中华书局 2012 年版，第 106 页。
② 王世舜、王翠叶译注：《尚书》，中华书局 2012 年版，第 107 页。
③ 王世舜、王翠叶译注：《尚书》，中华书局 2012 年版，第 108 页。

类作品也大都呈现出类似特征。两汉之时的史传体文学所记录的人物对话中也多出现说理性的语言表达。唐宋之时散文创作中的说理与论述技法以达到炉火纯青的程度，出现了大量创世名作。

明中期以来的小品文创作继承和保留了先前散文的说理表达手法，但此时的说理是为了完成创作主体个性化的情感表达，故而文章中显现出较多的理趣。晚明钟惺的《夏梅说》就是一篇充满理趣的小品文。文章延续了文人吟咏的常见主题——梅花作为主要的描写对象，但别出心裁地将关注点设定在夏季之时。作者认为目前还没有在无花之时咏梅，这算是开一个先例。为了阐明与友人在无梅花季节唱和夏梅诗、画夏梅图的用意，钟惺巧妙地借用了天气的冷热来阐明世人在赏梅、咏梅上的"冷"与"热"，最后再进一步升华情感，表达自己对当时趋炎附势世风的感慨："夫世固有处极冷之时之地，而名实之权在焉。巧者乘间赴之，有名实之得，而又无赴热之讥。此趋梅于冬春冰雪者之人也，乃真附热者也。"① 这是一篇典型的托物言志类小品文，文章既有着传统散文层层递进式的说理技法，又通过新颖别致的观察视角完成创作主体独特情感的抒发。咏夏梅体正现出作者钟惺的文人之思。《夏梅说》由赏梅、咏梅、画梅最终落笔至晚明的朝政大纲、世俗社会，可谓是寓意深厚。文章详细论述了"处极冷之地"而"名实之权在焉"② 的社会现实，对于趋炎附势的小人描写得淋漓尽致，巧借夏梅抒发自己对社会现实的抨击之情和对人生的透彻感悟。此文也不难看到翻新出奇的特点。《夏梅说》以时令的冷热之感与世态的炎凉变化来进行深度融合，不但让文章生动起来，也更加具有批判性。冬春时节，雅俗争赴，而到了夏秋季节，则是无人欣赏，落寞异常。整篇作品旧中翻新，平中出奇，堪称经典的论物之文。

其二，写作视角由公共立场转为个人视角。

早在先秦，以诸子百家散文为代表的传统散文写作就已经确立起公共立场的写作视角。如被儒家奉为经典的《论语》，这部由孔子的弟子及再传

---

① （明）钟惺著，李先耕、崔重庆标校：《隐秀轩集》，上海古籍出版社2017年版，第675页。

② （明）钟惺著，李先耕、崔重庆标校：《隐秀轩集》，上海古籍出版社2017年版，第675页。

弟子完成的语录体散文详细记录了孔子的言行。在《论语》中，孔子用一句句简短的语言构筑起"仁"的学说。孔子所倡导的"仁"首先关乎于社会秩序，所谓"仁者爱人"，"己所不欲，勿施于人"，尊重和认可人在社会中的地位和价值，以更宽广的胸襟来包容别人。"仁"还关注于恢复和尊崇公理，所谓"克己复礼为仁"，宋代学者朱熹认为孔子此言倡导人们战胜自己的私欲遵循天理，从而达到仁的境界。如此可见，孔子的《论语》所秉持的正是公共立场。儒家的重要承继者孟子将孔子"仁"的学说进一步具体化、明确化，提出施行仁政的主张，这一观点在其著作《孟子》中多有论述，从社会公众的角度对国君的治国提出诸多现实性思考和措施，所持仍是公共立场。除儒家学说之外，当时存世的道家、法家、墨家等诸家所著的散文均从公众立场的角度阐述对人类社会规律性的认知、对国家治理的思考。这一由先秦时期诸子百家散文构筑起的写作立场对后世的散文创作有着极为深远的影响。自先秦以来，众多文人秉持着公众立场创作出一篇篇包含家国之思的传世名作，或针砭社会流弊、或寄托政治理想，充分体现出创作主体的社会责任感。正如曹丕所言"文章经国之大业，不朽之盛事"。历朝历代均将此类散文视为可以安邦治国的武力，而予以充分的重视。

　　自明代中期开始，小品文的写作开始由公共视野转为关注创作主体的内心世界。此时的小品文创作通过对外部世界的人或物进行深入而细致的描绘，表达出作者个性化的理解和认知，从而实现别出心裁的审美效果。张岱的小品文名篇《西湖七月半》就是其中的代表。自唐代以来，西湖一直是文人墨客热衷吟咏的对象，要想写出新意实属不易。张岱将关注的视角定格在于七月半之时游览西湖的人。对游览西湖之人做了如下分类：

　　　　看七月半之人，以五类看之。其一，楼船箫鼓，峨冠盛筵，灯火优傒，声光相乱，名为看月而实不见月者，看之。其一，亦船亦楼，名娃闺秀，携及童娈，笑啼杂之，环坐露台，左右盼望，身在月下而实不看月者，看之。其一，亦船亦声歌，名妓闲僧，浅斟低唱，弱管轻丝，竹肉相发，亦在月下，亦看月而欲人看其看月者，看之。其一，不舟不车，不衫不帻，酒醉饭饱，呼群三五，跻入人丛，昭庆、断桥，嚣呼嘈杂，装假醉，唱无腔曲，月亦看，看月者亦看，不看月者亦看，而实无一看者，看之。其一，小船轻晃，净几暖炉，茶铛旋煮，素瓷静递，好友佳人，邀月同坐，或匿影树下，或逃嚣里湖，看月而人不见其看月之态，亦不作意看月者，看之。①

笔者以旁观者的眼光对上述五类人进行了深入细致的描写，虽不带有任何主观评价，但褒贬之情早已跃然纸上。全文以描写"西湖七月半"为名，实则描写游览西湖之人，以众人游览西湖时纷繁复杂的场面凸显了世间的浮。文章结尾处特意描写了待人去夜静之时，西湖才呈现出最美的姿态："此时月如镜新磨，山复整妆，湖复颒面"②。此时游览西湖才能真正体会到人景和谐共生之美："酣睡于十里荷花之中，香气拍人，清梦甚惬"③。行文喻写景、抒情、说理于一体，行文自然而又富于变化，于常见题材之中写出了自己独特的认知和理解，实属别出心裁之作。

其三，创作目的由"文以载道"转为文学审美。

"文以载道"是唐中期韩愈等人发起的古文运动所提出的文学创作观念。韩愈等人以"复古"为口号，大力倡导重新回归先秦之时确立的散文写作风尚，提出散文写作应注重内容的表达，不必拘泥于格式的束缚，应着力表现现实生活和深刻的思想见解。这一主张扭转了汉代以来骈体文的浮艳文风。在韩愈的带领下，唐宋两朝涌现出以"唐宋八大家"为代表的一大批散文名家。这些散文名家在自己的散文创作中自觉秉持了"文以载道"的创作观念，在自己的散文创作中或评论当时社会中不公的人才选拔制度，如韩愈的《马说》、王安石的《读〈孟尝君传〉》；或抨击给百姓带来深重灾难的赋税，如柳宗元的《捕蛇者说》；或借古喻今，表达对执政者的规劝之意，如欧阳修的《伶官传序》、苏洵的《六国论》等。这些作品站在社会公义的立

---

① （明）张岱著，林邦钧注评：《陶庵梦忆注评》，上海古籍出版社 2014 年版，第 193 页。
② （明）张岱著，林邦钧注评：《陶庵梦忆注评》，上海古籍出版社 2014 年版，第 193 页。
③ （明）张岱著，林邦钧注评：《陶庵梦忆注评》，上海古籍出版社 2014 年版，第 193 页。

场上，对国家治理和社会发展进行了深入的思考，表现出创作主体高度的社会责任感。以现代文学创作观念审视，这种散文写作方式采取的是"公共话语体系"，即创作主体并不在意表达自己的真实情感，而是执着于表达自己作为文人而"为民请命""代社会立言"的呼声。自唐宋以来，这类散文创作成为主流和风尚。这种创作观念为散文创作赋予了鲜明的时代特色和思想深度，使散文延续了自己"经国之大业，不朽之盛事"的使命。但与此同时，散文的文学审美效果也受到了一定程度上的压制。

明中期以来，随着心学主张的兴起，文学的创作主体开始注重在具体的作品中表达自己个性化的情感认知和体验。就散文创作而言，相比以往的、承载着家国情怀的散文创作，创作主体更加热衷于从事便于个性化情感表达的小品文写作。在小品文这一轻松、包容的文体之中，作家们可以依照自己内心的喜好去描写亭台楼阁、鸟兽虫鱼，去评说市井俗事、芸芸众生，去议论千古兴亡、贤臣名将，而不必过于在意所持的观点是否符合社会公共话语体系的审美标准，只求能够抒发自己真实的情感。相比于以往的散文创作而言，此时的小品文似乎不再有"文以载道"的厚重与崇高，但因其更为真实的情感表达、更丰富的创作题材、更灵活的表达方式，更具有文学的独特审美性。

在实现了上述三个转变之后，小品文这一散文的分支开始走向自身独立发展的文学审美途径，从而获得了更为广阔的发展空间。最终成为一个归属于散文大类之中，但又具有自身独特审美标准的文体形式。

四、晚明小品文创作概观

晚明时期是小品文创作的黄金时期。这一观点可以从创作观念、创作主体和作品题材三个方面进行论述。

（一）倡导革新的文学创作观念

文学发展到明代中后期，创作的革新已成为文坛的一大重要主题，无论是倡导复古还是革新，实质上都是对在唐宋时期已经发展成熟的诗与文的革新和反思。这一点在《明史·文苑一》中有清晰的表述："弘、正之间，李东阳出入宋、元，溯流唐代，擅声馆阁。而李梦阳、何景明倡言复古，文自西京，诗自中唐而下，一切吐弃，操觚谈艺之士翕然宗之。明之诗文，于斯一变。"① 在明代弘治、正德年间，李梦阳、何景明、徐祯卿、边贡、康海、王九思和王廷相七人，并称为"前七子"，大力倡导复古之风，主张"文必秦汉，诗必盛唐"，实际上是对当时文坛中充斥的八股习气和台阁体文风的大力革新。前七子对明中期文坛存在的萎靡虚弱的文风有所不满，故而提倡复古，以求为诗文指明方向，找出一条更好的发展道路。整体而言，作为同一个文人集团的前七子均提倡"文必秦汉，诗必盛唐"的文学创作主张，但在具体的文学见解和文学创作上，前七子对于古人的模仿则不尽相同：如李梦阳主张"刻意古范"，强调句模字拟，力求"开阖照应，倒插顿挫"；而何景明更侧重于"领会神情"，主张模拟要自然而然、不露痕迹。沿着这样的路径发展到后来，逐渐演变为注重文学创作中的模仿，而忽视了文学独创的个性，导致文学的现实性和独立性变得弱化。

嘉靖年间，唐宋派以归有光、王慎中等为代表，对前七子的主张有所不满。随之而起的是嘉靖、隆庆年间以王世贞、李攀龙为代表，成员包括谢榛、宗臣、梁有誉、徐中行、吴国伦、余日德、张佳胤的后七子接踵而起，引领了声势更为浩大的文学复古潮流，但他们对古人为文的学习更多地停留在了对古文形制上的模仿，却失去了古文的真神。从而进入了另一种文学创作的窠臼。后七子在提倡复古方面大致与前七子相同，同样以汉魏盛唐为圭臬，"谓文自西京、诗自天宝而下，俱无足观"②，"无一语作汉以后，亦无一字不出汉以前"，以李攀龙、王世贞为代表的后七子作家，更加强调模拟古人成法，主张复古拟古，遵循古人法度，在具体的文章创作中做到"属辞成

---

① （清）张廷玉等撰：《明史》卷285，中华书局1974年版，第7307页。

② （清）张廷玉等撰：《明史》卷287，中华书局1974年版，第7377页。

篇，琢字成辞"即可。

　　前后七子主张复古的本意原是为文学寻求创新和突破，并能够切实促进文学的革新。但他们刻意强调拟古，倡导"物不古不灵，人不古不名，文不古不行，诗不古不成"，将汉魏盛唐期间形成的格调和法度视为文学创作的圭臬，导致文学创作中的学古行为更多地注重对古人文章形貌的学习，而忽视了对古文真神的把握，兼之在创作中不注重抒发个人的真实情感，复古创新演变为了单纯的仿写，导致文学活动走向了另一个误区。

　　在此情况下，神宗、万历年间，以三袁为代表的公安派提出了"性灵说"，袁宏道在《雪涛阁集序》中讲道："文之不能不古而今也，时使之也。……唯识时之士，为能堤其陻而通其所必变。夫古有古之时，今有今之时，袭古人语言之迹而冒以为古，是处严冬而袭夏之葛者也。"①反对一味复古，提倡崇今的文学革新。以袁宏道、袁宗道和袁中道三袁为代表的公安派与前后七子"文必秦汉，诗必盛唐"的复古倾向针锋相对，在"天下推李、何、王、李为四大家，无不争效其体"②，复古派占绝对优势的情况下，对七子一味拟古的流弊进行矫正和纠偏。公安派主张"世道既变，文亦因之"，一代有一代之文学，时移世易，文学也应该相对革新，旗帜鲜明地反对复古拟古；同时，提倡"性灵说"，强调"独抒性灵，不拘格套"，强调作品要抒发自己的真情实感，要不事雕琢、自然流露。这一文学主张有利于纠正前后七子在文学创作中的局限，但由于刻意强调在创作中重视创作主体自身的感情抒发，最终导致文章走向俚俗的流弊。

　　明代晚期，社会矛盾凸显，政治更加黑暗，公安派又有着俚俗粗浅的弊端，在此背景下，以钟惺和谭元春为代表的竟陵派继承发展了前后七子和公安派的主张，同时批判反思七子的弊端和公安派的不足之处，"势有穷而必变，物有孤而为奇"③。理性指出"大凡诗文，因袭有因袭之流弊，矫枉有

----

① （明）袁宏道著，钱伯城笺校：《袁宏道集笺校》卷18，上海古籍出版社1981年版，第709页。
② （清）张廷玉等撰：《明史》卷286，中华书局1974年版，第7348页。
③ （明）钟惺著，李先耕、崔重庆标校：《隐秀轩集》，上海古籍出版社2017年版，第309页。

矫枉之流弊"①。以钟惺和谭元春为代表的竟陵派继承发展了前后七子的复古求变思想，充分肯定了前后七子上矫宋元流弊、下正台阁陋习的正面作用，在此基础上更加注重"真情"的作用。竟陵派强调通过古人的诗文让后人了解学习古人的精气神，"以古人为归也"，也就是以古为本，从而进一步领悟出古人的思想和精华，其理论带有鲜明的复古色彩，与前后七子有一定的继承关系。竟陵派的复古思想对前后七子的复古又有批判和反思：竟陵派主张的是通过古诗文把握古人的内在精神，而不是古人的形貌。竟陵派的师古与尊古，目的是学习"精神"或"性灵"，对于形貌则不过分追求。"性灵说"在后七子中已有萌芽，如在王世贞、屠隆、李维桢等人的文章中已经有"性灵"的出现，但是"性灵"不是后七子文学主张的核心要义，只是作为后来公安派的性灵说之间的一种发展酝酿，郭绍虞先生最主要的观点就是后七子阶段所提出的"神韵"说等，意味着七子派复古主义开始从其前期的格调说而向晚明性灵说转换②。竟陵派对于性灵或者说真情的追求，矫正了前后七子拟古的弊病，同时通过对古之真神的学习和把握，进一步革新了文学创作局面。他们对前后七子的主张和公安派的观点进行整合折中，既不一味崇尚复古，也不大力推进时气，而是提倡"古人真诗"，学习古人方法和形式，尤其是蕴含其中的古之真神，重视自我。正如刘明今先生所言，其"厚出于灵"的观念，求古人"真诗"之说，都带有折中两派的倾向③。明代文坛的各种文学流派此起彼伏，盛行论辩风气，无论是中期的前后七子还是后期的公安派、竟陵派，不管他们是相互批判，还是相互继承，虽然在表面上看来这几个文学流派对创作革新的方式、手段和程度不尽相同，但都是对文学的革新和反思。

（二）创作主体间形成了互为补充的关系

上述几个存在于晚明时期的文学流派由于创作观念不同，彼此间必然

---

① （明）钟惺著，李先耕、崔重庆标校：《隐秀轩集》，上海古籍出版社2017年版，第539页。

② 参见郭绍虞：《中国文学批评史·后七子派的诗论》，中华书局1961年版，第873页。

③ 参见刘明今：《中国古代文学理论体系：方法论》，复旦大学出版社2000年版，第314页。

存在着诸多抬高自己、贬损其他诸家的言论。如竟陵派就曾刻意地自我标榜说："今天下盖知宗景陵哉"①，"于鳞立盟坛坫，迄今百余年，词归饾饤，调入痴肥。使非竟陵起而抉隐剔微，一一表章，不几等祖龙一烬耶"②。但除此之外，在具体的文学实践活动中，文学派别之间还是相互继承与学习，形成了互为补充的关系。

例如，晚明时代的竟陵派就继承了前后七子的复古追求，崇尚汉魏盛唐文学的浑朴蕴藉，推重"厚"的文艺审美观。但竟陵派所倡导的复古重在强调学习古人的性情和精神，前后七子则更加注重学习古人创作的形貌，即古诗文的格调和形式。竟陵派崇尚古人的浑朴蕴藉，将这一审美特质发展为幽情单绪，前后七子的文学创作则更侧重体现雄浑气象。竟陵派的文风走向深幽孤峭，而前后七子多高洁华丽。同样是复古拟古，因为方式手段不同，效果也不尽相同，竟陵派和前后七子既有继承又有差异。

公安派对于竟陵派的启迪和影响很大。作为在公安派之后兴起的文学流派，竟陵派继承公安派关于"性灵"的阐释，"夫真有性灵之言，常浮出纸上，决不与众言伍，而自出眼光之人，专其力，壹其思，以达于古人，觉古人亦有炯炯双眸，丛纸上还瞩人，想亦非苟然而已"③。钟惺也认为"求古人真诗所在。真诗者，精神所为也"④，以上文学主张反映出竟陵派对于个人真情真神的追求，文学创作应该力求反映自我真实的需求和情感，自然直接地表达个人的性情。在晚明时代，"性灵说"有一定的发展和变化，而竟陵派比之公安派更加具有代表性，其文学主张也极具代表性地反映出晚明社会历史转折中包括情感、心性的转变趋势。同时，对于公安派的"代有升降，法不相沿"及"古不可优，后不可劣"等文学革新思想，竟陵派也是支持态度并加以继承，竟陵派认为文学应该反映社会现实并随着社会的发展进步而更相迭代。

---

① （明）谭元春著，陈杏珍点校：《谭元春集》，湖北教育出版社2017年版，第722页。
② （清）潘雪帆：《宋诗啜醨集·自序》，清乾隆十八年（1753年）刻本。
③ （明）谭元春著，陈杏珍点校：《谭元春集》，湖北教育出版社2017年版，第466页。
④ （明）钟惺著，李先耕、崔重庆标校：《隐秀轩集》，上海古籍出版社2017年版，第290页。

　　对于公安派后期流于俚俗粗浅的创作倾向，竟陵派也进行了一定的反思和矫正，在具体的文学创作活动中提出了与公安派不尽相同的文学观点：一方面，在对待前后七子的态度上有明显差异。公安派对于前后七子的复古拟古活动明确提出反对意见，批判前后七子对古人的模拟抄袭的弊病，提倡文学作品应该抒发"真我"，写自己的真情实感；而竟陵派提倡向前后七子学习、向古人学习，"引古人之精神，以接后人之心目，使其心目有所止焉"，学习汉魏盛唐古人之真神，注重"灵"而"厚"。另一方面，公安派主张"信心而出，信口而谈"，不可避免地使后期公安派的作家作品流于浅显粗俗；而竟陵派为了矫正公安派的浅俗流弊，主张"幽情单绪"和"孤行静寄"，追求"幽深孤峭"的审美趣味，强调求新求奇，以期字意深奥。值得强调的是，竟陵派的出现表面上看来是为了改进公安派文学创作俚俗的不足，却不是与之对立，而是对公安派的继承和发扬，同时也是一种反思和纠偏，竟陵派对公安派的纠偏主要体现在两个方面：一是反对在创作中盲目地追求自心本心，倡导从古文中寻求内心的认同和古之真神；二是引入一种"孤怀孤诣"的抒情审美标准，这种宁静无欲的创作心理在一定程度上扭转了创作中主体情感无限制抒发的情况。竟陵派与公安派都是晚明时期重要的文学流派，对于文风的转变和此后小品文的发展都有着推动作用。

　　同样是注重"性灵"，竟陵派和公安派也有所区别。公安派因受到李贽"童心说"的影响，认为性灵和心灵、本心相联系，强调自我性情的任性宣泄，反对从学问中求性灵，反对前后七子拟古作风，这一思想反映到文学创作上就是推崇直抒胸臆、直抒性灵的文学观。而竟陵派继承并发展了公安派的性灵说，把人的性灵含义扩大到性情和灵心，倡导追求古人文学创作中的真性情，讲究从学问中学习古之真神，以读书养气，表现在文学创作上为含蓄蕴藉、孤静空寒。以钟惺、谭元春为代表的竟陵派是对前后七子复古与公安派提倡性灵的继承和发扬，同时又是一种折中和反思：在形式上，竟陵派的学古乃至复古是学习古之真神，前后七子是学古之形式；在目的上，竟陵派继承公安派提倡的"性灵"说，同时力求深厚，力矫公安派俚俗之弊。在具体的文学创作实践中，竟陵派注意继承前后七子和公安派各自的文学主张，同时又注重提出自己的思考和创新，强调"师古"与"师心"并重，从而走出一条属于自己的文学创作之路。

小品文创作的后继者张岱延续了公安派、竟陵派两家的创作主张，大力倡导任情适性的风格，但在具体的创作实践中又不局限于公安派和竟陵派的既定规则，而是自觉地兼取各家各派之长而弃其短，从而自成一家。正如王雨谦所言："盖其为文，不主一家，而别以成其家。故既能醇乎其醇，亦复出奇尽变，所谓文中之乌获，而后来之斗构也。"① 作为学界公认的晚明最后一位小品大家，张岱的小品文创作继承和总结了前人的优秀经验，同时也具有明代末世特有的时代风貌。末世之悲构成了张岱小品文一种特有的审美特征，他以文人的敏锐感知在作品中呈现出明王朝繁华落尽之后的悲凉，这是不同于之前小品文创作的新风貌。

需要注意的是，这种文学流派间的互相修正与补充的状态一直延续在文学创作的过程中。例如，竟陵派的发展和兴盛，客观上对后七子的文学主张构成一种质疑和反驳。然而随着竟陵派创作的发展，学习者们因为主张不尽相同，逐渐也变得更多学习前人作品的外在形态而失却对创作神情的继承，从而又走向了另外一个极端："以寂寥言精炼，以寡约言清远，以俚浅言冲淡，以生涩言新裁。篇章字句之间，每多重复；稍下一二助语，辄以号于人曰：'吾诗空灵已极！'"② 相应地，随着竟陵派的分化和变迁，复古倾向重新高涨，以几社为代表，在明末清初的时候和竟陵派正式分庭抗礼，出现了"竟陵、历下者，各树旌旗，不相统一"③ 的局面。但无论是竟陵派一开始对前后七子的批判和继承，还是后期几个文学流派对于竟陵派的批评和抨击，都是文学发展进程中对实际出现的创作问题的必要反思和革新，是文学发展进程中所不可避免的。

---

① 　王雨谦：《琅嬛文集序》，《琅嬛文集》，上海图书馆藏光绪三年黎培敬序刻本。
② 　（明）沈春泽：《隐秀轩集序》，（明）钟惺著，李先耕、崔重庆标校：《隐秀轩集》，上海古籍出版社 2017 年版，第 701 页。
③ 　（清）周亮工：《赖古堂集》卷十四《南昌先生四部稿序》。

（三）不断丰富的作品题材

作品题材的不断丰富是晚明小品文取得发展的最直观反映，与之前的小品文创作相比，晚明时期的小品文将关注的目光投向生活中的方方面面，几乎达到了无所不包的程度。

晚明小品文有一部分作品延续了前人开创的写作题材，但由于关注的视角不同，因而富有了诸多新意。如山水游记一直是文人墨客极为钟情的写作题材，可谓是佳作迭出、不胜枚举。至晚明之时，山水游记仍是小品文创作的主要题材。但与以往不同的是，此时的山水游记小品不再热衷于对名山大川或奇异景象进行细致描绘，而是将关注点放在对寻常景物的独特感知上，善于从寻常景物中描写出独到的感受。如袁宏道的《满井游记》所录之事仅为一次寻常的郊外出游活动，所到之处既非名山大川，也无名胜古迹，所写景物无非是湖边绿柳与远处群山。但也正因景色的简淡，更能凸显出作者游览时性情的细微变化：

> 廿二日，天稍和，偕数友出东直，至满井。高柳夹堤，土膏微润，一望空阔，若脱笼之鹄。于时冰皮始解，波色乍明，鳞浪层层，清澈见底，晶晶然如镜之新开，而冷光之乍出于匣也。山峦为晴雪所洗，娟然如拭，鲜妍明媚，如倩女之靧面而髻鬟之始掠也。柳条将舒未舒，柔梢披风，麦田浅鬣寸许。游人虽未盛，泉而茗者，罍而歌者，红装而蹇者，亦时时有。风力虽尚劲，然徒步则汗出浃背。凡曝沙之鸟，呷浪之鳞，悠然自得，毛羽鳞鬣之间，皆有喜气。始知郊田之外，未始无春，而城居者未之知也。①

在这篇游记中袁宏道对早春时节带给游人的特有感受进行了细腻而传

---

① （明）袁宏道著，钱伯城笺校：《袁宏道集笺校》卷十七，上海古籍出版社 2008 年版，第 681 页。

神的描摹，作品精准地把握了"冰皮始解""波色乍明""柳条将舒未舒""麦田浅鬣寸许"等几个早春时节特有的景致，通过对早春景致的描写让读者感受到自然界旺盛的生命力。在写景的同时，笔者注意综合运用比喻、拟人等多种修辞手法，通过"如倩女之靧面而髻鬟之始掠也""毛羽鳞鬣之间，皆有喜气"将初春时节游人的欢欣、舒爽的心态描写得生动而形象。

值得一提的是，同为晚明小品文大家的王思任也有同样一篇关于京郊满井的游记小品，名为《游满井记》。与袁宏道不同，王思任的这篇游记小品侧重于描写景区中的各色人等：

> 游人自中贵外贵以下，巾者帽者，担者负者，席草而坐者，引颈勾肩、履相错者，语言嘈杂。卖饮食者，邀呵好火烧，好酒，好大饭，好果子。贵有贵供，贱有贱鬻。势者近，弱者远，霍家奴驱逐态甚焰。有父子对酌，夫妇劝酬者；有高髻云鬟，觅鞋寻珥者；又有醉詈泼怒，生事祸人，而厥夫陪乞者。传闻昔年有妇即此坐蓐，各老妪解襦以帷者，万目睽睽，一握为笑。
>
> 而予所目击，则有软不压驴，厥夫扶掖而去者；又有脚子抽登复堕，仰天露丑者；更有喇唬恣横，强取人衣物，或狎人妻女，又有从旁不平，斗殴血流，折伤至死者。一国惑狂，予与张友买酌苇盖之下，看尽把戏乃还。①

文中所记既有出门远行的游人，也有招揽生意的路边商贩。游人中有高髻云鬟的贵妇，有席草而坐的普通百姓，也有趋炎附势的家奴。文中既有整体性的扫描，也有具象化的特写，将景区内形态各异的人员全部收录在内。作者以冷静、客观的眼光观察记录下他们的神态、动作乃至举止、行为，事实上是以小见大，呈现出当时社会的人情世事。该文在结尾处说"一国惑狂，予与张友买酌苇盖之下，看尽把戏乃还。"瞬间将文中所举之人视

---

① （明）王思任著，蒋金德点校：《文饭小品》，岳麓书社1989年版，第243页。

为粉墨登场的演员，不禁让人感叹：人生如戏，现实生活中的喧哗与纷争只是一场热闹的演出，而本文的作者则以旁观者的心态去静静体味、感知着世间的百态。全文虽没有出现作者的一句主观性评价，但"看尽把戏"四字却道出了作者远离尘嚣、恬淡自然的处世哲学。与袁宏道的《满井游记》一样，王思任的这篇小品文也是在一处寻常景致之中依靠自身敏锐的感知能力获取常人未见的独特感悟，从而赋予文章更深层次的哲理性。

在文章中记叙和品评人物形象也是历代文人热衷之事，故而人物传记也是小品文写作的一大题材。在先前的人物传记文中，作者所记之人多为历史豪杰之士或当世楷模，作者为其作传的目的也多为赞颂或褒扬这些人物体现出的人格魅力或高尚品德。这种情况在晚明小品文的创作中悄然发生了变化。晚明小品文中的人物传记将观察的目光投向了社会中的普通人群，这类人群往往名不见经传、也没有做出惊天动地的壮举，甚至也没有值得后人铭记的成就。只是因为触动了作者审美的情思，而成为这类小品文的主角。

如竟陵派作家钟惺所写的《白云先生传》就记载了一位"自隐于诗，性命以之"的痴诗之人。此人姓陈名昂，一生颠沛流离，战乱中迁于豫章，靠织草屦度日，难以为继，还需要靠卜卦来维持生计。然而，就是这样一位穷困潦倒的普通人，却痴迷诗歌，一生中从未停止过诗歌的创作。竟陵派的追随者之一林古度年少时曾与之交往，见到那居住的"一扉之内，席床缶灶，败纸退笔，错处其中。"诗歌创作的笔记铺满了整个房间，最重要的是，每当年少的林古度称赞他的诗歌时，他就会感动得涕泪交流，钟惺专门写道："每称其一诗，辄反面向壁，流涕悲咽，至于失声。"①

这篇人物小品为读者介绍了一位家徒四壁，却因为诗歌而获得了精神富足的爱诗之人。只因自己爱诗，年轻人的几句称赞便感动得他痛哭流涕，这一细节描写将陈昂对于诗歌的痴迷以及自身生活的艰辛展现得淋漓尽致。这样一位普通的爱诗之人，最后在穷困中去世，如果没有钟惺的传记，也许谁都不会知道这样一位普通人。但是，这样一位普通人却有着他独特的价

---

① （明）钟惺著，李先耕、崔重庆标校：《隐秀轩集》，上海古籍出版社2017年版，第419页。

值，钟惺从这样一位普通的诗人身上得到了诗歌不能画地为牢的认识，令后人更加尊重每一位普通人在诗歌史上的地位。

张岱在小品文中也记录了诸多名不见经传的市井平民，如手工业者、说书艺人、戏曲名伶，等等，张岱注意从他们平凡的人生中开掘出令人叫绝的独特之处。这类群体带有更多的生活气息，因而更令人觉得真实、自然。他在《金乳生草花》一文中为读者介绍了一个爱花如命的金乳生。因为爱花，金乳生把自己住宅前的空地变成了大花园："草木百余本，错杂莳之，浓淡疏密，俱有情致。春以罂粟、虞美人为主，而山兰、素馨、决明佐之。春老以芍药为主，而西番莲、土萱、紫兰、山矾佐之。夏以洛阳花、建兰为主，而蜀葵、乌斯菊、望江南、茉莉、杜若、珍珠兰佐之。秋以菊为主，而剪秋纱、秋葵、僧鞋菊、万寿芙蓉、老少年、秋海棠、雁来红、矮鸡冠佐之。冬以水仙为主，而长春佐之。其木本如紫白丁香、绿萼、玉碟、蜡梅、西府、滇茶、日丹、白梨花，种之墙头屋角，以遮烈日。"[1] 也正是因为爱花，金乳生不惧辛劳地精心侍弄这些花草："乳生弱质多病，早起，不盥不栉，蒲伏阶下，捕菊虎，芟地蚕，花根叶底，虽千百本，一日必一周之。"[2] 文章在结尾处以浪漫主义的创作手法描写了金乳生的爱花之心感动了青帝，于是令他的花园长出三株灵芝。至此，全文完成了对一个爱花之人入木三分的刻画：金乳生因为爱花而把自家变成花园，因为爱花而不惧辛劳，因为爱花而获得上天的赏赐。文章通篇未曾论及金乳生的才学和人品，但用真实而富有情感的语言讲述其爱花的特征却足以打动读者。

除了延续原有题材的创作之外，晚明小品文也积极开掘新的作品题材，拓展小品文的表现范围。如袁宏道曾写有一篇名为《瓶史》的小品文。全文分"花目""品第""器具""择水""宜称""屏俗""花祟""洗沐""使令""好事""清赏""监戒"十二个部分对插花艺术进行了极为详尽地评述，其中着重介绍了知名花卉及养护过程中的注意事项。在这篇文章中，作者巧借吟咏

---

[1]　（明）张岱著，林邦钧注评：《陶庵梦忆注评》，上海古籍出版社 2014 年版，第 11 页。

[2]　（明）张岱著，林邦钧注评：《陶庵梦忆注评》，上海古籍出版社 2014 年版，第 11 页。

插花完成了自己情感的抒发："嵇康之锻也，武子之马也，陆羽之茶也，米颠之石也，倪云林之洁也，皆以癖而寄其磊傀俊逸之气者也。余观世上语言无味、面目可憎之人，皆无癖之人耳。"① 这段文字以古人自比，表明自己以敢于吐露自己内心的真实情感为乐，对没有生活情趣、寡淡索然的生活状态持否定的态度，也隐隐流露出自己在经历半生宦海生活之后对真实自我的呼唤与期待。全文整体看来，将日常生活的情趣与艺术审美相融合，文字清新流畅，抒发了作者独特的审美情致。文章意趣深远，表达出在城市文化有了长足发展之后，城中之人对自然之美的呼唤，体现了晚明文人的生活志趣和审美情趣。

　　类似的审美表达还有谭元春的小品文《二杖说》。文章讲述的主人公是郭子，其人性格孤僻，而且"洁蔬食"，一副世外高人的形象。郭子每每外出散步时，都特别珍视自己的拐杖："时以袖指，优游之，唯恐伤。"② 文章将拐杖比喻成挚友，认为拐杖与拐杖主人的人格是相通的。这篇小品文也生动再现了古时文人对自己钟爱之物一种近乎痴恋的执着与喜爱。一如宋代文人林逋对于自己喜爱的梅花和仙鹤直接称为妻子和孩子。这里的郭子将拐杖称为朋友，并且为了与自己精神相通，还将拐杖做成通体洁白。这样一根普通的拐杖，不但辉映了主人的精气神，更展示了主人的审美倾向。

　　生活中的琐事杂感也是晚明小品文着力表现的重要题材，这些看似微不足道的生活琐事却能在不经意间流露出创作主体的真情实感。这一点在张岱的小品文中体现的尤为明显。张岱曾写有一篇《蟹会》，讲述与友人一起吃蟹的经历：

　　　　食品不加盐醋而五味全者，为蚶、为河蟹。河蟹至十月与稻粱俱肥，壳如盘大，坟起，而紫螯巨如拳，小脚肉出，油油如蟛蚏。掀其壳，膏腻堆积，如玉脂珀屑，团结不散，甘腴虽八珍不及。

---

① （明）袁宏道：《瓶史》，中华书局 1985 年版，第 8—9 页。
② （明）谭元春著，陈杏珍点校：《谭元春集》，湖北教育出版社 2017 年版，第 606 页。

　　一到十月，余与友人兄弟辈立蟹会，期于午后至，煮蟹食之，人六只，恐冷腥，迭番煮之。从以肥腊鸭、牛乳酪。醉蚶如琥珀，以鸭汁煮白菜如玉版。果瓜以谢橘、以风栗、以风菱。饮以玉壶冰，蔬以兵坑笋，饭以新余杭白，漱以兰雪茶。由今思之，真如天厨仙供，酒醉饭饱，惭愧惭愧。①

　　文章首先对河蟹的肉质和口感进行了极为形象生动地描述，让人读之生涎。继而详细讲述了与友人一起吃蟹的经历。以今天的眼光看来，作者与友人所食之物无外乎是河蟹、毛蚶、白菜、笋干等，并非是珍馐佳肴。而在作者的笔下，一次常见的朋友聚餐活动却写出了诸多的情韵，原本的家常菜肴仿佛被施以魔法而瞬间变得晶莹剔透、食色生香。而能实现这一变化的原因，除了作者精妙的写作技巧之外，更多的应是创作主体真挚的情感投入。结尾一句"由今思之，真如天厨仙供，酒醉饭饱，惭愧惭愧"。既是对美酒佳肴的回味，更是对友人的思念。

　　张岱的另一篇小品文《过剑门》记录的是自己一次看戏的经历。只因作者精于赏鉴戏剧，自己昔日豢养的伶人称到其家中演出为"过剑门"。这样的名气令在场上演出的人员充满了压力，于是出现了"杨元胆怯肤栗，不能出声，眼眼相觑"②的情况，而作者自己也"欲献媚不得"。这一尴尬的情景在文中记叙得生动而详尽，反而充满了别样的妙趣。这篇小品文也是当时文士们"以串戏为韵事，性命以之"的生动表现。

---

① （明）张岱著，林邦钧注评：《陶庵梦忆注评》，上海古籍出版社 2014 年版，第 233 页。
② （明）张岱著，林邦钧注评：《陶庵梦忆注评》，上海古籍出版社 2014 年版，第 214 页。

第一章　晚明小品文创作理论

明代中后期是文学流派集中呈现的时代，也是诸多文学创作观念迸发交汇的时期。就小品文创作而言，存在于这一时期的李贽、公安派、竟陵派、张岱等几家均进行了小品文创作理论的思考，形成了具有自己特色的创作理论和审美标准。这些创作理论多散落于上述几家的相关文学作品之中，有些并非专为小品文创作而提出，但在他们的小品文创作实践中，都坚持并体现出这些创作理论，本章将着重梳理这几家的小品文创作理论。

第一节　李贽的"童心说"

明朝中后期，市民工商业得到了快速发展，城市经济的繁荣给人们带来了比以往更为丰富的物质享受和感官体验。随之而来的是宋代以来的程朱理学对于社会思想的控制力日趋减弱，阳明心学逐渐获得了大众的推崇。阳明心学经过泰州学派的代表王艮等人由"心"到"本身"的转变后，开始转为倡导对于自然人性的崇尚。正如罗宗强先生所说："虽然阳明倡人人皆可为圣人，本意在于完善个人道德之修持，但既回归自我，回归本心，则重视自然人性也就成为题中应有之义。'于是王门后学发展此一题中应有之义至极至时，也就走向任由个性之张扬与欲望之放纵'，一种原本在于追求道德修持，重在从内心深处进行道德自我约束之哲学，却不知不觉走向摆脱道德约束，走向自我之放任。"①阳明心学的后继者们在王阳明心学主张的基础上大力推崇重情尚真的思想，李贽就是其中的代表。

一、"童心说"与小品文写作

明代嘉靖万历年间，出现了一位敢于颠倒万世之是非的思想家李贽，他承前启后，与阳明后学罗汝芳、王龙溪、王襞等人都存有师承关系或者文友关系，能够很好地融合王龙溪的超脱境界与王艮后学的狂放不羁于一体，从而形成了独树一帜的个性气质。这种独特的个性气质有助于李贽将阳明后学之重自然本心、重个体情感表达的特点发挥到极致，因而深得心学真传，并在此基础上有了进一步的阐发。李贽继承和发扬了王阳明的主观心性学说，提出了著名的"童心说"理论。这一理论最为核心的内容是否定儒家思想的权威性，肯定对于自然人性的大胆追求。李贽的思想言论被官方认定为狂诞悖逆之言，但对当时乃至后世的小品文创作产生了极为重要而深远的影响。

李贽的"童心说"理论集中体现在他的《童心说》一文中。李贽在《童心说》中指出：

> 天下之至文，未有不出于童心焉者也。苟童心常存，则道理不行，闻见不立，无时不文，无人不文，无一样创制体格文字而非文者。诗何必古选，文何必先秦？降而为六朝，变而为近体，又变而为传奇，变而为院本，为杂剧，为《西厢曲》，为《水浒传》，为今之举子业，皆古今至文，不可得而时势先后论也。故吾因是而有感于童心者之自文也，更说甚么六经，更说甚么《语》《孟》乎？②

这段文字既陈述了文学创作发展的大致脉络，又以此为依据重点阐述

---

① 罗宗强：《社会环境与明代后期士人之心态走向》，《粤海风》2006 年第 3 期。

② 张建业：《李贽小品文笺注》，社会科学文献出版社 2012 年版，第 361 页。

了自己的"童心说"主张，可谓是夹叙夹议，言之有物。这段话可以分为以下三方面的内容：其一，阐述了文学发展观的思想认识，即"一代有一代之文学"的观点；其二，论述了文章评价的标准，认为文章之优劣不在于形式，而在于内里的思想，即要符合"童心"的创作标准；其三，以"童心说"的标准对不同的文体进行了重新评价，将传奇、院本、杂剧、小说等文体形式与六经、《论语》《孟子》相并列，认为上述文体都是平等关系；其四，论述了文章的形式应为内容服务的观点，指出新的时代应有革新的文体形式。李贽的上述观点明显突破了当时复古思潮笼罩下的思想束缚，为文坛的振兴和文学创作提出了重要的革新思想。其中蕴含的进步观念和真知灼见，为明朝中后期的文学思想变革发出了先声，成为后人进一步思考、阐发的重要依据。

李贽认为，只有稚子的初心是尚未受到世俗浸染而保留了最初的善良和本真，后天由于受到社会诸多"道理"与"闻见"则会变得虚假和丑恶。"童心"之不存，真人不复有，真文也不存在了。李贽的"童心说"明确要求文学创作要"绝假纯真"，祛除理学思想对文学创作的干扰，发扬真诚自然之理，写就"童心之言"。"求真"思潮是明代中后期最富有鲜明时代特征的思想潮流，李贽的"童心说"又为这一"求真"的思潮发挥了推波助澜的重要作用。由此，明代中后期在社会领域层面完成了真正的思想解放。

李贽的"童心说"主张实质是对宋元理学的一种触底反弹，顺应了当时人们对于肯定自我、表现自我的内在需求。随着市井经济的高度繁荣，一直流传于民间的通俗文学愈加地繁荣和兴盛起来。与以往的儒家经学文章不同，流传于民间的通俗文学对于"绝假纯真"有着天然的需求，于是，批判"假文学"和"伪道学"成为当时文坛中的风尚。

李贽提出"天下之至文，未有不出于童心焉者也。苟童心常存，则道理不行，闻见不立，无时不文，无人不文，无一样创制体格文字而非文"。认为童心才是文学创作的根本："童心"之不存，真人不复有，真文也就不存在了。童心体现在文学创作中就是"绝假纯真，最初一念之本心也"。文学只有真实地表达人的自然天性，才能实现最好的艺术审美效果，正所谓

"盖声色之来，发乎性情，由乎自然"，"非于情性之外复有自然而然也"，文学创作应该始终坚持对自然人性的描摹。与此同时，李贽提出文学创作在抒发主观情感时，要"不愤则不作"，不能"不病而呻吟"，也要坚持抒发创作主体的自然之情。对此，李贽有一段极为形象的描述："其胸中有如许无状可怪之事，其喉间有如许欲吐而不敢吐之物，其口头又时时有许多欲语而莫可所以告语之处，蓄极积久，势不可遏。一旦见景生情，触目兴叹；夺他人之酒杯，浇自己之垒块；诉心中之不平，感数奇于千载。既已喷玉唾珠，昭回云汉，为章于天矣，遂亦自负，发狂大叫，流涕恸哭，不能自止。"①

　　李贽在自己的文学创作实践中也积极践行了上述的思想观念。在长期的文学创作生涯中，李贽始终坚持对"最初一念之本心"的关注、描摹与抒发，不轻易受其他思想主张和旁人眼光的影响，逐渐形成了自己独具特色的文风。李贽独具特色的文学风格集中体现在他的小品文创作中，他的小品文长于抒发自己内心深处的真情实感，做到了有感而发、避免了矫揉造作之态，创作出大量情感充沛、个性鲜明而又清新脱俗的小品文佳作，充实了晚明时期小品文创作的实绩。李贽的小品文创作风格以及文学发展观念成为小品文创作的重要理论标准，为后世小品文创作提供了学习、借鉴的典范，成为评价小品文创作的主要标准，为小品文的繁荣提供了理论支撑。

二、"真"与"情"的评价标准

　　李贽在《童心说》中指出："夫童心者，真心也。若以童心为不可，是以真心为不可也。夫童心者，绝假纯真，最初一念之本心也。若失却童心，便失却真心；失却真心，便失却真人。"②在李贽看来，所谓"童心"就是"真心"，纯洁、原始的本真状态是"童心"的本质属性。李贽认为"天下之至文，未有不出于童心焉者也。苟童心常存，则道理不行，闻见不立，无时不文，无人不文，无一样创制体格文字而非文者。"③将哲学层面的"童

①　张建业：《李贽小品文笺注》，社会科学文献出版社 2012 年版，第 366 页。
②　张建业：《李贽小品文笺注》，社会科学文献出版社 2012 年版，第 361 页。
③　张建业：《李贽小品文笺注》，社会科学文献出版社 2012 年版，第 361 页。

心"观念过渡到文学创作中应坚持的文学理论。李贽提出在文学创作中要坚持"童心",目的是要遵从创作主体的主观心性和情感需求,排除一切的外来干扰,回归纯洁、原始的自然状态,不事雕琢,实现"绝假纯真"的文学创作。

这种文学创作中的"童心"观念,也成为李贽一直秉持的文学评价标准,具体来说体现在"真"与"情"两个方面。

李贽在《与友人论文》中说道:"故性格清彻者音调自然宣畅,性格舒徐者音调自然舒缓,旷达者自然浩荡,雄迈者自然壮烈,沉郁者自然悲酸,古怪者自然奇绝。有是格,便有是调,皆情性自然之谓也。"① 认为在文学创作中之所以能呈现出不同的审美风格,是因为创作主体能够坚持在创作中抒发自己的真实天性,李贽将这一认知贯穿在他的文学批评中。李贽在评价苏轼的文章时指出:"苏长公何如人,故其文章自然惊天动地,世人不知,只以文章称之,不知文章直彼余事耳。世未有其人不能卓立而能文章垂不朽者。"② 认为苏轼的文章之所以取得名动天下的艺术成就,是因为在文章中真实呈现出自己的思想情感,后世之人只称赞苏轼的文章,却忽视了对其思想认知的评判。由此可见,李贽认为文学创作贵在自然天性。他曾与朋友这样探讨自己创作的过程:"凡人作文,皆从外边攻进里去;我为文章,只就从里面攻打出来,就他城池,食他粮草,统率他兵马,直冲横撞,搅得他粉碎,故不费一毫气力而自然有馀也。……只自各人有各人之事,个人题目不同,各人只就题目里滚出去,无不妙者。如该终养者只宜就终养作题目,便是切题,边就是得意好文字。若舍却正经题目不做,却去别寻题目做,人便理会不得,有识者却反生厌矣。"③ 其中所说的"从里面攻打出来",其实仍然指的是作者应由内而外地抒发自己内心的真实情感,达到"不费一毫气力而自然有馀也"的状态。

要真正实现"自然有馀"的纯真状态,李贽认为文学写作不能单纯地

---

① 张建业:《李贽小品文笺注》,社会科学文献出版社2012年版,第375页。
② (明)李贽:《焚书·续焚书》,中华书局2009年版,第48页。
③ 张建业:《李贽小品文笺注》,社会科学文献出版社2012年版,第375页。

"为写而写"，而是要坚持"非有意为文"的创作心态。这也就是我们常说的坚持无意识、无功利的文学创作。李贽看重这种"遵从内心而表达出来的自然真性情"，认为只有这样才能坚持文学创作的"真"。这种文学创作的"真"应是作者天生的本真状态，是作者在无意识之中就表现出来的原始面目。

对于文学评价中"情"的标准，李贽认为应坚持"一任情性"，也就是文学创作要完成作者内心情感的直接宣泄。这一评价标准在李贽对《水浒传》的评点中有明确的体现。李贽在《忠义水浒传序》一文中开宗明义地提出："太史公曰：'《说难》《孤愤》，贤圣发愤之所作也。'由此观之，古之贤圣，不愤则不作矣。不愤而作，譬如不寒而颤，不病而呻吟也，虽作何观乎？《水浒传》者，发愤之所作也。"① 这段论述引用了司马迁"发愤著书说"的观点，将《水浒传》的创作与《说难》《孤愤》的创作相提并论，认为它们都是创作主体为抒发内心压抑、愤懑之情而写就的情感结晶。这一论断观点鲜明地指出文学创作的根源在于作者的情感，文学创作的过程就是因情而发的过程。李贽指出："盖声色之来，发于情性，由乎自然。是可以牵合矫强而致乎？故自然发乎情性，则自然止乎礼义，非情性之外复有礼义可止也。惟矫强乃失之，故以自然之为美耳，又非于情性之外复有所谓自然而然也。"② 他认为文学创作过程中不应刻意地对内心情感进行限制和约束，而应将内心的情感表达放在首要位置，无须刻意遵从儒家倡导的"止乎礼义"。李贽在《杂说》中也谈道："且夫世之真能文者，比其初皆非有意于为文也。其胸中有如许无状可怪之事，其喉间有如许欲吐而不敢吐之物，其口头又时时有许多欲语而莫可以告语之处，蓄极积久，势不能遏。一旦见景生情，触目兴叹；夺他人之酒杯，浇自己之垒块；诉心中之不平，感数奇于千载。既已喷玉唾珠，昭回云汉，为章于天矣，遂亦自负，发狂大叫，流涕恸哭，不能自止。"③ 认为创作主体内心的情感积累到一定程度后，会充满极大的能量，一旦触景生情就会不自觉地倾泻而出，这种情感的能量是无法控制的，

① 张建业：《李贽小品文笺注》，社会科学文献出版社 2012 年版，第 193—194 页。

② 张建业：《李贽小品文笺注》，社会科学文献出版社 2012 年版，第 375 页。

③ 张建业：《李贽小品文笺注》，社会科学文献出版社 2012 年版，第 366 页。

故而会有种种常人无法理解的反常之举。而这种激进的情感表达方式，对于文学创作而言恰恰是最可贵的。

在李贽看来，文章是作者胸中之情的载体，文学的创作过程就是作者内心情感的宣泄过程。作者内心情感积累到一定程度后，文学创作就成了必然之事。故而只要"情之所至"，诗可言情，词可言情，时文可言情，传奇亦可言情。李贽在《红拂》一文中指出："孰谓传奇不可以兴，不可以观，不可以群，不可以怨乎？饮食宴乐之间，起义动慨多矣。今之乐犹古之乐，幸无差别视之可其！"① 观点鲜明地指出传奇类的俗文学与诗歌等文学作品一样，也是缘情而发，承载了作者独特的思想情感。在《寄答留都》中，李贽也说道："我以自私自利之心，为自私自利之学，直取自己快当，不顾他人非刺……惧其有碍于晚年快乐故也。"② 可见李贽极为看重文学宣泄情感的独特功能。这种将"真"与"情"视为重要评价标准的文学理论，也成为后世小品文写作的主要指导性准则。

第二节　公安派的"性灵"说

明代万历年间，袁宏道及其兄袁宗道、弟袁中道在文坛中的影响力日益扩大，被并称"公安三袁"，因三人皆是湖北公安人，故以三人为代表的文学流派称为公安派。公安派中袁宏道成就最大，影响也最大，袁中道、袁宗道次之。公安派旗帜鲜明地提出"独抒性灵，不拘格套"，大力反对当时统治文坛的前后七子所主张的复古拟古风气，与前后七子"文必秦汉，诗必盛唐"的复古倾向针锋相对，在"天下推李、何、王、李为四大家，无不争效其体"③，在复古派的主张占绝对优势的情况下，以及大的勇气对七子拟古

---

① 李贽：《续焚书》，见张建业主编：《李贽文集》，社会科学文献出版社 2000 年版，第182 页。

② 李贽：《续焚书》，见张建业主编：《李贽文集》，社会科学文献出版社 2000 年版，第257 页。

③ 何宝民：《中国诗词曲赋辞典》，大象出版社 1997 年版，第 252 页。

抄袭流弊进行矫正和纠偏。提出"世道既变，文亦因之"，一代有一代之文学，时移世易，文学也应该相对革新，旗帜鲜明地反对复古拟古。在具体的文学创作实践中，公安派大力倡导"性灵"说，主张"独抒性灵，不拘格套"，强调作品要抒发自己的真情实感，要不事雕琢、自然流露，鼓励"发前人之所未发"。

一、"独抒性灵"的创作主张

"性灵说"是公安派文学创作理论的核心，也是"公安三袁"从事小品文创作时一直坚持的艺术标准。"性灵说"最早由公安派的主导者袁宏道提出，袁宏道在评价其弟袁中道的诗歌创作时曾说："大都独抒性灵，不拘格套，非从自己胸臆流出，不肯下笔。有时情与境会，顷刻千言，如水东注，令人夺魄。"① 袁宏道的"性灵"说承继李贽的哲学主张而来，具有较为丰富的内涵，既包括情欲、情感等感性认知的层面，也上升为理性的哲学思考，是创作主体精神世界的整体性描述。袁宏道在文学创作中倡导"独抒性灵"，实际是在文学创作中重视创作主体真实情感体验的抒发，即"出自性灵者为真诗"。在袁宏道看来，"性之所安，殆不可强。率性而行，是谓真人"②。只有敢于"率性而行"，才能真实表达自己的情感，成为真正意义上的"性灵者"。正因袁宏道等人对"性灵"的大力提倡，"性灵说"的影响力得以扩大，并从文学领域扩展到人生态度、思维方式、生活情趣等诸多方面，成为晚明时代文人追求个性释放、随性生活状态的真实写照。

公安派的创作成就主要集中在小品文领域，作品大都呈现出自然率真、清新活泼的创作风格，在内容上多表现作家个人的闲情逸致，较少涉及对社会现实问题的思考和反映。公安派极力主张文学创作要表现自己最为真实的情感喜好和内心欲望，成功的作品应该真实描摹人们内心深处对于美好事物和生活欲望的追求与渴望。这种大胆吐露创作者真实情感、宣扬个性解放的

---

① （明）袁宏道著，钱伯城笺校：《袁宏道集笺校》，上海古籍出版社 2008 年版，第 187 页。

② （明）袁宏道著，钱伯城笺校：《袁宏道集笺校》，上海古籍出版社 2008 年版，第 193 页。

主张在以往的文学创作中是极为少见的。正因如此，先前由前后七子开创的复古拟古的创作路径无法适用于公安派的文学创作需求。公安派作家们只能另辟蹊径，提出"情随境变，字逐情生"，并号召"世道既变，文亦因之，今之不必摹古者也"①。认为随着时代的发展变化，人们的价值追求和精神需求也随之发生变化，相应地文学作品和文学主张也应该随之转变，现在的我们不要"只爱古人薄今人"，一味学古拟古，不然就如同"处严冬而袭夏之葛者"一样荒谬。

在具体的文学创作实践中，袁宏道对无病呻吟的作品大加鄙薄，对长于抒发真实情感的民间歌谣十分推崇。他在《叙小修诗》中指出："今闾阎妇人孺子所唱《擘破玉》《打草竿》之类，犹是无闻无识真人所作，故多真声。不效颦于汉、魏，不学步于盛唐，任性而发，尚能通于人之喜怒哀乐嗜好情欲，是可喜也。"②袁宏道对民间歌谣的倡导和学习，很大程度上是因为民歌创作能够冲破礼教的封锁和约束，毫无保留地抒发创作主体的情感，做到了坦诚率真、任性而发。同时，民歌作品多采用口语化的语言表达方式，通俗易懂、明白晓畅，打破了文体的限制。以上艺术特点符合公安派"独抒性灵，不拘格套"的文学创作主张，故而深受他们的推崇。在文学创作中，公安派作家积极学习、借鉴民歌的写作方式，对于改革和创新文体具有积极的推动作用，但也因此而为后世指责有"俚俗"的弊病。

对于公安"俚俗"风格的成因，大致可归纳为如下四个方面。

其一，公安派提倡打破文体限制，创作相对自由。公安派作家努力消除前后七子在文坛创作中的影响，丰富并发展了游记、尺牍、小品文等文体，创作的游记、尺牍、小品文等或者秀逸清新，或者活泼诙谐，皆有自己的特色，能够自成一家。后世之人评价公安派提出的文学主张的意义和价值都远远超过他们实际的文学创作和文学作品，主要因为公安派在晚明特殊的

---

① （明）袁宏道著，钱伯城笺校：《袁宏道集笺校》，上海古籍出版社 2008 年版，第 510 页。

② （明）袁宏道著，钱伯城笺校：《袁宏道集笺校》，上海古籍出版社 2008 年版，第 188 页。

政治环境中选择消极避世，作品大多是对身边琐事或自然景物的描写，对于社会内容反映不多，以至于其创作范围和写作题材愈来愈狭窄。尤其后来的仿效者更是"冲口而出，不复检点"，"为俚语，为纤巧，为莽荡"，以至"狂瞽交扇，鄙俚公行"①。

其二，反对抄袭拟古，主张随"时"通变。基于这一创作主张，公安派文人大力批判当时文坛存在的"剽窃成风，众口一响"的抄袭现象，在一定程度上矫正了当时前后七子句拟字摹、食古不化的不良倾向。他们认为前后七子存在的弊病"不在模拟，而在无识"②，而文学"代有升降，而法不相沿，各极其变，各穷其趣"③，文学应该随着时代的发展变化而发生相应的转变，正所谓"世道既变，文亦因之；今之不必摹古者，亦势也"④。因此，公安派不仅在文学内容上，也在文体形式上自觉践行着因时而变的原则。公安派的这一主张对于革除复古拟古的积弊起到了很好的作用，让当时的文坛为之一振。与此同时，也必须意识到，公安派的某些观点明显带有矫枉过正之嫌，如他们认为"古何必高？今何必卑？"故而鼓励"性情之发，无所不吐，其势必互异而趋俚，趋于俚又变矣"⑤，后期进一步提出"信腔信口，皆成律度"，"古人之法顾安可概哉！"⑥ 这些言论有助于冲破前人创作的桎梏，也使得公安派更加向粗浅俚俗的方向一骑绝尘。

其三，独抒性灵，不拘格套。公安派主张的"性灵"是指作家能够在作品中真实展现自己的个性和感情，和李贽的"童心说"意义相近，并认为"出自性灵者为真诗"，而"性之所安，殆不可强，率性所行，是谓真人"⑦，基于此种对于"真诗""真人"概念的界定，公安进一步提出"真者精诚之至。不精不诚，不能动人"，作品应该"言人之所欲言，言人之所不能言，

---

① （清）钱谦益：《列朝诗集小传》，上海古籍出版社 2008 年版，第 567 页。

② （明）袁宗道撰，孟祥荣注：《袁宗道集笺校》，湖北人民出版社 2003 年版，第 333 页。

③ （明）袁宏道著，钱伯城笺校：《袁宏道集笺校》，上海古籍出版社 2008 年版，第 188 页。

④ （明）袁宏道著，钱伯城笺校：《袁宏道集笺校》，上海古籍出版社 2008 年版，第 510 页。

⑤ （明）袁中道：《珂雪斋近集》，上海书店 1982 年版，第 36 页。

⑥ （明）袁宏道著，钱伯城笺校：《袁宏道集笺校》，上海古籍出版社 2008 年版，第 709 页。

⑦ （明）袁宏道著，钱伯城笺校：《袁宏道集笺校》，上海古籍出版社 2008 年版，第 193 页。

言人之所不敢言"①。在具体的文学创作实践中,公安派讲求"以心摄境,以腕运心,则性灵无不毕达"②,"心灵无涯,搜之愈出,相与各呈其奇,而互穷其变"③,其文学主张和文学实践都具有可贵的文学革新性,但对于"性灵"的过度追求则导致其文学创作在实践道路上走向俚俗。

其四,重视民歌小说,倡导通俗文学。公安派重视向民间通俗文学学习、借鉴,比如袁宏道就认为民歌《擘破玉》《打枣竿》等作品"无闻无识真人所作,故多真声",更认为《水浒传》比《史记》更加有趣惊奇,相比之下"六经非至文,马迁失组练"④。袁宏道等人的身体力行,也推动了其文学发展观和创新观的成熟,提高了通俗文学的地位,也让公安派的文学更加"接地气"。

基于上述四个方面的原因,公安派的文学主张显得顶天立地、无所依傍,反映到具体的文学创作实践中则是不受拘束,根据自身的性灵"信口而出,信口而谈"。公安派的文学创作过程就是"以心摄境,以腕运心",力求"性灵无不毕达",总结出"一变而去辞,再变而去理,三变而吾为文之意忽尽,如水之极于淡而芭蕉之极于空,机境偶触,文忽生焉。"⑤强调作家只要有创作的冲动,就不要顾忌太多的格调、语词、道理的束缚,一任文思泉涌,尽情抒发内心的欲望与真情,"其志以发抒性灵为主,始大畅其意所欲言,极其韵致穷其变化,谢华启秀,耳目为之一新。"⑥虽然这种文学主张在实践中难免使得公安派文学流入俚俗,但是他们认为"情随境变,字逐情生,但恐不达,何露之有?"⑦并不以此为意。

---

① (明)雷思霈:《潇碧堂集序》,《袁宏道集笺校·附录三》,上海古籍出版社 2008 年版,第 1695 页。

② (明)江盈科:《敝箧集叙》,《袁宏道集笺校·附录三》,上海古籍出版社 2008 年版,第 1685 页。

③ (明)袁中道:《中郎先生全集序》,《晚明二十家小品》,河北人民出版社 1989 年版,第 197 页。

④ (明)袁宏道著,钱伯城笺校:《袁宏道集笺校》,上海古籍出版社 2008 年版,第 418 页。

⑤ (明)袁宏道著,钱伯城笺校:《袁宏道集笺校》,上海古籍出版社 2008 年版,第 1570 页。

⑥ (明)袁中道著,钱伯城点校:《珂雪斋文集》,上海古籍出版社 1989 年版,第 462 页。

⑦ (明)袁宏道著,钱伯城笺校:《袁宏道集笺校》,上海古籍出版社 2008 年版,第 188 页。

二、"信口而谈"的表达方式

对于"性灵说"在具体文学创作中的表达方式,袁宏道做出了如下表述:"至于诗,则不肖聊戏笔耳,信心而出,信口而谈。"①,又说"不肖诗文多信腕信口",意思是说作家在创作过程中不要刻意进行雕琢和修饰,但凭自己的内心情感,一任从口、从手而出,率性而为即可。袁宏道曾多次表示:"要以出自性灵者为真诗尔。"②因为大力倡导"性灵",公安派作家极为看重"信腕信口"这种文学创作的方式,认为只有采用这种方式才能保证创作主体的真实情感得以毫无遮蔽地表达出来。这一创作观念在当时的文坛可谓是独树一帜,对后世的文学创作也起到了开创先河的作用。

不少学者已经关注到公安派的文学创作观念与湖北一地楚文化的关系。学界普遍认为,自先秦时期的楚辞创作以来,湖北孕育而出的楚文化就带有着浪漫主义特质。浪漫主义的创作原则要求创作主体能够自由抒发自己的真实情感。诞生于湖北的公安派自然深受楚文化的浸染与熏陶,在文学创作中自觉完成了对楚文化的传承。公安派的领袖袁宏道在评论其弟袁中道的诗作时,也曾对此有过表述:

> 大概情至之语,自能感人,是谓真诗,可传也。而或者犹以太露病之,曾不知情随境变,字逐情生,但恐不达,何露之有?且《离骚》一经,怼怼之极,党人偷乐,众女谣诼,不揆中情,信谗齌怒,皆明示唾骂,安在所谓怨而伤者乎?穷愁之时,痛哭流涕,颠倒反复,不暇择音,怨矣,宁有不伤者?且燥湿异地,刚柔异性,若夫劲质而多怼,峭急而多露,是之谓楚风,又何疑焉!③

---

① (明)袁宏道著,钱伯城笺校:《袁宏道集笺校》,上海古籍出版社 2008 年版,第 501 页。

② 江盈科:《敝箧集叙》,《袁宏道集笺校·附录三》,上海古籍出版社 2008 年版,第 1685 页。

③ (明)袁宏道著,钱伯城笺校:《袁宏道集笺校》,上海古籍出版社 2008 年版,第 188—189 页。

作为兄长的袁宏道对其弟袁中道的文学创作有着更深切的理解，他认为袁中道因屡次科举失意而在自己的文章中尽情抒发了内心真实的痛苦情绪，形成了独具特色的审美风格。而这种"穷愁之时，痛哭流涕，颠倒反复，不暇择音"的创作风格恰恰与屈原所著《离骚》有着相同的情感审美体验。由此，袁宏道继续展开论述，认为这种审美倾向带有明显的地域文化特色，是楚风的鲜明呈现。

对于公安派文学创作风格与楚地文化之间的关系，袁中道也有类似的论述：

> 楚人之文，发挥有余，蕴藉不足，然直摅胸臆处，奇奇怪怪，几与潇湘九派同其吞吐。大丈夫意所欲言，尚患口门狭，手腕迟，而不能尽抒其胸中之奇，安能嗫嗫嚅嚅，如三日新妇为也。不为中行，则为狂狷。效颦学步，是为乡愿耳。①

在袁中道看来，楚地文人确实存在发挥有余而蕴藉不足的倾向，但这种艺术倾向符合楚地文化特点。楚人创作以抒发个人思想情感为首要目的，而只有类似于狂狷的表达方式才能实现这一艺术追求。

由此可见，公安派的主要代表性作家都对自己家乡的楚地文化有着高度的认同感，并且认为这种受楚地文化影响的文学表达方式对于抒发作者情感有着至关重要的作用。正是基于这种认识，公安派选择了"信口而谈"的表达方式。

这种"信口而谈"的表达方式有助于公安派在较短时间内扭转前后七子的固有文风，使天下文风为之一变。公安派认为"信口而谈"的写作方式是作者抒发内心真挚情感的需要，而先前的中和适度、含蓄蕴藉的表达方式并不能很好地表达出作家的情感。在这种思想认知的引领下，公安派作家对于有着相似审美标准的作家作品都抱有积极的认可态度。如袁宏道十分推崇

---

① （明）袁中道著，钱伯城点校：《珂雪斋集》，上海古籍出版社2019年版，第515页。

李贽"既已喷玉唾珠，昭回云汉，为章于天矣，遂亦自负，发狂大叫，流涕恸哭，不能自止"的表达方式。同时，袁宏道还对徐文长的文学创作极为赞赏，他在《徐文长传》中这样评价徐文长的创作："其所见山奔海立，沙起云行，风鸣树偃，幽谷大都，人物鱼鸟，一切可惊可愕之状，一一皆达之于诗。其胸中又有勃然不可磨灭之气，英雄失路托足无门之悲，故其为诗，如嗔如笑，如水鸣峡，如种出土，如寡妇之夜哭，羁人之寒起，虽其体格时有卑者，然匠心独出，有王者气，非彼巾帼而事人者所敢望也。"① 极为欣赏徐文长文章中洋溢出的酣畅淋漓之气。

袁中道也大力倡导这种酣畅淋漓的表达方式，他在《吴表海先生诗序》中提到："才人致士，情有所必宣，景有所必写，倒囷而出之，若决江河放溜，犹恨口窄腕迟，而不能尽吾意也。而彳亍，而嗫嚅，以效先人之鞶步，而博目前庸流之警，果何为者？"② 认为文学创作就应该用尽所有的情感去着力表现自己想表现的写作对象。他在《解脱集序》进一步指出："山情水性，花容石貌，微言玄旨，嘻语谑词，口能如心，笔又如口。"③ 直言文学创作不要避讳嘻语谑词的使用，身为创作主体的作家在内心深处如何想的，就应该随心所欲地表达出来。由此可见，袁中道与其兄袁宏道一样观点鲜明地支持直抒胸臆、信口而谈的表达方式。

第三节 竟陵派的"师古"与求变

万历三十八年（1610年），公安派宗师袁宏道去世，其弟袁中道提出"复古"的主张来矫枉袁宏道创新的"性灵"文学思潮。万历四十二年（1614年），竟陵派异军突起，他们承续前人的文学创作道路，继续对公安派的主要文学观念进行纠偏，提出"求古人真诗"以"察其幽情单绪"④ 等

---

① （明）袁宏道著，钱伯城笺校：《袁宏道集笺校》，上海古籍出版社2008年版，第716页。
② （明）袁宏道著，钱伯城笺校：《袁宏道集笺校》，上海古籍出版社2008年版，第465页。
③ （明）袁中道著，钱伯城点校：《珂雪斋集》，上海古籍出版社2019年版，第479页。
④ （明）钟惺著，李先耕、崔重庆标校：《隐秀轩集》，上海古籍出版社2017年版，第290页。

文学主张，在历史沿革中进一步的创新。

一、以古人之"厚"为本

"灵"与"厚"可谓是明代后期诗文创作和评价的圭臬，"灵"承于公安派，"厚"则是竟陵派两位核心成员钟惺和谭元春的共同追求，也是他们文学创作思想的重要根基。钟惺有言："诗至于厚而无馀事矣。"① 谭元春也指出："然义类不深，口辄无以夺之，乃与钟子约为古学，冥心放怀，期在必厚。"② 概言之，"灵"是"厚"的基础，"厚"是"灵"的归宿。

在竟陵派之前，明代文坛靡然成派的有茶陵派、前后七子、公安派，以及前后七子中间的唐宋派。其中以前后七子和公安三袁影响最大，两者的文学创作理论也截然对立。钟惺、谭元春等的文学创作思想有很大一部分就是基于总结前后七子和公安三袁的得失而形成的，对历史上这两派思想进行扬弃，从而铸造了竟陵派独立的文学创作思想。

"师古"是前后七子等文学流派的重要主张，他们高扬"文必秦汉，诗必盛唐"，实际上是将中国古代文学史上的精华提炼了出来，为后世创作树立了标杆，具有一定的积极性；但是，凡事都具有两面性，标杆的树立就容易导致文学创作的固化，文学创作中"文必秦汉，诗必盛唐"的"秦汉、盛唐"逐步变成了文学创作新的范式，一味地追求创作形式而忽视了古人的创作精神，使得诗文创作失去了原有的生气。

在此背景下，公安派开始对当时的文学创作风气进行矫正，他们提倡创作一定要有自己独立的个性，要抒发个人"性灵"，真实表达个人情感，凸显至纯至真，这对前后七子的拟古有一定的弥补和纠偏；但在具体的创作实践中出现了矫枉过正的情况，文学创作一旦离开了师古崇雅的敬意，在师心的盛行下，必然导致"崇俗"的创作风尚，公安派作品过于强调个人性灵抒发，轻视古人作品的创作真谛，轻浮的诟病也由此而来。虽然袁中道

---

① （明）钟惺著，李先耕、崔重庆标校：《隐秀轩集》，上海古籍出版社2017年版，第551页。
② （明）谭元春著，陈杏珍点校：《谭元春集》，湖北教育出版社2017年版，第465页。

开始意识到公安派弊端、也开始纠偏，但未能最终实现他的文学理想，随着文学创作的发展，纠偏任务自然而然落到钟惺、谭元春二人身上。但是以钟惺、谭元春为代表的竟陵派并没有一味"师古"，也没有简单"师心"，前人走过的路为他们更好的创新提供了可资借鉴的经验，他们对于前人创作的弊端有着更为清醒的认知。于是，竟陵派自然而然就融二者的优势于一体。

在这样的文学创作前提下，竟陵派主要进行了两个方面的努力：一是沿着袁中道的文学主张继续前行的同时也有所创新；二是以师心为主体跳脱古人俗套。正如钟惺所言："大凡诗文，因袭有因袭之流弊，矫往有矫往之流弊。前之共趋即今之偏废；今之独响，即后之同声，此中机捩注，密移暗度，贤者不免，明者不知。"①

由于经历了复古派的局限，竟陵派在承接复古传统的同时，更多地追求融会贯通。钟惺说："凡以诗文者，内自信于心，而上求信于古人在我而已。"②"内自信于心"的含义在于，钟惺认为在"师古"之前先要"师心"，这是"师古"的重要前提，这是不盲目的信古，而是综合了"复古"和"性灵"两家的精华。竟陵派敢于跳脱古人俗套，开启了一种"内自信于心，而上求于古人"的拟古模式。这种模式是一种融合。谭元春有言："不发信心者非人。"③这句话值得认真分析与思索。首先要理解"非人"二字，这句话出自《题周道一集》，是谭元春对数十年前麻城一周秀才文章的评价，这一观点贯穿了全文，由此可以看出，"不发信心者非人"即指如果这些文章不发自内心的真性情就不是周秀才写的，所以，"非人"即是指"非他本人"，也就是真实的作者本人。这代表了谭元春的重要文学创作观点：一个人的作品如果不是源于自己的真心，或者不能表达自己的个性、想法，那他作品中所体现的就不是作者本人，那进一步而言，就不是一个称职的作者。

综合而论，可以看出，明代中后期整个文学思潮都处于"师古"和

① （明）钟惺著，李先耕、崔重庆标校：《隐秀轩集》，上海古籍出版社2017年版，第539页。
② （明）钟惺著，李先耕、崔重庆标校：《隐秀轩集》，上海古籍出版社2017年版，第314页。
③ （明）谭元春著，陈杏珍点校：《谭元春集》，湖北教育出版社2017年版，第611页。

"师心"的割裂状态，而竟陵派在坚持"师心"的同时，也提出"师古"以纠偏、以补救，这就不是一味地信古，反而带着"为我所用"的意味，从而跳脱拟古的俗套，具有自己的创新。在钟惺的几部重要作品的"序言"中，都反复提到"古人精神"：

> 庚戌以后，乃始平气精心，虚怀独往，外不敢用先入之言，而内自废其中拒之私，务求古人精神所在。①
>
> 引古人之精神以接后人之心目，使其心目有所止焉，如是而已矣。
>
> ——《诗归序》②

这里需要着重理解钟惺所提到的"古人精神"。要理解这种"古人精神"的提出，就要将其放置到中国文学史复古思潮的脉络中去衡量。

钟惺在《诗归序》中明确提出要在古人的文学作品中去探索正确的创作精神，以挽救现代拟古的偏颇。但钟惺所倡导的"师古"并没有踏上"形式"的老路。"引古人之精神以接后人之心目，使其心目有所止焉。"这句话就明确表明，钟惺、谭元春的《诗归》选集根本目的是引导后人在创作时能够"归于止于"古人的精神内核，发扬古人优秀的创作原则和方法，而不是机械模仿形式。这种精神实际上就带着内容与形式辩证统一的理念。这一点在《诗归序》中有很明确的表述："今非无学古者，大要取古人之极肤、极狭、极熟，便于口手者，以为古人在是"③，与以往拟古派不同，竟陵派在复古的同时，提出了"必于古人外，自为一人之诗以为异"，这里既与前面的拟古一脉划清界限；同时，也与公安派有所区别。

通过钟惺自己对于"古人精神"的解释，能更清晰地理解竟陵派推崇的复古方式：

---

① （明）钟惺著，李先耕、崔重庆标校：《隐秀轩集》，上海古籍出版社2017年版，第314页。
② （明）钟惺著，李先耕、崔重庆标校：《隐秀轩集》，上海古籍出版社2017年版，第289页。
③ （明）钟惺著，李先耕、崔重庆标校：《隐秀轩集》，上海古籍出版社2017年版，第314页。

精神者，不能不同者也，然其变无穷也。……真诗者，精神所为也。察其幽情单绪，孤行静寄于喧杂之中，而乃以其虚怀定力，独往冥游于寥廓之外。①

这里提到："精神所为"则为真诗，真诗是能察幽情单绪的。可以明确的是，古人以"精神"作真诗，其中可察古人的"幽情单绪"。根据钟惺相关文章的综合，我们可以得出，"古人精神"具有三大特点。

一是本色。这是明清以来在戏曲理论上运用较为广泛的术语，钟惺评诗歌尤其喜欢用此二字，如在评价宋之问的《早入清远峡》，就言"之问排律，秀远清妙，是其本色。"② 这里说的就是个性，是诗人本身的风格特点，具有极其浓重的个性化色彩，这也是诗歌艺术繁华多样的根本原因所在。

二是蕴藉。蕴藉体现在两个方面，一方面是曲折之美，例如钟惺评价白居易就说："元白浅俚处皆不足为病。正恶其太直耳。诗贵言其所欲言，非直之谓也，直则不必为诗矣。"③ 这是指诗文"不全说出，无所不有"，带着欲说还休之美。另一方面是以小事物说明大道理。如张九龄的《感遇》，是一首吟咏江南丹橘的诗歌，钟惺评价"感慨蕴藉，妙于立言。……就小物说大道理，古人往往如此。"④ 这与屈原的《橘颂》有着异曲同工之妙，两者都是托物言志，借南方的橘树来抒发自己遭受排挤贬谪的悲愤，具有小事物蕴含着大道理的独特表达手法。

三是新颖。这个"新"，是具有独创意义的新。钟惺在评价《古诗十九首》时用了很长的一段评语，其中这样表述："其性情光焰，同有一段千古

① （明）钟惺著，李先耕、崔重庆标校：《隐秀轩集》，上海古籍出版社2017年版，第289页。
② （明）钟惺、谭元春选著，张国光点校：《诗归》（下册），湖北人民出版社1985年版，第66页。
③ （明）钟惺、谭元春选著，张国光点校：《诗归》（下册），湖北人民出版社1985年版，第563页。
④ （明）钟惺、谭元春选著，张国光点校：《诗归》（下册），湖北人民出版社1985年版，第91页。

常新，不可磨灭处。"① 这体现了钟惺求新求变的特点，也代表了公安派以来整个明代文学的整体倾向。竟陵派反对一味地模仿，使得他们对于求新求变的要求更高。总体来看，表现在三大方面，第一方面是跳脱古人老路另寻出路；第二方面是不得已拟作也必须旧瓶装新酒；第三方面诗文创作要具有别趣奇理。这三大方面，分别从文学史、内容和创作来论述，显得全面而系统。

综上所述，我们可以看出，虽然继续延续着复古的老路，但竟陵派的复古建立在总结前人经验教训并形成自己独有的特色的基础上，也就是追求"古人精神"，这也是他们能够形成"海内称诗者靡然丛之"的潮流的重要原因。

二、别开一路的创新

明代是中国历史上一个特殊的时代，明代的思想发展也因而最具有时代特色。从明太祖朱元璋定都南京到明思宗朱由检自缢煤山，明朝总共走过了 277 年的岁月，在中国历史上算统治时间比较长的封建王朝。从世界范围来看，此时的西方国家正在进行文艺复兴运动。在西方进行文艺复兴的同时，实际上此时的明王朝也正在自发地进行思想界的改革。破"专权"而树"真性"正是这一时期明代思想的大致走向。

由于受到晚明思想观念和文化思潮的综合影响，竟陵派在对前人创作观念进行继承、纠偏的同时，也在努力开创自己的文学创作理念。竟陵派的文学创作理念生动体现出他们对文学本真的艺术追求，可视为竟陵派较为系统的创作理论。在小品文的创作中，竟陵派作家也自觉地应用了他们的创作理念。突出表现为重神、重幽、重真的创作倾向。

其一是重神。"神"是一种内在要求。在最原始的世界中，神具有上天启示之义，故《说文解字》解为从示从申。示，教导、启明之义；申，阴阳激燿，即由"日"和"丨"组成，最初表示闪电，后引申为闪电的品质。

---

① （明）钟惺、谭元春选著，张国光点校：《诗归》（上册），湖北人民出版社 1985 年版，第116 页。

所以"神"慢慢演化为一种本来具有的心性。从文学创作者的角度来讨论"神"，实际上就要谈论作者内在的心性对于创作的影响。竟陵派在慢慢走上成熟、独开一脉的时候，"精神"一词也逐步进入他们的小品文创作实践中。

中国古代哲学体系中极为重要的一对命题就是"神"和"形"，形指形体、存在，神指精神、抽象。竟陵派的小品文的"形"，在"求真""求厚""求清"等"神"的支配下，展现出两大显著特征：一是作品的风格多样，既不拘泥于厚重说教，也不沉溺于求新求辟，具有一定的变化；二是在语言等文学作品的外在形式方面，也寻求多样化的表现特征。"神"除了对于小品文的"形"产生了深远的影响，同时在一定程度上决定了作品深一层的内容，即决定了小品文的"质"，即在选择创作素材方面的影响。钟惺的《隐秀轩集》中，除了近六百首诗歌之外，还收录了钟惺创作的赋、序、记、传、论、策、表、奏疏、启、书牍、疏、碑文、行状、墓志铭、祭文、题跋、说、辩、书事、偈、颂、赞、铭等文体的作品，可谓是包罗万象，涵盖丰富。这些文体生动展现出钟惺文学创作内容的丰富性。在竟陵派的另一重要代表人物谭元春的作品集《谭元春集》中，也同样收录了记、传、序文、序、文（包括檄文、悼文等）、书启、杂著等题材的作品，涉及的内容也十分丰富。再看竟陵派的主要追随者刘侗的代表作《帝京景物略》，虽然是一部以记录京城主要名胜景观为内容的著作，但其中将寺庙祠堂、民俗风情、园林景观、山川地貌、古迹佳景等逐一呈现，内容依然广泛而多样。这些不拘一格、丰富多彩而且短小精悍的文章，往往就一事一景一人等进行出乎意料但又合乎逻辑的细致描绘，这些作品没有"文以载道"的负担，也没有程朱理学的羁绊，具有天然而完全的艺术气息。即具有自主的表达，以创作主体的"神"为指引。这些小品文作品具有独创性、个性化，同时也带有着作者强烈的主观色彩，体现出作品独有的艺术价值。

其二是重幽。幽，从山，取遮蔽之义，这是《说文解字》对于"幽"的解释。陈广宏先生在《竟陵派研究》一书中统计了竟陵派自己标举的文学理论术语，其中以"幽""孤""虚""静"等字眼为最多，如"幽独""幽奇""幽深"等，这也说明了竟陵派对于"幽"的重视和自觉的艺术追求。

竟陵派对于"幽"的追求使自己的文风独辟一脉，从而显示出自己的创新意识。

前文已经探讨，竟陵派看到了前人的局限，如公安派力推"性灵"，但导致的结果是"浮出纸上"，但是这种"浮言浮语"有一个值得肯定的地方就是与别人的语言不一样，可视为作者的独创，是文学创作者独具慧眼和慧心的集中体现。然而，一个人的创作仅仅停留于此，并不能达到"幽深"之境。所以谭元春说的是"专其力，壹其思，以达于古人"，要求那些独具慧眼慧心的人应全神贯注去创作、去思考，从而达到古人的精神境界，这样达到的精神既有创新的"时代质感"，也有厚重的"古人之深"，从而创作出一种源于时代的"幽深"之感。

钟惺在给吴康虞的诗中曾说"意于林壑近，诗取性情真"①，谭元春在给蔡仁夫的诗中也说"静抱幽琴看，高深指外求"②，两个人都不约而同地标举"幽深"之意。对于这一观点，谭元春有如下生动表述：

> 夫真有性灵之言，常浮出纸上，决不与众言伍，而自出眼光之人，专其力，壹其思，以达于古人，觉古人亦有炯炯双眸，从纸上还瞩人，想亦非苟然而已。③

在艺术表现的世界里，"幽深"不失为一种难以企及的境界。竟陵派在"香色各随人所近"的背景下，想要自己的创作达到"有情难于众花同"的效果，他们需要表现的是"幽深"，虽然大胆创新，但是却又隽永雅致。

其三是重真。这里的"真"主要是指"情真"，也就是有着一颗赤子之心。钟惺、谭元春与曾带给他们重要影响的李贽一样，认为万事万物最好就是顺从人情，李贽因为肯定卓文君与司马相如私奔这一举动而被当时封建统治者作为罪状之一，谭元春在读了《紫玉歌》后也认为文君奔相如是上上妙

---

① （明）钟惺著，李先耕、崔重庆标校：《隐秀轩集》，上海古籍出版社2017年版，第102页。
② （明）谭元春著，陈杏珍点校：《谭元春集》，湖北教育出版社2017年版，第288页。
③ （明）谭元春著，陈杏珍点校：《谭元春集》，湖北教育出版社2017年版，第466页。

策。这样的思想，为他们评选《诗归》带来了常人不能捕捉的细节。在钟惺、谭元春的作品集中，很容易发现一类题材，那就是描摹古人。如钟惺在论史中按照时间顺序分别论述了郑庄公、鲁庄公、荀林父等36人，论说都带着真情去评论古人的言行。论高祖说"取天下者在得其大势，不在战守之胜败得失也"①；论卫青"以奴虏为外戚，能以边功自奋，称大将军，使史家不入外戚，特为立传"②；论刘向说"人主之庸之足以亡天下也"③等，不一而足。这种带着理解之同情心去观照古人，自然是得到了另一个视角。阅读竟陵派对于人物品评以及传记，不难发现一些打破常规、别出心裁的论述。好的文学家，在创作时往往将自己融入作品要塑造的情境中去。在融入情境时当然要带着真情。如谭元春写有一篇关于游玩水潭的文章，叫《游乌龙潭记》，共由三篇游记构成。其中写道："潭宜澄，林映潭者宜静，筏宜稳，亭阁宜朗，七夕宜星河，七夕之客宜幽适无累。然造物者岂以予为此拘拘者乎？"④潭水之所以澄静、舟筏之所以平稳，不外乎人内心的安静。在《谭友夏合集》中有这样一段评论："先有此境在胸，如遇故人，不觉情达于内外。"⑤这清晰地表明，只有体境之情真，作者笔端所描摹的情境才能更好地融入人心。

第四节　张岱的小品文创作理论

张岱为晚明时代的小品文大家，他一生横跨明清两朝，独特的人生经历使张岱的文学创作呈现出不同的审美倾向。晚明之时的张岱因出生于簪缨世家，得到了良好的家庭教育，形成了放达不羁的性格，兴趣广泛，文采出众。张岱于崇祯八年参加乡试而名落孙山，遂放弃科举之路，终身不仕，沉

---

① （明）钟惺著，李先耕、崔重庆标校：《隐秀轩集》，上海古籍出版社2017年版，第477页。

② （明）钟惺著，李先耕、崔重庆标校：《隐秀轩集》，上海古籍出版社2017年版，第483页。

③ （明）钟惺著，李先耕、崔重庆标校：《隐秀轩集》，上海古籍出版社2017年版，第488页。

④ （明）谭元春著，陈杏珍点校：《谭元春集》，湖北教育出版社2017年版，第440—441页。

⑤ （明）谭元春著，陈杏珍点校：《谭元春集》，湖北教育出版社2017年版，第442页。

浸于市井繁华之中。明亡清兴之后，张岱成为坚守气节的前朝遗民，甘守清贫专心著书，文学创作风格也随之发生了改变。本节着重梳理张岱在晚明时期的小品文创作理论，晚明时期的张岱在心学与个人优越生活的共同影响之下，形成了闲适、超脱的心态。这种心态也体现在张岱的小品文创作之中，成为他一直坚持的创作理论。

一、闲适自然的审美标准

张岱闲适自然的审美思想是晚明时代背景与个人生活经历共同作用的结果。就时代背景而言，晚明社会经济的发展催生出城市商业的繁荣和兴盛，新兴市民阶层开始大量涌现，人民的审美标准和审美趣味较以往发生了诸多变化；就个人生活经历而言，张岱出身于书香门第，祖辈之人多达官显贵，结交的都是文人名流，深厚的家庭艺术修养氛围赋予张岱文人化的审美和生活方式。

对于自己早年的生活经历，张岱在《自为墓志铭》一文中有着详尽的描述："少为纨绔公子，极爱繁华，好精舍，好美婢，好娈童，好鲜衣，好美食，好骏马，好华灯，好烟火，好梨园，好鼓吹，好古董，好花鸟，兼以茶淫橘虐，书蠹诗魔。"① 俨然一副纨绔公子的形象，但张岱并不止步于单纯的物质享乐，而是在优越的生活之中进行审美化的认知和思考，最终成为晚明文人审美心态的代表。在这种独特审美心态的影响之下，张岱对于小品文的审美表达也有着自己独特的理解。

张岱文学创作中闲适自然的审美标准主要体现在他的山水游记类小品文的创作中。张岱通过对自然山水的描摹来体现自己内心深处的闲适与恬淡，也正因自己怀有闲适之情才更能体会到山水的乐趣。可以说，张岱通过对山水进行观照实现了对自我的观照，进入对人生更深层次的感悟。对自然山水的审美占据了张岱小品文创作的主要内容，仅西湖一地，张岱就留有《西湖七月半》《西湖香市》《湖心亭看雪》等多篇小品文佳作，更有《西湖

---

① （明）张岱：《自为墓志铭》，《张岱诗文集》，上海古籍出版社 2014 年版，第 373 页。

寻梦》一书来详尽记录西湖的风物与人情。由于张岱以自我观照的方式来表现自然山水，因而他的山水游记类小品文充满着人景共情的体验，他笔下的山水往往带有人的情感与哲思。

在描写钱塘江潮水时，张岱写道："立塘上，见潮头一线从海宁而来，直奔塘上。稍近则隐隐露白，如驱千百群小鹅，擘翼惊飞。渐近，喷沫冰花蹴起，如百万雪狮蔽江而下，怒雷鞭之，万首镞镞无敢先后。"[①] 以传神的笔法将远远而来的潮水比作千百群小鹅、百万雪狮，生动形象的比喻既凸显了潮水由远及近的变化，也表现出了观潮之人独特的感官刺激。文章营造出的独特审美境界，让人读之如临其境，仿佛置身其中。在描写中秋之月时，张岱写道："命小傒岕竹、楚烟于山亭演剧十余出，妙入情理，拥观者千人，无蚊虻声，四鼓方散。月光泼地如水，人在月中，濯濯如新出浴。"[②] 为读者营造出一个万籁俱寂的环境，正是在这样的一个环境中，皎洁的月光如水泄下，作者与友人共同沐浴在月光之下，构筑起人在月中的童话般的世界。《湖心亭看雪》是张岱的久负盛名的一篇小品文，文中对雪后的西湖进行了极有画面感的描述："大雪三日，湖中人、鸟声俱绝，是日更定矣，余拏一小舟，拥毳衣炉火，独往湖心亭看雪。雾凇沆砀，天与云、与水、与山、上下一白。湖上影子，唯长江一痕，湖心亭一点，余与舟一芥，舟中两三粒而已。"[③] 这段文字将雪后西湖的空灵境界表现得淋漓尽致，在这样一个寂静而寥廓的世界中，游人也成为自然美景中的小小点缀，与其他自然景观一样，共同装点起一个纯美的世界。这一独特的审美体验真正达到了人景交融的艺术境界，也实现了张岱闲适自然的审美追求，构筑起审美主体的情感意绪得到升华的全新境界。

---

① （明）张岱著，夏咸淳、程维荣校注：《陶庵梦忆·西湖梦寻》，上海古籍出版社 2001 年版，第 45 页。
② （明）张岱著，夏咸淳、程维荣校注：《陶庵梦忆·西湖梦寻》，上海古籍出版社 2001 年版，第 93 页。
③ （明）张岱著，夏咸淳、程维荣校注：《陶庵梦忆·西湖梦寻》，上海古籍出版社 2001 年版，第 56 页。

除此之外，张岱闲适自然的审美追求也体现在他对文人雅好的细致描写之中。在晚明时代，文人雅好涉及的领域达到了前所未有的广度：大至山水园林、亭台楼阁，小至花鸟虫鱼、笔墨纸砚，几乎到了无所不包的程度。随着晚明社会思潮的变革，人们对文人雅好也有了不同以往的理解。欣赏山川美景，不仅仅是单纯为了修身养性，而是在大自然中进行对自我人生的思考；喜好金石虫鱼，也并非是玩物丧志，而是完成对自我审美的满足。上述这些文人雅好也满足张岱闲适自然的审美标准，因而也成为张岱小品文中着力表现的对象。

在《彭天赐串戏》一文中张岱有这样的叙述："余常见一出好戏，恨不得法锦包裹，传之不朽。尝比之天上一夜好月与火候一杯好茶，只可供一刻受用，其实珍惜之不尽也。桓子野见山水佳处，辄呼'奈何！奈何！'真有无可奈何者，口说不出。"[①]寥寥数语道出了自己对好戏的痴迷，令人不觉为之动容。文中还将"一夜好月""一杯好茶"与"一出好戏"进行类比，更显出文人审美的特质。张岱以特有的文人审美情感描述日常生活中的琐碎事物，于寻常中发现诗意的美好，再次生动地表现出闲适自然的心态。

张岱类似的描写文人雅好的小品文还涉及日常生活的诸多方面，对于这些或大或小的文人之好，张岱都无一例外地予以尊重和认可。在张岱看来，文人雅好已成为晚明文人生活中必不可少的一部分，既是文人们的精神寄托，也是他们历经人世浮沉的有力支撑。文人雅好虽不涉及善恶是非的大义问题，但却于生活点滴之中让人感受到人性中的真切和美好。张岱正是在对文人雅好的描写和讲述中，完成了物与我的相互交融，展现出闲适自然的审美境界。

二、世俗化的审美倾向

这里的世俗化主要是指与正统观念相悖的私人化的生活方式和审美情

---

① （明）张岱著，夏咸淳、程维荣校注：《陶庵梦忆·西湖梦寻》，上海古籍出版社 2001 年版，第 93 页。

趣，在文学作品中进行普通市民日常生活状态的描写，可以真实反映出社会的整体样貌。"从晚明开始，'小品'正式成为文类的概念，文人们以此来显示与正统古文的分道扬镳。"① 晚明时代的小品文开始热衷于表现丰富多彩的市民生活图景，以私人化的视角和审美尽情抒发个人的独特的情感体验，呈现出来的是世俗化的审美倾向，张岱笔下的小品文就坚持了这样的创作路径。

张岱的小品文多描写记录普通市民的日常生活，对这些普通人的情感、喜好、心理活动进行了细致的刻画与描摹。这与以往为圣人立传的散文的写作传统大不一样，故有学者指出张岱是"第一个致力于用散文表现普通人的生活，表现其对普通人的尊重，并对现实生活有着真挚喜爱之情的作家"②。在描写这些社会中的普通人时，张岱善于把握这些普通人身上的闪光点，从而给读者留下深刻的印象。张岱笔下的妓女王月生虽身陷秦淮河畔的下等妓院，但始终保持自己"寒淡如孤梅冷月，含冰傲霜，不喜与俗子交接"③ 的孤傲性情；他描写的女戏子刘晖吉虽然出身寒微，却怀有"奇情幻想，欲补从来梨园之缺陷"④ 的人生理想。市井中的说书艺人柳敬亭其貌不扬"南京柳麻子，黧黑，满面疤瘤，悠悠忽忽，土木形骸"⑤。但对于说书这份职业却怀有极高的职业敬畏心，要求自己精益求精的同时，也对观众提出了近乎苛刻的要求："主人必屏息静坐，倾耳听之，彼方掉舌。稍见下人咕哔耳语，听者欠伸有倦色，辄不言，故不得强。"⑥ 以上几类人群都属于生存于市井之中的底层民众，张岱在他们身上细细体察出可贵的闪光之处，在完成对人物

---

① 黄开发：《一个晚明小品选本与一次文学思潮》，《文学评论》2006 年第 2 期。

② 胡益明：《张岱研究》，安徽大学出版社 2002 年版，第 10 页。

③ （明）张岱著，夏咸淳、程维荣校注：《陶庵梦忆·西湖梦寻》，上海古籍出版社 2001 年版，第 128 页。

④ （明）张岱著，夏咸淳、程维荣校注：《陶庵梦忆·西湖梦寻》，上海古籍出版社 2001 年版，第 89 页。

⑤ （明）张岱著，夏咸淳、程维荣校注：《陶庵梦忆·西湖梦寻》，上海古籍出版社 2001 年版，第 81 页。

⑥ （明）张岱著，夏咸淳、程维荣校注：《陶庵梦忆·西湖梦寻》，上海古籍出版社 2001 年版，第 81 页。

的细致描摹的同时，也令读者真切地感受到社会普通群体中值得关注的审美特质。城市中的手工艺人也是张岱着力表现的一类群体，他在《诸工》一文中写道：

> 竹与漆与铜与窑，贱工也。嘉兴之腊竹，王二之漆竹，苏州姜华雨之籚箖竹，嘉兴洪漆之漆，张铜之铜，徽州吴明官之窑，皆以竹与漆与铜与窑名家起家，而其人且与缙绅先生列坐抗礼焉。则天下何物不足以贵人，特人自贱之耳。①

文章对江浙一带的能工巧匠进行列举，称赞他们可以"与缙绅先生列坐抗礼"，并由此发出感慨，认为凭借自己一技之长而获取社会认可的手工艺人并不低贱。

在关注城市中形形色色的人群的同时，张岱也热衷于描写城市中各种赏玩之物，从中也流露出作者世俗化的审美倾向。如他的《兰雪茶》一文就对茶叶进行了如下描写：

> 日铸者，越王铸剑之地也。茶味棱棱，有金石之气。欧阳永叔曰："两浙之茶，日铸第一。"王龟龄曰："龙山瑞草，日铸雪芽。"日铸名起此。京师茶客，有茶则至，意不在雪芽也，而雪芽利之，一如京茶式，不敢独异。
>
> 三娥叔知松萝焙法，取瑞草试之，香扑冽。余曰："瑞草固佳，汉武帝食露盘，无补多欲，日铸茶薮，'牛虽脊，偾于豚上'也。"遂募歙人入日铸。 扚法、掐法、挪法、撒法、扇法、炒法、焙法、藏法，一如松萝。他泉瀹之，香气不出，煮禊泉，投以小罐，则香太浓郁。杂入茉莉，再三较量，用敞口瓷瓯淡放之，候其冷；以旋滚汤冲泻之，色

---

① （明）张岱著，夏咸淳、程维荣校注：《陶庵梦忆·西湖梦寻》，上海古籍出版社 2001 年版，第 77 页。

如竹箨方解，绿粉初匀；又如山窗初曙，透纸黎光。取清妃白，倾向素瓷，真如百茎素兰同雪涛并泻也。雪芽得其色矣，未得其气，余戏呼之"兰雪"。

四五年后，"兰雪茶"一哄如市焉。越之好事者不食松萝，止食兰雪。兰雪则食，以松萝而纂兰雪者亦食，盖松萝贬声价俯就兰雪，从俗也。乃近日徽歙间松萝亦名兰雪，向以松萝名者，封面系换，则又奇矣。①

文章对兰雪茶的品相、采摘方法、烹制技法、冲泡过程进行了极为生动的描写，详尽程度足可以作为后世之人制茶时的操作守则，体现出张岱对茶叶的喜好。这种对文人日常生活的细致描写和对现实生活的细致体味，也体现出小品文创作的世俗化特征。

张岱对城市中的市井风俗也进行了有意义的描写，体现出他对世俗生活的关注。比如，同是描写清明节的风俗，张岱写出不同地域之间不同的风俗习惯：描写越中地区清明时节，"男女袨服靓妆，画船箫鼓，如杭州人游湖，厚人薄鬼，率以为常。"②表现出越人喜欢游湖的特点；描写扬州地区的清明节，"四方流寓，及徽商西贾，曲中名妓，一切好事之徒，无不咸集。……浪子相扑，童稚纸鸢；老僧因果，瞽者说书。立者林林，蹲者蛰蛰。"③表现出扬州人喜好热闹的特点。在《绍兴灯景》这篇小品文中，张岱对绍兴一地放灯的民俗传统进行了细致的描述："大街以百计，小街以十计""城中妇女多相率步行，往闹处看灯，否则，大家小户杂坐门前，吃瓜子糖豆，看往来士女，午夜方散。"④展现出一派喜庆热闹，充满人情味的民

---

① （明）张岱著，栾保群点校：《琅嬛文集》，浙江古籍出版社 2013 年版，第 80—81 页。
② （明）张岱著，夏咸淳、程维荣校注：《陶庵梦忆·西湖梦寻》，上海古籍出版社 2001 年版，第 15 页。
③ （明）张岱著，夏咸淳、程维荣校注：《陶庵梦忆·西湖梦寻》，上海古籍出版社 2001 年版，第 87 页。
④ （明）张岱著，夏咸淳、程维荣校注：《陶庵梦忆·西湖梦寻》，上海古籍出版社 2001 年版，第 96 页。

俗场面。在《及时雨》一文中，张岱特地描写了求雨的风俗场面："村村祷
雨，日日扮潮神海鬼，争唾之。余里中扮《水浒》……寻黑矮汉，寻梢长大
汉，寻头陀，寻胖大和尚……梁山好汉，个个呵活，臻臻至至，人马称捉而
行，观者兜截遮拦，直欲看杀卫玠。"① 文章介绍当地人以扮演海神、水浒人
物等方式来祈求上天降雨的过程。名为祈雨，其实更像是普通民众的狂欢场
景，其中世俗化的审美效果显露无遗。

　　张岱将个人的生活体验与文学审美紧密联系在一起，从个人的审美体
验出发对社会群体进行别具特色的观照与阐述，在文学的世界里描绘出一幅
幅色彩斑斓的世俗生活画卷，呈现出更为真实而广阔的社会图景。

---

① （明）张岱著，夏咸淳、程维荣校注：《陶庵梦忆·西湖梦寻》，上海古籍出版社 2001 年
　　版，第 112—113 页。

第二章 种类繁多的创作题材

明代中后期小品文创作实绩丰富，作品的题材内容囊括了当时社会中的政治、经济、人物、文化、民俗、历史等诸多方面，可谓是种类繁多、包罗万象。通过分析明代中后期小品文的创作题材，可以形象地感知到这一时期小品文创作中体现出的迥异于前人创作的艺术特质。

第一节 山水游记

据史料记载，最早记游山水的应该是《尚书·尧典》中的"望于山川"，此时山川所具有的主要功能意义是祭祀群神；后来的《诗经》开始大量出现有关"山水"的形象，这些对山水的描写大部分起到"起兴"的作用，例如《诗经·郑风·扬之水》中的"扬之水"就是这一用法，以激扬的流水来形容流言蜚语，以表现流言的威力。在《论语》中也记载了孔子对于山水的认知与理解："知者乐水，仁者乐山。"这充分解释了士大夫对于山水热爱的原因。自唐以来，以王维、孟浩然为代表的山水田园诗人所描绘的隐居之乐更为山水游记带来了蓬勃生机。

宋代著名山水画家郭熙曾经在《林泉高致集》中对于山水作了一番论述：

> 君子之所以爱夫山水者，其旨安在？丘园，养素所常处也；泉石，啸傲所常乐也；渔樵，隐逸所常适也；猿鹤，飞鸣所常亲也。尘嚣缰

锁，此人情所常厌也。烟霞仙圣，此人情所常愿而不得见也。①

在这一段文字中，郭熙阐述了君子爱山水的原因，其中既有山水本身的魅力，同时也离不开尘嚣之羁绊。从尘世的喧嚣中解脱出来去看看烟霞仙圣，是饱受羁绊之苦的读书人所乐意的事情，这也是山水游记以及山水诗歌大量兴盛的原因。

在明代的小品文创作中，山水游记是主要的创作题材。最有影响力的《徐霞客游记》就诞生在此时。倘若对这一阶段的创作情况进行回顾和总结，则不难发现，几乎所有的知名作家都写过山水游记类作品。

一、游心物外

明代中晚期，文人的任游风气更加浓厚，公安派袁宗道、袁宏道、袁中道三人俱"少有逸兴，爱恋光景，耽情山水"②，于自然野趣之中流连忘返。长期的山水游乐为公安三袁提供了丰富的创作素材，山水游记成为他们最为重要的文学创作内容：袁宗道有 26 篇游记作品传于后世，袁宏道传有 83 篇游记，袁中道传有游记 90 篇。三袁的游记类小品文体现出他们"独抒性灵，不拘格套"的文学主张，对山水之美进行了富有新意的感悟和体会。

袁宗道在游览戒坛山时，曾作有《戒坛山》游记，其中对戒坛山风光进行了细致描绘：

> 阁前古松四株，翠枝穿结，覆盖一院。月写虬影，几无隙地。最可喜者，松枝粗于屋柱，去地丈许，游人持杯，行行其上，如履平地。时王则之、黄昭素、顾升伯、丘长孺诸公，但坐松丫中看月。从下观看，闻咳笑声，皆疑鹳鹤之宿树杪矣。③

---

① （清）纪昀等：《影印文渊阁四库全书》第 812 册，清刻本，第 573 页。
② （明）袁中道著，钱伯城点校：《珂雪斋集》，上海古籍出版社 2019 年版，第 565 页。
③ （明）袁宗道著，钱伯城标点：《白苏斋类集》，上海古籍出版社 2007 年版，第 185 页。

袁宗道以禅思静观的方式游览并感悟戒坛山的独特风光，刻意营造出空灵幽远的禅境，达到了陶渊明物我两忘的人生境界，也表现出创作主体温和、持重的文化品格。

袁中道善于将自己的主体情感带入山水游历之中，因而他笔下的自然山水更多了几分灵动之气。如他在《西山十记》中这样写道：

出西直门，过高梁桥，杨柳夹道。带以清溪，流水澄澈，洞见沙石，蕴藻萦蔓，鬣走带牵，小鱼尾游，翕忽跳达。亘流背林，禅刹相接，绿叶浓郁，下覆朱户。寂静无人，鸟鸣花落。过响水闸，听水声汩汩。至龙潭堤，树益茂，水益阔，是为西湖也。每至盛夏之月，芙蓉十里如锦，香风芬馥，士女骈阗，临流泛觞，最为胜处矣。憩青龙桥，桥侧数武有寺，依山傍崖，古柏阴森，石路千级。山腰有阁，翼以千峰，萦抱屏立。积岚沉雾，前开一镜，堤柳溪流，杂以畦田，丛翠之中，隐见村落。降临水行，至功德寺，宽博有野致，前绕清流，有危桥可坐。寺僧多习农事，日已西，见道人执畚者，插者，带笠者，野歌而归。有老僧持杖散步间。水田浩白，群蛙偕鸣。噫，此田家之乐也，予不见此者三年矣。①

这篇游记写于袁中道与他的两位兄长袁宗道、袁宏道相聚京师之时，手足相会给袁中道带来了难得的欢愉，因而触目之景充满了灵动与欢畅。

承接公安派而来的竟陵派作家也热衷于山水游记的写作。竟陵派的代表作家钟惺的游记往往融入个人情思较多，流露的多是一种寄情山水、游心物外的体验。在中国的山水游记史上，这一脉以柳宗元为代表。

《游武夷山记》是钟惺游记类小品文的代表作，也是极具深意的文章。此文作于天启二年（1623 年），此时钟惺年近五十，此后遭遇弹劾，一直未仕，直至天启五年（1625 年）病逝。这一篇作品可谓是文笔老道、思想

① （明）袁中道著，钱伯城点校：《珂雪斋集》，上海古籍出版社 2019 年版，第 568 页。

深邃。

这篇游记记录了作者游览武夷山的经历，作者沿着九曲溪而行，第一天游览了六曲。舟过而峰新，不断有惊喜，这就是沿着九曲溪游武夷山的乐趣。钟惺说："山之情候在溪，山或应或违。"① 这就是游山的乐趣。其中有曼亭峰、玉女峰、铁城障、虹桥岩、晒布崖……下舟有卧龙潭，"奇为静深，渊渊然如隐没而不恒流焉"②。这潭水的描写就与九曲溪不一样，带着自我的感受。九曲溪的风光新奇不断、水帘洞别有洞天，加上钟惺这位历尽世间沧桑的讲述人形象，共同构成了这篇游记得奇特之处。

本篇游记有两点值得细细体味：一是面对七十级的天梯，钟惺望而嗟叹不能登攀，他说游山水要及时，否则即便是面对胜景也难以领会。二是宋代的石堂寺，钟惺认为"幽险之极，得坦旷者，反以为异"③。其中就着力描写了寺庙的悠然之处，"乃有田园庐舍，桑麻鸡犬"④，让钟惺都恍惚以为不在山中，这句话完全是隐逸之宗陶渊明的话语，其中隐约流露出自己此时的复杂心态。其一是垂老的心态，这也是这篇游记的整体情韵。整篇游记都是以一种老道的笔法来描述飞动的山水，但是里面隐含的却是钟惺心底的老态。这篇文章是钟惺"北归楚"而作，此时他的父亲刚刚去世不久，心中忧闷。加之仕途的不顺，更平添诸多愁苦。其二是归隐的心态。石堂寺的寥寥数语已然透露。首先是在山中得一坦旷之地，心中有一惊奇，实际上还带着"柳暗花明又一村"的感觉，"幽险之极"暗指了晚明时代的大背景，也反映出作者自己面对官场的复杂关系和自己仕途境遇的心情，山中难得的小平地就像此时钟惺难得的平静，逃离了尘嚣，处在这样一片"桃源之地"，心中隐逸之思跳脱出来显得极为自然。

《中岩记》是钟惺另一篇代表性的游记作品，记录的是游览四川眉山苏轼故居的经历。文章采用的是远观与近游相结合的游览方式，详细描写了游

---

① （明）钟惺著，李先耕、崔重庆标校：《隐秀轩集》，上海古籍出版社2017年版，第404页。
② （明）钟惺著，李先耕、崔重庆标校：《隐秀轩集》，上海古籍出版社2017年版，第405页。
③ （明）钟惺著，李先耕、崔重庆标校：《隐秀轩集》，上海古籍出版社2017年版，第404页。
④ （明）钟惺著，李先耕、崔重庆标校：《隐秀轩集》，上海古籍出版社2017年版，第404页。

览鱼潭、太极池等景观的过程。值得注意的是，钟惺是用一段偈语结束游记的，其中不难看到钟惺此时对于佛禅之道的钻研，也可见游心物外的需求。面对现实的政治环境，钟惺确有自己难言的苦衷，而这种远离世间喧嚣、寄情于山水之间的生活状态，不失为作者寻求寄予和解脱的一种方式。

张岱也是一位沉醉于山水之美的小品文大家，山水景观成为他小品文景观书写的重要组成部分。张岱曾写过一篇专门描写香炉峰的山水小品文。早在张岱之前，位于浙江绍兴的香炉峰已是历代文人热衷描写的著名景观。而在张岱笔下，香炉峰又呈现出不一样的景致：

> 炉峰绝顶，复岫回峦，斗耸相乱，千丈岩陬牙横梧，两石不相接者丈许，俯身下视，足震慑不得前。王文成少年曾跻而过，人服其胆。余叔尔蕴以毡裹体，縋而下，余挟二樵子，从壑底掾而上，可谓痴绝。①

张岱此文着力突出香炉峰的险峻之势：山峰之上的两块巨石相隔了一丈多的距离，令游人不敢向前。如此险要的地势，也不能令游人止步：为了欣赏美景，王阳明曾飞身跳过，张岱的叔叔曾身裹毡毯縋下，而张岱自己也与樵夫一起从沟壑中攀岩而上。以游人的游览方式来表达香炉峰的险要，可谓是别出心裁。

二、交游吟唱

说起交游唱和，最早也最著名的还是永和九年的兰亭之会，也因此诞生了千古绝唱《兰亭集序》。其后文人在山水之间交游唱和的作品数不胜数：例如唐代有与隐士交游的风尚；宋代有苏轼前后游赤壁，发出"寄蜉蝣于天地，渺沧海之一粟"的感叹等，不一而足。与独自游览不同，交游侧重于文

---

① （明）张岱著，夏咸淳、程维荣校注：《陶庵梦忆·西湖梦寻》，上海古籍出版社2001年版，第79页。

友之间的交流。众文人于山水之间彼此唱和应答，相互切磋借鉴，所持审美情感自然不同往时。

公安派的领军人物袁宏道就曾在《游高梁桥记》一文中记载了这样的交游经历：

> 三月一日，偕王生章甫、僧寂子出游。时柳梢新翠，山色微岚，水与堤平，丝管夹岸。跌坐古根上，茗饮以为酒，浪纹树影以为侑，鱼鸟之飞沉，人物之往来，以为戏具。堤上游人，见三人枯坐树下若痴禅者，皆相视以为笑，而余等亦窃谓彼筵中人，喧嚣怒诟，山情水意，了不相属，于乐何有也。少顷，遇同年黄昭质拜客出，呼而下，与之语，步至极乐寺观梅花而返。①

闲居顺天府之时的袁宗道审美情感开始归于寂静稳重，他与另外两位文友相约交游之时，更多的是"枯坐树下若痴禅者"。这样独特的交游方式体现出三人相同的性格特征与审美偏好，虽不发一言但彼此心意相通。这种如参禅般静坐的赏玩方式不仅净化心灵，更能细细品味出所见景物幽微之处的美感。这种心如止水的交游方式，当然不是堤上行色匆匆的游人所能体会的。

竟陵派的谭元春曾三游乌龙潭，分别作记游文，成为他的山水游记名篇《游乌龙潭记》。初次游览乃是茅止生、宋献孺等人相伴，第二次游历的时候共有七人相伴。其中不乏对友人相游之乐的描述。第三次游历因有钟惺的陪伴而更增添了游玩的兴致。

在记录初次游览的经历时，谭元春交代了乌龙潭的地理位置，在一个对比中点出了乌龙潭不像燕子矶那样远，也不像莫愁湖那样在城外，巧就巧在离南京城区不远，"举趾即造"。潭水沉沉，四周景物环绕，乘舟而行，"往来秋色上"，淡淡五个字，点出了乌龙潭四周景色之宜人。并且还相约待舟

---

① （明）袁宏道著，钱伯城笺校：《袁宏道集笺校》，上海古籍出版社2008年版，第682页。

造好后一起在此泛舟游玩，一起感受水中别致的景物。

再游时，开篇一段甚是唯美。"潭宜澄，林映潭者宜静，筏宜稳，亭客宜朗，七夕宜星河，七夕之客宜幽适无累。然造物者岂以予为此拘拘者乎？"① 多么理想的状态，天时地利人和，正是游览佳季。但这一次游玩实际上天公并不作美，反而下起了雷阵雨，但这对于创作者而言，完全是一个美丽的邂逅，谭元春借此大书特书，记录了这一美丽时刻："电与雷相后先，电尤奇幻，光煜煜，入水中，深入丈尺，而吸其波光，以上于雨，作金银珠贝影，良久乃已。"② 也许普通人遇见这样的天气，一般都是灰心丧气，但是此时谭元春与七位好友却表现出不一样的心情，他们"张灯行酒"，要与风雷之气相敌，表现出了一种豪迈而又爽快的游乐之情。

第三次游览，又是一番景象。依然是交游之乐，而且此次钟惺也一同前往。钟惺从芦洲来，会于此，可见乌龙潭应是当时交游之胜地。此时季节是"莲叶未败"，有"秋香气"，同时"有朱垣点深翠中"，这一段小小的描摹，将此时的季节以及荷花的盛装一笔点出，也足以见谭元春笔端之细致。还有一段关于色彩的描绘："是时残阳接月，晚霞四起，朱光下射，水地霞天。"③ 多么美丽的晚霞景象，四字相连，犹如诗一般的的语言，将谭元春的诗情展现无遗，最主要的是三游与前两游是完全不同的情怀。其中一段，宋子说这个地方是"可住"，并且寥寥几笔描绘了一幅世外桃源的情景："若冈下结庐，辟一上山径，俯空杳之潭，收前后之绿，天下升平，老此无憾矣。"④ 细读这几句话，恍惚又看到了钟惺在武夷山的桃源之想，可见，归隐在当时、或者说在中国文学史上，终是一个逃不开的话题。

谭元春三次游乌龙潭，所涉及的人、事、物基本相同，但游览时候的心情却是不尽不同的。正因为创作主体的心境不同，所以三次游乌龙潭的创作情感也就千差万别：初游时见幽深，再游时见奇险，三游时见静心，生动

① （明）谭元春著，陈杏珍点校：《谭元春集》，湖北教育出版社2017年版，第440—441页。
② （明）谭元春著，陈杏珍点校：《谭元春集》，湖北教育出版社2017年版，第441页。
③ （明）谭元春著，陈杏珍点校：《谭元春集》，湖北教育出版社2017年版，第442页。
④ （明）谭元春著，陈杏珍点校：《谭元春集》，湖北教育出版社2017年版，第442页。

体现出了竟陵派小品文"幽深孤峭"的艺术风格。

晚明时的张岱也有关于文友之间交游经历的记叙，如他在《燕子矶》一文中写道：

> 戊寅到京后，同吕吉士出观音门，游燕子矶。方晓佛地仙都，当面蹉过之矣。登关王殿，吴头楚尾，是侯用武之地，灵爽赫赫，须眉戟起。缘山走矶上，坐亭子，看江水瀲洌，舟下如箭。折而南，走观音阁，度索上之。阁旁僧院，有峭壁千寻，碚礌如铁；大枫数株，蓊以他树，森森冷绿；小楼痴对，便可十年面壁。今僧寮佛阁，故故背之，其心何忍？是年，余归浙，闵老子、王月生送至矶，饮石壁下。①

此文先是记叙了自己与朋友吕吉士一同游览燕子矶的经历，详细描写所见之景、所思之情，在结尾之时特意记下在同一年自己返回浙江之时，友人闵老子、王月生特意为自己送行，大家在燕子矶下一同饮酒的事情。该文虽为交游类的小品文，字里行间却流露出自己对友人的思念之情。

第二节　写人记事

人物传记类的小品文也是明代中后期小品文的重要组成部分。传记是以人为中心的文学作品，往往带有人物生平所长的记载。传记作为一种源远流长的文体形式，最初并非平民所有。《史记》之前，传记所传皆皇室贵族，自司马迁《史记》开始，人物传记的写作对象开始逐步包含普通人群。魏晋六朝，传记文开始大盛，此后历代佳作不断，基本上唐宋八大家都有名作传世。明代的传记文风采超越前人，平民化路线开始盛行，传奇者成为传记的主角。郭英德和张德建在《中国散文通史》明代卷就曾这样总结明代的传记文特点：一是传主身份变化，关注践行日常人伦的平民；二是事迹方面，表

---

① （明）张岱著，林邦钧注评：《陶庵梦忆注评》，上海古籍出版社 2014 年版，第 37 页。

现求奇嗜异的审美特征；三是表达方式上，兼用叙事、抒情、议论、写景等多种手法。① 明代中后期的传记类小品文同样带有以上这些特点。

一、鲜明的人物形象

人物传记类小品文大都精准把握住所写人物的独特之处，塑造了个性鲜明的人物形象，能给读者留下深刻的印象。

公安派作家袁中道所写《梅大中丞传》一文，生动刻画了一位性情豪爽、智勇双全的官员形象。

文中所写之人梅国桢是袁中道的多年好友，袁中道首先以简短文字勾勒出梅国桢的大致特征："酒后耳热，为裙簪之游，调笑青楼，酣歌酒肆。布衣楚制，出入市廛。摩挲钟鼎，赏评书画。大鼻长髯，有若剑客道人之状。"② 寥寥数语写出梅国桢不尊礼法、旷达豪放的性格特征。然而就是这样一位与大多数官员形象不同的人，却在战场之上屡建奇功。文章重点记载了梅国桢奉命平叛破敌的经过。在这场历时七个多月的苦战之中，梅国桢大义劝降、击退援兵、离间敌军、攻占城池、出塞安民，每件事都生动体现出梅国桢有勇有谋、为国为民的光辉形象。该文叙事纷繁，牵涉人物众多，作者能于复杂的叙事之中凸显友人鲜明的特征，体现出绝佳的小品文写作技巧。

竟陵派作家也长于进行人物传记类的小品文创作。如钟惺所写的《白云先生传》以及谭元春的《题周道一集》，这两篇文章都形象生动地描摹了奇人。

《白云先生传》描写的是一位"自隐于诗，性命以之"的痴诗之人。此人姓陈名昂，一生颠沛流离，战乱中迁于豫章，靠织草屦度日，难以为继，还需要靠卜卦来维持生计。然而，就是这样一位穷困潦倒的普通人，却痴迷诗歌，一生中从未停止过诗歌的创作。竟陵派的成员之一林古度年少时曾与之交往，见到"一扉之内，席床缶灶，败纸退笔，错处其中"的居住环境诗

---

① 参见郭英德、张德建：《中国散文通史·明代卷》，安徽教育出版社 2012 年版，第 219 页。
② （明）袁中道著，钱伯城点校：《珂雪斋集》，上海古籍出版社 2019 年版，第 712 页。

歌创作的笔记铺满了整个房间，最重要的是，每当年少的林古度称赞他的诗歌时，他就会感动得涕泗齐流，钟惺描摹："每称其一诗，辄反面向壁，流涕悲咽，至于失声。"①

陈昂家徒四壁，然而诗歌让他的精神生活变得富足。只因少年称赞，便感动得痛哭流涕，似乎无人理解。这些小细节，无不见陈昂对于诗歌的痴迷以及现实生活的艰辛。这样一位普通的爱诗之人，最后在穷困中去世，如果没有钟惺的传记，也许谁都不会知道他。但是，这样一位普通人却有着独特的价值，钟惺从这样一位普通的诗人身上得到了诗歌不能画地为牢的认识，更加尊重每一位普通人在诗歌史上的地位。

谭元春的《题周道一集》，描摹的是一个爽快耿直之人。谭元春说周道一："口中雷响，手里炮发，无论禅理。"② 短短几笔，一个"斩截痛快"之人就活灵活现了。为了呼应这个主题，此文也很短，总共71字。谭元春塑造这个人物形象更多地是为了表明自己的文学创作的主张和追求，那就是从事文学创作应该讲求"信心"，而不是在复古中迷失自我。

张岱也有一篇记人的小品文《王月生》，写得妙趣横生。文章首先对王月生的外貌进行了传神的描写："面色如建兰初开，楚楚文弱，纤趾一牙，如出水红菱，矜贵寡言笑，女兄弟闲客多方狡狯嘲弄哈侮，不能勾其一粲。"③ 描写出王月生外表文弱、少言寡语的书生形象。接着又写道王月生"善楷书，画兰竹水仙，亦解吴歌，不易出口。"④ 颇具才华而又不愿在人前展示，这当然激起了众人的好奇心，于是就有了文章结尾处的趣事：

> 月生寒淡如孤梅冷月，含冰傲霜，不喜与俗子交接；或时对面同坐起，若无睹者。有公子狎之，同寝食者半月，不得其一言。一日口嗫嚅动，闲客惊喜，走报公子曰："月生开言矣！"哄然以为祥瑞，急走伺

① （明）钟惺著，李先耕、崔重庆标校：《隐秀轩集》，上海古籍出版社2017年版，第419页。
② （明）谭元春著，陈杏珍点校：《谭元春集》，湖北教育出版社2017年版，第611页。
③ （明）张岱著，林邦钧注评：《陶庵梦忆注评》，上海古籍出版社2014年版，第221页。
④ （明）张岱著，林邦钧注评：《陶庵梦忆注评》，上海古籍出版社2014年版，第221页。

之，面赪，寻又止，公子力请再三，謇涩出二字曰："家去。"①

在这一事件的描写中，作者虽花费笔墨不多，但使用了动作描写、神态描写、语言描写等多种方式，将王月生在情急之下的焦灼心态展露无遗，令人捧腹不止，而又对这个人物有了清晰的认知。

二、独特的女性形象

在明代中后期的小品文创作中，女性形象是一个异常凸显的话题，这也是当时社会思潮发生变革的直接反映，是新的社会观念形成的典型表现。

以倡导性灵说著称的公安派在小品文创作中对身处社会底层的女性给予了充分的关注与表现。公安派作家所记叙的女性人物，多为他们朋友的母亲或妻子。较为密切的交往使得他们可以通过大量的细节描写和日常生活讲述完成这些人物形象的塑造，细腻传神的外貌写和生动准确的言行记录都可以使这些女性的形象变得丰满、鲜活。

如袁宗道在《金太宜人墓志铭》一文中，详细描写自己朋友张可宗的母亲虽然出身名门、生活富足，但始终坚持勤俭持家的良好品质。她重视对子女进行严格的教育，并且主动接济贫穷的街坊邻里。通过这些具体事件的讲述，将这位平凡而又伟大的母亲形象描绘得栩栩如生。袁宗道另有一篇为朋友亡妻所做的《祭萧孺人》，感人至深。文章首先深情回忆了朋友之妻在世时的情形："允升辄留，不咄嗟间，脯醢杂陈，匕箸递新"②不但为大家烹制了丰盛的饭食，还特地准备了新的餐具，表现出萧孺人贤良淑德、心细如发的美好品质。待萧孺人去世后，"是令允升痒泽白鬓也。又其稚子斩焉苴如苦块之间，爱女附心泣血闺阁之内。泠泠茕茕，如行阴雪，回顾失影；如鸠堕巢，彷徨靡泊。"③自己的朋友忽然间两鬓斑白，子女都为母亲的逝去而感到无限的悲痛。文章通过对萧孺人生前与去世后的描写形成了鲜明的对比

---

① （明）张岱著，林邦钧注评：《陶庵梦忆注评》，上海古籍出版社 2014 年版，第 221 页。

② （明）袁宗道著，钱伯城标点：《白苏斋类集》，上海古籍出版社 2007 年版，第 170 页。

③ （明）袁宗道著，钱伯城标点：《白苏斋类集》，上海古籍出版社 2007 年版，第 170 页。

与反差，凸显了这位勤劳善良的普通女性对寻常之家的重要作用，增强了文章的哀思悼念之情，让人读来不觉落泪。

与公安派相类似，竟陵派的作家钟惺、谭元春等人几乎都深情地表达过对自己母亲的感恩，也折射出当时女性的地位。谭元春在《求母氏五十文说》中仔细描述过自己母亲的深明大义、仁德慈爱的一面，钟惺在《家传》一文中也追忆了先母的温和善良、勤劳质朴。如果说母亲是钟惺、谭元春等人关注女性形象的开始，那么，他们有意识赞美女性则是来自母亲的影响。

钟惺《魏母乐太君八十序》中描绘的是钟惺同年好友魏士为的母亲，也是一位具有独特个性的母亲。钟惺在介绍这位母亲前，先进行了这样一段论述："夫人之所受于天，虽其取之有道，致之有本，要以迟者必可久，而太速则易尽。"① 这段论述态度鲜明地表达了钟惺对魏母教子之方的欣赏。魏母不但辅佐了自己丈夫成为一代大儒，而且对于自己老来而得的魏子并不是要求他尽快成才。魏士为在三十六岁才中进士，但是他自己认为"不为速"，因为魏母曾教导："世以滑，吾以钝；世以竞，吾以恬；……"② 认为保持自己内心的纯美和宁静更为可贵。在纷杂的世间，魏母前后扶助自己的丈夫和儿子都取得了不俗的成绩，这表明了魏母这种寡取、守身之道的智慧和远见，塑造了一位具有大智慧、大胸襟的女性形象。再如谭元春在《女山人说》中塑造的女山人澜如，一个反其道而行的"真"山人。大行其道的"山人"都是看似超脱世俗，然而却是背着"山人"的"名"，大求名利的"实"。而澜如，却是大隐隐于市，超然出世，秀外慧中，乃真山人。谭元春在文末这样说道："山人固以丧风雅之名，而女子反以存山人之实。"③

在通俗文学盛行后，才女变成了文学创作中一个重要的塑造对象，尤其是明清两朝特别流行。谭元春在很多诗歌序中也提到了当时的才女，例如《秋闺梦成诗序》就是描绘了一位诗集湮没无闻的女诗人马氏，谭元春偶然得之而异常感动，为其悲天悯怀之心而心动："而至于英雄之心曲、旧家之

---

① （明）钟惺著，李先耕、崔重庆标校：《隐秀轩集》，上海古籍出版社2017年版，第354页。
② （明）钟惺著，李先耕、崔重庆标校：《隐秀轩集》，上海古籍出版社2017年版，第356页。
③ （明）谭元春著，陈杏珍点校：《谭元春集》，湖北教育出版社2017年版，第607页。

乔木、部曲之冻馁、儿女之瓢粒，有悲天悯人、勤王恤私之意焉。"①《期山草小引》则是描绘一位在西湖结识的陌生女子，这位女子写诗"有巷中语、阁中语、道中语"②，在作者看来是一位难得的才女。

忠贞节妇是一个古已有之的命题。从汉代刘向开始为劝诫赵皇后作《列女传》，忠贞节妇开始在史书留名。钟惺的《仲弟妇王氏五十序》为自己弟弟遗妻王氏而作，文中表现了一位妇女的坚忍和善良："妇时年二十三岁，拥四月孤，即拟散发至老，形影相吊，食贫茹戚，二十八年如一日。而又不忍为奇哀显痛，使有闻于亲友，以伤父母兄弟之心。"③文章用客观陈述的语句道尽了古时忠贞节妇饱尝的辛酸。钟惺在文中表达了自己对于妇女守节的看法，认为如忠臣殉国一样，多少含有一种无奈，带有诸多当时社会风气胁迫的因素。无独有偶，谭元春在《汪节母表宅序》一文中也发表了自己对于妇女守节问题的看法，认为守节妇女的"坚忍"是伟大而又孤独的。

张岱也有一篇描写女性的小品文佳作，名为《朱楚生》，文章为我们讲述了一个情无所依，视戏为自己生命的女性：

> 朱楚生，女戏耳，调腔戏耳。其科白之妙，有本腔不能得十分之一者。盖四明姚益城先生精音律，尝与楚生辈讲究关节，妙入情理，如《江天暮雪》《霄光剑》《画中人》等戏，虽昆山老教师细细摹拟，断不能加其毫末也。班中脚色，足以鼓吹楚生者方留之，故班次愈妙。楚生色不甚美，虽绝世佳人，无其风韵。楚楚谡谡，其孤意在眉，其深情在睫，其解意在烟视媚行。性命于戏，下全力为之。曲白有误，稍为订正之，虽后数月，其误处必改削如所语。楚生多坐驰，一往深情，摇飏无主。一日，同余在定香桥，日晡烟生，林木窅冥，楚生低头不语，泣如雨下，余问之，作饰语以对。劳心忡忡，终以情死。④

① （明）谭元春著，陈杏珍点校：《谭元春集》，湖北教育出版社2017年版，第484页。

② （明）谭元春著，陈杏珍点校：《谭元春集》，湖北教育出版社2017年版，第527页。

③ （明）钟惺著，李先耕、崔重庆标校：《隐秀轩集》，上海古籍出版社2017年版，第380页。

④ （明）张岱著，林邦钧注评：《陶庵梦忆注评》，上海古籍出版社2014年版，第154页。

文章对女戏子朱楚生的绝佳唱功给予了充分的认可，并指出朱楚生的相貌虽不算出众但眉宇之间别具一番风味。朱楚生将唱戏视为自己的生命，将自己满腔的热情投入戏曲行业中。然而就是这样一位不可多得的女性，却难逃形单影只的悲苦命运，难免"劳心忡忡，终以情死"的悲惨结局。文章表达了对朱楚生悲剧命运的无限惋惜，于冷静讲述之间言说作者对朱楚生的深切同情。

总体来看，明代中后期的小品文对于女性形象的诠释，饱含了作者自己对社会和人生的深刻感悟和思考，从中可以看出晚明时代的进步观念，是明代尤其是晚明时代独特风尚的生动体现。

第三节　文人雅趣

倾情于艺术创作、崇尚风雅、赏玩器物等都是古代文人最为热衷的乐事，明代中后期的小品文作品有诸多关于花鸟、器物乃至文学作品鉴赏、品评的作品。喝酒吟诗、品评书法、谈诗论艺，这正是晚明时代的文士阶层生活雅趣的真实写照。

一、赏物娱情

对于中国古代文人来说，闲赏文物书画，文房清玩并不鲜见。但在明代中后期，文人们对于"长物"的痴迷达到了前所未有的程度，大量以玩物、赏物为主题的著作的涌现，更是将这股潮流推向了顶峰。

李贽曾作有《诗画》一文，对绘画作品进行了充满个人特色的点评。

　　东坡先生曰："论画以形似，见与儿童邻。作诗必此诗，定知非诗人。"升庵曰："此言画贵神，诗贵韵也。然其言偏，未是至者。晁以道和之云：'画写物外形，要物形不改；诗传画外意，贵有画中态。'其论始定。"卓吾子谓改形不成画，得意非画外，因复和之曰："画不徒写形，正要形神在；诗不在画外，正写画中态。"杜子美云："花远重重树，云轻处处山。"此诗中画也，可以作画本矣。唐人画《桃源图》，舒元舆为之记云："烟岚草木，如带香气。熟视详玩，自觉骨戛青玉，身入镜中。"此画中诗也，绝艺入神矣。吴道子始见张僧繇画，曰："浪得名耳。"已而坐卧其下，三日不能去。座翼初不服逸少，有家鸡野鹜之论，后乃以为伯英再生。然则入眼便称好者，决非好也，决非物色之人也，况未必是吴之与庚，而何可以易识。噫！千百世之人物，其不易识，总若此矣。①

文章以苏东坡论画的观点论述了画贵在神韵，并列举了历代名家作画的例证诠释这一观点，论述清晰、论据充分，颇有思辨性，文人的审美雅兴也因此体现得淋漓尽致。

体现文人赏玩雅好的还有公安派的小品文。袁宏道曾专门著有《瓶史》一书，从鉴赏的角度详细介绍了插花之法。上卷介绍了花瓶的选择与鉴赏，下卷对各种鲜花进行了分类介绍，并介绍了各种花束的内涵、禁忌以及养护之法。通过描写插花艺术，袁宏道也将自己对于美好事物的喜好之情和向往自然的心声表露无遗。这类小品文取法高雅，以轻松流畅的笔法表达了自己对美的理解。文章以小见大，通过具体的事物阐述了创作主体对自我与社会的认知和思考，具有独特的艺术魅力。在一定程度上，体现出晚明文人的生活志趣和审美情趣。

竟陵派作家创作的小品文也热衷于此类题材的写作。钟惺在《跋袁中郎书》一文中说："因思高趣人往往以意作书，不复法古，以无古可法耳。无古可法，故不若直写高趣人之意，尤愈于法古之伪者。"② 这句话既表达出钟惺对于书法的意趣倾向，即凭自己意志，随性而为，直抒胸臆即可，也不难看到竟陵派对于艺术追求的深层次境界。作者以练习书法为例，道出了文学创作所要经历的过程：首先，学习书法要重视临摹字帖，这是书法学习者

---

① （明）李贽：《焚书·续焚书》，岳麓书社 1990 年版，第 215 页。
② （明）钟惺著，李先耕、崔重庆标校：《隐秀轩集》，上海古籍出版社 2017 年版，第665 页。

都应经历的第一步，意在打好书法的基础。但是如果一直停留在临帖的阶段，则永远步人后尘，无法成为书法家；其次，强调自我创作，在第一步的基础上逐步跳脱出前人字帖的束缚，体现出自己的书法特色。最终，要努力达到书法创作的最高境界，那就是在书法中蕴含着自己的创作理念，能够直抒胸臆、自然真切，这就是真正的书法家了。

苏轼有诗云："且待渊明赋归去，共将诗酒趁流年。"（《寄黎眉州》）诗歌离不开酒，酒中自有诗歌。中国文学史上也不乏喝酒吟诗作赋之人。阮籍饮酒，天地皆在脚下；陶潜饮酒，南山如在目前；太白饮酒，世界皆在胸中；钟惺饮酒，文中尽余酒香。钟惺著有《题酒则后四条》，酒香四溢。文中言酒味有四，其一在于神；其二在于气；其三在于趣；其四在于节。将饮酒之乐述诸笔端，留下了人生所不能言中之哲理。

明清之际，逃禅之风盛行。孙立在《屈大均的逃禅与明遗民的思想困境》中以屈大均为例阐释了明清易代逃禅的原因有二：一方面是希望通过保全性命来保存汉族文化的种子，另一方面也是为了表达"沙门不礼王者"的意念。① 这既是屈大均逃禅之原因，也是明清易代之际大部分士人选择逃禅的原因。

逃禅自然影响一个文人的创作。在钟惺临终前为求得安慰，前三日还口授《告佛疏》，这是他自己口述，五弟作文，此时钟惺受五戒，并取了法名"断残"。禅悦之风对竟陵派形成"幽情单绪"和"幽深孤峭"的审美风格有着重要的推动作用。

张岱的小品文也对自己的日常喜好进行了细致的描写。在张岱笔下，这些日常生活中的事物都寄托着自己独有的情感体验，因而已经超越了平常的实用功能，成为自己情感的承载者和寄托者。张岱借吟咏这些生活之物将日常生活与文人审美统一起来。张岱曾写过一篇名为《乳酪》的小品文，记录的是乳酪的制作方法，显得妙趣横生：

---

① 参见孙立：《屈大均的逃禅与明遗民的思想困境》，《中山大学学报》（社会科学版）2003年第5期。

乳酪自驵侩为之，气味已失，再无佳理。余自豢一牛，夜取乳置盆盎，比晓，乳花簇起尺许，用铜铛煮之，瀹兰雪汁，乳斤和汁四瓯，百沸之。玉液珠胶，雪腴霜腻，吹气胜兰，沁入肺腑，自是天供。或用鹤觞花露入甑蒸之，以热妙；或用豆粉掺和，漉之成腐，以冷妙；或煎酥，或作皮，或缚饼，或酒凝，或盐腌，或醋捉，无不佳妙。而苏州过小拙和以蔗浆霜，熬之、滤之、钻之、掇之、印之，为带骨鲍螺，天下称至味。其制法秘甚，锁密房，以纸封固，虽父子不轻传之。①

文章在开头部分点明了自己制作乳酪的原因是"乳酪自驵侩为之，气味已失，再无佳理"，为了品尝到乳酪的绝佳美味，张岱决定自己制作乳酪。于是，从养牛取乳开始，一步步按照操作流程精心制作。文章虽没有详细表述张岱所做乳酪的滋味究竟如何，但仅凭文章对乳酪制作方法与所用工具、器物的详细描摹，就可以感知到乳酪的考究与精致。不禁让人惊叹张岱对生活的情致的看重，以及文人对于审美的执着追求。

二、文人之论

明代中后期的小品文中还存有相当数量的书信手札，在这类文人私语化的写作中，可以更为清晰直观地体会到文人对于文学创作的真实感悟与评判。书信类小品文作为一种自由文体进入文人的生活中，实际上不仅仅用于日常生活交流，更多的还担负着文人之间探讨文学见解的媒介作用。依据作品内容，可对书信类小品文作如下分类：

第一类是对于文学复古与革新的探讨。任何时代的文学发展到一定阶段，都不可避免要谈论这个问题，更何况处于明代中后期的文人，在文学思潮与评价标准发生诸多深刻变革的时期，他们需要谈论的甚至更多的是"信古"和"信心"。如在竟陵派作家钟惺的《再报蔡敬夫》一文中就有过一段

---

① （明）张岱著，夏咸淳、程维荣校注：《陶庵梦忆·西湖梦寻》，上海古籍出版社 2001 年版，第 65 页。

精彩论述："常愤嘉、隆间名人，自谓学古，徒取古人极狭极套者。"① 钟惺对于当时主流文坛存在的只学古人皮相，而丢失了古人的精神的做法表达出强烈的抨击之情，所以在书信中以略带着批评的语气，披露出当时社会文士一味地拟古的现实。从中体现出竟陵派提倡的"求古人之精神"。

第二类是对文章技法进行探讨。明代的文人集团较好地继承了"文学自觉"的传统精神，而书信文牍类的小品文恰好能够满足明代文人个性化写作的需要。故而明代文人喜欢在无拘束的书信文体中自由地探讨文章技法以及审美倾向。这些流传后世的小品文作品对于我们进一步了解明代文学的大势是极有帮助的。如钟惺在《与高孩之观察》中开篇就说"诗至于厚而无余事矣"②，开门见山地提出了自己对于诗歌要"厚"的观点，这也是全文论述的基础。然后论述"厚"从何而来，自然要进一步论述"灵"与"厚"的关系："然从古未有无灵心而能为诗者，厚出于灵，而灵者不即能厚。"③ 这句话简简单单，但却是竟陵派文学理论的一个基点。当然，钟惺还进一步论述了"厚之极，灵不足以言之也"④，为了"保此灵心，方可读书养气，以求其厚"⑤。也就是说，"灵"是厚的基础，而"读书养气"又是"灵"的基础。在《与谭友夏》中，钟惺继续谈论了"厚"可以救模拟之痕迹。并且进一步论述："深厚者易久，新奇者不易久也。"⑥

第三类是对诗文集评选原则的阐述，实际上就是今天探讨的"选学"原则。明代商品经济的迅猛发展，带动了印刷业的突飞猛进，俗文学开始盛行，但不能否认的是传统文学在士人心中还是占据主要地位。明代诗文选集开始出现空前的发展高潮。于是出现如《皇明诗选》（陈子龙等编）、《列朝诗集》（钱谦益编）、《明文海》（黄宗羲编）、《明诗综》（朱彝尊编）、《明诗

---

① （明）钟惺著，李先耕、崔重庆标校：《隐秀轩集》，上海古籍出版社2017年版，第547页。
② （明）钟惺著，李先耕、崔重庆标校：《隐秀轩集》，上海古籍出版社2017年版，第551页。
③ （明）钟惺著，李先耕、崔重庆标校：《隐秀轩集》，上海古籍出版社2017年版，第551页。
④ （明）钟惺著，李先耕、崔重庆标校：《隐秀轩集》，上海古籍出版社2017年版，第551页。
⑤ （明）钟惺著，李先耕、崔重庆标校：《隐秀轩集》，上海古籍出版社2017年版，第551页。
⑥ （明）钟惺著，李先耕、崔重庆标校：《隐秀轩集》，上海古籍出版社2017年版，第550页。

别裁》（沈德潜等编）等经典选集，尤其是竟陵派的《诗归》。而关于本书的编选原则，除了在序文中体现，钟惺和谭元春还在与友人的书信中进行磋商和探讨。钟惺在《答袁未央》中就提到，从汉代开始，一直到唐人诗，各有所优，选成一家，如果"以其精神变化，分身应取"，则会"选之不尽"①。所以最终这句经典的话就出现了："选诗如相人，如取其眼耳之灵，而手足各体皆为枯槁弃物，可乎？"②这里提出了自己的疑问，认为在作诗歌选集的时候，要注意如何选这个问题，而不是毫无章法任凭感觉。谭元春在《答张梦泽》一文中，也就选集表达了自己的看法，他认为："明公选国朝名家，荫庇前后，又雅欲表章奇人之无名者，尤为卓然。"③这里明确指出选集想要做到全面无漏确实很难，但是如果能挖掘一些新意，也不愧是一本新人耳目的选集。这样既能让别人读到灵动之诗歌，更能提携后辈，让他们在选集中留下诗名。

除了竟陵派作家喜欢在与文友的往来书信中谈论文学创作观念之外，其他的小品文作家也多有类似的创作。如李贽曾在多篇与文友的书信中表达了自己对于文学创作的独特理解。如在《征途与共后语》中，李贽借讲述伯牙学琴的故事，阐述了自己的见解："盖成连有成连之音，虽成连不能授之于弟子，伯牙有伯牙之音，虽伯牙不能必得之于成连。所谓音在于是，偶触而即得者，不可以学人为也。矇者唯未尝学，故触之即契，伯牙唯学，故至于无所触而后为妙也。"④指出"偶触而即得者，不可以学人为"，认为文学创作与学琴一样，不是刻意寻找能够实现的。这种独特的文学创作观念也体现在李贽其他的书信写作之中。在《与袁石浦》中李贽写道："《坡仙集》我有批削旁注在内，每开看便自欢喜，是我一件快心却疾之书。大凡我书，皆是求以快乐自己，非为人也。"⑤在《寄京友书》中，李赞说道："大凡我书皆

---

① （明）钟惺著，李先耕、崔重庆标校：《隐秀轩集》，上海古籍出版社2017年版，第568页。

② （明）钟惺著，李先耕、崔重庆标校：《隐秀轩集》，上海古籍出版社2017年版，第568页。

③ （明）谭元春著，陈杏珍点校：《谭元春集》，湖北教育出版社2017年版，第578页。

④ 张建业主编：《李贽文集》，社会科学文献出版社2000年版，第19页。

⑤ 张建业主编：《李贽文集》，社会科学文献出版社2000年版，第45页。

为求以快乐自己，非为人也。"① 在李贽看来，文学创作的真谛是宣泄自己的真实情感，从中体悟到人生的快意，这也是李贽一生坚持的文人真情。

张岱在自己与文友的书信中，也对文学创作进行了点评与议论，所持观点也颇具自己独到的见解。如他在《又与毅儒八弟》一文中写道：

> 前见吾弟选《明诗存》，有一字不似钟、谭者，必弃置不取。今几社诸君子盛称王、李，痛骂钟、谭，而吾弟选法又与前一变，有一字似钟、谭者，必弃置不取。钟、谭之诗集，仍此诗集，吾弟手眼，仍此手眼。而转若飞蓬，捷如影响，何胸无定识，目无定见，口无定评，乃至斯极耶？盖吾弟喜钟、谭时，有钟、谭之好处，尽有钟、谭之不好处。彼盖玉常带璞，原不该视为连城。吾弟恨钟、谭时，有钟、谭之不好处，仍有钟、谭之好处。盖彼瑕不掩瑜，更不可尽弃为瓦砾。吾弟勿以几社君子之言横据胸中，虚心平气，细细论之，则其妍丑自见，奈何以他人好尚为好尚哉。②

在该文中，张岱观点鲜明地提出学文选诗要坚守自己的好恶底线，不必盲从于他人的评价标准。张岱评价竟陵派的代表作家钟惺、谭元春等人在公安派"性灵"创作理论的基础上进一步生发形成了"孤深幽俏"的创作风格。在这一风格的引领之下，他们的文学创作有长处，也存有诸多的瑕疵。对于后学之人应该有所鉴别与选择。并进一步指出前人的文学作品虽有诸多不足，但终究瑕不掩瑜，值得后人借鉴。

第四节　抒怀杂感

作为文人的个性化写作，明代中后期的小品文也充盈着创作主体的个

---

① 张建业主编：《李贽文集》，社会科学文献出版社 2000 年版，第 372 页。
② （明）张岱著，栾保群点校：《琅嬛文集》，浙江古籍出版社 2013 年版，第 106—107 页。

性化情感表达，从中可以清晰感知到他们的真情实感。这类写作多体现在论辩文、杂文（杂论、杂记）之中，这些作品往往在嬉笑怒骂间蕴含了某些深刻的哲理。

依照作品的内容，论辩文可以分为四类，即论政、释经、辨史、诠文。论辩文仍属于中国传统士子心目中的"经国之大业"，所以往往还是带着正统色彩，但也不排除一些创新。从总体来看，明代的论辩文还是具有一些值得归纳总结的特点：一是主体性更突出，即表达自我更加明显，个体见解更新颖独到；二是思辨性更强，对于是非具有鲜明的判断；三是旁征博引以增强感染力，具有恢宏的气势。在这三个方面中，第一条主体性凸显，可谓是晚明时期独特的风尚。这是对于自我价值的肯定和高扬，具有鲜明的时代特色，这也给明代论辩文带来了一些不同以往的色彩。

而关于杂文，则是名目众多，如杂论文，我们往往会追溯到寓言，后来衍生出语录、清言、诗话、文话等。一般而言，杂论文往往带有"似谑而庄"的特点，在心学盛行的晚明时期，杂论文往往都有着浓厚的心学特色，"独抒性灵"也是正常。杂记文在唐朝开始繁盛。虽然通常我们也将山水游记归入杂记文，但在本部分要着重分析的杂记文，大都是以人或事物为描写对象，如书画记、杂记等。杂文在明代一朝盛行并且有了高峰之势，归结起来有如下四个特征：一是使用广泛；二是体式众多；三是风格多样；四是名家辈出。作为占据晚明文坛三十多年的竟陵派，在杂文方面也同样取得了颇高的艺术成就。

一、论史出新

《战国论》是李贽所著一篇颇具盛名的史论小品文，该文是李贽读《战国策》有感而发所写的一篇读后感：

> 余读《战国策》而知刘子政之陋也。夫春秋之后为战国。既为战国之时，则自有战国之策。盖与世推移，其道必尔。如此者，非可以春秋之治治之也明矣。况三王之世欤！

　　五霸者，春秋之事也。夫五霸何以独盛于春秋也？盖是时周室既衰，天子不能操礼乐征伐之权以号令诸侯，故诸侯有不令者，方伯、连帅率诸侯以讨之，相与尊天子而协同盟，然后天下之势复合于一。此如父母卧病不能事事，群小构争，莫可禁阻，中有贤子自力家督，遂起而身父母之任焉。是以名为兄弟，而其实则父母也。虽若侵父母之权，而实父母赖之以安，兄弟赖之以和，左右童仆诸人赖之以立，则有劳于厥家大矣。弟仲相桓，所谓首任其事者也。从此五霸迭兴，更相雄长，夹辅王室，以藩屏周。百足之虫，迟迟复至二百四十余年者，皆管仲之功，五霸之力也。诸侯又不能为五霸之事者，于是有志在吞周，心图混一，如齐宣之所欲为者焉。晋氏为三，吕氏为田，诸侯亦莫之正也。则安得不遂为战国而致谋臣策士于千里之外哉！其势不至混一，故不止矣。

　　刘子政当西汉之未造，感王室之将毁。徒知羡三王之盛，而不知战国之宜，其见固已左矣，彼鲍、吴者，生于宋、元之季，闻见塞胸，仁义盈耳，区区褒贬，何足齿及！乃曾子固自负不少者也，咸谓其文章本于《六经》矣，乃讥向自信之不笃，邪说之当正，则亦不知《六经》为何物，而但窃褒贬以绳世，则其视鲍与吴亦鲁、卫之人矣。①

　　在这篇文章中，李贽开篇明义，对西汉刘向等人"徒知羡三王之盛，而不知战国之宜"的观点提出质疑和否定。文章以宏大的历史视角回顾了东周末年诸侯国并起至秦统一六国的历史，指出"与世推移，其道必尔"的历史发展趋势。在这篇文章中，李贽旗帜鲜明地支持三家分晋、田氏代齐等历史事件是顺应历史潮流的必然事件，体现出李贽进步的历史观。

　　竟陵派的钟惺在论史上有自己的独到见解。钟惺为论史还专门出过一个单行册《史怀》，他自认为对于古人的"经世之旨"有所认识。在学界，对于这册史论文评价也颇高，有"直具史之才识""文人之书"等评价。

---

① 张建业编著：《李贽小品文笺注》，社会科学文献出版社 2012 年版，第 399 页。

在《平准》一文中，钟惺开门见山地指出："平准之法"的出现，只是因为这是汉武帝"理财尽头之想"①，就是说汉武帝苦于缺乏提高国家财政收入的措施，只能出此策略。钟惺还以易经的"穷而变，变而通"来说明出此策的哲理源头。但实际上已经对这个"平准之法"带着一丝贬义。在这样一个开篇的指导下，不难看出下文对于司马迁《平准书》的评价，他认为司马迁并不是因为平准之法而悲，司马迁悲哀的是大汉帝国居然要不得已出平准之法来维持政府财政。这段文字表露出司马迁作为以秉笔直书、刚正不阿而著称的史学家，对汉武帝"好大喜功"的否定与批判。钟惺的出新还不仅仅止于此。由平准之法论述到司马迁的《平准书》，再到司马迁的《货殖列传》，钟惺认为，平准是带着剥削的利好，货殖是有着商业经营的利好。这实际上带有一定的超前经济理论的色彩。

钟惺论史书中的人物，也是新意频出。《郑庄公》一文，钟惺提出了一个全新的观点，他认为郑庄公杀死共叔段并不是像史书上记载那样，因为共叔段修高墙大院、扩充封邑对自己的权利构成了威胁。钟惺认为，他们的矛盾还是因为母亲姜氏，姜氏一直都过于偏心于共叔段，这引起了郑庄公的嫉妒，为了找一个杀共叔段的理由，郑庄公放任共叔段这样的越权行为，等到时机成熟，杀共叔段也就顺理成章了，这应属于兵法中常说的"欲擒故纵"之策。充分暴露出郑庄公内心阴险与歹毒的一面。《留侯》也是一篇别出新意的论文。文中认为张良是一个最会用人的人，他用得最好的人就是刘邦。他利用刘邦为自己的出生地韩国（今河南）报仇，等自己功成名就之后则及时归隐，从而避免了兔死狗烹的下场。钟惺不得不感叹一句："故子房用汉，非为汉用者也。"②论述颇为精辟，带有自己独到的见解。

二、借物抒情

中国是一个诗歌的国度，一直以来都有咏物的传统。明代中后期的小

---

① （明）钟惺著，李先耕、崔重庆标校：《隐秀轩集》，上海古籍出版社2017年版，第485页。
② （明）钟惺著，李先耕、崔重庆标校：《隐秀轩集》，上海古籍出版社2017年版，第481页。

品文也多有咏物之作，小品大家们往往在文章中巧借咏物来抒发自己心中所思所物之情。

竟陵派的几位作家在借物抒情方面有颇多佳作传世，这些作品都表达出竟陵派作家们独特的思维方式和情感体验。

钟惺的《夏梅说》就是一篇经典的论物之文。作者认为目前还没有在无花之时咏梅，这算是开一个先例。咏夏梅体现出钟惺的过人之处。为了阐明与友人在无梅花季节唱和夏梅诗、画夏梅图的用意，并且巧妙地借用了天气的冷热来阐明世人在赏梅、咏梅上的"冷"与"热"，最后再进一步论述到了趋炎附势的世态："夫世固有处极冷之时之地，而名实之权在焉。巧者乘间赴之，有名实之得，而又无赴热之讥。此趋梅于冬春冰雪者之人也，乃真附热者也。"①这是一篇典型的"厚"出于"灵"的文章，也就是文章最终能层层深入，这当然得益于文章立意的灵巧鲜明。

此文寓意深厚。由赏梅、咏梅、画梅最终到晚明朝政大纲、世俗社会。对于"处极冷之地"而"名实之权在焉"②，对于趋炎附势的小人描写得淋漓尽致。我们常说钟惺"冷"，借《夏梅说》的冷热说，来进一步剖析钟惺也是极为恰当。他有着一副不融于世的"冷"外表，同时也有着一颗积极入世的"热"心肠。

此文也不难看到翻新出奇的特点。前面在书信文中就谈到，技法是明代文人常常讨论的话题，钟惺或者竟陵派作家对此也有着更高的追求。于娴熟之中出奇迹、翻新篇是很容易的。所以《夏梅说》以时令的冷热之感与世态的炎凉变化来进行深度融合，不但让文章生动起来，也更加具有批判性。冬春时节，雅俗争赴，而到了夏秋季节，则是无人赏之，落寞异常。整篇作品旧中翻新，平中出奇，堪称经典的论物之文。

钟惺在另一篇文章《两淮盐法纲册序》中指出人们对于事情难易程度的认知，往往是来自自己的心态。心态对了，事情自然就迎刃而解了，如果

---

① （明）钟惺著，李先耕、崔重庆标校：《隐秀轩集》，上海古籍出版社2017年版，第675页。
② （明）钟惺著，李先耕、崔重庆标校：《隐秀轩集》，上海古籍出版社2017年版，第675页。

一直沉浸在疑惑困顿中，事情自然就难办了。谭元春在《二严书义序》中新解了"洛阳纸贵"的典故，他认为左思只是在对的时间写了一篇满足人们"胃口"的文章，这在一定程度上翻新了两点：一是左思的文采并不是导致"洛阳纸贵"现象的主要原因；二是因为刚好大家都处于一种阅读饥渴状态，左思的赋恰好满足了大家对阅读的渴求。在《告亡友文》中，谭元春表达了自己对于钟惺的离世而深感悲痛。但是当旁人以伯牙失子期而不再弹琴的典故来比喻时，谭元春却并不认同，而是选择重反弹琵琶，并且认为，伯牙摔琴之举是对不住子期的，谭元春表示要更加发愤得著书来发扬光大钟惺的文学思想，以报答钟惺的知遇之恩。

　　谭元春也有类似的创作，如他的《先隐园题门说》就是一篇看似写隐士、实际写社会的小文章。先隐园是好友杨鹤的私家园林，也就是自己建造的文人小院，但是我们探寻一下杨鹤就不难看到，作为明末著名的政治、军事人物，他官至兵部右侍郎，但是就是这样一位晚明风云的政治人物，却有着自己的先隐园。这是一处清闲、安宁、雅致的园林，大有与世隔绝的世外桃源之感。园中之人以琴、棋、书、画为乐，园中之人大都是晚明风云一时的政治家，却躲在这样一个类似于归隐之家的地方过着闲适的生活，在这个小园子里"真能欣欣然乐之不倦"①。这就生动地反映出三个问题：一是晚明政治生态很糟糕，一个位高权重的政治人物都想着归隐山林；二是晚明故"楚"派比较失势，杨鹤属湖南常德，竟陵派谭元春也是故"楚"人，在当时的激烈的党争中应该是失衡的；三是隐居思想的盛行与党争的激烈程度成正比。

　　通过此文不难看出当时的政治生态状况，但是谭元春笔下的先隐园却是如此恬静，如此静美。谭元春笔下描绘"佳山好水、灵窟奥区"②，并且刚好在武陵，所以"妻子可以当鹤妻，子父可以当金兰"③，闲时可以登高啸傲，倦时可以松涛长眠，闲适之意，溢于言表。往往就是这样的闲适词语反

① （明）谭元春著，陈杏珍点校：《谭元春集》，湖北教育出版社 2017 年版，第 605 页。

② （明）谭元春著，陈杏珍点校：《谭元春集》，湖北教育出版社 2017 年版，第 605 页。

③ （明）谭元春著，陈杏珍点校：《谭元春集》，湖北教育出版社 2017 年版，第 605 页。

衬出当时政治生态之难。

谭元春还有一篇戏谑之文《二杖说》，将拐杖比喻成挚友，同时认为拐杖的主人与拐杖的人格是相通的。文章主人公是郭子，性格孤僻，而且"洁蔬食"，一副世外高人形象，出去散步时，会特别珍视自己的拐杖，对待拐杖时的神态是："时以袖指，优游之，唯恐伤。"①古代文人对于自己的喜欢的物品，会出现一种近乎痴恋的执着喜爱，最著名莫过于梅妻鹤子，林逋对于自己喜爱的梅花和仙鹤直接称为妻子和孩子。这里的郭子将拐杖称为朋友，并且为了与自己精神相通，还将拐杖做成通体洁白。这样一根普通的拐杖，不但辉映了主人的精气神，更是展示了主人的审美倾向。

前两篇文章，谭元春都是在戏说的文字中展示了一些美好而又无奈的场景，但是显示的却是美好而积极的。下面这一篇则是带着一种批判的态度。《近县五里募修路文》是谭元春不可多得的关于社会批判的文章。他首先对于近县这个地区进行简单概括，说明它的大致情况。说明概况的目的只是引出后来的募捐事宜，这也是他批判的靶子。谭元春在批判的时候都还运用了"兴"的手法，"予尝谓营建之事有二：快人足目者曰光景，切人焦肺者曰利病。"②"切人焦肺"四字，字字带血。

除竟陵派作家之外，晚明的小品大家张岱也有借物抒情的小品文之作。如他的《合采牌》一文就颇见功力：

> 余作文武牌，以纸易骨，便于角斗，而燕客复刻一牌，集天下之斗虎、斗鹰、斗豹者，而多其色目、多其采，曰"合采牌"。余为之作叙曰："太史公曰：'凡编户之民，富相什则卑下之，伯则畏惮之，千则役，万则仆，物之理也。'古人以钱之名不雅驯，缙绅先生难道之，故易其名曰赋、曰禄、曰饷，天子千里外曰采。采者，采其美物以为贡，犹赋也。诸侯在天子之县内曰采，有地以处其子孙亦曰采，名不

---

① （明）谭元春著，陈杏珍点校：《谭元春集》，湖北教育出版社 2017 年版，第 606 页。
② （明）谭元春著，陈杏珍点校：《谭元春集》，湖北教育出版社 2017 年版，第 477 页。

一，其实皆谷也，饭食之谓也。周封建多采则胜，秦无采则亡。采在下无以合之，则齐桓、晋文起矣。列国有采而分析之，则主父偃之谋也。由是而亮采服采，好官不过多得采耳。充类至义之尽，窃亦采也，盗亦采也，鹰虎豹由此其选也。然则奚为而不禁？曰：小役大，弱役强，斯二者天也。《皋陶谟》曰：'载采采'，微哉、之哉、庶哉！"①

文章巧借日常玩物——合采牌抒发了自己有关于国家兴亡、社会治理的思考。文章以小见大、立意高远，对于历史发展的规律与国家治理之策有着其犀利而独到的见解。阅读此文，对于晚明时代的文人咏物之情有更为生动、直观的认识。

---

① （明）张岱著，林邦钧注评：《陶庵梦忆注评》，上海古籍出版社 2014 年版，第 241 页。

第三章　细腻传神的情感表达

作为个人化的文学创作，小品文自出现之时就自然成为创作主体抒发内心情感的重要途径。自明代中晚期开始，小品文的抒情表达倾向更为明显。小品文的创作者将小品文视为自己真实情感的寄托，自觉运用多种情感表达的方式，吐露出内心深处最为真实的情感体验，也将晚明文人的精神世界记录和呈现于后世。

第一节　含蓄蕴藉的情感表达

自明代中后期开始，小品文创作追求一种含蓄蕴藉的情感表达效果，意在营造出含蓄朦胧的审美意境，让读者于朦胧深邃的情境中慢慢体悟作品的深层次意蕴，与中国古典的审美倾向一脉相承。这种独特的情感表达方式主要体现在讲求节制的抒情表达和意在言外的抒情追求两大方面。

一、讲求节制的抒情表达

有节制的抒情表达方式在中国古代文学创作中备受青睐，这种节制是儒家"中庸"思想在传统文学创作中的具体反映，儒家认为"过犹不及"，体现在文学的审美追求上就是讲究含蓄蕴藉、回味无穷，切忌直白浅露。司空图在《二十四诗品》中将"含蓄"排列在第十一品，释义为"故写难状之景，仍含不尽之情，宛转悠扬，方得温柔敦厚之遗旨耳"①。提出作者在刻画难以描摹的景物时，能够做到意在言外、含义不尽、宛转悠扬、含蓄委婉。杨振纲在《诗品解》中引用《皋兰课业本原解》的这段话就直接解释了含蓄节制的抒情表达的优势，他认为如果写作过于浮躁浅露，风格过于外显直白，那么就不能营造出诗歌的宏深境界；要做到写难状之景，仍含不尽之情，言有尽而意无穷，宛转悠扬，克制有节，方能达到温柔敦厚的诗教传统。

文学审美重含蓄的观点来自儒家的"温柔敦厚"思想和佛道的审美倾向，"温柔敦厚"的含义随着时间的变化而不断演变。唐宋时期的"温柔敦厚"主要受到了佛道两家的影响，当时的文坛表现出了重视由实返虚、虚实结合的审美倾向，以司空图《二十四诗品》的问世为显著标志，文坛实现了审美转移，提出了"雄浑"的审美标准，主张"要见得到，说得出，务使健不可挠"②，"浑"即"浑成自然""真体内充"，不得堆砌、板滞，正如郭绍虞先生指出的那样"必须复还空虚，才得入于浑然之境"③。十一品所说的"含蓄"末两句"浅深聚散，万取一收"④，重视在结尾的收束和回味无穷，即是"以一驭万，约观博取，不必罗陈，自觉敦厚"⑤。以上可以看出，"温柔敦厚"已经受到了佛禅思想和道家审美的影响。

在宋代严羽的《沧浪诗话》中同样可以看到这样一种儒、释、道三家思想相结合的审美追求，严羽在论述诗歌妙处时讲究"透彻玲珑，不可凑泊……言有尽而意无穷"⑥，就是说文学作品要追求有节制的抒情表达方式，

---

① （唐）司空图著，罗仲鼎、蔡乃中译注：《二十四诗品》，浙江古籍出版社 2018 年版，第53 页。

② 杨振纲：《诗品解》，（唐）司空图著，郭绍虞集解：《诗品集解》，人民文学出版社 1963年版，第 3 页。

③ 杨振纲：《诗品解》，（唐）司空图著，郭绍虞集解：《诗品集解》，人民文学出版社 1963年版，第 4 页。

④ 杨振纲：《诗品解》，（唐）司空图著，郭绍虞集解：《诗品集解》，人民文学出版社 1963年版，第 21 页。

⑤ 杨振纲：《诗品解》，（唐）司空图著，郭绍虞集解：《诗品集解》，人民文学出版社 1963年版，第 21 页。

⑥ （南宋）严羽著，郭绍虞校释：《沧浪诗话校释》，人民文学出版社 1961 年版，第 40 页。

要控制创作主体感情的抒发，控制作品的抒情节奏，重视展现作品的含蓄美，做到语言有尽而含义无穷。到了晚明的竟陵派，则更加表现出儒、释、道相结合的美学理想，其"静"的诗学概念不仅指代环境的幽静，更是追求心境的平和和诗境的融合，是一种静者与静物浑然为一的状态。这既是作家虚静心态的要求，也受到佛道思想的影响，这在明代中后期的小品文创作中有着较为生动的体现。

明代公安派文人袁宗道曾游览位于北京市房山区的著名景观上方山。与其他地方的自然景观不同，这一位于都城郊区的山地带有诸多京城特有的人烟阜盛景象。袁宗道在这篇游记小品文中开篇即以简洁凝练的语言对上方山的周围景观进行了描述："中有村落，麦田林屋，络络不绝。馌妇牧子，隔篱窥诧，村犬迎人"①。几个并列的四字短句中，既有整体性的扫描，也有具体的细节刻画，将京郊的热闹与繁华淋漓尽致地呈现出来。寥寥数语之间，作者道出了人世间的喧嚣，但却没有对这种热闹和喧嚣的情绪进行大肆的渲染，为的是与文章后续描写山景时营造出的超然脱俗氛围相协调。然而，这短短的几句概括性描写形成了恰到好处的节制性抒情效果，使这种热闹的场景在有所节制当中充满着含蓄蕴藉的独特意味。

《游岳阳楼记》是袁中道所作的一篇山水游记小品文。一提及描写岳阳楼的作品，读者自然会联想到前人范仲淹所作的名篇《岳阳楼记》，故袁中道此文没有直接描写岳阳楼的景观，也没有论述迁客骚人身处岳阳楼中的所思所感，而是别出心裁地对岳阳楼周边的湖光山色进行了详尽的描写，最后得出一句结论性话语："故楼之观，得水而壮，得山而妍也。"②简短的一句话道出了岳阳楼借助洞庭湖的烟波浩荡而更显雄伟，凭借群山的依托而更显美丽，将岳阳楼与周围山水的美学关系进行了辩证式的阐述。以这样的一句话作为整段文字的结束语，也存在着一种有节制的抒情色彩，达到了言有尽而意无穷的独特抒情效果。

---

① （明）袁宗道著，钱伯城标点：《白苏斋类集》，上海古籍出版社 2007 年版，第 186 页。

② （明）袁中道著，钱伯城校点：《珂雪斋集》，上海古籍出版社 2007 年版，第 691 页。

这种有节制的抒情表达也体现在袁中道的尺牍小品创作中。尺牍小品历来被视为文人与亲友之间进行情感交流的重要途径，属于私语化的写作。此类作品多文辞简短而情深意长，有着独特的审美效果。如袁中道在他的《寄四五弟》一文中就这样写道：

> 山中已有一亭，次第作屋，晨起阅藏经数卷，倦即坐亭上，看西山一带，堆蓝设色，天然一幅米家墨气。午后闲走乳窟听泉，精神日以爽健，百病不生。吾弟若有来游意，极好。三月初间，花鸟更新奇，来住数月，烟云供养，受用不尽也。①

全文借写景表达出自己远离尘世、沉迷山水之间的情感。这一作品写于袁中道多年科场失意之时，作者将尘世中的烦恼与倦怠之情通过对山水的赞美含而不露地表达出来，从而具有一种隐晦、节制的抒情表达效果。这段对于自然景观的静态描写也生动描绘出晚明文人追求闲适恬淡的生活风尚，结尾一句"烟云供养，受用不尽也"，几个字却委婉道出自己对于大自然的仰慕、感恩之心，虽未尽意，却给人余音绕梁之感。

袁中道的避世思想在《与梅长公》一文中也有所表露。此时已步入仕途的袁中道在给友人的书信中说："看来世间有一种世外之骨，毕竟与世间应酬不来。弟才入仕途，已觉不堪矣。"②作为官场中人，袁中道没有向友人历数官场中的所见所闻，也没有痛陈官场中的尔虞我诈。只是将这一切见闻概括为"应酬不来"，说自己"才入仕途，已觉不堪"。短短一句，竟然道尽宦海中人的心酸与无奈。相比洋洋洒洒的千言万语，这简短的一句话更有一种"欲说还休"的苦涩之味。

袁宗道也有大量尺牍作品传世，与袁中道不同的是，他的尺牍作品更注重个人情感的抒发，并不是单纯的实用文体。如他在《龚寿亭母舅》一文

---

① （明）袁中道著，钱伯城点校：《珂雪斋集》，上海古籍出版社 2007 年版，第 791 页。
② （明）袁中道著，钱伯城点校：《珂雪斋集》，上海古籍出版社 2007 年版，第 1080 页。

中写道：

> 三年之间，时时聚首畅饮，极尽山林之乐。将为此趣可要之白首，而微尚不坚，匆匆就道。寒月长途，严霜催我鬓，朔风钻我骨，亦复何兴，而蹩躠不休。遂使云心斋前，苍筠无色，薜荔笑而猿鹤怨。盖未抵浊河，而意已中悔矣。且年来放浪诗酒社中，腰骨渐粗，意态近傲。昔年学得些儿馨折，尽情抛向无事甲里，依然石浦河袁生矣。前偶有诗曰："狂态归仍作，学谦久渐忘。"盖情语也。千万莫轻易出山，嘱嘱！①

此文是袁宗道为官之后写给自己舅父的书信。作为一封家书，信中并没有谈及生活琐事，更多的是叙述自己离家之后的诸多变化。在表现宦游岁月对自己的消磨时，作者用了这样一句话："寒月长途，严霜催我鬓，朔风钻我骨"。该句以比喻的手法极为形象地将宦游的生存境况对自己的摧残描述为严冬之时的风霜。在讲述自己寄情于诗酒之中描述为"腰骨渐粗，意态近傲"，以自己体态和性情的变化形象地反映出自己意志的消沉。这篇尺牍之作将自己难以言说的满腹愁苦之情幻化为几句简短的形象性描述语言，所不能将自己复杂的心态展露无疑，但却呈现出一种含而不露的有节制的抒情效果。

公安三袁在描写自己生活中的种种艰辛与磨难之时，总会试图以一种形象、生动而又充满轻松的手法进行简单概括，而生活的真相往往不会如此的轻松与随意。公安三袁在讲述自己生活中的极端困苦之事时，也会寻求一种简淡、节制的抒情方式。如袁中道在《答段二室宪副》中这样写道："庚戌秋，先兄中郎自秦中归秋，中郎竟以微恙，至于不起……不肖当此苦境，外支门户，内抚孤孀，中间患难侮辱，所不忍言。忧伤之余，疾病继之，几无生理。"②文章用寥寥数语描写了自己家中最为艰辛的时刻：兄长一病不起竟至殁亡，自己抚养兄长遗下的孀妻幼子，拖着病体苦苦支撑整个家庭，作

---

① （明）袁宗道：《白苏斋类集》，上海古籍出版社 2007 年版，第 202—203 页。

② （明）袁中道：《珂雪斋集》，上海古籍出版社 2007 年版，第 1076 页。

者用了"几无生理"四字概括个中情形。以这种概括、节制的方式抒发自己内心的悲苦之情，有时更具有情感的张力，给人以痛彻心扉、折骨惊心之感，往往具有更为深沉的艺术感染力。

这种讲求节制的抒情方式在竟陵派作家的创作中也得以很好地继承与延续。竟陵派代表作家钟惺在《陪郎草序》一文中就曾论及："夫诗，以静好柔厚为教者也。"① 钟惺认为作品风格过于粗豪放荡容易导致作品意境的喧杂无当，作品语言的俊利豪爽容易导致文章风格刻薄犀利，只有在创作中注意讲究抒情表达的节制、不豪不俊，才更加符合"静"与"厚"的文学创作传统。

在竟陵派作家看来，讲究抒情表达的节制，就是要做到"静、好、柔、厚"四个字，其实质仍然是强调竟陵派所一直追求的"幽"的审美效果。"静"的审美追求主要受到佛家和道家的思想影响，佛教的禅悟法和道家的虚静说都主张静，其理想的生活状况和追求的精神理想都是强调一个"静"字。"厚"是竟陵派追求的诗学理想，也是竟陵派作家们重要的文学审美追求，"厚"就是温柔敦厚。钟惺所谓的"静好柔厚"实际上也是和中国古典文学所强调的诗教传统一脉相承，逐渐受到了佛道影响，把佛道的相关论断有机结合并内化为自己的一种审美追求。

竟陵派的作家们在创作实践中善于将自己的个性收敛起来，呈现一种"中和"的理想状态，并刻意保持自己内心的独立，从而重视审美主体的内心体验。故而公安派的作品风格大多直白率真，而竟陵派则更加含蓄蕴藉。推究这种含蓄风格呈现的原因，一方面是因为作家自己本身多愁善感、敏感多思，对一切事物有着天然的细致入微的观察和细腻婉转的情感体验；另一方面得益于他们在具体的文学创作中讲究精巧的艺术构思和委婉的文章结构，以及讲求节制、欲言又止、温婉含蓄的抒情表达，从而达到了若隐若现、有意无意、曲折婉转的艺术效果。

如钟惺的《扇篚铭》一文：

---

① （明）钟惺著，李先耕、崔重庆标校：《隐秀轩集》，上海古籍出版社2017年版，第332页。

　　藏汝逸汝，汝曰弃捐。吾乌见夫仆仆怀袖者之能终其天年哉！①

　　这句铭文采用拟人的手法来描写扇箧，更像是作者与扇箧的对话。简短的文字揭示了人生的深刻哲理：过于珍视和看重的东西往往并不长久。

　　又如他的《瘿钵铭》：

　　竖则奁，仰则钵。所受多，所取约。②

　　这句描写瘿钵的铭文很值得读者细细品味。文字从两种状态对瘿钵进行了描写，并着意讲述瘿钵的品质：承受得多但索取得少。这一品质当然是作者所看重的人生信条。

　　再如他的《梦中砚铭》：

　　玉之理，全于此。③

　　作者别出心裁地以玉来写砚，指出这一方砚具有美玉的一切品质。原因在于这方砚是李伯时所用之物，所以这句铭文是对李伯时的称赞，表明他有美玉一般纯粹而高洁的情操。

　　通过以上例文不难看出，钟惺的铭文类小品文大都文约辞微，但在简短的文字中蕴含着极为丰富的人生哲理和思想感悟。作者并没有对这些思想和哲理进行阐述，而是点到为止、欲说还休，给读者留有充分的思考和回味的空间。铭文所用的语句也平白如话，感情平和，没有因为阐述人生哲理而采用任何的激昂之语。这体现出作者心态的平和以及对虚静审美观的推崇，在抒情表达方面追求有节制地情感抒发，在语言上追求一种微言大义的表达效果，更显深刻而厚重。

---

① （明）钟惺著，李先耕、崔重庆标校：《隐秀轩集》，上海古籍出版社2017年版，第697页。
② （明）钟惺著，李先耕、崔重庆标校：《隐秀轩集》，上海古籍出版社2017年版，第699页。
③ （明）钟惺著，李先耕、崔重庆标校：《隐秀轩集》，上海古籍出版社2017年版，第699页。

这种追求有节制的情感表达，还体现在竟陵派的"幽深孤峭"的艺术境界上。这种"幽深孤峭"，因为是当时文人在理想和现实严重背离，无法实现自己的济世理想，只好在文中寄托自己超脱现实的理想。情感的抒发无法直白爽利，但是感情又如此深厚隽永，正如屈原"故忧愁幽思而作《离骚》"，情深委婉达到一种"幽"的境界。"孤"侧重指作品的独创性，带有卓尔不群的意味。如竟陵派的《游玄岳记》《开天岩》等山水游记类小品文，大都着意于开掘"幽深孤峭"的审美意境。他们有感于社会黑暗的晚明动荡时期，以及官场上"耳目化齿牙，世界成骂晋。哓哓自哓哓，愤愤终溃馈"的朋党之争，竟陵派作家"以情所迫为词"，作品真情流露，克制而深情。

二、意在言外的抒情追求

《礼记·经解》最早提出了"温柔敦厚，诗教也。"[①] 后经不断发展，温柔敦厚的诗教传统更加发扬光大，重心是讲究伦理道德，用文学的教化功能逐渐影响普通民众，使他们更加敦厚朴实、温和柔顺，使他们内心更加宽和，节制欲望，向往淳厚，自觉遵守公序良俗的规范和礼法道德的约束。自汉代汉武帝"罢黜百家、独尊儒术"后，儒家学说的正统地位得以确立，随之而来的就是儒教提倡的"温柔敦厚"自然而然成为了古代主流文学思想进行文学评论的最重要的审美准则。与温柔敦厚相对应的就是讲究含蓄蕴藉，具体表现在文学抒情表达方式的委婉曲折，也表现在抒情追求上的意在言外、不愤不激。

明代中期的小品文名家李贽针对文学作品的审美主张提出了著名的"化工"与"画工"之说。李贽认为，所谓化工是一种"绝不在于一字一句之奇"的境界，指出不能以"结构之密，偶对之切；依于道理，合乎法度；首尾相应，虚实相生"[②] 等画工的标准来评价衡量天下至文。李贽指出"造

---

① （春秋）孔丘著，鲁同群注评：《礼记·经解》，凤凰出版社 2011 年版，第 178 页。

② （明）李贽：《焚书》，中华书局 1961 年版，第 96 页。

化无功，虽有神圣，亦不能识知化工之所在，而其谁能得之?"认为世间无人能够言说化工的精妙之处。就李贽对画工与化工的分析和理解来看，李贽在文学创作中仍然承袭了"言有尽而意无穷"的思想主张。李贽在谈及自己对佛经的见解时，曾说："经可解? 不可解。解则通于意表，解则落于言检。解则不执一定，不执一定，即是无定。"认为解经只能通过意会，若不能理解经文之中所包含的"无法言说"的深刻内涵，便会"落于言途"。

李贽以上述理论对诸多文学作品进行了分析与点评。如李贽认为在杂剧作品中，《琵琶记》从画工的角度而言，已经达到了登峰造极的艺术成就，但画工的艺术成就只在"皮肤骨血之间"，缺少了化工之妙，故而"语尽而意亦尽"。相比之下，《西厢》与《拜月》已经具有了化工之妙，虽然在画工方面不如《琵琶记》，但其中的"言尽意无穷"让人觉得意味深远。李贽在《与汪鼎甫》一文中说道："以其不着色相而题旨跃如，所谓水中盐味，可去不可得，是为千古绝唱，当与古文远垂不朽者也。"① 进一步指出文学创作中应探究不着一字，而意蕴悠长的表现手法。

李贽的这一文学审美标准对后世小品文创作有着深远的影响。竟陵派作家在小品文创作中就自觉实践了这一理论主张。《诗归》中有言："引古人之精神，以接后人之心目，使其心目有所止焉"②，这句话集中代表了竟陵派作家钟惺诗学理论的核心，也是他文学审美追求的集中体现。钟惺认为文学创作的本质就是作家情感的真实抒发，其中强调的"精神"有两方面的内涵：其一，"精神"是作家主观的意识，诗人是审美主体，诗人的创作源泉是第一位的，对于古代文论中文学源泉师古，即源于古人书本，师心，即源于心或性，还有源于生活，竟陵派更加强调"师心"同时强调"师古"，力求二者的和谐统一；其二，追求"古之真神""精神"是不受时间空间限制的，真正的精神可以穿越千年时空，光照千古，对于时弊应该学习"古之真

① (明) 李贽：《续焚书》，张建业主编：《李贽文集》，社会科学文献出版社 2000 年版，第43页。

② (明) 钟惺、谭元春选评，张国光、张业茂、曾大兴点校：《诗归》(上册)，湖北人民出版社 1985 年版，第 3 页。

神""与古人之精神相属"①。有明一代对于"精神"的阐释有很多，如王世贞提出了诗为"心之精神发而声者也"，唐顺之也指出"惟其精神亦尽于言语文字之间……"等等。竟陵派作家认为的"精神"内核就是"古之真神"，即古今诗人心中的真性情。

　　对于"诗言志"和"诗缘情"的争论和冲突，竟陵派认为文学的本质是抒发"真情"，指出"见古人诗久传者，反若今人新作诗。见己所评古人语，如看他人语。仓卒中，古今人我，心目为之一易，而茫无所止者，其故何也？在吾与古人之精神，远近前后于此中，而若使人不得不有所止者也"②。由此可见，千百年来人的性情都是相通的，"后之视今，亦犹今之视昔"，所感者相似，如果古人能够真实地抒发自己的性情，那么千百年后的人们再次读到古人的文章，就好像读时文一样，古人的性情并没有多么神秘，如同今天人们的性情一样，性情是可以相通的也是可以互相理解的，真正优秀的文学作品能够真实地反映古人的性情和志趣，也就能折射出今天人们的所思所想，正如钟惺和谭元春指出的"夫诗，道性情者也。发而为言，言其心之所不能不有……"③重要的是要"胸中真有，故能而言其所欲言"④，能够抒发真情才是文学创作的最高追求和本质属性。明代中后期的文学创作表现出向言情方向发展的趋势，历代的作家都对"情"非常重视，无论是汤显祖的"至情说"，冯梦龙的"情教说"，还是公安派的"性灵说"，都是对基于这一观点的有力阐述。"世总为情，情生诗歌，而行于神。"⑤既然明确了世界是有情的世界，文学创作也是作家内心情感的外显，那么文学作品当然要做到抒发真情，且要含蓄蕴藉，做到意在言外，言有尽而意无穷。诗、文可以了然于内心，但是却不能直接发出于口，即使要表达出来，也不能直

---

① （明）谭元春著，陈杏珍点校：《谭元春集》，湖北教育出版社 2017 年版，第 487 页。

② （明）钟惺、谭元春评，张国光、张业茂、曾大兴点校：《诗归》（上册），湖北人民出版社 1985 年版，第 4 页。

③ （明）钟惺著，李先耕、崔重庆标校：《隐秀轩集》，上海古籍出版社 2017 年版，第 332 页。

④ （明）钟惺著，李先耕、崔重庆标校：《隐秀轩集》，上海古籍出版社 2017 年版，第 317 页。

⑤ （明）汤显祖：《耳伯麻姑游诗序》，《汤显祖文集·卷三十一》，上海古籍出版社 1982 年版，第 74 页。

露表现。竟陵派主张文学创作一定要意犹未尽，意在言外，要表现出这种浑厚的感觉，就要求感情的抒发不能直白浅露，也不能过于张扬，而是要在平衡中和的氛围中适当地展现出自己的灵气与宽厚的襟怀。贺贻孙就曾这样评价竟陵派："所谓厚者，以其神厚也，气厚也，味厚也"①，这句话也概括说明了竟陵派作品中呈现出的深远意蕴和厚重的意味。

意在言外的抒情追求不仅体现在竟陵派的文学创作实绩中，也体现在竟陵派对其他文学作品的评价中。在钟惺、谭元春二人所编的《诗归》中，对于所选诗作的评价多有"说不得""不可解"等评语，看起来殊为模糊、令人费解，但细细分析会发现这正是对于意在言外的抒情追求。如张九龄的《湖口望庐山瀑布泉》："天清风雨闻。"谭元春对此的评价："瀑布诗此是绝唱矣。进此一想，则有可知不可言之妙。"② 天朗气清，本来就不可能有雨声，想来自然就是瀑布的声响了，有何不可言之妙？但是"天清风雨闻"则表现了风雨之感，于无声处听惊雷，却有言外未尽之意，需要读者体察。又如对于宋之问《洞庭湖》"地尽天水合"，钟惺说其："妙在不说出'广'字。"③ 洞庭湖湖面宽阔，一望无际，确实用"广"字才是理所应当，但是说"地尽天水合"，在一望无际的视野尽头，看到天水相接的景象，也直观表现出了洞庭湖面之广。再如《汉江临泛》："江流天地外。"钟惺对此句的评论为："真境说不得。"④ 也是说江面宽广，仿佛流到了天地的外面，从中悟到了"真境"，也是一种只可意会不可言传的妙趣。再比如对于孟浩然的《京还赠张维》"早朝非晚起，束带异抽簪。因向智者说，游鱼思旧潭。"钟惺留下了"'说'字俱深妙在是说不得。"⑤ 这句话是说晚起抽簪之乐，就好像是

---

① （清）贺贻孙：《诗筏》，清道光二十六年（1846年）刻本。
② （明）钟惺、谭元春选评，张国光、张业茂、曾大兴点校：《诗归（上册）》，湖北人民出版社1985年版，第97页。
③ （明）钟惺、谭元春选评，张国光、张业茂、曾大兴点校：《诗归（上册）》，湖北人民出版社1985年版，第53页。
④ （明）钟惺、谭元春选评，张国光、张业茂、曾大兴点校：《诗归（上册）》，湖北人民出版社1985年版，第176页。
⑤ （明）钟惺、谭元春选评，张国光、张业茂、曾大兴点校：《诗归（上册）》，湖北人民出版社1985年版，第193页。

游鱼以旧潭为乐，这中间的体悟，实在有种说不得的妙处。再例如《中宵》有句："西阁百寻余，中宵步绮疏。飞星过水白，落月动沙虚。"谭元春评价其："'过'字妙，'白'字更妙。每见飞星而不能咏，于此始服。"①诗歌的本意是说飞星路过水面，使得水面看起来更加白了，但是这样解释未免有流于浅白之嫌，其中的意趣只能意会，意在言外。可以看出，钟惺、谭元春对于诗歌的评价更注重追求对意在言外、回味无穷的审美意境的营造。

晚明的小品文大家张岱在小品文创作中也注意营造意在言外的审美效果。如他的《巘花阁》一文：

　　巘花阁在筠芝亭松峡下，层崖古木，高出林皋，秋有红叶。坡下支壑回涡，石拇棱棱，与水相距。阁不槛、不牖，地不楼、不台，意正不尽也。五雪叔归自广陵，一肚皮园亭，于此小试。台之、亭之、廊之、栈道之，照面楼之侧，又堂之、阁之、梅花缠折旋之，未免伤板、伤实、伤排挤，意反局蹐，若石窟书砚。隔水看山、看阁、看石麓、看松峡上松，庐山面目反于山外得之。五雪叔属余作对，余曰："身在襄阳袖石里，家来辋口扇图中。"言其小处。②

文章以简短的篇幅为读者讲述了一件充满文人情趣的事情。筠芝亭的松峡脚下原本充满着自然之美，五雪叔到来之后在此地大兴土木修建起一座座的亭台楼阁，整个建筑区域充满了呆板、拥挤之气，破坏了原有的自然和谐之美。作者借此事的叙述，意在表达自己对自然之美与人工之美的深入思考。这一抽象的美学观念并没有在文中进行论述，只是通过作者对眼前景物的客观描写而展现出来，实现了一种意在言外的深意表达。

再如张岱的《砂罐锡注》一文：

---

① （明）钟惺、谭元春选评，张国光、张业茂、曾大兴点校：《诗归（上册）》，湖北人民出版社1985年版，第427页。

② （明）张岱著，林邦钧注评：《陶庵梦忆注评》，上海古籍出版社2014年版，第230页。

宜兴罐，以龚春为上，时大彬次之，陈用卿又次之。锡注，以王
元吉为上，归懋德次之。夫砂罐，砂也；锡注，锡也。器方脱手，而一
罐一注价五六金，则是砂与锡与价，其轻重正相等焉，岂非怪事！一
砂罐、一锡注，直跻之商彝、周鼎之列而毫无惭色，则是其品地也。①

　　文章以专业鉴赏家的眼光对宜兴的紫砂罐进行了一番评点和比较，真
实描述了当时加了锡注的紫砂罐可以卖到五六金，恰恰与紫砂罐的重量箱
等。由此作者发出感慨，虽是紫砂、锡等寻常之物，却可以与古玩器物并
列，真是因为品第的原因。文章的结尾一句提示了读者对物品价值衡量
标准的思考，隐约提醒人们对事物的内在品第与外在价值要进行区别性
认知。

第二节　审美意境的精心营造

　　在古代文学的美学范式中，文学创作的最高境界就是形成自己的意境，
明代中后期的小品文写作也同样注重对于意境的营造。在小品文的艺术世界
中，作者在对于人生、对于自然、对于艺术的欣赏和思考中往往引发或者体
现出自身对于宇宙、历史等问题的思考和体悟，进而引起读者对于某种形而
上的感悟和思考。叶朗认为"意境"是超越了有限的"象外之象，从对于
某个具体事物、场景的感受上升为对于人生的感受，带有哲理性的人生感、
历史感、宇宙感"②，这就是"意境"的独特意蕴。而这种意境则会给人一种
"忽忽若有所失"的"惆怅"，这种"惆怅"则会引发一种诗意的体验，故而
意境是最高的审美理想。明代竟陵派小品文名家钟惺曾指出，写作山水游记
的关键在于"要以吾与古人之精神，俱化为山水之精神。使山水文字不作两
事，好之者不作两人，人无所不取，取无所不得，则经纬开合，其中一往深

① （明）张岱著，林邦钧注评：《陶庵梦忆注评》，上海古籍出版社 2014 年版，第 56 页。
② 叶朗：《说意境》，《文艺研究》1998 年第 1 期。

心，真有出乎述作之外者矣"①。能达到这种境界的作品也一定是对于意境进行良好营造、给人以深刻体悟的优秀作品了。

一、眼前景物的生动描绘

明代公安派作家袁宗道在游览北京市西郊的三忠祠时，曾作有《三忠祠纪游》一文：

> 出崇文门二里许，为大同桥。水从玉河中出，桥下水飞珠溅玉，若松梢夜声。林间桔槔相续，大类山庄。二三园亭，依涧临水，小刀从几案间过。稍北为鹿园，方广十余里，地平如掌。古树偃仰，与高塚相错。每客至，则骤马惊鹿以为戏。数武即朝日坛，坛外古松万株，森沉蔽日，都人所谓黑松林者也。韦庄在桥上，南北相去四五里。门外路径甚佳，清流一线，绿树如城。远望林木阴翳，不知几百重。垣内寺馆俱新整，而临流一亭，尤为游屦所凑，盖喜其疏野空旷耳。又有奈子树亦相近，虬屈离奇，荫如数楹夏屋。三夏叶密时，列坐其下，微雨烈日，具不到袂。余同友人送客三忠祠，友人俱心闲喜游，兼以日长无事，故得遍陟。然皆寓目而去，未暇周览。聊志其略，以俟异日乘暇再游。戊戌四月十四日记。②

三忠祠为纪念明万历年间的广宁之战中壮烈殉国的张铨、何廷魁、高邦佐三人而修建。特殊的社会功能赋予该祠堂肃穆、庄重和威严之感。袁宗道在描写三忠祠时，特地细致描写了三忠祠中的多种树木，通过"古树偃仰""森沉蔽日""林木阴翳""虬屈离奇"等描绘，为文章营造出一派寂静、肃穆的审美意境，以强化和凸显自己游览三忠祠的感受。

同样是描写游览途中的见闻感受，袁宗道在《游西山三》一文中就营

---

① （明）钟惺著，李先耕、崔重庆标校：《隐秀轩集》，上海古籍出版社2017年版，第297页。
② （明）袁宗道著，钱伯城标点：《白苏斋类集》，上海古籍出版社1989年版，第193页。

造了另外的审美意境：

> 垣内尖塔如笔，无虑数十。塔色正白，与山隈青霭相间，旭光薄
> 之，晶明可爱。南望朱碧参差，隐起山腰，如堆粉障。①

这段文字以简洁明快的笔法，选用了充满对比性的色彩，描写了西山
中香山寺一带的独特风景，容山寺建筑与自然风光为一体，烘托出温馨、迷
人的意境。

同样是描写山景，袁宗道在《大别山》一文中，又选择了另外的景物
描写风格：

> 江、汉会合处，大别山隆然若巨鳌浮水上。晴门阁踞其首，方亭
> 踞其背，遐瞩远瞻，阁不如亭。予攀萝坐亭上，则两腋下晶晶万顷，
> 舟樯顺逆，皆挂风帆，如蛱蝶成队，上下飞舞。远眺则白浪百里，皆
> 在目中。浸远渐细，咫尺会城。千门万户，鱼鳞参差，蜂案层累。②

这段文字用比喻的手法将大别山比作浮于水面的巨鳌，又细致描写了
自己的游览感受，极言大别山的雄伟壮丽和山势险峻。作者以浓墨重彩营造
出声势浩大而又纷繁复杂的神秘意境，给人以身临其境之感。

竟陵派作家的小品文写作也很重视对于意境之美的开掘，比如谭元春
的《秋寻草自序》：

> 天下山水多矣，老予之身，不足以了其半。而辄于耳目步履中得
> 一石一湫，徘徊难去。入西山恍然，入雷山恍然，入洪山恍然，入九
> 峰山恍然，何恍然之多耶？然则予胸中或本有一恍然以来，而山山若

---

① （明）袁宗道著，钱伯城标点：《白苏斋类集》，上海古籍出版社 1989 年版，第 182 页。
② （明）袁宗道著，钱伯城标点：《白苏斋类集》，上海古籍出版社 1989 年版，第 195 页。

遇也。①

作者对于人生、对于宇宙的深刻的内心体验，好像在山水的独特意境氛围中找到了一个宣泄口，这种"恍然"不能用具体的语言来表达，只能通过营造山水之间的惆怅意境来达到让读者意会的目的。

竟陵派的另一位代表作家钟惺也同样注重意境的营造，如他的小品文《岱记》中这样描述：

> 万光而碧其下，星不能光，光不能尽如夜，而犹不失为星光。趋盛，又以为日。此而日焉，是日于夜也。久之，有赤而圆，其端从碧中起者，日也。脱于碧者半，天海所交，水风窘之，反不能圆。赤尽而白，白斯定，定斯圆，圆斯日矣，则下界日出时也。②

日出本来应该是充满希望的灿烂景象，而在钟惺的描写中却呈现出另外一番感受：尽管作者对于日出的光影色彩加以大力描绘，却仍然让读者感到一种寂寥和空虚的意境。作者用冷眼来观照客观事物，独自品味孤独的情绪，感受其中蕴含的凄寒与清峭。

对于钟惺的苦苦思索和追求，陈云龙在其《十六家小品》中有十分准确而传神的评价：钟惺的小品文精于锻造布局，像九岳三湘一样布局，讲究回环曲折，讲究用心营造；在语言的运用上则像湘水巫云，讲究飘忽不定，出人意表；且喜爱运用修辞手法，就像鸟林楚泽周围萦绕着烟云织风，讲究生动传神，弃繁求简。他的文风非常注重创新，反对蹈袭前人，注重文章的灵感和自身的灵气抒发，这样写来，即使是苦心布局的文章，因为用真情所写，有感而发，最终仍然呈现出自然真实而又灵动的审美风格。

谭元春为钟惺所写的《退谷先生墓志铭》中有一段描写钟惺担任南京

---

① （明）谭元春著，陈杏珍点校：《谭元春集》，湖北教育出版社 2017 年版，第 620 页。

② （明）钟惺著，李先耕、崔重庆标校：《隐秀轩集》，上海古籍出版社 2017 年版，第 395 页。

礼部郎中时的生活境况：

> 退谷改南时，就秦淮一水阁，闭门读史，笔其所见，题曰《史怀》。孤衷静影，常借歌管往来，陶写文心。每游人午夜掉回。曲倦酒尽，两岸寂不闻声，而犹有一灯荧荧，守笔墨不收者，窥窗视之，则嗒然退谷也。东南人士以为真好学者，退谷一人耳。[①]

白描的手法、简单的物件、平淡的事情，营造出的是一种"借歌管往来，陶写文心"的闹中取静和"性深靖如一汉定水"的心态，文中为我们描绘出夜半时分的南京秦淮河归于寂静，只见一灯荧荧，钟惺仍在笔耕不辍，描绘出一幅令人动容的图景。

晚明的张岱在自己的小品文《金山夜戏》中也巧妙运用了意境营造的表现手法：

> 崇祯二年中秋后一日，余道镇江往兖。日晡，至北固，舣舟江口。月光倒囊入水，江涛吞吐，露气吸之，噀天为白。余大惊喜。移舟过金山寺，已二鼓矣。经龙王堂，入大殿，皆漆静。林下漏月光，疏疏如残雪。余呼小奚携戏具，盛张灯火大殿中，唱韩蕲王金山及长江大战诸剧。锣鼓喧阗，一寺人皆起看。有老僧以手背搔眼翳，翕然张口，呵欠与笑嚏俱至。徐定睛，视为何许人，以何事何时至，皆不敢问。剧完，将曙，解缆过江。山僧至山脚，目送久之，不知是人、是怪、是鬼。[②]

文章记录的是一次特殊的观戏经历，作者因在旅途中见到夜色喜人、山寺寂静，便命人在金山寺的大殿之中张灯鸣锣、开始唱戏。寺中僧人于睡梦中惊醒，不知唱戏之人是谁，以致产生了梦境的错觉。作品通过场景描

---

① （明）谭元春著，陈杏珍点校：《谭元春集》，湖北教育出版社2017年版，第530页。
② （明）张岱著，林邦钧注评：《陶庵梦忆注评》，上海古籍出版社2014年版，第16页。

写、环境描写等诸多方式，营造出充满梦幻般色彩的意境，以此赋予这次特殊经历更多的传奇色彩和浪漫感受。

二、情景交融的抒情方式

情与景的综合运用是中国文学常用的抒情方式，通过以情写景和借景抒情等方式来达到情景交融的审美效果，这也是明代中后期小品文创作中常见的抒情方式。

（一）以情写景

清代蒲松龄在《〈帝京景物选略〉小引》中对刘侗在小品文中以情写景的表达方法有过专门的评价：

> 尺幅耳，花有须，须可数；泡有影，影可捉；鱼有乐，乐可知。凌波微步，步每不咫，一咫一莲生，步步迹，咫咫印，细珊珊，香尘满，几乎坐绣而行锦矣。①

"花须"和"泡影"都是景物的极其细微之处，如果作者不是满含着感情来观察细微，就不会体味出"须可数""影可捉"的境界。"鱼有乐"是作家本身的感受，所以才能"知乐"，体悟其中的无限妙处。蒲松龄真正读懂了刘侗的文学作品以及蕴含其中的情感，所以对于他的文章评价极高，称赞其步步生莲，姿态优雅，光彩照人，篇幅短小，但却步步生辉，描写细致，寥寥数字就饱含着感情将景物描绘得细腻生动。

又如刘侗的《西堤》一文，重点描写了西湖荷花的曼妙风神和摇曳生姿，刘侗着重描绘荷花的色泽形态和风姿雨韵，摆脱前人一味地赞赏荷花亭亭净植、不蔓不枝的高洁品德的写法，不落窠臼：

> 荷花时即叶时，花香其红，叶香其绿，香皆以其粉。荷，风姿而

---

① （清）蒲松龄著，路大荒整理：《蒲松龄集》，中华书局 1962 年版，第 53 页。

雨韵；姿在风，羽红摇摇，扇白翻翻；韵在雨，粉历历，碧琤琤，珠溅合，合而倾。荷，朵时笔直，而花好偃仰，花头每重，柄每弱，盖每傍挤之。①

　　作者放眼西湖，看到的莲叶何田田的景象，接天连叶，荷花与荷叶红绿相间，粉红的荷花散发着清香，碧绿的荷叶同样有着清新的香气，都自有一股清香。接着细腻捕捉到"风姿而雨韵"，对于荷花有着可喜的情感，以此情看去，荷花的无限风神韵致就自然显露无遗了，风吹起的时候，荷花的一片片花瓣就好像一个个红色或白色的羽扇，随着微风的节奏而左右摇摆，摇曳生姿；到了微雨时节，荷叶的韵致更显得尤为动人，雨珠轻轻地滴落在叶子上，雨珠因为荷叶的光滑而一粒粒转动，好像一颗颗莹白的珍珠一样，珠珠可数，刚一合拢而又因为风吹过水珠立刻在叶子上四散开来，非常活泼生动、俏皮可爱。最后更是饱含感情地重点留意到荷花完全盛放的时候，因为花头太重了，承接荷花的花柄又过于细弱，致使整个荷花在风中前后摇晃、偃仰不稳，看起来颤颤巍巍，兼之受到大量荷叶的挤迫，艳丽而娇弱的荷花更显得惹人怜爱。作者笔下的西湖荷花有着清新雅致的风韵，自然之美通过作者雅致清新的文字和充满怜爱的感情充分表现出来，见之忘俗，读之可喜，赏心悦目，回味无穷。

　　类似的写作方式也体现在竟陵派作家谭元春的《游南岳记》一文中：

　　惟至半道，缓行蔽翳间，左右条叶，随目俱深。表里洞密，有心斯肃。谭子视周子良久，卒不能发一言。②

　　这段文字描绘出山中草木的阴翳，随着目光的放远而显得颜色更加深沉，有心嘶啸，却不能发一言。这种含蓄蕴藉，重要的就是通过作者的用情

---

① （明）刘侗、于奕正著，孙小力校注：《帝京景物略》，上海古籍出版社 2001 年版，第415 页。

② （明）谭元春著，陈杏珍点校：《谭元春集》，湖北教育出版社 2017 年版，第 439 页。

写景，从而达到了不着一情字而满篇皆情，也很好地体现出竟陵派"灵"与"厚"的文学主张。

再如谭元春的《游玄岳记》中的相关记叙：

> 觉山墼升降中，数千万条皆有厝置條理，参天拔地，因高就缺，若随人意想现者。始犹色然骇，中而默息，久之告劳焉，如江客之厌月矣。然每至将有结构处，尤警人思。①

作者带着深厚的情感观察玄岳山中的松、柏和杉等树木，眼前的一切都让作者感慨不已，初始阶段是对于"若随人意想现者"的赞叹，接着就转入了"中而默息"，再然后"久之告劳"，因为时间过久而产生了审美疲劳，情感的变化伴随着景物的转移，随着理性思索过程的推进，"尤警人思"。当作者登上武当山的天柱绝顶，"近而五老、炉烛，远则南岩、五龙，在山下时了了能指其峰，今已迷失所在。惟知虚空入掌，河汉西流而已"②。作者在山下的时候能够清楚地指出山峰所在，而当登临到山峰绝顶之时则忽然迷失了自己的位置，有种"不识庐山真面目，只缘身在此山中"的哲理味道，而高处不胜寒的空幻感觉就蕴含在这段文字中了。

同样的情感体验也表现在他的《自题湖霜草》中：

> 意绵绵于空翠古碧之中，逢客来而若断；目恍恍于衰黄落红之下，触松色而始明。……况乎望山陟岭，杳然无极；泊岸依村，动必以情。有西湖幽映其外，不待十里，而步步皆深；有两高环照其上，寻至千重，而层层欲霁。③

正所谓以情动人，面对着满目湖光山色的绝美景象，作者自然充满感

---

① （明）谭元春著，陈杏珍点校：《谭元春集》，湖北教育出版社 2017 年版，第 433 页。
② （明）谭元春著，陈杏珍点校：《谭元春集》，湖北教育出版社 2017 年版，第 435 页。
③ （明）谭元春著，陈杏珍点校：《谭元春集》，湖北教育出版社 2017 年版，第 625 页。

情、无法忘怀，于是不禁感叹倘若能够"得一间草阁，临涧对松，半棹野航，藏身接友"①，能够真正远离黑暗的现实，与友人一起隐居山林，"朝在山而夕在水"，实属难得的悠闲与适意。作者用满怀的深情和无限向往之意描绘他眼中的沟荫、霜雪以及世间万物，展现出来的是一幅空蒙幽丽的写意图，想到古人也曾经来此，更增添了作者的朦胧情思和追慕之情，字里行间透露出来的深挚的情感，使得作者笔下的景物清丽含情、摇曳生姿。

谭元春擅长在景物的描写中融入自己的情感，从小事着笔，铺展开深沉的情感。如他在《游玄岳记》开篇不直接点出武当山，而插入"是时方清明，男妇鬌生柳枝，凄然有坟墓想"②的独特情感体验，从中可以看出一个敏感、善思的元春形象。继而描写作者见到了一方藕塘，"仆有善取藕者，跣而下，两足踏藕之所在，如梭往返，而手出之"③，生动形象地表现出普通的生活场景，体现出游玩的轻松乐趣。再比如在《三游乌龙潭记》中写姬妾来时忽然忘记了来时的路："忽一姬昏黑来赴，始知苍茫历乱，已尽为潭所有……而问之女郎来路，曰不尽然，不亦异乎"④，用主观的天真之心来描写客观的雷雨中乌龙潭的凌乱场景，让人读来可以真切感受到作者的一片童心。

晚明的张岱在自己的小品文创作中也善于用个人的情感体验来进行景物描写，如他的《筠芝亭》一文：

筠芝亭，浑朴一亭耳。然而亭之事尽，筠芝亭一山之事亦尽。吾家后此亭而亭者，不及筠芝亭；后此亭而楼者、阁者、斋者，亦不及。总之，多一楼，亭中多一楼之碍；多一墙，亭中多一墙之碍。太仆公造此亭成，亭之外更不增一椽一瓦，亭之内亦不设一槛一扉，此其意有在也。亭前后，太仆公手植树皆合抱，清樾轻岚，潆潆翳翳，如在秋水。亭前石台，躐取亭中之景物而先得之，升高眺远，眼界光明。敬

---

① （明）谭元春著，陈杏珍点校：《谭元春集》，湖北教育出版社2017年版，第625页。
② （明）谭元春著，陈杏珍点校：《谭元春集》，湖北教育出版社2017年版，第432页。
③ （明）谭元春著，陈杏珍点校：《谭元春集》，湖北教育出版社2017年版，第432页。
④ （明）谭元春著，陈杏珍点校：《谭元春集》，湖北教育出版社2017年版，第441页。

亭诸山，箕踞麓下；谿壑萦回，水出松叶之上。台下右旋，曲磴三折，老松偻背而立，顶垂一干，倒下如小幢，小枝盘郁，曲出辅之，旋盖如曲柄葆羽。癸丑以前，不垣不台，松意尤畅。[1]

文章开篇即吐露了自己对筠芝亭的感受："浑朴一亭耳"。带着这样的感情认知，作者详细描述了筠芝亭的古朴之美以及周边景观的精美与别致。正是作者带着独特的情感来观察与描写景物，才于寻常之中体味出别样的审美风貌。

（二）寄情于景

前文论述的以情写景应归属于触景生情的第一个阶段，即当作家看到事物的那一瞬间，内心有某种情感被唤醒，从而在自己的脑海中留有某种印象和体验。而此段论述的寄情于景，则是人们在事物面前，在第一阶段的基础上，由于本身的文化修养和人生经历等因素，赋予所观察到的事物不同的情感体验，也就更能体会到不一样的审美感受。也正是由于人们的学识水平、性格特质以及审美心理的截然不同，所以面对同样的自然景物、不同的人，受到的触动往往相差甚大，所以即使同样的自然风光，不同的文人笔下会呈现出不一样的文学形象和情感体验。

以上主要论述的是触景生情，承接而来的就是下一个阶段的寄情于景。在触景生情的基础上，人们不再满足于单纯的由审美对象所引起的心理变化，而是在心理变化的基础上融入了自己的主观想象，使得自己的主观情感和客观的自然事物之间有了更进一步的交集，一方面它将人们的主观愿望寄托于自己所见到的自然景物中，另一方面见到的自然景物又进一步触发了自己的情感体验，物皆着我之色彩，将自己的主观情感色彩投入客观的自然景物上，以情绘景通过人真挚的情感来再现自然美，所谓寄情于景则是人们有意将自然美景通过自己情感的融入提高到更高的审美意境。寄情于景是由自然美向艺术美的必经转化，是达到情景交融的最高的审美意境。这种审美意

---

[1]　（明）张岱著，林邦钧注评：《陶庵梦忆注评》，上海古籍出版社 2014 年版，第 17 页。

境的产生并非突如其来、空穴来风，当作家在面对着一些具象的审美对象的时候，会感受到情与景的交流和融合，这个时候客观的事物就变得不再客观，而是带有了作家的主观审美色彩，景物的外观、形状、特征等都通过作家感情的寄托和情感的渲染，形成了艺术上的审美对象和情感载体，这个时候就完成了由客观的自然实景转换为内心的主观审美虚境，此时诉诸笔端的就不再是单纯的自然美景，而是融入了作家感情和思考的审美对象，是人的感情和自然和谐相融的文学产物，体现出一种独特的迷人的审美意境，也就是所谓的"有我之境"。

公安派作家袁宏道在自己的小品文创作中极为重视在写景中寄托自己独特的情感表达。如他的《抱瓮亭记》一文：

伯修寓近西长安门，有小亭曰抱瓮，伯修所自名也。亭外多花木，正西有大柏六株，五六月时，凉荫满阶，暑气不得入。每夕阳佳月，透光如水，风枝摇曳，有若浪纹，衣裳床几之类皆动。梨花二株甚繁盛，开时香雪满一庭。隙地皆种蔬，瓜棚藤架，菘路韭畦，宛似山庄。小奴青泉负瓮，白石注水，日夜浇灌不休，面貌若铁。稍暇，则相与宴息树下，观其意，殊乐之，无所苦。凡客之至斯亭者，睹夫枝叶之翁郁，乳雀之哺子，野蛾之变化，胥蝶之移粉，未尝不以为真老圃也。

而是时伯修方在讲筵，先鸡而入，每下直之时，眼中芒生。稍一假寐，而中书催讲章者又已在门。头胶枕上，欲起不得，儿童以热水拭面，乃得醒，看书如在雾中，尝自笑以为不若青泉、白石者之能有此圃也。宏初入亭甚适，既见兄劳顿，心窃苦，已而怃然曰：此余师焦先生之旧居也。当余初第时，摄衣屏息，伛偻门屏下，与诸弟子问业于此者，不知其几。履齿之迹，犹在门限。卷朱未燥，而先生已为迁客。羊肠路险，吾末如何？若宏返覆于此，而知伯修之寄意深词旨远也。伯修殆将归矣。①

---

① （明）袁宏道著，钱伯城笺校：《袁宏道集笺校》，上海古籍出版社 2008 年版，第 684 页。

文章对抱瓮亭一带的景观进行了细致入微而又生动传神的描写，继而睹物思人，联想到当年自己兄长袁宗道在此苦读的情景，由此自然过渡到对焦竑先生的追忆，一句"屐齿之迹，犹在门限"，表现出时光易逝的感叹和对先师的无尽思念。至此，眼前之景与心中之情达到了完美的统一与融合，抒发出"羊肠路险，吾末如何"的叹息。

再如袁宏道的《游苏门山百泉记》一文：

> 举世皆以为无益，而吾惑之，至捐性命以殉，是之为溺。溺者，通人所戒，然亦通人所蔽也。溺于酒者，至于荷锸，溺于书者，至于伐冢；溺于禅者，至于断臂；溺于山水者亦然。苏门之登，至于废起居言笑，以常情律之，则为至怪，以通人观之，则亦人情也。夫此以无妻子为怪，彼亦以远山水为怪。各据其有，则递为富，彼此易位，仰更相苦矣。嗣宗语意微涉牵率，栖神导气，在山水者为俗谈，置之勿答是已。及划然长啸，林谷传响，真意所到，先生曷尝废酬应哉？唯世无发其籁者，故不鸣也。曰："子何以知其溺？"曰："以百泉知之。"①

这篇文章以游百泉而借题发挥，更像是一篇论说文，作者以大量的篇幅论述了世人不同的喜好，凸显出耽爱山水之人的别样情感。作者在文中毫不掩饰地表达了自己向往古人钟情于山水的高尚情操，委婉流露出对现实社会中贪图富贵的世风习气的不满。

竟陵派的小品文作品中也多有类似的抒情表达，如钟惺在为曹学佺的山水游记《蜀中名胜记》作序时这样写道：

> 游蜀者，不必其入山水也，舟车所至，云烟朝暮，竹柏阴晴，凡高者皆可以为山，深者皆可以为水也。游蜀山水者，不必其山水之胜也，舟车所至，时有眺听，林泉众独，猿鸟悲愉，凡为山者皆可以高，

---

① （明）袁宏道著，钱伯城笺校：《袁宏道集笺校》，上海古籍出版社 2008 年版，第 1483 页。

为水者皆可以深也。一切高深可以为山水，而山水反不能自为胜。一切山水可以高深，而山水之胜反不能自为名。山水者，有待而名胜者也。日事，日诗，日文，之三者，山水之眼也，而蜀为甚。①

这段文字论述了这样的道理：山水可以达到高深，但却不能因为其高深而有名，必须依赖于山水间的典故、或者诗歌、文章的流传，才能将山水之名传扬开来，成为山水名胜。所以事迹典故、诗歌、文章可以算是山水之美的"眼睛"，山水只能依赖于人们发现美的眼睛，并经过艺术化的描绘和传扬，才能成为名胜之地。也就是说，只有寄情于景的作品，才更有文学价值。集钟惺孤冷之气、灵气和卓越文采于一身的《浣花溪记》，以流畅的文笔和深沉的情感描绘出作者游览位于成都的浣花溪和杜工部祠的一段经历，详细记述了他的所见、所闻、所感。"西折，纤秀长曲，所见如连环，如玦如带，如规如钩，色如鉴、如琅玕，如绿沈瓜，窈然深碧，潆回城下者，皆浣花溪委也。"②文章开篇就直截了当地描述了浣花溪景致的绝美：浣花溪本身纤长清丽，如同玉连环、玉飘带，十分婉曲深窈。如果仅仅描写景物，文章就很容易成为一篇语言优美而内容空洞的写景文字。而作者接下来写"行三四里为青羊宫。溪时远时近，竹柏苍然，隔岸阴森者尽溪，平望如荠，水木清华，神肤洞达。"③生动表现出作者游览此地的神清气爽、神肤洞达，顿使文章承载了作者主观的真切审美感受。接着目光继续迁移，读者跟着钟惺的脚步，也逐渐转换了情感体验，来到了杜工部祠堂，可以看到石像经过了百年的风云变幻和风雨洗礼开始剥落斑驳起来，石刻的碑传也因为风雨的侵蚀而残缺不全——"像颇清古，不必求肖，想当尔尔"④。正因为作者饱含着对于杜甫的敬佩之情描写杜工部祠堂，所以能够感知到大诗人杜甫当年虽然生活艰辛，但却能够保持着坦然的心境面对着生活的穷困潦倒，进而感慨

---

① （明）钟惺著，李先耕、崔重庆标校：《隐秀轩集》，上海古籍出版社2017年版，第296页。
② （明）钟惺著，李先耕、崔重庆标校：《隐秀轩集》，上海古籍出版社2017年版，第389页。
③ （明）钟惺著，李先耕、崔重庆标校：《隐秀轩集》，上海古籍出版社2017年版，第389页。
④ （明）钟惺著，李先耕、崔重庆标校：《隐秀轩集》，上海古籍出版社2017年版，第390页。

"穷愁奔走，犹能择胜；胸中暇整，可以应世"①，"不以物喜，不以己悲"，无论是处在顺境还是逆境，均身无所累、心无所碍，这不仅仅是对杜甫的写照，更是寄托了作者对这种理想人格的由衷的向往。

类似上文这种寄情于景的创作还有晚明小品文大家张岱的《奔云石》，文章开篇先对一块石头进行了描写："南屏石，无出奔云右者。奔云得其情，未得其理。石如滇茶一朵，风雨落之，半入泥土，花瓣棱棱，三四层折。人走其中，如蝶入花心，无须不缀也。"②作者对这一块看似普通的石头给予了充分地美化和极高的评价，并指出奔云石的出众之处不在于石头的纹理，而在于蕴含的情致，这一论断令人疑惑不解。作者在接下来的讲述中为读者解开了谜团："黄寓庸先生读书其中，四方弟子千余人，门如市。余幼从大父访先生。先生面黧黑，多髭须，毛颊，河目海口，眉棱鼻梁，张口多笑。交际酬酢，八面应之。耳聆客言，目睹来牍，手书回札，口嘱僮奴，杂沓于前，未尝少错。客至，无贵贱，便肉、便饭食之，夜即与同榻。余一书记往，颇秽恶，先生寝食之不异也，余深服之。"③由于作者对常年居住在奔云石旁的黄寓庸先生心存敬意，不觉认为眼前的奔云石带有黄寓庸先生的品质与神韵。斯人已去，但奔云石长留于此，丝毫不改当年的景象，作者以缅怀黄寓庸先生的特殊情感来描写这块看似普通的石头，颇具睹物思人之感。

第三节　意象的选择与描述

意象是中国传统诗学理论中的重要概念。《周易·系辞》已有"观物取象""立象以尽意"之说。刘勰在《文心雕龙·神思》中说道："积学以储宝，酌理以富才，研阅以穷照，驯致以怿（绎）辞；然后使之宰，寻声律而定墨；独具之匠，窥意象而运斤：此盖驭文之首术，谋篇尤端。"简言之，所谓意象就是寓"意"之"象"，即融入了主观情感的客观物象，在具体的文学

---

① （明）钟惺著，李先耕、崔重庆标校：《隐秀轩集》，上海古籍出版社2017年版，第390页。

② （明）张岱著，林邦钧注评：《陶庵梦忆注评》，上海古籍出版社2014年版，第23页。

③ （明）张岱著，林邦钧注评：《陶庵梦忆注评》，上海古籍出版社2014年版，第23页。

作品中，文学意象往往带有特定的含义，寄托了创作主体特殊的情感认知。在明代中后期的小品文创作中，作家们往往自觉使用了意象这一中国传统诗学的表达方法，在小品文中塑造了多种文学意象，使之成为创作主体抒情的重要媒介。

一、诗性意象的运用

晚明时期的小品文是文人传达心中审美意象的理想载体。活跃在明代中后期文坛上的公安派、竟陵派乃至张岱等诸家文派并不只从事小品文创作，而是从事诗歌、散文等多种形式文体的创作。正因如此，这些作家在从事小品文写作时，常会使用诗歌创作的审美方式，从而赋予小品文新的美学体验。

公安派作家将意象的使用视为他们在创作中表现性灵主张的重要途径，袁宏道曾提出："夫性灵窍于心，寓于境。境所偶触，心能摄之；心所欲吐，腕能运之。……以心摄境，心腕运心，则性灵无不必达，是之谓真诗。"① 认为意象是作者内心情感与外界景物综合作用而形成的独特表达方式，这种抒情方式对于坚持文学创作的性灵表达有着重要作用。如他的《晚游六桥待月记》一文，就以一种特殊的手法塑造了文中的意象：

> 西湖最盛，为春为月。一日之盛，为朝烟，为夕岚。
>
> 今岁春雪甚盛，梅花为寒所勒，与杏桃相次开发，尤为奇观。石篑数为余言："傅金吾园中梅，张功甫玉照堂故物也，急往观之。"余时为桃花所恋，竟不忍去。湖上由断桥至苏堤一带，绿烟红雾，弥漫二十余里。歌吹为风，粉汗为雨，罗纨之盛，多于堤畔之草，艳冶极矣。
>
> 然杭人游湖，止午、未、申三时。其实湖光染翠之工，山岚设色之妙，皆在朝日始出，夕春未下，始极其浓媚。月景尤不可言，花态柳情，山容水意，别是一种趣味。此乐留与山僧游客受用，安可为俗

---

① （明）江盈科：《江盈科集》，岳麓书社1997年版，第398页。

士道哉？①

　　文章开头即点明要描写的对象是西湖的月色："西湖最盛，为春为月。"然而在接下来的讲述中，作者写到了春雪，以及伴着春雪竞相绽放的梅花、桃花等，此时的西湖处处弥漫着绿烟红雾，游人陶醉于满园春色之中。这段描写可谓是浓墨重彩、精雕细刻，但并没有涉及西湖的月色。文章继而讲述杭州本地之人游览西湖的时间多为午后，并指出西湖之美尽在朝阳已出、夕阳未落之时，此时的西湖尽显浓媚之姿。在描写完上述内容之后，作者才话锋一转，写了这样一句："月景尤不可言，花态柳情，山容水意，别是一种趣味。"到此时文章似乎才开始切入正题，写到了西湖的月色，但紧接着说道："此乐留与山僧游客受用，安可为俗士道哉？"这样的结束语颇具戏剧性，大大出乎读者的意料。文章题为"待月记"，但在文中月亮始终没有真正出现，作者在对白天的西湖景色进行充分的描写之后，捎带提了一句"月景尤不可言"，言外之意西湖的月色更加美不胜收，给读者留下了极其广阔的想象空间。全文对西湖景物的描写都成为西湖月色的铺垫，西湖之月虽未正式出场，但成为全文一个特殊的意象，这一意象隐藏在西湖的美景之间忽隐忽现，作者通过对西湖月色的特殊塑造方法，也将自己向往光明和纯美的情感展露无遗。

　　竟陵派作家在小品文创作中也同样注重意象的塑造。比如刘侗在作品中描写的众多的动植物形象并不是生硬拼凑，而是一个又一个水乳交融、情意相通的审美意象组合。如在《水尽头》一文中：

　　　　小鱼折折石缝间，闻跫音则伏。于莒于沙，杂花水藻，山僧园叟，不能名之。草至不可族。客乃斗以花，采采百步耳，互出，半不同者。然春之花尚不敌其秋之柿叶，叶紫紫，实丹丹，风日流美，晓树满星，夕野皆火。……鸟树声壮，泉喈喈，不可骤闻。坐久，始别。②

---

① 孙旭升译注：《晚明小品名篇译注》，凤凰出版社 2012 年版，第 54 页。
② （明）刘侗、于奕正著，孙小力校注：《帝京景物略》，上海古籍出版社 2001 年版，第 386 页。

刘侗笔下描写的花草虫鱼、竹树泉石，无不形象鲜明，仿佛被赋予了无尽的生命力，倏忽间跃然纸上。而听到的虫鸣鸟啼、泉流水声也音同天籁，这种种意象的交叠，在作者精心的安排之下呈现出一种色彩斑斓而又和谐明快的灵气之美。又如他的《水关》一文：

> 水一道入关，而方广即三四里，其深矣，鱼之；其浅矣，莲之，菱芡之；即不莲且菱也，水则自蒲苇之，水之才也。①

作者在塑造"鱼""莲"和"蒲苇"等意象的时候，别出心裁使它们从静止的物体变成了有生命力的存在，同时巧妙运用陌生化的语言方式，使常见的事物展现出别样的风情。

竟陵派作家在客观描写的同时，更加重视发觉寻常事物中蕴含的无尽妙趣，使之成为形象鲜明的抒情意象。这一点在刘侗的小品文《吏部古藤》中有很好的体现：

> 吴文定公手所植藤……其引蔓也，无弊委之意，纵送千尺，折旋一区，方严好古，如植者之所为人。方夏而花，贯珠络璎，每一鬊一串，下垂碧叶阴中，端端向人。蕊则豆花，色则茄花，紫光一庭中，穆穆闲闲，藤不追琢而体裁，花若简淡而隽永，又如王文恪之称公文也。公植藤时，维弘治六年，距今几二百年矣，望公逾高以退，而藤逾深芜。②

刘侗在描述古藤的形态的同时，更加注重发掘其中的神韵。在作者的眼中，藤花最让人称道的品格就是方严好古，这就是藤花的主人吴宽严谨方正人格的真实写照。每当夏天刚来临的时候，也正是藤花盛开的季节，藤花

---

① （明）刘侗、于奕正著，孙小力校注：《帝京景物略》，上海古籍出版社 2001 年版，第 27 页。
② （明）刘侗、于奕正著，孙小力校注：《帝京景物略》，上海古籍出版社 2001 年版，第 78 页。

开起来是一串一串的，如同一串一串的璎珞从枝条上垂挂下来，仔细看藤花
的花蕊长得和豆花相似，它的花色就好像是茄花一样，这一串串紫色的花
朵，远观宛如这院中紫气东来，藤花悠闲安静地在庭院中开放，不用特意雕
琢就有如此美态，花朵乍看十分的简单而淡然，但细细品味却会觉得余味悠
长、清新隽永，这又是主人文风的一种生动体现，表面看来语言平淡、不事
雕琢，细细品读则会让人觉得含义深刻、见之忘俗。作者刻意描绘的藤花的
美态和优良的品格，蕴含着对于藤花主人高洁品格以及吴宽简淡隽永文风的
由衷赞颂，含义深刻、感情真挚。

　　刘侗在描写景物时不是面面俱到、多面开花，而是通过先期的细致入
微的观察和后期的精心筛选，善于选取典型景物，着重描写这些景物的主要
特征，表现它们的独特风貌，让读者把握住这些景物描写的核心。就像吴承
学先生所说的那样："刘侗写景繁冗删尽，善摄事物之神。"[1] 如在他的《白
石庄》一文中，刘侗写道"庄所取韵皆柳"[2]，白石庄以柳闻名，因此在后面
的行文过程中皆以柳为线索：

　　　　柳色时变，闲者惊之。声亦时变也，静者省之。春，黄浅而芽，
　　绿浅而眉，深而眼。春老，絮而白。夏，丝迢迢以风，阴隆隆以日。
　　秋，叶黄而落，而坠条当当，而霜柯鸣于树。柳溪之中，门临轩对，
　　一松虬，一亭小，立柳中。亭后，台三累，竹一湾，曰爽阁，柳环之。
　　台后，池而荷，桥荷之上，亭桥之西，柳又环之。一往竹篱内，堂三
　　楹。松亦虬。海棠花时，朱丝亦竟丈，老槐虽孤，其齿尊，其势出林
　　表。后堂北，老松五，其与槐引年。松后一往为土山，步芍药牡丹圃
　　良久，南登郁冈亭，俯瞰月池，又柳也。[3]

① 吴承学：《旨永神遥明小品》，汕头大学出版社1997年版，第87页。
② （明）刘侗、于奕正著，孙小力校注：《帝京景物略》，上海古籍出版社2001年版，第
　 288—289页。
③ （明）刘侗、于奕正著，孙小力校注：《帝京景物略》，上海古籍出版社2001年版，第
　 288—289页。

在以闲者自称的作者眼中，柳意也随着季节的变化而发生改变，面貌截然不同，殊为有趣。作者有感于四时的变换，细致入微地观察柳树的时令特征，并运用生动的语言来描绘这些变化，塑造出了柳树独特而深刻的意象。春天的时候，在"五九"和"六九"的时节里，河边插杨柳，柳树开始抽芽，叶子也从浅黄色变了嫩绿色，像是弯弯的眉毛，继而很快随着春风的荡漾逐渐变成了深绿的柳眼，等到暮春时节，长出了白色的柳絮和柳绵。当进入了夏季，万条垂下绿丝绦，这些绿丝绦随着夏季的风儿摇曳生姿，此时柳树下成为人们避暑乘凉的绝佳区域。秋天到了，柳树也随着秋风的萧瑟逐渐变黄脱落，仿佛能听到柳条落在地上的声音。悠闲的人们对着四时柳色的不同生发的感慨也自然呈现差异，喜爱安静的人听到柳树不同的声响也会不停反省自身。这些柳树不仅让看到的人们惊叹，也点亮了四周的其他景色，诸如柳树旁边的老槐树、亭台楼阁、海棠花、荷花、牡丹花、芍药花等，均随着柳树的变化而呈现出不同的面貌，给游人带来不同的审美感受。作者抓住这些典型变化，运用自己的巧思和妙笔，铺展了柳树的特色意象，读来别有一番风味。

二、意象含义的扩展

明代中后期的小品文在选用以往文学意象时，往往根据创作主体个人情感的表达需要，赋予传统文学意象以新的内涵，从而扩展了传统意象的表现范围，增强了文章的抒情效果。

晚明时期的江盈科曾作有一篇名为《蛛蚕》的小品文：

蛛语蚕曰："尔饱食终日，以至于老，口吐经纬，黄白灿然，因之自裹。蚕妇操汝，入于沸汤，抽为长丝，乃丧厥躯。然则其巧也，适以自杀，不亦愚乎？"蚕答蛛曰："我固自杀，我应吐者，遂为文章。天子衮龙，百官绂绣，孰非我营？汝乃枵腹而营，口吐经纬，织成网罗，坐伺其间。蚊虻蜂蝶之见过者，无不杀之，而以自饱。巧则巧矣，何其忍也！"蛛曰："为人谋，则为汝；自为谋，则为我。"嘻！世之为蚕不为蛛者，寡矣夫！①

　　作为文学创作中一个重要的传统意象，蚕一直被视为辛勤劳作、甘于奉献的文学意象而反复描摹。但在江盈科的这篇文章中，蚕被塑造为敢于献身的勇士形象。文章巧妙地将蚕吐丝与蜘蛛结网进行对比，指出蜘蛛吐丝是为了满足自己，而蚕吐丝则是为了造福他人；蚕完成吐丝之后为了贡献自己的劳动成果必须牺牲自己的生命，而蜘蛛在完成吐丝之后则是张网猎杀其他生命。通过对比，文章赋予蚕一种甘于献身的精神，使这一传统意象更多了一份感人至深的英雄气。由此，作者发出感慨："嘻！世之为蚕不为蛛者，寡矣夫！"文章结尾处这一升华的表达，由蚕的意象而思考世间的人们对于不同价值观的理解和取舍，从而使这一咏物小品文有了更为深刻的主题思想。

　　类似的创作观念也体现在晚明陈继儒的小品文中。陈继儒在《小窗幽记》卷五中以大量的篇幅描写了茶叶。如"焚香煮茗，把酒吟诗，不许胸中生冰炭"②。"茅斋独坐茶频煮，七碗后气爽神清；竹榻斜眠书漫抛，一枕余心闲梦稳。"③ 等几句说明了饮茶的独特功效；如"带雨有时种竹，关门无事锄花；拈笔闲删旧句，汲泉几试新茶"④。"意思小倦，暂休竹榻；饷时而起，则啜苦茗。"⑤ "采茶欲精，藏茶欲燥，烹茶欲洁。"⑥ 等几句介绍了自己饮

① （明）江盈科著，黄仁生校注：《雪涛小说》（外四种），上海古籍出版社 2000 年版，第82 页。
② （明）陈继儒等著，罗立刚校注：《小窗幽记》（外二种），上海古籍出版社 2020 年版，第69 页。
③ （明）陈继儒等著，罗立刚校注：《小窗幽记》（外二种），上海古籍出版社 2020 年版，第69 页。
④ （明）陈继儒等著，罗立刚校注：《小窗幽记》（外二种），上海古籍出版社 2020 年版，第69 页。
⑤ （明）陈继儒等著，罗立刚校注：《小窗幽记》（外二种），上海古籍出版社 2020 年版，第70 页。
⑥ （明）陈继儒等著，罗立刚校注：《小窗幽记》（外二种），上海古籍出版社 2020 年版，第72 页。

茶时的习惯:"茶欲白,墨欲黑;茶欲重,墨欲轻;茶欲新,墨欲旧"①。"茶见日而夺味,墨见日而色灰。"②"夜寒坐小室中,拥炉闲话,渴则敲冰煮茗,饥则拨火煨芋。"③"翠竹碧松,高僧对弈;苍苔红叶,童子煎茶。"④ 等几句将饮茶习惯与日常生活相联系,形象说明了饮茶已成为作者日常生活中的一部分。

饮茶习惯在中国有着极为悠久的历史,相传神农尝百草后,以茶来解毒,说明中国人很早之前就认识到茶的基本功效。自唐代开始,饮茶之风已经开始普及,人们总结出一套完整的种茶、制茶、饮茶的方式,并自觉将其应用到日常生活之中。中国人的饮茶之风也体现在文学作品中。在文学创作中,茶也成为一个重要的抒情意象。人们以茶的提神、消毒之功效赋予其志向高洁的内涵,以饮茶的心态和习惯赋予其恬淡安闲的内涵。在陈继儒笔下的小品文中,作者将饮茶与自己的日常生活、饮食起居、室内陈设相联系,扩展了饮茶的存在空间,并由饮茶带来的祛热、提神等功效引申为一种人生态度和精神品格,体现了作者不随世俗、格调高雅的隐逸精神。

晚明时期的小品文名家张岱也善于在作品中赋予传统意象以新的内涵。如他的《一尺雪》:

> "一尺雪"为芍药异种,余于兖州见之。花瓣纯白,无须萼,无檀心,无星星红紫,洁如羊脂,细如鹤翮,结楼吐舌,粉艳雪腴。上下四旁方三尺,干小而弱,力不能支,蕊大如芙蓉,辄缚一小架扶之。大江以南,有其名无其种,有其种无其土,盖非兖勿易见之也。

---

① (明)陈继儒等著,罗立刚校注:《小窗幽记》(外二种),上海古籍出版社 2020 年版,第 72 页。
② (明)陈继儒等著,罗立刚校注:《小窗幽记》(外二种),上海古籍出版社 2020 年版,第 72 页。
③ (明)陈继儒等著,罗立刚校注:《小窗幽记》(外二种),上海古籍出版社 2020 年版,第 73 页。
④ (明)陈继儒等著,罗立刚校注:《小窗幽记》(外二种),上海古籍出版社 2020 年版,第 73 页。

兖州种芍药者如种麦，以邻以亩。花时宴客，棚于路、彩于门、衣于壁、障于屏、缀于帘、簪于席、茵于阶者，毕用之，日费数千勿惜。余昔在兖，友人日剪数百朵送寓所，堆垛狼藉，真无法处之。①

文章为读者介绍了一种罕见的芍药品种"一尺雪"，作者详尽描写了"一尺雪"美艳的姿态，与其硕大艳丽的花朵相比，"一尺雪"的枝干柔弱无力，无法支撑花朵，只能依靠花架扶持。这一对比性的描写，让人顿生头重脚轻、华而不实之感。接下来，佐证继续讲述"一尺雪"的产地兖州将芍药作为庄稼一样大面积种植的情况，为了接待客人而用芍药花大肆装点道路、房门、墙壁等等，花费颇巨。最后作者看似无心地提到，有朋友一下剪了数百支芍药花送给自己，但是望着一片狼藉的芍药花，竟然不知道如何处理。这一讲述与前文对"一尺雪"的描写形成了照应关系，加深了读者对芍药花的认知。在这篇文章中，芍药花一改先前的富贵艳丽的形象，成为承载了华而不实、爱慕虚荣等情感的文学意象。芍药这一意象的新内涵，也给这篇小品文带来了新意。

同是描写鲜花，张岱另有一篇《菊海》：

兖州张氏期余看菊，去城五里。余至其园，尽其所为园者而折旋之，又尽其所不尽为园者而周旋之，绝不见一菊，异之。移时，主人导至一苍莽空地，有苇厂三间，肃余入，遍观之，不敢以菊言，真菊海也。厂三面，砌坛三层，以菊之高下高下之。花大如瓷瓯，无不球，无不甲，无不金银荷花瓣，色鲜艳，异凡本，而翠叶层层，无一早脱者。此是天道，是土力，是人工，缺一不可焉。

兖州缙绅家风气袭王府，赏菊之日，其桌，其炕、其灯、其炉、其盘、其盒、其盆盎、其肴器、其杯盘大觥、其壶、其帏、其褥、其酒、其面食、其衣服花样，无不菊者。夜烧烛照之，蒸蒸烘染，较日

① （明）张岱著，林邦钧注评：《陶庵梦忆注评》，上海古籍出版社2014年版，第183页。

色更浮出数层。席散，撤苇帘以受繁露。①

　　文章以海来形容所见菊花之众多，可谓是极尽夸饰，文中所描绘的菊花"花大如瓷瓯，无不球，无不甲，无不金银荷花瓣，色鲜艳，异凡本，而翠叶层层，无一早脱者。"读来如在目前，不觉感叹作者笔下的菊花充满着夺目的光彩。由此，作者谈及兖州当地赏菊之时的繁盛局面：各色器皿无不带有着菊花纹样。夜色来临之时，在烛光的映照之下，满堂的菊花熠熠生辉，令人目不暇视。文章通篇塑造了菊花的崭新意象，自东晋陶渊明开始，菊花就被历代文人视为高洁隐逸的象征，鲜有视其为富贵之物者。但在这篇文章中，菊花一改传统的内涵，成为充满富贵之气的意象。

第四节　比喻手法的灵活运用

　　小品文作家在日常创作中往往善于运用巧妙的比喻，通过以物喻物、化抽象为形象等具体的比喻形式将原本枯燥的叙事说理幻化成具体生动的文学形象，为文章增添了无限的妙趣，极大地拓宽了小品文的写作空间。

一、以物喻物

　　以物喻物，就是以一个事物的特征来比喻另一个事物的特征，用人们都熟悉的事物来比喻陌生的事物，两者的某种相通的特质被深刻挖掘出来，使得读者更加体悟深刻。竟陵派小品文使用以物喻物的手法，使得文章的理趣和可读性都随之增强，增添了文章的内在张力。

　　公安派作家袁宏道颇擅长在小品文创作中使用比喻的手法，往往起到绝佳的艺术效果。如他在《与沈伯函水部》一文中这样写道："冬间寒气甚厉，京城如雪窖，冷官如寒号虫。每一出门，眉须皆冻。远山、春草数辈，面皱皮裂，谇语满室。若得量移，便当图南，不能兀兀长守此

---

① （明）张岱著，林邦钧注评：《陶庵梦忆注评》，上海古籍出版社2014年版，第184页。

也。"① 文章为表现北京冬季的严寒，将偌大的京城比作雪窖，将官员比作寒号鸟。这一比喻新奇而有趣味，具有很高的文学审美性。袁宏道在《西洞庭》一文中这样描写洞庭湖的风光："余居山凡两日，篮舆行绿树中，碧萝垂握，苍枝掩径，坐则青山列屏，立则湖水献玉。一峦一壑，可列名山败址残石，堪入图画"②。这段文字将自己置身于洞庭湖畔的感受表现得淋漓尽致，"青山列屏""湖水献玉"八个字使用了新奇的比喻，形象表现出湖畔青山的整齐排列和湖水的青翠喜人。不但描绘出洞庭湖畔的如画美景，更表达了创作主体面对美景之时心旷神怡的真实感受。文章使用比喻的手法来表达创作主体内心的情感体验，也体现出了公安派一贯的"性灵"追求。同样的艺术特点也体现在他的《虎丘记》一文中，袁宏道描写苏州人于中秋之夜游览虎丘的场面："每至是日，倾城阖户，连臂而至。衣冠士女，下迨蔀屋，莫不靓妆丽服，重茵累席，置酒交衢间，从千人石上至山门，栉比如鳞。檀板丘积，樽罍云泻，远而望之，如雁落平沙，霞铺江上，雷辊电霍，无得而状。"③ 这段文字将游览虎丘的人群比作整齐排列的鱼鳞，将堆积起来的歌板比作山丘，将酒器里盛放的美酒比作天边的云彩，将游人如织的场面比作"雁落平沙，霞铺江上"，这些新奇的比喻充满了无尽的趣味性，写出了市民社会中的热闹和欢乐。

竟陵派作家群体也善于运用比喻的手法进行小品文写作，如谭元春在自己的诗集《秋寻草》前有《秋寻草自序》一文：

> 夫秋也，草木疏而不积，山川澹而不媚，结束凉而不燥。比之春，如舍佳人而逢高僧于绽衣洗钵也；比之夏，如辞贵游而侣韵士十清泉白石也；比之冬，又如耻孤寒而露英雄于夜雨疏灯也。④

① （明）袁宏道著，钱伯城笺校：《袁宏道集笺校》，上海古籍出版社 2008 年版，第 757 页。
② （明）袁宏道著，钱伯城笺校：《袁宏道集笺校》，上海古籍出版社 2008 年版，第 161 页。
③ （明）袁宏道著，钱伯城笺校：《袁宏道集笺校》，上海古籍出版社 2008 年版，第 157 页。
④ （明）谭元春著，陈杏珍点校：《谭元春集》，湖北教育出版社 2017 年版，第 620 页。

季节给人的感觉往往是抽象的，为了让读者对秋有更加具体的感知，作者将秋天与相似的春、夏、冬三季进行比照，又拟之以各种具体的形象，非常准确地描绘秋天的特点和独特的品格。在作者看来，秋天最大的特征是"清"，谭元春批评历来的游人，"不能自清其胸中，以求秋之所在，而动曰'悲秋'"①。这种悲秋更多的是人云亦云、无病呻吟，不是从自己内心深处出发也不是自己内心真实的感受，秋是涤荡万物的，不是蹈袭前人的为赋新词强说愁。

竟陵派和公安派也有相同之处，比如在作文时都有着幽默的一面。在钟惺的《自题诗后》一文中就记录了钟惺和谭元春两人都认为若想要做到真正的潇洒不羁，那就要做到不读书、不写文章，但对他们而言这是不可能实现的：

> 袁石公有言："我辈非诗文不能度日。"此语与余颇同。昔人有问长生诀者，曰："只是断欲。"其人摇头曰："如此，虽寿千岁何益"余辈今日不作诗文，有何生趣？②

这段文字将作家们的创作欲望比喻为人自身难以扼制的色欲，以物喻物，生动形象地说明了人的创作欲望就像色欲一样属于本性的需求，即使这种欲望能够消除，可是没有了欲望的人生还有什么乐趣可言。这种比喻生动有趣，别出心裁，使得文章妙趣横生。

张岱的小品文中也有诸多的比喻用法出现，如他在《曹山》一文中这样描写放生池："积三十余年，放生几百千万，有见池中放光如万炬烛天，鱼虾荇藻附之而起，直达天河者。"③这句话将池中的鱼群比作照亮天际的火烛，借烛光映天之时，池中鱼虾荇藻仿佛可以附之而起，游入天河之中。这一比喻的表达不仅生动形象，还具有了魔幻的色彩。以此来描写具有特殊意

---

① （明）谭元春著，陈杏珍点校：《谭元春集》，湖北教育出版社2017年版，第620页。

② （明）钟惺著，李先耕、崔重庆标校：《隐秀轩集》，上海古籍出版社2017年版，第646页。

③ （明）张岱著，林邦钧注评：《陶庵梦忆注评》，上海古籍出版社2014年版，第185页。

义的放生池，更使文章增添了超凡脱俗的意蕴。

二、化抽象为形象

化抽象为形象是比喻手法的重要作用之一，小品文作家在进行抽象说理之时，往往使用比喻的手法将抽象的道理用形象的语言进行阐释，从而使文章具有鲜活的艺术生命力。

公安派作家袁宏道在《兰泽、云泽两叔》一文中，对人们往往飘忽不定的心思进行了生动的阐述："寂寞之时，既想热闹；喧嚣之场，亦思闲静。人情大抵皆然。如猴子在树下，则思量树头果；及在树头，则又思量树下饭。往往复复，略无停刻，良亦苦矣。"① 为了说明人们飘忽易变的心思，文章选择用猴群来比喻人群，以"猴子在树下之时就会想着树上的果实，在树上之时就会想着树下的饭食"这一场景，生动地阐述了人心思动这一深刻的道理。这一表达方式读来妙趣横生，令人忍俊不禁。

在《张幼于》这篇尺牍小品中，袁宏道对自己身处官场的痛苦挣扎和心酸无奈进行了颇为形象的比喻："一处剧邑，如猢狲入笼中，欲出则被主者反扃，欲不出又非其性，东跳西孛，毛爪俱落。主者不得已，怜而放之，仅得不死。"② 作者将自己比作囚入笼中的猴子，热爱自由的天性受到极大的摧残，以至于毛爪脱落，奄奄一息。将人比作猴子，本身就带有了些许自嘲的意味。通过猴子在笼中的挣扎，极为贴切地展现出作者内心身处撕裂般的痛苦，令人心生怜悯。类似这种表达自己对官场心生厌倦的小品文还有很多。如在《罗郢南》中，袁宏道就曾这样写道："自入秋来，见乌纱如粪箕，青袍类败网，角带似老囚长枷……"③ 连用三个比喻，将官帽比作粪箕、将官服比作破网、将角带比作枷锁，极言官场的丑恶现实与对人性的束缚，以此表达自己不愿与世俗同流合乎的高尚情操。一旦脱离了官场的樊笼，袁宏道的内心世界在作品中又呈现出了另外的一番风貌。如他在《倪崧山》中

---

①（明）袁宏道著，钱伯城笺校：《袁宏道集笺校》，上海古籍出版社 2008 年版，第 747 页。

②（明）袁宏道著，钱伯城笺校：《袁宏道集笺校》，上海古籍出版社 2008 年版，第 278 页。

③（明）袁宏道著，钱伯城笺校：《袁宏道集笺校》，上海古籍出版社 2008 年版，第 281 页。

这样描述自己离开官场的心境："幸道袁生已是投林倦鸟，纵壑游鳞。"① 将离开官场的自己比作了投林的倦鸟和深渊中的游鱼，比喻极为生动形象。袁宏道在《诸学博》一文中也对自己渴望离开官场的心态进行了一番生动的比喻："不肖去志已如离弓之箭，入海之水，出岭之云，落地之雪矣。"② 心生这种去意只因为"吏道如网，世态如炭，形骸若牿，可以娱心意悦耳目者，唯有一唱一咏一歌一管而已矣。过此则有太上之至乐，穷天地之奥妙，发性命之玄机，究生死之根源，别儒佛之同异，足下倘有意乎？"③ 这番讲述层层设喻又层层递进，于生动形象中完成说理论事，让人读来有酣畅淋漓之感。

无独有偶，竟陵派作家在小品文创作中也善于用比喻的方式阐述抽象而深刻的道理。竟陵派在文学创作上讲求"厚"，讲究出乎其外而入乎其内，这种含蓄蕴藉的艺术追求要靠比兴手法的运用来实现，从而达到化抽象为形象的写作目的。竟陵派不同于公安派，更加靠近前后七子的做法，重视比兴的手法，注重化抽象为形象，这也是竟陵派含蓄蕴藉的审美追求的实现方式。南朝乐府中有这样一首《读曲歌》："种莲长江边，藕生黄蘖浦。必得莲子时，流离经辛苦。"竟陵派作家谭元春评价说："一意到头者最妙，但忽然突出比兴者亦妙。三百篇中，有在首句者，有在末句者，虽极纤小歌词，不可不知此法。"竟陵派的代表钟惺在《简远堂近诗序》中也论述道："夫日取不欲闻之语，不欲见之事，不欲与之人，而以孤衷峭性，勉强应酬，使吾耳目形骸为之用，而欲其性情渊夷，神明恬寂，作比兴风雅之言，其趣不已远乎！"④ 钟惺批评了谭元春忙于应酬的做法，指出：以羁劳辛苦之身躯而想保持心境的恬静，"作比兴风雅之言"，趣向不一，难度很大。钟惺所谓的"比兴风雅之言"是就诗歌为"清物"所发，用比兴的手法抒情述事，达风雅之致，诗歌体格旷逸，意境深幽，韵味清淡。这篇"序言"的重心落在诗为"清物"和责怪谭元春"从事泛爱容众之旨"上，但从上述所引的言语间，

---

① （明）袁宏道著，钱伯城笺校：《袁宏道集笺校》，上海古籍出版社 2008 年版，第 307 页。
② （明）袁宏道著，钱伯城笺校：《袁宏道集笺校》，上海古籍出版社 2008 年版，第 299 页。
③ （明）袁宏道著，钱伯城笺校：《袁宏道集笺校》，上海古籍出版社 2008 年版，第 304 页。
④ （明）钟惺著，李先耕、崔重庆标校：《隐秀轩集》，上海古籍出版社 2017 年版，第 304 页。

也透露出钟惺对比兴手法的重视。

钟惺还有其他类型的小品文作品，如他的小品文名篇《夏梅说》：

> 梅之冷易知也，然亦有极热之候。冬春冰雪，繁花粲粲，雅俗争赴，此其极热时也。三四五月，累累其实，和风甘雨之所加，而梅始冷矣。花实俱往，时维朱夏，叶干相守，与烈日争，而梅之冷极矣。
>
> ……
>
> 夫世固有处极冷之时之地，而名实之权在焉。巧者乘间赴之，有名实之得，而又无赴热之讥。此趋梅于冬春冰雪者之人也，乃真附热者也。苟真为热之所在，虽与地之极冷而有所必辩焉。此咏夏梅意也。①

这两段文字突出表现了梅花不为时令的宠爱而骄傲。冬春季节的梅花作为时令的宠儿，附和赞美的人与日俱增，虽然气候严寒，实际上是梅花一年之中最受关注的时候；而到了盛夏时节，梅花落了，处于梅花的“冬季”，无人问津。这表面上是赞赏梅花，实际上则是以花喻人，用花的不为所动来反衬世人的趋炎附势，化抽象为形象，托物寓意、讽刺人情世态。作者在梅花的“冷”“热”上大做文章，实际上是赞美像梅花一样的“严冷”之人为人处世的准则，从形象的季节冷热交替谈到赏梅的时节冷热变幻，接着自然而然比喻成抽象的人情冷暖、世态炎凉，犀利地讽刺了那些表面自命清高实则趋炎附势的虚伪势利小人。

竟陵派和公安派一样都强调和推崇性灵的重要性，都主张文章要抒发作者的真实情感，竟陵派反对一味地蹈袭前人、模拟先人，但是竟陵派和公安派在审美追求上却大异其趣。竟陵派小品文极大地展现了其独特的审美追求，包括：含蓄蕴藉的审美效果，重含蓄的抒情表达，讲求节制的抒情表达

---

① （明）钟惺著，李先耕、崔重庆标校：《隐秀轩集》，上海古籍出版社 2017 年版，第 674—675 页。

和意在言外的抒情追求，以及以情写景、寄情于景的情景交融的抒情方式，注重意象的塑造与意境的营造，运用巧妙的比喻，以物喻物、化抽象为形象。推崇个性的解放和性灵的抒发，重视个体生命的真实体验和感性的审美情感，这无疑极大地拓宽了自己的写作空间。兴盛于明代晚期的小品文更容易表现个性解放和人性自由的时代诉求，小品文作家们更加注重纯文学的审美观念，努力构建自己理想的精神家园，把失意的现实转换为理想的精神乐土，注重自己内心真实的情感体验。也正因如此，小品文创作在中国文学史上始终呈现出属于自己的独特魅力。

第四章 色彩美的领悟与实践

刘勰在《文心雕龙》中指出："立文之道，其理有三：一曰形文，五色是也；二曰声文，五音是也；三曰情文，五性是也。"①由此可知，在文学创作中自觉运用色彩描写这一认识早在南北朝之时就已形成，并对后世的文学创作产生了深远的影响。自觉运用色彩来描绘事物和传情达意也是晚明小品文在创作实践中的一大特色。在写景、状物、纪事、抒情等诸多题材的创作中，晚明时代的小品文时常以色彩绘事物，力求呈现出色彩搭配的和谐之美。

第一节 写景出彩

晚明小品文在描写景物的创作实践中，善于准确把握景物具有的色彩特质，并在具体的写作中有意识地凸显景物的色彩感。创作主体通过对眼前景物充分的色彩描写完成了自身对自然景观的审美观照。

公安派的游记类小品历来为世人所称道，因其最能体现其"独抒性灵"的创作观念。为了实现自己"真性情"的表达，公安派作家把自己的情感体验幻化为了自然景观的万千色彩。在他们的笔下，自然界的山山水水更加富有灵动的气质。江盈科就曾评价公安派作家的创作说"中郎所叙山水，并其

---

① 周振甫：《文心雕龙今译》，中华书局 1986 年版，第 287 页。

喜怒动静之性，无不描画如生。譬之写照，他人貌皮肤，君貌神情。"①

公安派的代表作家袁宗道曾写有一篇名为《锦石滩》的小品文，详细记录自己家乡的石子："余家江上。江心涌出一洲，长可五六里，满洲皆五色石子。或洁白如玉，或红黄透明如玛瑙，如今时所重六合石子，千钱一枚者，不可胜计。"②袁宗道以孩童般的心态和视角对自己家乡江心洲盛产的五色石进行了细致入微的描写："余尝拾取数枚归，一类雀卵，中分玄黄二色；一类圭，正青色，红纹数道，如秋天晚霞；又一枚，黑地布金彩，大约如小李将军山水人物。"③丰富的色彩将石子描写得活灵活现，充满着天然纯朴的情趣，公安派追求的"性灵"审美主张也从中得以生动展现。

袁宗道在与友人同游西山的香山寺时，曾写有《游西山三》一文，对香山寺一带的景观进行了传神的描写："垣内尖塔如笔，无虑数十。塔色正白，与山隈青霭相间，旭光薄之，晶明可爱。南望朱碧参差，隐起山腰，如堆粉障。"④这段文字巧妙使用了色彩词汇描写香山寺周围的景物，并且以"白塔"与"青霭"，"朱"与"碧"两组色彩词形成了鲜明的对比关系。既营造出寺庙周边高雅空灵的氛围，也凸显出西山景区植被的繁盛气象，语言简洁但含义隽永而贴切。

公安派的另一位重要成员袁宏道对山水景观也是情有独钟，他一生创作了大量的山水题材小品文。袁宏道善于以丰富的色彩对眼前的景物进行准确而生动的刻画，令读者于文字间产生与创作主体相同的审美体验，这也是袁宏道小品文写作的显著特点。袁宏道写有多篇描写杭州西湖景观的佳作，其中《西湖三》中对西湖断桥一带的堤岸景色进行了详尽的描写："望湖亭，即断桥一带，堤甚工致，比苏公堤尤美。夹道种绯桃、垂柳、芙蓉、山茶之

---

① （明）江盈科：《解脱集二序》，《袁宏道集笺校》附录三，上海古籍出版社 2008 年版，第 1691 页。

② （明）袁宗道著，钱伯城笺校：《白苏斋类集》，上海古籍出版社 2007 年版，第 194 页。

③ （明）袁宗道著，钱伯城笺校：《白苏斋类集》，上海古籍出版社 2007 年版，第 194 页。

④ （明）袁宗道著，钱伯城标点：《白苏斋类集》，上海古籍出版社 2007 年版，第 183 页。

属二十余种，堤边白石砌如玉，布地皆软沙。"① 这段文字通过描写堤岸边种植的各种植物与堤边修砌的石砖，为原本寻常的堤岸赋予了诸多的色彩：绯红、翠绿与如玉的白石相搭配，使堤岸呈现出别样的风采与神韵。看似随性的一句描述性话语，却是袁宏道颇费一番心思推敲而来的。《西湖三》全文共详细列举了堤岸两旁二十余种植被，从色彩、姿态和触觉等多个方面进行细致入微的观察，由此也可感知到公安派作家在创作中抒发"真性情"的一面。

在与友人同游华山时，袁宏道以《华山别记》一文记录了这次难得的登山经历。文章在完成对登山艰辛历程的描写之后，特地描写了自己与友人成功登上南山之巅后所见到的景象："是日也，天无纤翳，青崖红树，夕阳佳月，各毕其能，以娱游客。"② 寥寥数语即写出华山澄明空旷的意境，在夕阳的余晖之中，只见青色的山崖之间长着红色的树木，极像一幅壮美的写意山水画。

袁宏道善于从险僻之处挖掘自然景观的雄奇美，并用传神的笔法彰显这些景色的绝美之处，这也成为袁宏道游记类小品文的一大特色。如他的《西洞庭》一文记录了自己在山中暂住的情形："余居山凡两日，篮舆行绿树中，碧萝垂握，苍枝掩径，坐则青山列屏，立则湖水献玉。一峦一壑，可列名山败址残石，堪入图画"③。文中所说的西洞庭是指洞庭西山，明万历二十三年（1595 年），袁宏道与友人陶望龄在此地结伴同游，乘坐篮舆在林中穿行，触目为青山绿水，使自己的身心得到最大程度的放松。在这种自在超然的心态之下，作者更容易发现自然界中不同寻常的美："坐则青山列屏，立则湖水献玉。一峦一壑，可列名山败址残石，堪入图画。"在作者看来，无论是坐是立都能发现洞庭西山的美景，败址残石都是可入图画的艺术素材，让人读来不觉感到作者此时置身于绿色的山水画卷之中。作者以这种快意的表达方式，表达了久历宦海之后，得到片刻休闲的畅快心情，达到了

---

① （明）袁宗道著，钱伯城点校：《袁宏道集笺校》，上海古籍出版社 2008 年版，第 424 页。
② （明）袁宗道著，钱伯城点校：《袁宏道集笺校》，上海古籍出版社 2008 年版，第 1472 页。
③ （明）袁宗道著，钱伯城点校：《袁宏道集笺校》，上海古籍出版社 2008 年版，第 161 页。

借景抒情的艺术效果。《西洞庭》不仅仅是一篇山水游记，更像是一幅山水画、一首抒情诗。

同为公安派代表作家的袁中道也有类似的写景小品文，他在文学创作中倡导率真，书写性灵。他在游览香山景区时，也写有名为《香山寺》的一篇小品文。袁中道在文中对香山一带的风景做了这样的描写：

> 自玉泉山初日雾露之余，穿柳市花弄，田畴畛畦之间，见峰峦回曲萦抱，万树浓黛，点缀山腰，飞阁危楼，腾红酣绿者，香山也。此山门径幽邃，青松夹道里许，流泉淙淙下注。朱栏千级，依岩为刹，高杰整丽。憩左侧来青轩，尽得峰势。右如舒臂，左乃曲抱。林木绣错，伽蓝棋布。下见田畴稻畦，潦壑柳路，村庄数疏，点黛设色。①

在经历了远行的跋涉和登山的艰辛之后，袁中道并没感到丝毫的倦怠，而是更加珍视眼前的迷人景象：群山环抱、万木葱茏的香山景区一片欣欣向荣之态。作者用了"腾红酣绿"四字来形容香山的景色，除了以红、绿两色指代鲜花枝叶之外，还别出心裁地将红描述为"腾红"，将绿描述为"酣绿"，以拟人的手法彰显出香山热闹繁盛的景象和勃勃的生机。除此之外，作者又细数山脚下交错的树林、棋布的寺院以及稻田、沟壑、小路、村庄等，这些山下的景观星星点点交错其间，仿佛都在为西山的风景增添点点的色彩。

承接公安派而来的是竟陵派，竟陵派作家在小品文写作中延续了公安派的性灵主张，在山水小品的写作中也注意使用色彩词描绘景物。竟陵派的代表作家谭元春就有大量山水小品文传世，这些作品大都色彩纷呈，姿态万千。如他的《游南岳记》中就以色彩来描写登祝融峰顶所见的云海奇观：

> 晴漾其里，云缝其外，上如海，下如天，幻冥一色，心目无主，

---

① （明）袁中道：《珂雪斋集》，上海古籍出版社 2007 年版，第 537 页。

觉万丈之下，漠漠送声……久之云动有顷，后云追前云不及，遂失队，万云乘其罅，绕山左飞，飞尽日现，天地定位，下界山争以春翠供奉。四峰皆莫能自起，远湖近江，皆作一缕白。①

云海奇观"上如海，下如天"，总体感觉就是"幻冥一色"，冥则是云的色彩；而下面的山以"春翠供奉"，翠写出了山峰的颜色，形象传神；而远看湖泊和江水，"皆作一缕白"，一个白字概括了远水的迷蒙之感。着色不多，冥、翠、白，皆抓住了景物最突出的特点，用色彩来表现云海的气势雄伟、景界壮观，读来使人感受到一种奇幻诡谲的苍茫无际。

谭元春追求的不止是奇幻诡谲，更是一种幽静而澄明的自然状态。在《初游乌龙潭记》一文中，他这样写道："登于阁，前冈倒碧，后阜环青，潭沈沈而已。"②作者只是简单地描述了前冈倒碧，后阜环青，一个碧一个青，在和谐统一的色调中又呈现出层次性的差异，显得寡淡而有韵味，像是一幅墨淡而韵远的中国水墨画，简洁朴素而回味悠长。在《再游乌龙潭记》中，谭元春也写道："潭宜澄，林映潭者宜静，筏宜稳"③，更是没有一点点华丽的辞藻，只有简单的不加点染的白描，色彩虽然简单，却显得静谧而美好。

这种色彩运用也很好地体现在谭元春的《三游乌龙潭记》一文中：

> 是时残阳接月，晚霞四起，朱光下射，水地霞天。始犹红洲边，已而潭左方红，已而红在莲叶下起，已而尽潭皆赪，明霞作底，五色忽复杂之。下冈寻筏，月已待我半潭。乃回篙泊新亭柳下，看月浮波际，金光数十道，如七夕电影，柳丝垂垂拜月，无论明宵。诸君试思前番风雨乎？相与上阁，周望不去。适有灯起荟蔚中，殊可爱。或曰："此渔灯也。"④

① （明）谭元春著，陈杏珍点校：《谭元春集》，湖北教育出版社 2017 年版，第 438 页。
② （明）谭元春著，陈杏珍点校：《谭元春集》，湖北教育出版社 2017 年版，第 440 页。
③ （明）谭元春著，陈杏珍点校：《谭元春集》，湖北教育出版社 2017 年版，第 440 页。
④ （明）谭元春著，陈杏珍点校：《谭元春集》，湖北教育出版社 2017 年版，第 442 页。

　　文章首先描写了残阳景象，日落时分，落日和新月交接，晚霞满天，这个时候用"朱"描写红光非常形象地写出了夕阳映照的晚霞染红了天地的美景。然后写到了潭内，用"红"贯穿，染成红色的潭水，接着莲叶似乎也被晚霞染红了，不一会儿满潭都是红色。再次可以看到"五色忽复杂之"，月光和金光交相映衬，光与影的变化和水的静默，以及渔火的微光，随着时间的推进而不断变化，显得幽深而静谧。"此中深可住"之处，则明显带有竟陵派的幽情单绪，这样的描述在谭元春的笔下随处可见，比如在《游玄岳记》一文中所述："忽从万橡中下一壑，高低环青，有石可坐，涧亦送声来坐处。"[1] 高低环青，葱郁的青色就形象地展现出一派深幽静谧的氛围。

　　单独就色彩运用而言，公安派作家讲究情感的人胆表白，故而运用在文章中的语言和色彩都显得十分绚烂而丰富明快。与此截然不同的是竟陵派，因其追求情感的含蓄蕴藉，讲究"幽情单绪"，所以在具体的色彩选择上更加偏向于凄凉的色彩或者是澄明的色彩，比如会用到一些诸如"碧""冥"等幽冷的色彩，使所写的山水也显得阴冷凄凉。谭元春笔下的风景相比钟惺来说更为清丽、静美，如"莲叶未败，方作秋香气""隔岸林木，有朱垣点深翠中"，寥寥数语，清淡的笔触下荷香袭来，翠色浸染。而刘侗的小品文则相对更为"奇秀"，如《西堤》的"花香其红，叶香其绿"，用色大胆，且角度不同寻常，在看似颠倒的语序中用红、绿的明艳色彩点染所描写的荷花，这种类似于红香、绿香的说法让人见之忘俗、印象深刻。

　　王思任是晚明时期的小品名家，他的小品文以序跋和游记见长，很好地继承了前人的创作经验，文风戏谑与庄重并举，形成了鲜明的个人特征。同为明代著名文人的汤显祖对王思任的文学创作十分欣赏，曾在《王季重小题文字序》一文中称赞："高广其心神，亮浏其音节，精华甚充，颜色甚悦。渺焉者如岭云之媚天霄，绚焉者如江霞之荡林樾，乍翕乍辟，如崩如兴，不可追视，莫或殚形。"[2] 该段文字对王思任小品文的鉴赏十分透彻，点明了王

---

[1]　（明）谭元春著，陈杏珍点校：《谭元春集》，湖北教育出版社 2017 年版，第 432 页。

[2]　（明）汤显祖著，徐朔方笺校：《汤显祖全集》，北京古籍出版社 1998 年版，第 1074 页。

思任在小品文创作中善用赏心悦目的色彩词这一显著特点。王思任的游记类小品文《小洋》就是善用色彩词的典型代表，作者在文中以大量的色彩词描绘了瑰丽雄奇的山川落日图景：

> 落日含半规，如胭脂初从火出。溪西一带山，俱似鹦鹉绿鸭背青，上有猩红云五千尺，开一大窦，逗出缥天，映水如绣铺赤玛瑙。日益皆，沙滩色如柔蓝懒白，对岸沙则芦花月影，忽忽不可辨识。山俱老瓜皮色。又有七八片翦鹅毛霞，俱黄金锦荔，堆出两朵云，居然晶透葡萄紫也。又有夜岚数层斗起，如鱼肚白，穿入出炉银红中，金光煜煜不定。盖是际天地山川，云霞日采，烘蒸郁衬，不知开此大染局作何制。①

在这段文字中，王思任不仅使用了大量的色彩词汇，还运用了大量的比喻手法，使诸多色彩显得生动形象。在作者看来，落日如同刚刚从火中初生的胭脂，在落日余晖的映照下远处的群山呈现出鹦鹉绿和鸭背青的奇妙色彩，群山之上是猩红色的垂天之云，云层中出现一块缝隙，透出的光芒散在水面上，使水面呈现出"如绣铺赤玛瑙"的夺目光辉。随着落日继续西沉，周围的景物又呈现出了不一样的色彩：眼前的沙滩呈现出浅蓝色和灰白色，对岸的沙滩则如月影中的芦花般忽明忽暗，远处的群山显露出如成熟的瓜皮色。此时的天空中布满了如锦缎般金光闪闪的晚霞，和如同紫葡萄般晶莹剔透的云朵。天色渐晚，山间的雾气氤氲起来，呈现出鱼肚白的颜色，其中夹杂着炉火中熔炼的银红色，显得金光闪闪。在如数家珍地梳理完日落时分的诸多色彩之后，作者不禁发出了一声感叹：自然界开如此大的一家染坊不知道要用来干什么。整段文字比喻生动而新奇，内容繁复却丝毫不显冗余，观察细致入微，叙述层次丰富，处处显示出作者高超的语言表现力，带给读者别样的审美体验。

① （明）王思任著，任远点校：《王季重十种》，浙江古籍出版社2010年版，第133页。

描绘日落美景的并非只有《小洋》，在《泛太湖游洞庭两山记》中，王思任也对落日美景进行了精彩的描写：

> 是时与澹湖指点龙砂也，日落半规，以其朱光飞跃注射，湖练煜然万丈，芒颖绚烂，不啻五金之在镕。俄而西山化碧，又闪为紫，予不能恝然莫釐峰矣。①

在落日的余晖映照之下，波光粼粼的湖水泛起粲然的光芒，整个湖面五光十色，仿佛五金融化于其中。此时的群山呈现出少见的青绿色，不一会儿又转为紫色。这段文字着重描写了日落时分湖水与群山的色彩变化，通过对两者色彩不断变幻的细致描写，营造出一个充满神秘感的彩色王国。

《东山（上虞）》也是王思任重要的一篇写景小品文，文章对虞山一带的景色同样进行了充满色彩感的描写："望虞山一带，坦迤绎直，絮棉中埋数角黑幕，是米癫浓墨压山头时也。然不可使癫见，恐遂废其画。"②在王思任的笔下，山间常见的云雾缭绕的景象被形象地比喻为"絮棉中埋数角黑幕"，并进一步指出是米芾作画时浓重的墨色压在山头所致。在完成这一新奇而传神的比喻之后，作者话锋一转，继续写道：眼前的美景千万不能让米芾看到，恐怕他会因此而不再绘画。这段文字紧紧围绕虞山一带的雾气展开想象和描写，将雾气比喻为米芾作画时浓重的墨色，形象地表现出雾气的颜色与形态，可谓是新奇美妙而又不乏风趣幽默。

第二节　四时生色

春生、夏长、秋收、冬藏，农耕文明时代的人们对于大自然的四季有着清晰而深入的认知和感受。晚明时代的小品文在对自然界进行描写的

---

① （明）王思任著，蒋金德点校：《文饭小品》，岳麓书社1989年版，第255页。
② （明）王思任著，任远点校：《王季重集》，浙江古籍出版社2012年版，第110页。

同时，也注意到不同时令下的景物与环境的差异，并使用不同的色彩予以彰显。

公安三袁均对自然界的色彩保持极高的观察力和敏感性，能够体察到自然界中随着四季的更替而产生的微妙变化。"三袁"中的袁中道曾在《陈无异寄生篇序》一文中说："以山色言之，四时之变化亦多矣，而惟经风霜冰雪之余，则别有一种胜韵，澹澹漠漠，超于艳冶浓丽之外。"①

公安派的代表作家袁宏道在《天池》一文中这样描写冬季的梅花："晚梅未尽谢，花片沾衣，香雾霏霏，弥漫十余里，一望皓白，若残雪在枝。奇石艳卉，间一点缀，青篁翠柏，参差而出。"②作者敏锐地把握住晚冬时节的典型代表——将谢而未谢的梅花。在作者笔下，一片片洁白的梅花花瓣飞舞飘洒，沾在行人的衣襟之上，使半空都弥漫着阵阵香气。放眼望去，这些白色的花瓣绵延了十多里，营造出皓白的世界，就像残留在枝头的白雪。在这白茫茫的世界中，还有奇石艳卉和青葱的松柏夹杂其中，既空灵清幽又真实可爱，显得冬意盎然。

在《雨后游六桥记》中，袁宏道对清明时节的景色进行了细致的描写：

> 寒食后雨，予日此雨为西湖洗红，当急与桃花作别，勿滞也。午霁，偕诸友至第三桥，落花积地寸余，游人少，翻以为快。忽骑者白纨而过，光晃衣，鲜丽倍常，诸友白其内者皆去表。少倦，卧地上饮，以面受花，多者浮，少者歌，以为乐。偶艇子出花间，呼之，乃寺僧载茶来者。各啜一杯，荡舟浩歌而返。③

清明时节的典型特征就是细雨绵绵，在春雨的滋润下，自然界呈现出一片欣欣向荣之态，随着气温的逐渐转暖，人们外出欣赏自然美景的热情也变得高涨起来。所以文中提到，面对寒食节后下起的雨，作者首先想到的是

① （明）袁中道著，钱伯城笺校：《珂雪斋集》，上海古籍出版社1989年版，第477页。
② （明）袁宏道著，钱伯城笺校：《袁宏道集笺校》，上海古籍出版社2008年版，第172页。
③ （明）袁宏道著，钱伯城笺校：《袁宏道集笺校》，上海古籍出版社2008年版，第426页。

因为这场雨水的到来，西湖一带盛开的鲜花都会凋零，所以必须"急与桃花作别，勿滞也"。在这份急切心情的驱使下，作者与友人一起来到西湖畔。看到满地堆积的落花达一寸多厚，路上赏玩的友人因天气转暖而纷纷脱去外衣，只穿着白色的内衣。于是文中出现了这样一幅奇异的图景：在堆满红色鲜花的西湖边，嬉戏的友人皆身穿白衣。远远望去，仿佛红色海洋之中悦动的白色浪花，充满着生命的律动。有别于早春的嫩绿和夏季的绚丽多姿，作者对于清明时节的色彩诠释就是落花的红色夹杂游人的白色，红白两色的搭配既具有晚春的温度，又保留了春的清新与淡雅。

公安派的另一位代表作家袁中道在《东游记》一文中叙述了金陵城在端午节时赛龙舟的情景：

> 自买一小舟，由城壕入。舟中望钟山，翠色扑人衣袂，盖雨后发其葱倩故尔。时属竞渡之节，五色龙舟飞渡水浒，弄舟者多美少年。舟装一色，分部角胜，箫鼓若沸，歌笑声动天地。自桃叶渡口上下可五六里许，士女相邀观渡。水阁栉比，中如珂雪，外织雕栏，绣帘半钩，珠翠隐隐。或载酒画舫，流连清波。其舟皆四列轩窗，上起重楼，丽甚，水文作丹砂澜。夜静，方闻清歌，玉碎珠串。①

文章首先描写了端午时节自然界的优美景致：远处的钟山满眼青翠之色扑面而来，在雨水的滋润下越发倩丽。在这样的美景之中，人们正在进行端午节的重要民俗活动——赛龙舟。作者对龙舟进行了细致的描写，龙舟被装点得五彩缤纷，与弄舟的美少年共同构成夺目的美景。通过此番色彩描写，端午节日的喧嚣与民俗展现出来的热烈气氛跃然纸上。

竟陵派的代表作家刘侗也是一位善于使用色彩描写的丹青妙手。刘侗在他的代表名作《帝京景物略》中尤善使烟绿、云黄、蕊红、朱碧、鲜红、新绿等各种新奇的色彩来描写北京一带的自然风光和风土民情。与公安派的

---

① （明）袁中道著，钱伯城笺校：《珂雪斋集》，上海古籍出版社 1989 年版，第 583—584 页。

作家不同，刘侗使用的色彩多带给人耳目一新的审美体验，用这些颜色词描绘出的景物往往具有清新空灵的艺术美，能够生动体现出竟陵派幽深孤峭的艺术追求。值得补充说明的是，竟陵派作家虽在小品文创作中往往选择用偏于冷色调的色彩来营造出寡淡含蓄的审美意境，但细读他们的作品，却也不乏色彩鲜明、节奏明快之作。

如刘侗的《白石庄》一文：

> 春，黄浅而芽，绿浅而眉，深而眼。春老，絮而白。夏，丝迢迢以风，阴隆隆以日。秋，叶黄而落，而坠条当当，而霜柯鸣于树。①

作者在短短的一句话中用不同的颜色囊括了四季的轮回与变化，用不同季节代表性的色彩来描写春夏秋冬四季之景，以此凸显和诠释四季带给人们的不同感受。文章虽短，但色彩缤纷、意蕴深厚，富于情致的变化，宛如一曲抒情诗。

刘侗的《西堤》一文着重描写了久负盛名的西湖荷花。作者以及其细腻的观察视角对荷花的色、香、形、韵进行了细致入微的描写和刻画：

> 荷，花时即叶时，花香其红，叶香其绿，香皆以其粉。荷，风姿雨韵。姿在风，羽红摇摇，扇白翻翻；韵在雨，粉历历，碧琤琤，珠溅合，合而倾。荷，朵时笔植，而花好偃仰，花头每重，柄每弱，盖每傍挤之。②

曲院风荷是西湖十景之一。每当盛夏时节，喜热的荷花便竞相绽放，为西湖增添了无穷的景致，成为历代文人墨客吟咏的对象。在这篇小品文

---

① （明）刘侗、于奕正著，孙小力校注：《帝京景物略》，上海古籍出版社2001年版，第288—289页。
② （明）刘侗、于奕正著，孙小力校注：《帝京景物略》，上海古籍出版社2001年版，第415页。

中，作者把握住荷花的"红""绿"两色进行描述"花香其红，叶香其绿"，红与绿两色的搭配既显示出荷花的勃勃生机，也表现出盛夏时节西湖热闹的景象。接着作者笔锋一转，开始描写荷花的动态之美："荷，风姿雨韵。姿在风，羽红摇摇，扇白翻翻"。在阵阵清风的吹动之下，湖面上的荷花更显出风姿绰约之态，红色的花朵和绿色的荷叶摇曳生姿；晶莹的雨水散落在荷花上，粒粒可数，更为荷花增添清新淡雅的风韵。夏日里盛开的荷花常因头重脚轻而倚靠在一起，更显出西湖荷花的繁多与茂盛。整体而言，文章虽对荷花进行了极为详尽的描写，但由于色彩鲜明、文风清新雅致，因而毫无矫揉造作之态。

刘侗的《三圣庵》一文对德胜门外的风光进行了传神的描写，文章用不同的色彩对四季的风光进行概括，通过色彩的变化来表现四季的更替，给人以别出心裁之感：

> 德胜门东，水田数百亩，沟洫浍川上，堤柳行植，与畦中秧稻分露同烟。春绿到夏，夏黄到秋。都人望有时，望绿浅深，为春事浅深；望黄浅深，又为秋事浅深。望际，闻歌有时：春插秧歌，声疾以欲；夏桔槔水歌，声哀以转；秋合酺赛社之乐歌，声哗以嘻；然不有秋也，岁不辄闻也。
>
> 有台而亭之，以极望，以迟所闻者。三圣庵，背水田庵焉。门前古木四，为近水也，柯如青铜，亭亭。台，庵之西。台下亩，方广如庵。豆有棚，瓜有架，绿且黄也，外与稻杨同候。台上亭，曰观稻，观不直稻也，畦陇之方方，林木之行行，梵宇之厂厂，雉堞之凸凸，皆观之。①

这段德胜门外的景物描写是通过作者的登高眺望完成的。观察位置的

---

① （明）刘侗、于奕正著，孙小力校注：《帝京景物略》，上海古籍出版社 2001 年版，第50 页。

变换一方面为读者展现出一个更为广阔的空间，登高远望可见"畦陇之方方，林木之行行，梵宇之厂厂，雉堞之凸凸"，顿生辽阔之感。另一方面也为景物描写提供了一个崭新的视角，文章对于四季的认知，也是通过色彩完成的："春绿到夏，夏黄到秋。都人望有时，望绿浅深，为春事浅深；望黄浅深，又为秋事浅深。"以绿色指代春季，以黄色指代秋季，这种高度概括性的描写给人以整体性的印象和感知，令读者对德胜门外的景色有了别样的认知。

在《灵济宫》一文中，刘侗同样对四季进行了概括性的描写："皇城西，古木森林。春峨峨，夏幽幽，秋冬岑岑柯柯。风无风声，日无日色。中有碧瓦黄脊，时脊时角者，灵济宫。"① 这段文字连续运用几个叠词来表现灵济宫一带的四季风光，并描写一年四季都是"风无风声，日无日色"，在淡若无色的环境背景中，作者着意凸显了灵济宫的碧瓦黄脊，两者对比之下彰显出灵济宫的光彩夺目，引发读者的无限遐想，使读者留下了深刻的印象。

类似的还有《英国公新园》一文中对于远望之景的描写：

> 南海子而外，望云气五色，长周护者，万岁山也。左之而绿云者，园林也。东过而春夏烟绿、秋冬云黄者，稻田也。北过烟树，亿万家甍，烟缕上而白云横。西接西山，层层弯弯，晓青暮紫，近如可攀。②

在这段文字中，作者总体描写了南海子一带的风光。五色的祥云笼罩着万岁山，生长着各种树木的园林远远望去如绿色的云朵。东面的稻田在春夏之时呈烟绿色，秋冬之时呈云黄色；向北望去，亿万人家炊烟袅袅，直上白云；西面的西山层峦叠嶂，在清晨显现出青色，在傍晚又呈现出紫色。这段文字所描写的色彩极富变幻之美，给人以目不暇接之感。色彩的变化当然是由于季节的更替而引起的，作者通过色彩的变化完成了对于季节更替的讲

---

① （明）刘侗、于奕正著，孙小力校注：《帝京景物略》，上海古籍出版社 2001 年版，第254 页。

② （明）刘侗、于奕正著，孙小力校注：《帝京景物略》，上海古籍出版社 2001 年版，第48 页。

述。除此之外，作者通过诸如烟绿、云黄、绿云等词汇的使用，使文章所写之景具有了水墨画般的独特审美体验。

同样是描写登高远望之景，《香山寺》一文又写出了别样的风景：

> 轩又尽望：望林拵拵，望塔芊芊，望刹脊脊。青望麦朝，黄望稻晚，晶望潦夏，绿望柳春。望九门双阙，如日月晕，如日月光。①

这段文字描写了登高而望见的香山寺景观："望林拵拵，望塔芊芊，望刹脊脊"，凸显出香山寺神秘而幽静的独特意境。在香山寺的周边，可见清早青色的麦田、傍晚金黄的稻穗，以及夏天明亮的积水和春天嫩绿的垂柳。周边青色的麦田和金黄的稻穗与香山寺内的景致形成了鲜明的对比和反差，在表现香山寺内幽静气氛的同时，也为文章增添了层次美，形成新的审美张力。

晚明的小品文名家陈继儒也是一位出色的画家，在小品文的写作中，陈继儒对色彩有着极强的感知力，在文学创作中营造起另一个图画世界。《小窗幽记》是陈继儒传于后世的小品文集，其中的内容涉及修身、养性、经商、从政、处世等诸多方面，以冷峻的眼光对晚明的世风进行了客观的记录和思考，是作者人生体验的总结。《小窗幽记》以文学化的审美语言重新唤起人们对于道德标准的坚守以及对人生旅途的透彻理解。《小窗幽记》全书共分为十二卷，从不同的角度对"幽"这一难以言表的艺术境界进行全方位阐释。全书辞藻典雅、骈散结合、意韵深远，富于色彩之美。

《小窗幽记》中的第九卷《绮》运用大量的色彩描写对四季的特征进行了诗意的描述，如其中的第三十三条：

> 风开柳眼，露泡桃腮，黄鹂呼春，青鸟松雨，海棠嫩紫，芍药嫣

---

① （明）刘侗、于奕正著，孙小力校注：《帝京景物略》，上海古籍出版社 2001 年版，第332 页。

红，宜其春也。碧荷铸钱，绿柳缲丝，龙孙脱壳，鸠妇唤晴，雨骤黄梅，日蒸绿李，宜其夏也。槐阴未断，雁信初来，秋英无言，晓露欲结，蓐收避席，青女办妆，宜其秋也。桂子风高，芦花月老，溪毛碧瘦，山骨苍寒，千岩见梅，一雪欲腊，宜其冬也。①

　　这段文字用四句话对春、夏、秋、冬四季进行了分别阐述：写春季，有鸣叫的黄鹂、松间的青鸟、嫩紫色的海棠与嫣红的芍药，色泽明快，充满着昂扬的生命力；写夏季，有碧绿的荷叶、成丝的绿柳、脱壳的知了、雨中的黄梅以及日光下绿色的李子，满眼是夏季特有的事物，在烈日与暴雨之下，梅子和李子正在成熟；写秋季，有刚刚南来的大雁、清晨正在凝结的露水、枯黄的蒿草以及满目的白霜、充满着浓浓的秋意；写冬季，有高洁的桂花、月下的芦花、苍苍的寒山、岩下的红梅，在漫天的雪花之中，自然界的诸多色彩具有了新的意蕴。文章将自然界的动植物、自然界的色彩、自然界的声响与四季有机地融合在了一起，声色并举、生动形象，宛如四幅神形兼备的风景长卷，充满着令人陶醉的诗情画意。

　　在第六卷《景》中，陈继儒也综合运用色彩词对四季的景物进行了生动的讲述。如他写春季的园林景色时这样写道："春雨初霁，园林如洗。开扉闲望，见绿畴麦浪层层，与湖头烟水相映带，一派苍翠之色，或从树梢流来，或自溪边吐出。支笼散步，觉数十年尘土肺肠，俱为洗净。"② 这段文字紧紧把握住了春天的代表性色彩——绿。在初霁的春雨滋润下，绿色的麦田腾起层层的麦浪，与远处的湖水和烟雾连接在一起呈现出一派苍翠之色，不觉令人感到数十年的尘土肺肠都洗干净了。对于四月的景色，作者又换了新的景物："四月有新笋、新茶、新寒豆、新含桃，绿荫一片，黄鸟数声，乍晴乍雨，不暖不寒，坐间非雅非俗，半醉半醒，于是尔时如从鹤背飞下耳。"③ 四月的春季有新上市的春笋、新茶以及寒豆和樱桃，到处都是绿荫

① （明）陈继儒：《小窗幽记》（外二种），中华书局 2008 年版，第 234 页。
② （明）陈继儒：《小窗幽记》（外二种），中华书局 2008 年版，第 95 页。
③ （明）陈继儒：《小窗幽记》（外二种），中华书局 2008 年版，第 95 页。

一片。在一片绿色的海洋之中，偶有几只黄鹂鸟在上下穿梭啼叫，为绿荫带来了勃勃生机和灵动之气。在写秋天的景色时，陈继儒说道："山馆秋深，野鹤唳残清夜月；江园春暮，杜鹃啼断落花风。青山非僧不致，绿水无舟更幽；朱门有客方尊，缊衣绝粮益韵。"① 秋天的景致中除了青山绿水未曾改变之外，更多了夜月的清澈和杜鹃的啼鸣，使眼前的青山绿水具有了几许清亮之色，而并不令人感到没落。同样是描写秋景，也有如下的内容："万里澄空，千峰开霁，山色如黛，风气如秋，浓阴如幕，烟光如缕。笛声如鹤唳，经飔如呓唔，温言如春絮，冷语如寒冰，此语不应虚掷。"② 这句话表现出秋季的一个重要特征：澄明的天空。在清澈的天空之下，远处的一座座山峰露出真颜，山峰呈现出青黑色，仿佛梳妆打扮过一样。一阵阵山风袭来，天气变得阴沉。由此，作者联想到人言带给他人的感受，并以四季的景致做了生动形象的比喻，可谓是言简意赅但引人深思。

第三节　构图搭配

晚明时期的小品文创作在使用色彩词时往往不是单一使用，而是综合使用多种色彩，在文章中力求实现诸多色彩和谐的构图搭配，营造出绝佳的艺术境界。

公安派作家袁宏道在自己的游记创作中极为注重色彩的构图搭配，如他曾在小品文《晚游六桥待月记》中记叙了自己夜游西湖的一段独特经历：

> 西湖最盛，为春为月。一日之盛，为朝烟，为夕岚。今岁春雪甚盛，梅花为寒所勒，与杏桃相次开发，尤为奇观。石篑数为余言："傅金吾园中梅，张功甫玉照堂故物也，急往观之！"余时为桃花所恋，竟不忍去。

---

① （明）陈继儒：《小窗幽记》（外二种），中华书局2008年版，第96页。

② （明）陈继儒：《小窗幽记》（外二种），中华书局2008年版，第96页。

　　湖上由断桥至苏堤一带，绿烟红雾，弥漫二十余里。歌吹为风，粉汗为雨，罗纨之盛，多于堤畔之草，艳冶极矣。

　　然杭人游湖，止午、未、申三时，其实湖光染翠之工，山岚设色之妙，皆在朝日始出，夕春未下，始极其浓媚。月景尤不可言，花态柳情，山容水意，别是一种趣味。此乐留与山僧、游客受用，安可为俗士道哉！①

　　文章开篇就为读者亮明了自己的观点：西湖最美的时节是春天和月夜，一天之中最美的时间是清晨和傍晚。这一心得认知给人以耳目一新的感觉。紧随其后，文章开始描述西湖中断桥至苏堤一带的景色，这是西湖最美的景色所在，文章用了"绿烟红雾"四个字予以整体性地概括，写出了西湖繁花似锦、烟雾缭绕的状态。在烟花繁盛的西湖畔，游人衣着光鲜亮丽，甚至比岸边的花草还要多，成为西湖景区中另一道亮丽的风景线。接下来，文章论述了杭州当地人多在午后游览西湖，因此而忽视了西湖最美的时间。这篇描写西湖的小品文融写景、议论为一体，用不同的色彩巧妙地将西湖、游人联系在一起，含而不露地表达出作者自己的细致观察和审美性思考，从而构成了一幅绝美的西湖游春图。

　　袁宏道在与友人结伴游览天池景区时有感于旅途中奇妙的景色，写就了《天池》一文，对这些景色进行记录和描写：

　　从贺九岭而进，别是一洞天。峭壁削成，车不得方轨；飞楼跨之，舆骑从楼下度。逾岭而西，平畴广野，与青峦紫逻相映发。时方春仲，晚梅未尽谢，花片沾衣，香雾霏霏，弥漫十余里，一望皓白，若残雪在枝。奇石艳卉，间一点缀；青篁翠柏，参差而出。种种夺目，无暇记忆。②

---

① （明）袁宏道：《晚明小品名篇译注》，凤凰出版社 2012 年版，第 54 页。
② （明）袁宏道著，钱伯城笺校：《袁宏道集笺校》，上海古籍出版社 2008 年版，第 172 页。

　　这段文字描述的是作者游览途中的所见所闻，所以采用了移步换景的动态视角。作者在游览过程中首先看到了平坦而广阔的田野，继而发现远处是青色的山峦和淡紫色的溪水，两种色彩相映成趣。天空中不时飘来凋谢的梅花花瓣，香气弥漫十余里，远远望去如漫天飞舞的雪花，有着洁白无瑕的色彩。珍奇的石头和鲜艳的花草成为景色中的点缀，青青的竹子和苍翠的松柏也参差出现。在这段文字表述中，出现了青色的山峦、淡紫色的溪水、白色的梅花、青翠的竹子和松柏，多种色彩夹杂出现而又形成了和谐统一的构图关系，共同营造出空灵隽秀的意境美。

　　公安派的另一位代表作家袁中道也是一位撰写游记小品的高手，他的《西山十记》是游记小品的经典之作。《西山十记》描写的是北京西山一带的风景，共由十篇小文章组成。其中每篇小品都侧重对某个景点进行描写，合在一起又组成了一篇描写西山的大文章，各个景点相映成趣，美不胜收，流露出作者对自然风光的留恋之情，令读者有身临其境之感。久为仕途所累的袁中道难得拥有片刻的闲暇，在出了西直门后，面对大自然的蓝天白云和绿树清溪，作者犹如逃出樊笼的飞鸟，身心都得到了极大的放松和自由。随着作者旅游行踪的不断变化，作者看到的景物也发生着改变，有了一种独特的动态美，为读者呈现出一幅幅精美绝伦的风景画：

　　　　出西直门，过高梁桥，杨柳夹道。带以清溪，流水澄澈，洞见沙石。蕴藻萦蔓，鬣走带牵。小鱼尾游，翕乎跳达。亘流背林，禅刹相接。绿叶秾郁，下覆朱户。寂静无人，鸟鸣花落。①

　　这段文字出自袁中道《西山十记》中的第一篇，描写的是作者刚出西直门的所见所闻：过了高梁桥就看到了道路两旁的杨柳树，溪水清澈见底，水底的沙石都清晰可见，其中也不乏嬉戏的游鱼。古老的寺庙前树木茂盛、郁郁葱葱，其下隐藏着一户户的人家。短短的一段文字中夹杂有

---

① （明）袁中道：《珂雪斋集》，上海古籍出版社2007年版，第535页。

"清""绿""朱"等诸多不同的色彩词，共同营造出北京郊外的清亮与宁静，充满着乡间的安闲情趣。联想到此时袁中道在国子监任职的特殊身份，则不难理解作者对于名不见经传的高梁桥一带景观着意描写的真正目的。袁中道在小品文的世界中运用色彩词描绘出乡间风光图景，也隐约流露出自己渴望自由的真实内心声音。

在单篇游记的创作中，袁中道也注意到了色彩的使用，文风多清新自然、婉转灵动，力求实现构图搭配的和谐之美。如他在《游德山记》一文中对雨过天晴的清晨景色进行了细腻的刻画与描写：

> 夜中雨滴竹叶，时复铿然。晓，枕上闻黄鹂声，入耳圆滑。起视，初日出松中，一山皆雾露。①

半夜时分，雨滴打在竹叶上发出铿然的声响。到了第二天清晨，作者于枕上听到黄鹂的鸣叫声，声音传入耳中滑润动听。起床查看，但见松林之中一轮红日初升，满山皆是浓浓的晨雾。初日的红色与山中晨雾的白色搭配在一起显得和谐而美观，加之以山中清脆的竹林和松柏以及不时传来的鸟叫声，都预示着山林之中勃勃的生机和宁静祥和的自然状态，描绘出一幅令人沉醉的人间仙境图。

在《远帆楼记》这一篇小品文中，袁中道登上了远帆楼俯视远处来来往往的船只，对这些船只及周边的景物也进行了细致的描写：

> 其风帆之往来者，出没于青槐绿柳之中，或疾如马奔，或缓若云停，或千帆争出，或孤篷自振，或满插云霄，或半移疏树。②

在袁中道的笔下，江中来往的航船仿佛是穿行于青槐绿柳之中。这些

---

① （明）袁中道：《珂雪斋集》，上海古籍出版社 2007 年版，第 558 页。
② （明）袁中道：《珂雪斋集》，上海古籍出版社 2007 年版，第 525 页。

船只或快如奔马，或慢如浮云，或千帆竞发，或孤帆一片。在这幅用文字描绘出的图景中，有在江面上不断移动的船只，有两岸静止的树木，动静结合、相得益彰，青绿色的树木与白色的船帆也同样构成了醒目的色彩搭配，足够吸引读者们的注意，为文章增添了无尽的趣味。

袁中道在创作中类似的色彩描写也体现在他的《采石度岁记》一文中：

> 从山顶直下，如吐舌浮水上，得峨眉亭，江声益厉。见天门山，如两眉隐隐，大石摇摇欲坠，上有千年苔藓，斑斓五色。①

这段文字对天门山的景观进行了别出心裁的描写。作者打破了以往惯常的观察思维，专注于表现天门山上巨石的样貌。由于山顶云雾缭绕，在作者看来云雾中的天门山活像人的两条眉毛，巨大的山石也变得摇摇欲坠。山石的上面长有历经千年的苔藓，苔藓五色斑斓，覆盖在摇摇欲坠的山石上面，使这些山石成为五彩斑斓的花朵。在浓雾的笼罩之下，山石上五色的苔藓幻化成美丽的图案，给人以朴拙、沧桑之感，形成了别样的审美效果。

袁中道的《游鸣凤山记》一文也有类似的表达效果：

> 云气忽起，泼墨涂雾；马逝帆张，浪卷波腾；浸地烧天，含蛟裹螭；散而愈叠，拨之不开。及炮车忽散，天宇如澄；金翘玉蕊，藻刻葩连。仙人回盼，美女弄姿，奇形异质，不可殚述。②

这段文字特别描写了雷雨到来之前的气象特征。作者描述此时的云朵如同文人挥毫泼墨所为，浓重的黑色直压地面，越来越低，像是拨不开的迷雾一般。等到云消雾散，天空万里澄明，周围的一切又变得金光闪闪。在文中，如浓墨般的黑色与金灿灿的黄色形成了鲜明的对比，也使全文的景物描

---

① （明）袁中道：《珂雪斋集》，上海古籍出版社 2007 年版，第 692 页。
② （明）袁中道：《珂雪斋集》，上海古籍出版社 2007 年版，第 647 页。

写富于色彩变化之美。

　　承接公安派而来的竟陵派也异常注意在小品文的创作中进行色彩的搭配，以此形成图画美。从竟陵派代表作家谭元春的文章中，可以看出他对光影色彩十分敏感而且能够细致捕捉和准确把握这些色彩①，他在小品文的创作实践中，往往能在短小的篇幅中非常和谐地搭配使用各种浓淡不一的景物色彩，使得高低、远近的各个景物之间和谐共存，看起来色彩众多却不蔓不枝、不显繁杂，反而能够体现出杂交叠映之美。各个事物能够尽情地舒展其本来的状态，并且与其他事物和谐共存，色彩搭配和谐优美，掬光弄彩之中又见一往情深，给人一种幽怨恍惚的和谐空间感。

　　竟陵派的另一位领军人物钟惺还精通画理，擅长绘画，比如他批评后人无法理解"云山日纷纷"，实际上是没有分清远近之境。"武夷道中暮雨，几于无山，而高低浓淡，层层不乱，恨元章一派开后人藏拙之路。小憩山署，聊写其意。"② 这句话鲜明地指出即使到了暮色四合的时间，满目的山色被蒙蒙的烟雨所笼罩，但仍可见远近高低和绿玉浓淡的区别，画面的层次感和文章的肌理感都不会因此而消失。对于色彩搭配的画理这一问题，不但让钟惺评论他人的画作时有了自己独特的见解，对于他本人的诗文创作也大有裨益。正所谓"山之理，画之理，诗之理，文之理，一以贯之"，无论作画还是为文，这种色彩搭配的和谐审美思想都是贯穿始终的，竟陵派作家将这种色彩搭配的理趣融进自己本身的审美因素，从而使得他们小品文中的山水等自然景物于幽险之中别具另一番奇趣。如钟惺在描写武夷山的水帘洞时，就这样写道：

　　　　去壁数百武，已觉晴日内余飞如雨。久之，始知流从壁上来，屋挂于壁，栏周之。拾级凭栏，如人执喷壶往来绝顶，飘洒如丝，东西游移；或东西分，弱不能自主，恒听于风。洞以水得名。峰势雄整，而

①　刘珊珊：《竟陵派山水游记研究》，辽宁大学 2014 年硕士学位论文。

②　（明）钟惺著，李先耕、崔重庆标校：《隐秀轩集》，上海古籍出版社 2017 年版，第 404 页。

水之思理反细。声光微处，最宜静者，非浮气人听睹所及也。①

在这段文字中，水的柔美和山的雄伟不但没有形成矛盾冲突，反而和谐地搭配在一起，两者相得益彰，从中可以看出钟惺不仅对于色彩搭配得心应手，还对于画理、对于山水等景观的自然关系有着细致而精准地把握，从而可以生动表现出武夷山一带山水交错掩映、色彩丰富而又搭配和谐的奇趣。

钟惺对于景物的把握相当娴熟，既能够出乎其外，又能够入乎其内。在他的笔下不仅有整体的全局印象，更有分解开来的对于细节的浓墨重彩。如他在自己的《修觉山记》一文中就这样描写滔滔的江水：

> 登者屡憩，憩处每平，平处每当竹树隙，隙处必从其下左方见江。江错碛渚，或圆或半，或逝或返，去留心目间。土人缚竹为筏，若童子置叶盎中以渡蚁。设身处地，颇危之。从上视下，轻且驶，甚适也。②

作者在文中细致刻画了江流的动态、渡江的竹筏，以及游览者和渡江者的不同心态，细致入微的描写带给读者一种仿佛游走在一处充满着古韵气息而又情致盎然的山水之中的美妙感觉。又比如他的《中岩记》一文：

> 大抵唤鱼潭以往，行皆并壑，石壁夹之若岸，壑若溪，藤萝亏蔽壑中若荇藻，老树如槎，根若石，猿鸟往来若游鱼，特无水耳。诸峰映带，时让时争，时违时应，时拒时迎。衰益避就，准形匠心，横竖参错，各有妙理，不可思议。③

---

① （明）钟惺著，李先耕、崔重庆标校：《隐秀轩集》，上海古籍出版社2017年版，第408页。
② （明）钟惺著，李先耕、崔重庆标校：《隐秀轩集》，上海古籍出版社2017年版，第388页。
③ （明）钟惺著，李先耕、崔重庆标校：《隐秀轩集》，上海古籍出版社2017年版，第386页。

在这幅山水景观图景中，作者综合运用色彩搭配的画理，横竖相对、让争相错、拒迎相偶、相反相成而又巧妙相对，使得景物与景物之间不同的要素和谐搭配，共同营造出无可比拟的和谐和理趣。

晚明的小品文大家张岱也是善于进行色彩描写的铁笔圣手。在张岱的笔下，大自然的林林总总都充满着色彩的魅力，他的《湖心亭看雪》一文就是其中的优秀代表。张岱在《湖心亭看雪》中描写了杭州西湖的雪景，成为描写雪景的经典之作：

> 大雪三日，湖中人、鸟声俱绝，是日更定矣，余拏一小舟，拥毳衣炉火，独往湖心亭看雪。雾凇沆砀，天与人、与水、与山、上下一白。湖上影子，唯长江一痕，湖心亭一点，余与舟一芥，舟中两三粒而已。①

这段文字描写的是连下三日大雪之后的西湖景象，作者用"人、鸟声俱绝"五个字来表现西湖的寂静。在一片寂静的大背景下，作者独自一人驾着小舟前往西湖的湖心亭，只见到天、人、水、山因为白雪的覆盖而自然地连接在了一起，成为一片洁白的世界，举目望去，茫茫天地之间，万事万物都是一片洁白无瑕、雪光晶莹。在这样一个几乎与世隔绝的清净世界里，作者眼中的寻常事物也改变了往日的容颜：宽广的长江只是一道痕迹，湖心亭变成了一个黑点，作者自己和小舟则成为了不起眼的草芥。这篇文章巧妙地将大面积的白色与细微的黑点相结合，描绘了一幅作者所看到的幽静深远、洁白广阔的雪景图。《湖心亭看雪》一文写于张岱在浙江剡溪山中隐居之时，作者通过对西湖雪景的描摹，营造出宁静空灵而又孤寂的艺术氛围。置身于这样的环境中，作者的内心世界也一定充满着远离世俗、孤芳自赏的情感认知。全文笔墨精练，赋予简约的色彩以极强的审美表现力，融叙事、写景、抒情于一体，映射出作者不与世俗同流合污、不随波逐流的情怀。

---

① （明）张岱：《陶庵梦忆》，北京理工大学出版社 2017 年版，第 151 页。

晚明的另一小品名家王思任在《仙岩》一文中对池中的荷花也进行了令人称道的色彩描写：

> 亭下池可方亩，玉蕊胎含，万衣簇碧。放馥时，绣作瀑花之布，满山荷韵，不知是泉香花香也。①

在这段文字中，寻常的荷花有了引人瞩目的色彩和神韵：荷花那金黄的花蕊仿佛是玉雕刻而成的，众多的荷叶也如同碧绿色的衣裳。这一色彩描写既彰显了池中荷花旺盛的生命力，也表现出荷花的高贵气质。正因如此，荷花开放时的香气如同飞流而下的瀑布一般在山中弥漫开来，令人不知是泉水的香气还是荷花的香气。这里对荷花进行的描写将色彩与香气融合在一起，使文章具有了一种高贵典雅的审美效果。

第四节　以色寄情

小品文的创作主体之所以在文中使用大量的色彩描写，目的还是更好地抒发自身的情感体验。

大力倡导独抒性灵的公安派作家在进行山水题材小品文的创作中常常融入个人丰沛的情感，形成寄情于景、情景交融的艺术表达效果。为了更好地抒发自己的情感体验，他们往往选择相关的色彩对自身的情感进行生动形象的表达。袁宏道就是其中的杰出代表。袁宏道在山水小品文的写作中常常将创作主体的个人情感转移到山水客体之上，所以山水有情、四时生色，譬如他笔下的华山"青崖红树，夕阳佳月，各毕其能，以娱游客"②，活像热情好客的主人；写虎丘山"如冶女艳妆，掩映帘箔；上方如披褐道士，风神特秀"③，赋予群山以人的神态气质。创作主体的内心情感与眼前的青山绿水形

---

①　（明）王思任著，任远点校：《王季重十种》，浙江古籍出版社 2010 年版，第 49 页。

②　（明）袁宏道著，钱伯城笺校：《袁宏道集笺校》，上海古籍出版社 2008 年版，第 1472 页。

③　（明）袁宏道著，钱伯城笺校：《袁宏道集笺校》，上海古籍出版社 2008 年版，第 160 页。

成良好的互动关系，最终达到了高度的情感契合。

这一艺术手法的运用，生动体现在袁宏道的《华山别记》一文中：

> 是日也，天无纤翳，青崖红树，夕阳佳月，各毕其能，以娱游客。夜深就枕，月光荡隙如雪，余彷徨不能寐，呼同游樗道人复与至颠。松影扫石，余意忽动，念吾伯修下世已十年，而惟长亦逝，前日苏潜夫书来，道周望亦物故。山侣几何人，何见夺之速也？樗道人识余意，乃朗诵《金刚》六如偈，余亦倚松和之。①

这段文字首先对华山的景物进行了细致的描写，用"青崖红树"概括华山的外表植被，用如雪的洁白来描写夜晚的月光，表现出华山神秘而寂静的特质。置身于这样的环境中，作者不觉怀念起自己过世的亲人和朋友，个人和情感与周围的环境达到了高度的融合。

袁宏道在《碧云寺》一文中，对生长在碧云寺旁的竹林进行了这样的描写："塘前稊竹一方，嫩绿可爱。予家园中，翠竹万竿，视此如小儿头上发耳。"② 作者并没有落入表现竹林清幽、高洁气质的俗套，而是别出心裁地通过"嫩绿""翠"等色彩表现出竹林可爱的一面，并将塘前稊竹比喻为孩童头上的毛发。这一新奇的比喻表现出作者对寺中之竹的爱怜之情。

在《西湖一》一文中，袁宏道对自己初次游览西湖的感受进行了生动的描写：

> 从武林门而西，望保俶塔突兀层崖中，则已心飞湖上也。午刻入昭庆，茶毕，即棹小舟入湖。山色如娥，花光如颊，温风如酒，波纹如绫；才一举头，已不觉目酣神醉，此时欲下一语描写不得，大约如东阿王梦中初遇洛神时也。③

---

① （明）袁宏道著，钱伯城笺校：《袁宏道集笺校》，上海古籍出版社 2008 年版，第 1472 页。
② （明）袁中道著，钱伯城笺校：《珂雪斋集》，上海古籍出版社 1989 年版，第 684 页。
③ （明）袁宏道著，钱伯城笺校：《袁宏道集笺校》，上海古籍出版社 2008 年版，第 422 页。

　　这段文字首先详细记录了作者前往西湖的经过，从武林门向西而行，刚刚看到保俶塔时心绪早已飞到了西湖。正是因为作者内心经历了太久的期待，在真正见到西湖美景后，内心的喜悦之情瞬间洋溢在纸面上。于是，西湖岸边的群山呈现出青黑色，鲜花宛如少女的颜面，拂面的春风就像醇厚的美酒，湖面就像平滑的绸缎。诸多色彩和比喻的共同汇集写出了西湖春景的醉人之态，也道尽作者此时的欣喜之情。

　　袁宏道在《由绿萝山至桃源县记》一文中，对人物的外貌也进行了恰如其分的色彩描写：

　　　　又数折，得桃花观，从左腋道入，竹路幽绝。一黄冠，簪笋皮，白须照两颧如红霞，疑其异人。余肃冠裾，将揖之，未数步，趋而前，余笑益不止。偕游者，以余为暴得佳山水，会心深也。①

　　这段文字记叙的是游玩过程中的一件趣事。作者与友人在桃花观游览时偶然遇到一个衣着奇特的人：头戴黄色的头冠和笋皮发簪，胡须洁白，两个颧骨如彩霞般红艳。面对这样一个素未谋面的人，作者不觉以为自己遇到了传说中的异人，便做出一副恭敬的姿态，随后又因为自己的误会而"笑益不止"。而引起这场误会的原因就在于山中之人的外在形态，作者用多种色彩对此人的外貌进行了细致的刻画，彰显其特殊的容貌气质，为文章增添了别样的情趣。

　　公安派的另一位代表性作家袁中道在《再游花源记》中，对月夜进行了深入的描写：

　　　　是夜，月如昼，触目皆山色水声，相对皆闲人，觉身甚轻。中夜，予独起卧沙石间，念吾兄中郎存时，每以游屐相角。昔年游此，未及涉巅，中郎举以为笑。今已涉巅矣，不知归去后，举似与何人也，不

---

① （明）袁宏道著，钱伯城笺校：《袁宏道集笺校》，上海古籍出版社 2008 年版，第 1152 页。

觉泪下者久之。夜中月色水声，清人肌骨，不成寐。①

　　文中的月色亮如白昼，以至于夜晚的湖光山色都一清二楚。在这样一个明朗而美妙的夜色中，作者夜不能寐，不觉回忆起过去曾与自己的哥哥一同游览此地，而今物是人非，不由心生悲情、潸然泪下。这段文字以白天的色泽描写夜晚的月色，凸显出夜晚的明亮和寂静，营造出绝佳的抒情环境，为其后抒发睹物思人之情奠定了基础。整段文字显得平淡自然，但蕴含的情感却真挚深刻。此时，半生科举受阻的袁中道终于考中了进士，为了矫正公安派的俚俗之弊，提出了"素即是绘"的重要文学创作主张。在自己的小品文创作实践中，袁中道多用白描的方式进行景物刻画，追求一种淡雅的审美意蕴。

　　晚明的小品文名家陈继儒在自己的名作《小窗幽记》中，也注意使用色彩词表达创作主体的情感体验，营造出情景交融之美。如"春草碧色，春水绿波。送君南浦，伤如之何"②几句话，用白描的手法勾画出春天的常见景色，在满眼的绿意中，作者要与友人分别，不觉心生伤感之情。短短几句话没有对眼前的春景和离别之情进行过多的夸饰和渲染，但由于色彩与情感的交相辉映，春天的一草一木都浸润着离别的愁绪。

　　在《小窗幽记》中的卷五《素》中，多次谈及烹茗煮茶之事。饮茶是陈继儒日常生活中的重要组成部分："拈笔闲删旧句，汲泉几试新茶"，因为茶有着提神醒脑的特殊功效："茅斋独坐茶频煮，七碗后气爽神清"。陈继儒将日常的饮茶行为上升到充满审美意蕴的学问高度，指出"采茶欲精，藏茶欲燥，烹茶欲洁"，"茶见日而夺味"，"茶欲白，墨欲黑茶欲重，墨欲轻茶欲新，墨欲旧"。认为饮茶不仅是生活习惯，更是一种生活态度和艺术追求："半轮新月数竿竹，千卷藏书一笺盏茶"；"茶挡酒臼，轻案绳床，寻常福地"；"据梧而吟，烹茶而话，此中幽兴偏长"③。在对饮茶之事进行连篇累牍

① （明）袁中道著，钱伯城笺校：《珂雪斋集》，上海古籍出版社1989年版，第670页。
② （明）陈继儒：《小窗幽记》（外二种），上海古籍出版社2000年版，第27页。
③ （明）陈继儒：《小窗幽记》（外二种），上海古籍出版社2000年版，第72页。

地描写时，巧妙地使用了大量的颜色词对茶的品质进行描写，既生动形象又充满了淡雅的审美效果，赋予饮茶以丰厚的文化内涵。类似的表达内容还有陈继儒对下棋技艺的描写："翠竹碧松，高僧对弈，苍苔红叶，童子煎茶。"① 在晚明时代，下棋被视为高雅的情趣爱好，作者在描写下棋时，对周围环境进行了充分的描写，将翠竹、碧松、苍苔、红叶与对弈、煎茶放置在一起，体现出下棋技艺的高雅情致，成为晚明士人彰显身份的工具。再如"黄鸟让其声歌，青山学其眉黛"② 一句，将黄鸟与青山相对，用"黄""青"两色彰显出大自然的勃勃生机，并用拟人的手法对黄鸟和青山进行描写，将色彩描写和拟人融合在一起，使文章有了更为出色的表达效果。

王思任是晚明时期的另外一个小品名家，他在小品文写作实践中多使用青、绿、白、紫等色彩词汇，营造出一个个独特的审美意境。如"泉达湖，渐广渐澄，可照客影，荇发绿披，石龈清泚可爱"③。用绿油油的水草衬托出湖水的清澈；"白月空行，高天如洗，两水洞声清落，谈至午夜方寝"④。将夜空中的月亮描写成白色，营造出空灵寂静的夜色环境；"是时腊望，霜空九天，练澄碧杳，渔火孤寒"。⑤ 碧绿的江水边有着点点红色的渔火，构成了一幅绝美的图画；"晚乃泊于韩村之湖口，大月点空，满天作青火色，放眼五百里，一敛而水天之白未尽，始觉西子湖匡小围狭。"⑥ 描述在青火色天空的笼罩下，不觉西湖变小。在上述几个例子中，王思任用清淡的色彩晕染出一个又一个寂静而又深邃的审美意境，增添了作品的抒情表达效果。

除此之外，王思任在小品文创作中对绿色情有独钟，常常凭借"绿"这一色彩词汇营造出孤峭幽静的审美意境。如"苍松傲睨，大枫数十章，翁以他树，万顷冷绿，人面俱失"⑦。将苍苍的松林描述为万顷的冷绿，将松林

---

① （明）陈继儒：《小窗幽记》（外二种），上海古籍出版社 2000 年版，第 73 页。
② （明）陈继儒：《小窗幽记》（外二种），上海古籍出版社 2000 年版，第 123 页。
③ （明）王思任著，蒋金德点校：《文饭小品》，岳麓书社 1989 年版，第 238 页。
④ （明）王思任著，蒋金德点校：《文饭小品》，岳麓书社 1989 年版，第 236 页。
⑤ （明）王思任著，蒋金德点校：《文饭小品》，岳麓书社 1989 年版，第 258 页。
⑥ （明）王思任著，蒋金德点校：《文饭小品》，岳麓书社 1989 年版，第 259 页。
⑦ （明）王思任著，蒋金德点校：《文饭小品》，岳麓书社 1989 年版，第 109 页。

的接天蔽日之感表现得淋漓尽致，给人一种清凉之感；"一径千绕，绿霞翳染，不知几千万竹树，党结寒阴，使人骨面之血皆为茜碧。"① 将园中的千竹万树比喻为漫天的绿霞，令读者顿生如在目前之感。有同样表达效果的，还有《天台》一文：描写山岭上的植被时说"一岭碧阴，浸肌染骨，眉额相照俱梧竹气"②。描绘因山岭上植被茂密因而"一岭碧阴"，这碧绿的颜色浸肌染骨，颇有翠竹的气质；在描写寺中的竹林时，又写道"入寺径新篁数千，大可抱，惧惨碧滴人"③。突出描写寺院中的新竹，将竹子的绿色形容为"惧惨碧滴"，用一个"惨"字极言绿色的浓重，仿佛能够滴落下来，显得新颖别致。

因受到先前公安派和竟陵派作家求奇、求新的创作观念影响，王思任在游记小品的创作中也刻意追求新奇的艺术审美效果。例如他的《游敬亭山记》一文对久负盛名的敬亭山景观进行了深入而细致的描摹：

> "天际识归舟，云中辨江树"，不道宣城，不知言者之赏心也。姑孰据江之上游，山魁而水怒。从青山讨宛，则曲曲镜湾，吐云蒸媚，山水秀而清矣。曾过响潭，鸟语入流，两壁互答。
>
> 望敬亭绛雾浮巘，令我杳然生翼。而吏卒守之，不得动。既束带竣谒事，乃以青鞋走眺之。一径千绕，绿霞翳染，不知几千万竹树，党结寒阴，使人骨面之血皆为蓥碧。而向之所谓鸟啼莺啭者，但有茫然，竟不知声在何处。厨人尾我，以一觞劳之留云阁上，至此而又知"众鸟高飞尽，孤云独往还"造句之精也。眺乎白乎！归来乎！吾与尔凌丹梯以接天语也！
>
> 日暮景收，峰涛沸乱，饥猿出啼，予慄然不能止。归卧舟中，梦登一大亭，有古柏一本，可五六人围，高百余丈，世眼未睹，世相不及，峭崿斗突，通嵌其中，榜曰："敬亭"，又与予所游者异。

---

① （明）王思任著，蒋金德点校：《文饭小品》，岳麓书社 1989 年版，第 151 页。
② （明）王思任著，蒋金德点校：《文饭小品》，岳麓书社 1989 年版，第 286 页。
③ （明）王思任著，蒋金德点校：《文饭小品》，岳麓书社 1989 年版，第 287 页。

　　　　嗟乎！昼夜相伴，牛山短而蕉鹿长。回视霭空间，梦何在乎？游亦何在乎？又焉知予向者游之非梦，而梦之非游也？止可以壬寅四月记之尔。①

　　作者在文中详细描写了自己游览敬亭山的过程，随着游览行程的不断延续，敬亭山已出现在云雾缭绕之间，令作者心驰神往。远远眺望敬亭山可见其周身"绿霞翳染"，不禁发出感叹：不知道敬亭山上生长了多少树木才使其通身翠绿。敬亭山的翠绿之色令人观之神骨俱寒，感到身体内的血液都化为了酱碧。前人所说的那婉转动听的鸟鸣之声不知在哪里，不觉感到李白诗句"众鸟高飞尽，孤云独往还"的精妙所在。

　　等到日落时分，山中的林木如波涛般的涌动，不时传来猿猴的啼叫之声，令作者心惊胆战、懔然不止，于是匆匆下山回到船上。这一段惊心动魄的经历令作者夜有所梦。在梦境之中，作者再次进入敬亭山中，见到五六人合抱的古柏和奇异的山石，仿佛是另一个奇幻的世界。文章巧妙地将现实描写与梦境讲述融合在一起，越发显得敬亭山充满了神秘和梦幻的色彩。最后作者发出感慨和议论，自己于白天和夜晚两度游览了敬亭山，一次为现实的游览，一次为梦境中的神游，一实一虚，相得益彰。同时也借此抒发了人生中多夹杂虚幻之事、难分真实与梦境的感慨："梦何在乎？游亦何在乎？又焉知予向者之游非梦，而梦之非游也！"这一感想与庄周梦蝶有着异曲同工之妙，展现出作者独抒性灵的创作思想。除此之外，《游敬亭山记》一文仍然延续了作者以"绿"色渲染山景的创作方式，将敬亭山描写成郁郁葱葱、一片苍翠的迷人景观。

　　晚明时期的小品文大家张岱也善于利用色彩描写抒发自己独特的情感体验。如他在《兰雪茶》一文中，用大量的色彩描写详细描述了兰雪茶的制作工艺及外观特征：

---

① （明）王思任著，蒋金德点校：《文饭小品》，岳麓书社 1989 年版，第 263 页。

　　候其冷，以旋滚汤冲泻之，色如竹箨方解，绿粉初匀，又如山窗初曙，透纸黎光。取清妃白，倾向素瓷，真如百茎素兰同雪涛并泻也。雪芽得其色矣，未得其气，余戏呼之"兰雪"。①

　　作者描写兰雪茶在冲泡之时的颜色"如竹箨方解""绿粉初匀""又如山窗初曙，透纸黎光"，连用几组形象的比喻，极言茶色的与众不同，这样具有特殊绿色的茶汤经精美的茶具倾倒而出当然引人瞩目、令人神往。在描写兰雪茶之色时，作者并没有直言茶汤的颜色是浓是淡、是绿是黄，而是连用几组生动的比喻，这一色彩描写的方法在无形之中增添了兰雪茶的高贵典雅之气，更加令人心驰神往，同时也表达出作者对兰雪茶由衷地欣赏与喜爱之情。

　　在面对自己喜欢的事物时，张岱从不吝惜描述的笔墨。如他在《天砚》一文中，对砚台的质地与颜色进行了极为生动的描写：

　　燕客捧出，赤比马肝，酥润如玉，背隐白丝，类玛瑙，指螺细篆，面三星坟起如弩眼，着墨无声，而墨潘烟起。②

　　这段文字将砚台的颜色比为如马肝般的红色，且酥润如玉；背面隐约有些许白丝，类似玛瑙。这一描写精准地把握了砚台的突出特征并予以充分而形象的描写，自然给读者留下了深刻的印象，也展示出张岱那独特的文人雅好。

---

① （明）张岱著，夏咸淳、程维荣校注：《陶庵梦忆·西湖梦寻》，上海古籍出版社 2009 年版，第 72 页。

② （明）张岱著，夏咸淳、程维荣校注：《陶庵梦忆·西湖梦寻》，上海古籍出版社 2009 年版，第 18 页。

第五章　个人化的认知观

在晚明时代的社会转型时期，随着社会观念发生的根本性变革，人们对诸多社会现象的理解和认知也较以往发生了重要的转变。这一显著的变化也体现在了晚明小品文的写作实践中。从晚明小品文的写作内容看，其中不乏创作主体对所处时代背景中人与事的独特认知与评价。主要体现在小品文中独特的女性形象、生动的平民形象、个性化的历史观以及对社会现实独辟蹊径的观察与思考等方面，这也是晚明独特社会思潮的生动写照。

第一节　进步的女性观

在漫长的文学发展时期，女性作为主人公出现在文学作品中的机会可谓是寥若晨星。进入晚明时期，小品文作家在自己的创作实践中开始有意识地记录和描写社会中真实存在的女性形象，可以彰显这些平凡女性身上可贵而动人的独特风貌。

公安派作家为现实生活中的普通女性写有不少传记类的小品文，如袁宗道为其外祖母撰写的《外大母赵太夫人行状》《祭外大母赵夫人文》，袁宏道的《余大家祔葬墓石记》《詹大家塘记铭》等小品文动情回忆了自己外祖母等亲人的生平事迹，袁中道的《袁母钟太孺人墓志铭》动情回忆了自己母亲对家庭的辛劳付出。这些人物传记小品文虽然记录的都是普通人的生活琐事，但因取材真实、感情真挚，具有了一种直抵人心的感人力量。

在《外大母赵太夫人行状》一文中，袁宗道通过三件日常小事完成了对自己外祖母的形象刻画：

> 太夫人姓赵氏，其先江陵人，景泰间徙公安，遂占籍。四传为处士文深，赠中宪东谷公与处士同里闬，雅相欢也，因悉太夫人勤慎状，曰："是真我家妇。"遂命方伯公委禽焉。赠中宪公性嗜饮，日偕诸酒人游，顾以生计萧疏，不无阻酤畅也。自有妇卜太夫人，而甘滑盈几，取办咄嗟。诸故酒人惊相语："前从夫夫饮，且少鲑菜耳，今何突致此衍衍者？"遍视其困箧而索然若故，然后乃知太夫人啬腹龟手适舅姑，心力竭矣。无何，姑钱恭人婴疾且亟，则尽斥鬐珥授方伯公，俾迎医，医无问远近。恭人不食，外大母亦绝噉。恭人不起，而太夫人哀可知也。即逮今五十余年，而语及辄涕。居尝语子："吾今裕，故能施耳，不若先姑贫而好施也。若所以有兹日，微先姑之德不及此，子孙无忘先姑哉！"
>
> 乙卯，方伯公领乡书，丙辰成进士，己未官比部郎。太夫人相从京师，为置侧室高，礼训慈育，闺内穆如。居四年，不置一鲜丽服。丙寅，方伯公佥宪江西，时长宪者喜敲扑，公庭号楚声不绝。太夫人闻之，戚然曰："彼盛怒易解耳，而生命难续，且若之何以人灼骨之痛，博己一快也？"方伯公为之改容曰："请佩此言当韦。"戊寅，方伯公以大参备兵通、泰，寻由河工超迁河南右辖。未几，转左。日夜期会簿书间，力渐耗。太夫人时时风方伯公："且休矣！即不能爇琴燔鹤以饱，夫岂其无双田之毛，东湖之水？"方伯公曰："所谓拂衣者难妻孥也，汝若是又奚难！"而癸未需次调补，竟请告归，从太夫人意也。居尝语诸子曰："尔父累俸，稍拓田庐，然不尽与尔曹，而推以赡族，亦惟是念祖父之余，不可专食也。尔当识此意附谱后，绝孙曾他肠，令吾族人得世世食此土，不亦美乎！"其平居语识大义类若此。①

---

① （明）袁宗道著，钱伯城笺校：《白苏斋类集》，上海古籍出版社 2007 年版，第 161 页。

在这篇小品文中，袁宗道没有夹杂丝毫的个人主观情感，使用极为朴素、平实的话语对自己的外祖母的主要生平经历进行了详细的记叙，娓娓诉说自己无尽的缅怀之情。外祖母刚刚嫁入袁家为妇时，即表现出了令人叹服的贤惠品质：尽心竭力地帮助自己的丈夫筹措佐酒的菜肴，不惜自己因此饿着肚子、双手干裂。当自己的婆婆身患重病之时，外祖母毅然拿出自己的全部首饰交给丈夫用来请医生，她的婆婆不吃饭，她也因此绝食。当丈夫升迁至京城为官时，外祖母仍然保持着节俭的生活品德，四年未曾添置一件新衣。当自己的丈夫屡屡杖责犯人之时，外祖母及时对其进行规劝，所说的言语令夫君深感叹服。等到自己的夫君年老体衰之时，外祖母又及时规劝他不要贪恋禄位，鼓励丈夫告老还乡，并告诫子嗣应时刻记得自己的族人，不要自私贪婪。这些细节共同塑造出外祖母这一中国传统的家庭主妇形象，她深明大义、相夫教子，几十年如一日默默为家庭付出着。文章虽未曾出现一句对外祖母的评价，但在字里行间流露出的是作者对逝去的外祖母深深的敬意和怀念之情。

袁宏道的《余大家祔葬墓石记》同样是追忆自己家中祖辈的小品文，文章怀念的是自己的祖母余氏。通过文章对大量生活场景的描述，读者认识了祖母余氏这样一位勤俭坚忍而又待人宽厚的长者。文章详细记录了余氏在丈夫故去之后，毅然挑起抚幼养亲的家庭重担，凭借自己的勤劳实现了殷实的家境，并督促子孙学业有成。文章表现出余氏重情至深的一面："二姑所归，家儒而贫，姑资给之。十余年后，二姑病，姑念之至绝食。一日晨起，有鸟投姑怀，婉转而死，姑恸哭未绝声而讣至，其至性如此。"[1] 同时，也表现了余氏宽厚为人的品质："姑性好施，非知有施之义与其报，贫而悯之而已；性忘人过，非知有捐忿之义与市德，怨则消之而已，噫，此圣质也。"[2] 与袁宗道《外大母赵太夫人行状》不同，袁宏道的这篇文章将自己对祖母余氏的感激与怀念之情诉诸笔端，表达得淋漓尽致。

①　（明）袁宏道著，钱伯城笺校：《袁宏道集笺校》，上海古籍出版社 2008 年版，第 1176 页。
②　（明）袁宏道著，钱伯城笺校：《袁宏道集笺校》，上海古籍出版社 2008 年版，第 1177 页。

除了追忆自己的亲友族人，公安派作家也关注到生活在社会底层的普通女性。如袁宗道就为自己的好友萧允升的妻子作有《祭萧孺人》一文，文章详尽描写了萧孺人在世时与离世后的不同场景，使两者形成鲜明的对比，以此凸显萧孺人淑德良善的美好品格。

> 嗟夫！嗟夫！孺人遂已耶。人生谁得不死？死耳，奈何夭死、客死，复如是焉死乎！维彼蒲柳，望秋先零。嫂则淑而厚，醇而贞，其松柏乎！而霜霰未及，枝叶俄摧，笃材之论，其谓之何？西粤去此，山阻水萦几万里矣，飘飘丹旌，凄凄素辒，浮洛涉江，泛吴溯越，更寒燠而后丘首，苦矣！
>
> 我辈每过允升门，辄回晤扉端，意有弧矢在焉。或晤允升，则将其须调之："我辈业酿金候大嚼，何濡迟乃尔！"此谑在耳，而吉祥之倪倏化荼毒，何为者也！嗟夫！嗟夫！嫂奈何夭死、客死，又如是焉死也？我二三兄弟，每诣允升，允升辄留，不咄嗟间，腼朣杂陈，匕箸递新。我辈且啖且夸嫂才。今已矣，勿复言之矣！此其小者也。允升旦入直良劳，而颜愈泽、髻愈鬒，皆嫂悉壶事、饬家政使然。嫂今死，是令允升瘁泽白鬒也。又其稚子斩焉苴如苦块之间，爱女拊心泣血闺阁之内，冷冷茕茕，如行阴雪，回顾失影；如鸠堕巢，彷徨靡泊。此时此情，闻者酸楚。嫂何能目瞑，而允升何能不心摧乎！我辈将为庄生语以释允升，此允升所稔。闻言之者无情，而听之者为赘，言何益乎！尚飨！①

文章记述萧允升的妻子在世时，自己去他家里总会得到热情的接待："允升辄留，不咄嗟间，腼朣杂陈，匕箸递新"，萧孺人不但热情地准备好丰盛的菜肴，还会细心地拿出崭新的餐具，从而得到了朋友们的交口称赞。当萧孺人不幸去世之后，她的家庭因此沉浸在无尽的哀伤之中："嫂今死，是令允

---

① （明）袁宗道著，钱伯城笺校：《白苏斋类集》，上海古籍出版社 2007 年版，第 170 页。

升瘁泽白鬓也。又其稚子斩焉苴如苫块之间，爱女附心泣血闺阁之内。冷冷茕茕，如行阴雪，回顾失影；如鸠堕巢，彷徨靡泊。"① 文章通过描写萧孺人辞世之后丈夫的神情变化以及子女的哀伤，渲染出了萧孺人对家庭的重要性，也增强了文章的感染力。

在竟陵派的小品文创作中，女性形象也是一个异常凸显的话题。钟惺、谭元春等人几乎都深情地表达过对自己母亲的感恩，也折射出当时女性的地位。谭元春在《求母氏五十文说》中细致描述过自己母亲的深明大义、仁德慈爱的一面，钟惺在《家传》一文中也追忆了自己先母的温暖善良和勤劳质朴。如果说母亲是钟惺、谭元春等人关注女性形象的开始，那么，他们有意识赞美女性则是来自母亲的影响。

钟惺《魏母乐太君八十序》中描绘的魏母是钟惺同年好友魏士为的母亲，也是一位具有独特个性的母亲。钟惺在介绍这位母亲前，先有这样一段论述："夫人之所受于天，虽其取之有道，致之有本，要以迟者必可久，而太速则易尽。"② 这段论述态度鲜明地表达了钟惺对魏母教子之方的欣赏。魏母不但辅佐了自己丈夫成为一代大儒，而且对于自己老来才得的魏子，并不是要求他尽快成才。魏士为在三十六岁才中进士，但是他自己认为"不为速"，因为魏母曾教导："世以滑，吾以钝；世以竞，吾以恬；……"③ 认为保持自己内心的纯美和宁静更为可贵。在纷杂的世间，魏母前后扶助自己的丈夫和儿子都取得了不俗的成绩，这表明魏母有着寡取和守身之道，有非同一般的智慧和远见，刻画出一个有大智慧、大胸襟的女性形象。再如谭元春在《女山人说》中塑造的女山人澜如，一个反其道而行的"真"山人。大行其道的"山人"都是看似超脱世俗，然而却是背着"山人"的"名"，大求名利的"实"。而澜如，却是大隐隐于市，超然出世，秀外慧中，真乃真山人。谭元春在文末这样说道："山人固以丧风雅之名，而女子反以存山人之实。"④

---

① （明）袁宗道著，钱伯城笺校：《白苏斋类集》，上海古籍出版社 2007 年版，第 170 页。
② （明）钟惺著，李先耕、崔重庆标校：《隐秀轩集》，上海古籍出版社 2017 年版，第 354 页。
③ （明）钟惺著，李先耕、崔重庆标校：《隐秀轩集》，上海古籍出版社 2017 年版，第 356 页。
④ （明）谭元春著，陈杏珍点校：《谭元春集》，湖北教育出版社 2017 年版，第 607 页。

总体来看，钟惺、谭元春对于女性形象的诠释，饱含了自己对社会和人生的深刻感悟和思考，从中可以看出晚明时代的进步观念，是明代尤其是晚明时代独特风尚的生动体现。

晚明的张岱也在自己的小品文作品中为女性留有重要的一席之地。如他对于当时南京城名妓王月生的描写就极为传神：

> 南京朱市妓，曲中羞与为伍；王月生出朱市，曲中上下三十年决无其比也。面色如建兰初开，楚楚文弱，纤趾一牙，如出水红菱，矜贵寡言笑，女兄弟闲客多方狡狯嘲弄咍侮，不能勾其一粲。善楷书，画兰竹水仙，亦解吴歌，不易出口。南京勋戚大老力致之，亦不能竟一席。富商权胥得其主席半晌，先一日送书帕，非十金则五金，不敢亵订。与合卺，非下聘一二月前，则终岁不得也。
>
> 好茶，善闵老子，虽大风雨、大宴会，必至老子家啜茶数壶始去。所交有当意者，亦期与老子家会。一日，老子邻居有大贾，集曲中妓十数人，群诨嬉笑，环坐纵饮。月生立露台上，倚徙栏楯，目氐姤羞涩，群婢见之皆气夺，徙他室避之。
>
> 月生寒淡如孤梅冷月，含冰傲霜，不喜与俗子交接；或时对面同坐起，若无睹者。有公子狎之，同寝食者半月，不得其一言。一日口嗫嚅动，闲客惊喜，走报公子曰："月生开言矣！"哄然以为祥瑞，急走伺之，面赪，寻又止，公子力请再三，謇涩出二字曰："家去。"①

这篇小品文为读者介绍了一个传奇的女性：南京城的妓女王月生。王月生因容貌美丽而"曲中羞与为伍"，她生得"面色如建兰初开，楚楚文弱，纤趾一牙，如出水红菱"，最令人称奇之处在于王月生孤傲的性格："矜贵寡言笑，女兄弟闲客多方狡狯嘲弄咍侮，不能勾其一粲。"文章在最后一段讲

---

① （明）张岱著，夏咸淳、程维荣校注：《陶庵梦忆·西湖梦寻》，上海古籍出版社 2001 年版，第 127 页。

述了王月生因孤傲的性格而产生的一件趣事，以此作为故事的结尾产生了令人忍俊不禁的独特艺术效果，也使人物形象呼之欲出。

第二节　生动的平民形象

公安派的人物传记类小品文除了少量官员及文坛领袖的作品之外，更多的是描写和记载普通市民形象的佳作。如公安派的代表作家袁中道就曾特地为一名普通的木匠而作《关木匠传》一文。该文借鉴了史传体文学的写作方式，对关木匠的主要经历进行了传神的描写。

文章首先对关木匠其人进行了必要的说明："关木匠，字廷福，少与诸将伍，无所知名。"① 介绍木匠关廷福本是一个默默无闻的普通人。然而随着文章的讲述，读者逐渐发现了关木匠不同寻常的一面：

> 予族有佣病死，佣以豪族也，唆佣儿为证，以诉于官。廷福方持斧凿，为人架屋回，闻之，夜入城。至旦，私呼佣儿饮，携出城，可四五里，复与引。佣儿醉，夜乃卧之破庙中。是日晡，县官讯两家狱。佣家仓促失其儿。县官曰："若状言有子可证者，今安在？"佣家无以应。县官以为欺己，反得罪。明日，佣儿还，事已定，无所用之。②

作者用极为简练的语言叙述了关廷福巧妙地设计帮助作者族人的一次经历。文章并没有详细叙述事件的经过，但简洁明了的语言却使关廷福为人仗义、爱打抱不平的鲜明个性更加凸显。单凭一件事就断言人物的性格特征似乎显得证据不足，因而该文仿照人物传记的写作方式，继续讲述了围绕关廷福发生的另外一件事：

---

① （明）袁中道著，钱伯城笺校：《珂雪斋集》，上海古籍出版社1989年版，第703页。
② （明）袁中道著，钱伯城笺校：《珂雪斋集》，上海古籍出版社1989年版，第703页。

里中柞林潭边，有麦田数百亩，初为予家有，有周姓者云是己产，连年构讼。予家厌讼，乃贱其直以与一霍姓者。于是两家大争，麦熟时，周乃觅勇士数十人往刈，周人刀梃备至，颠踣满野。正困苦时，廷福为人伐木回，过见之不平。大怒，持手中斧向之。周人皆走，立杀其魁一人。霍氏惧，知周必诉于官，度廷福且走，己当独罪，乃急呼与饮。既至，霍楔其门，廷福笑曰："我为公抱不平，杀人至死，罪自我当之，若走，非男子也。"

周果诉霍于官，不及廷福。县官讯两家狱，廷福从旁出曰："杀人者关廷福也，周强霍弱，廷福一时见不平，提斧杀之。大丈夫自杀自当，岂以祸及平人，霍氏无罪。"县官壮而怜之，授以意，令以主谋归霍氏。廷福不易辞。县官不得已，定如律。每年讯，上官皆疑之，几经历十余讯，竟不易辞，卒死狱中。①

在周霍两家因麦田引发争端且霍家明显势弱之时，为人伐木归来的关廷福路遇不平再次伸出援助之手。然而这一次的打抱不平使关廷福牵连上了牢狱官司，他因伤人致死而获罪入狱，其间县官几度授意让他将责任推给他人，但关廷福始终坚持自己的主见，最终死在狱中。在客观陈述完关廷福的主要生平经历之后，作者在结尾处专门加入了一段议论性的内容来表达自己的观点：

廷福不识一字，亦不知何者为义侠。然其抱不平，至死不挠，大有男子气。今世上士大夫遇小小利害，即推委他人，以宽己责，况生死之际乎！彼所谓读天下之书者也。乡人曰："囚耳，乌足道！"予曰："士大夫慷慨就义，即呼之曰忠臣，曰义士；惟曰囚耳，囚耳，此所谓真意气也！"②

---

① （明）袁中道著，钱伯城笺校：《珂雪斋集》，上海古籍出版社 1989 年版，第 703 页。
② （明）袁中道著，钱伯城笺校：《珂雪斋集》，上海古籍出版社 1989 年版，第 704 页。

在这一段中，作者称赞关廷福爱打抱不平，颇有大男子气概。更肯定关廷福不为自己开罪、慷慨就义就的精神品质，并以此联想到现实社会中的士大夫阶层趋利避害、将罪责推诿他人的事实。文章将两者放置在一起，虽仅仅做客观陈述，不加任何的主观评价，但其中真味并不难理解。

公安派的袁宏道曾写有《醉叟传》一文，其中给我们介绍了一个行为乖张的奇异之士：

> 醉叟者，不知何地人，亦不言其姓字，以其常醉，呼曰醉叟。岁一游荆澧间，冠七梁冠，衣绣衣，高权阔辅，修髯便腹，望之如悍将军。①

这位相貌奇特的异士有着令人惊叹不已的爱好：

> 年可五十馀，无伴侣弟子。手提一黄竹篮，尽日酣沉，白昼如寐。百步之外，糟风逆鼻。遍巷陌索酒，顷刻数十馀家，醉态如初。不谷食，唯啖蜈蚣、蜘蛛、癞虾蟆，及一切虫蚁之类。市儿惊骇，争握诸毒以供，一游行时，随而观者常百馀人。人有侮之者，漫作数语，多中其阴事，其人骇而反走。篮中尝畜乾蜈蚣数十条。问之，则曰："天寒酒可得，此物不可得也。"②

这位整日沉醉的异士不吃谷物，只吃蜈蚣、蜘蛛等各种毒虫，人们多以为他是一个疯癫之人，然而"人有侮之者，漫作数语，多中其阴事，其人骇而反走"③，可见这是个佯装酒醉但心如明镜之人。后面的文字证实了作者的判断：当别人问他食用毒虫有什么益处时，他坦诚回答说"无益，直戏耳"。当作者与他对酒畅谈时，这位异士"每数十数，必有一二说入微者"，

---

① （明）袁宏道著，钱伯城笺校：《袁宏道集笺校》，上海古籍出版社 2008 年版，第 719 页。
② （明）袁宏道著，钱伯城笺校：《袁宏道集笺校》，上海古籍出版社 2008 年版，第 719 页。
③ （明）袁宏道著，钱伯城笺校：《袁宏道集笺校》，上海古籍出版社 2008 年版，第 719 页。

但"诘之不答，再诘之，即佯以他辞对"。① 醉叟口中常提"万法归一，一归何处"，但是要是详细追问，皆以沉默应对。袁宏道对醉叟细致入微的神态刻画，使读者不难看出所谓醉叟实际上是一位看破尘世，超然脱俗的隐世高人，有着世人皆醉我独醒的风骨。醉叟完全不理会世人的眼光，任凭自己内心的真实想法而活出了自己的真性情，这正是公安派作家所极力倡导的性灵品格。

竟陵派作家的人物传记类小品文也都塑造了形象鲜明的人物，能给读者留下深刻的印象。如钟惺所写的《白云先生传》以及谭元春的《题周道一集》这两篇文章都形象生动地描摹了奇人形象。

《白云先生传》描写的是一位"自隐于诗，性命以之"的痴诗之人。此人姓陈名昂，一生颠沛流离，战乱中迁于豫章，靠织草屦度日，难以为继，还需要靠卜卦来维持生计。然而，就是这样一位穷困潦倒的普通人，却痴迷诗歌，一生中从未停止过诗歌的创作。竟陵派的成员之一林古度年少时曾与之交往，见到那居住环境——"一扉之内，席床缶灶，败纸退笔，错处其中"。诗歌创作的笔记铺满了整个房间，最重要的是，每当年少的林古度称赞他的诗歌时，他就会感动得涕泪交流，钟惺描摹："每称其一诗，辄反面向壁，流涕悲咽，至于失声。"②

陈昂家徒四壁，然而诗歌让他的精神生活变得富足。只因少年称赞，便感动得痛哭流涕，似乎无人理解。这些小细节，无不见陈昂对于诗歌的痴迷以及现实生活的艰辛。这样的普通的爱诗之人，最后在穷困中去世，如果没有钟惺的传记，也许谁都不会知道这样一位普通人。但是，这样的普通人却有着他独特的价值，钟惺从这样一位普通的诗人身上得出了诗歌创作不能画地为牢的结论，更加尊重每一位普通人在诗歌创作上的地位。

谭元春的《题周道一集》，描摹的是一个爽快耿直之人。谭元春说周道一："口中雷响，手里炮发，无论禅理。"③ 短短几笔，一个"斩截痛快"之

---

① （明）袁宏道著，钱伯城笺校：《袁宏道集笺校》，上海古籍出版社 2008 年版，第 719 页。

② （明）钟惺著，李先耕、崔重庆标校：《隐秀轩集》，上海古籍出版社 2017 年版，第 419 页。

③ （明）谭元春著，陈杏珍点校：《谭元春集》，湖北教育出版社 2017 年版，第 611 页。

人就活灵活现了。为了呼应这个主题，此文也很短，总共 71 字。谭元春塑造这个人物形象更多地是为了表明自己的文学创作的主张和追求，那就是从事文学创作应该讲求"信心"，而不是在复古中迷失自我。

晚明小品文大家张岱所进行的人物传记类写作也多以自己身边的妓女、艺人、工匠等普通民众为主要描写对象。在进行人物传记类小品文写作时，张岱刻意消解了政治化的表达，坚持了平民的书写立场，展现了世俗化的生活面貌。张岱是"第一个致力于用散文表现普通人的生活，表现其对普通人的尊重，并对现实生活有着真挚喜爱之情的作家。"① 城市中的三教九流、各色人等都成为他所关注和描写的主人公。在对这些人物进行塑造时，张岱并不是一般意义上的泛泛而谈，而是建立在对身边人物的细致观察和深入了解基础之上的描摹与反映。所以，张岱笔下的城市平民大都形象鲜活，有着独特的个性气质。

张岱对晚明社会中的手工艺人进行了着意刻画，对他们报以由衷的赞赏，这对于传统的"百工贱人"社会认知而言有着鲜明的反叛意味。如他的《金乳生草花》一文就为我们介绍了一位善于莳草花的匠人金乳生。

> 金乳生喜莳草花。住宅前有空地，小河界之。乳生濒河构小轩三间，纵其趾于北，不方而长，设竹篱经其左。北临街，筑土墙，墙内砌花栏护其趾。再前，又砌石花栏，长丈余而稍狭。栏前以螺山石垒山披数折，有画意。草木百余本，错杂莳之，浓淡疏密，俱有情致。春以罂粟、虞美人为主，而山兰、素馨、决明佐之。春老以芍药为主，而西番莲、土萱、紫兰、山矾佐之。夏以洛阳花、建兰为主，而蜀葵、乌斯菊、望江南、茉莉、杜若、珍珠兰佐之。秋以菊为主，而剪秋纱、秋葵、僧鞋菊、万寿芙蓉、老少年、秋海棠、雁来红、矮鸡冠佐之。冬以水仙为主，而长春佐之。其木本如紫白丁香、绿萼、玉碟、蜡梅、西府、滇茶、日丹、白梨花，种之墙头屋角，以遮烈日。乳生

---

① 胡益明：《张岱研究》，安徽大学出版社 2002 年版，第 10 页。

弱质多病，早起，不盥不栉，蒲伏阶下，捕菊虎，芟地蚕，花根叶底，虽千百本，一日必一周之。①

　　这篇小品文的第一段为我们介绍了金乳生的独特爱好。金乳生自己的房前有一块不大的空地，在金乳生的努力之下，这块空地成为鲜花的世界。文章为读者详细罗列了金乳生种植的各色花卉"草木百余本，错杂莳之，浓淡疏密，俱有情致。"并按照一年四季的顺序一一加以介绍，共列举罂粟、虞美人、芍药、水仙等三十余种花卉的名称，令人眼花缭乱、目不暇接，不禁叹服金乳生对于养花一事的热爱与讲究。但行文至此，读者只感受到了金乳生养花的喜人成就，并不能深刻体会到金乳生为这一爱好而付出的辛劳，于是作者继续写道：

　　　　瘫头者火蚁，瘠枝者黑蚰，伤根者蚯蚓、蜒蚰，贼叶者象干、毛猬。火蚁，以鲞骨、鳖甲置旁引出弃之。黑蚰，以麻裹筋头捽出之。蜒蚰，以夜静持灯灭杀之。蚯蚓，以石灰水灌河水解之。毛猬，以马粪水杀之。象干虫，磨铁线穴搜之。事必亲历，虽冰龟其手，日焦其额，不顾也。青帝喜其勤，近产芝兰本，以祥瑞之。②

　　这一段落极为详细地为读者介绍了花卉在艳丽外表之下不为人知的另一面：花卉的养殖始终要与各种病虫害作斗争，而金乳生在长期的花卉养殖实践中已经总结出一整套行之有效消灭病虫害的方法。金乳生事必亲历乐此不疲"虽冰龟其手，日焦其额，不顾也"，令读者突然之间感受到了一个默默耕耘的金乳生形象，不觉认识到世界一切的美好都是辛勤劳动而来的。而结尾一句以浪漫主义的传奇手法表达了金乳生的勤劳感动了上天，上天赏赐给他一株芝兰。通过这一段的描述，读者对于金乳生的爱好有了更为深入的

---

① （明）张岱：《陶庵梦忆　西湖梦寻》，岳麓书社 2016 年版，第 7 页。
② （明）张岱：《陶庵梦忆　西湖梦寻》，岳麓书社 2016 年版，第 7 页。

了解。至此，文章完成了对于金乳生这一花匠形象全方位的塑造。

张岱还写有《濮仲谦雕刻》一文，对南京城的雕刻艺人濮仲谦的技艺进行了传神的描写：

> 南京濮仲谦，古貌古心，粥粥若无能者，然其技艺之巧，夺天工焉。其竹器，一帚、一刷，竹寸耳，勾勒数刀，价以两计。然其所以自喜者，又必用竹之盘根错节，以不事刀斧为奇，则是经其手略刮磨之，而遂得重价，真不可解也。仲谦名噪甚，得其一款，物辄腾贵。三山街润泽于仲谦之手者数十人焉，而仲谦赤贫自如也。于友人座间见有佳竹、佳犀，辄自为之。意偶不属，虽势劫之、利啖之，终不可得。①

作者笔下的这位雕刻艺人可谓是充满了传奇色彩：首先，濮仲谦的技艺的精湛程度令人叹服"其竹器，一帚一刷，竹寸耳，勾勒数刀，价以两计"。以至于"名噪甚，得其一款，物辄腾贵"。然而濮仲谦并没有因此过上富足的生活，仍然是"赤贫自如"，因为濮仲谦有着不为势所逼的独立人格，作者称其为"古貌古心"。这篇短文既称赞了濮仲谦出神入化的雕刻技艺，更凸显出他身处底层却不向强势低头的傲骨，委婉表达出作者对手工艺人的敬重之情。

第三节　个性化的历史观

晚明时代小品文中的论辩文、杂文（杂论、杂记）也同样值得关注，这些作品往往在嬉笑怒骂间蕴含了某些深刻的哲理。依照作品的内容，人们往往将论辩文分为四种类型，即论政、释经、辨史、诠文。其中论辩文属于中国传统士子心目中的"经国之大业"，所以往往还是带着正统色彩，但也不排除一些创新。从总体来看，明代的论辩文具有一些值得归纳总结的特

---

① （明）张岱：《陶庵梦忆　西湖梦寻》，岳麓书社 2016 年版，第 16 页。

点：一是主体性更突出，即表达创作主体自我情感更加明显，个体见解更加的新颖独到；二是思辨性更强，对于是非具有鲜明的判断；三是旁征博引以增强感染力，具有恢弘的气势。在这三个方面中，第一条主体性凸显，可谓是晚明时期独特的风尚。这是对于自我价值的肯定和高扬，具有鲜明的时代特色，这也给明代论辩文带来了一些不同以往的色彩。

而关于杂文，则是名目众多，如杂论文，我们往往会追溯到寓言，后来衍生出语录、清言、诗话、文话等。一般而言，杂论文往往带有"似谑而庄"的特点，在心学盛行的晚明时期，杂论文往往都带有着浓厚的心学特色，处处洋溢着"独抒性灵"的创作特色。杂记文在唐朝开始繁盛，大都是以人或事物为描写对象，如书画记、杂记等。杂文在明代一朝盛行并且有了高峰之势，归结起来有如下四个特征：一是使用广泛；二是体式众多；三是风格多样；四是名家辈出。单就晚明时期的小品文创作而言，在杂文方面也同样取得了颇高的艺术成就。在此类文体中，最具有鲜明思想和艺术特征的当数论史类的小品文。在这类小品文中，晚明时代的小品文作家往往会提出有别以往的新观点。

活跃于晚明时期的竟陵派作家在小品文写作中对于史论题材的内容尤为重视，常常在谈古论今之中阐述自己独到的见解。竟陵派的领军人物钟惺为论史还专门写就一部论史专著叫作《史怀》，他自认为对于古人的"经世之旨"有所认识。后人对于这册史论文评价也颇高，有"直具史之才识""文人之书"等评价。

《平准》一文就是钟惺所著的极为重要的一篇论史类的小品文，文章开门见山地提出了作者自己的观点：

> 平准之法，是武帝理财尽头之想，最后之著，所以代一切兴利之事，而救告缗之祸。所谓穷而变，变而通，其道不得不出于此者也，何也。文景殷富，而武帝以喜功生事，化而为虚耗之世。[①]

---

① （明）钟惺著，李先耕、崔重庆标校：《隐秀轩集》，上海古籍出版社2017年版，第485页。

钟惺认为"平准之法"的出现是汉武帝"理财尽头之想"，属于汉武帝为了缓解国家的财政压力而迫不得已采取的非常措施，正所谓"鬻爵鬻罪，而鬻爵鬻罪不效也。盐铁而盐铁不效也。铸钱制皮币而钱币不效也。酎金而酎金不效也。风示百姓，分财助县官，而分财不效也。募徙民而徙民不效也。"① 钟惺还以易经的"穷而变，变而通"一句来说明出此策的哲理源头。文章开头的这一论述实际上已经对这个"平准之法"流露出一丝贬义。

从这样一个开篇语中，不难看出下文对于司马迁《平准书》的评价，他认为司马迁并不是因为平准之法而感到悲哀，司马迁真正悲的是大汉帝国居然要不得已推出平准之法来维持一国的财政。这段文字表露出，司马迁作为以秉笔直书、刚正不阿而著称的史学家对汉武帝"好大喜功"的否定与批判。钟惺的出新还不仅仅止于此。由平准之法论述到司马迁的《平准书》，再到司马迁的《货殖列传》，钟惺认为，平准之法带有着剥削主义的色彩，货殖是有着商业经营的利好。这样的观点主张实际上带有一定的超前经济理论的色彩。

钟惺评论史书中的人物，也是新意频出。《郑庄公》一文评述《左传》中《郑伯克段于鄢》的故事。钟惺对于这一著名的历史故事有着全新的认知，他认为郑庄公杀死共叔段并不是像史书上记载那样，因共叔段修高墙大院、扩充封邑、素有不臣之心。钟惺将这场兄弟二人的斗争归因于他们的母亲姜氏。姜氏一直都是偏心于小儿子共叔段，引起了作为兄长的郑庄公的嫉妒，为了找到一个杀共叔段的理由，郑庄公故意放任共叔段种种的越权行为，等到时机成熟，杀共叔段也就顺理成章了，这应属于兵法中常说的"欲擒故纵"之策。由此，钟惺提出《郑伯克段于鄢》的故事充分暴露出郑庄公内心阴险与歹毒的一面。钟惺以史料为依据，从新的角度对先秦时期的一代英主郑庄公进行了重新考量和评判，从而得出令人耳目一新的结论。

《留侯》也是钟惺所著一篇别出新意的论文。钟惺在文中提出了一个颇为大胆的见解：张良是一个最会用人的人，他用得最好的人就是刘邦。张良

---

① （明）钟惺著，李先耕、崔重庆标校：《隐秀轩集》，上海古籍出版社2017年版，第485页。

追随刘邦首先是为了利用刘邦为自己的出生地韩国（今河南）报仇，继而通过刘邦对自己的重用获得了极好的社会声誉。等自己功成名就之后，张良则及时选择了归隐山林，从而避免了自己兔死狗烹的下场。钟惺纵观张良的一生，得出了极高的评价："留侯一生作用，着着在事外，步步在人先。其学问操放，全在用人……而其大者，在全用沛公。"① 行文最后，钟惺提出了自己别出心裁的观点："故子房用汉，非为汉用者也。"② 论述颇为严密且精辟，带有自己独到的见解。

竟陵派作家刘侗在《帝京景物略》一书中通过描述北京一带的名胜古迹也表达了自己对历史的追忆和评述。在刘侗的笔下出现了不少今昔对比的景象，通过这些景物的描写，表达了自己对于明王朝的追思怀念。如《平坡寺》《钓鱼台》《香山寺》等文章。

平坡寺是建于唐代的寺庙，明代则改名为大通寺。刘侗在《平坡寺》一文中详尽描写了平坡寺在唐代的繁华景象：殿宇重重、巍然耸立；到了明代时期，平坡寺再度辉煌，仍然保留了其富丽堂皇的气质。但是随着时间的推移，平坡寺到了晚明时期，寺中的建筑均已破败不堪、荡然无存。作者置身于平坡寺内，只能是听"僧说宏丽当年，指故物道新"③，作者由此发出了无尽的感伤之意，历史兴亡之感瞬间跃然纸上，令读者为之动容。

刘侗的《金刚寺》一文中，也是通过前后人文环境的对比来表现物是人非的情景。这篇小品文描写的重点并非寺庙建筑的样式与风格，而是重在介绍金刚寺的改建经历。寺庙本身是佛家重要的修身净地，但是在明代万历年间的改建过程中，官府与僧侣相互勾结，出现了一派贪腐景象。僧人内部争斗不休，巴结官府不止，此时的寺庙已经完全失去了寺庙的功用，完全一派落寞景象。文章通过对寺庙现今风气的描写，含而不露地表明了整个大明王朝世风日下的历史史实。文章中既有作者对当时社会现实的失望，也表达

---

① （明）钟惺著，李先耕、崔重庆标校：《隐秀轩集》，上海古籍出版社2017年版，第481页。
② （明）钟惺著，李先耕、崔重庆标校：《隐秀轩集》，上海古籍出版社2017年版，第481页。
③ （明）刘侗、于奕正著，孙小力校注：《帝京景物略》，上海古籍出版社2001年版，第401页。

了作者对先前过往的追思。

《李文正公祠》则是对于一个士子的真实描写。刘侗通过对士子李东阳过往经历的描述，表达了自己作为一个读书人对于科举之路的无限向往，也是历代读书人共同的心声。在文中，刘侗对于明代著名政治家、文学家李东阳进行了极度地赞赏和褒扬。李东阳的处事风格和为官情怀是同为士人的刘侗所极力推崇的。在文章末尾，刘侗也详细记载了：当地老叟说，李东阳父亲听了老叟之言选择坟墓，这样促使儿子科举顺利、位列三公的传说故事。这一看似无关的细节，却流露出了刘侗对于科举之路怀有的殷切期待。作为麻城望族的一员，刘侗的书香世家身份对自身的文学创作产生了深远的影响，但刘侗自己对于科举之路的期望在明代的末期却成为了一个泡影，永远也无法实现，故而只能幻化成这篇小品文中的一声声哀叹。

《于少保祠》是刘侗所著一篇小品文，在这篇作品中，刘侗借描写北京城的于少保祠着重记叙了于谦这位忠臣的生平事迹。该文详细讲述了于谦在明王朝处于危难关头之时力挽狂澜而立下的不朽功绩："按谦，二祖列宗之社稷臣也，人臣以功名为富贵资，常事而作为非常，社稷之臣，以不变处变。"[1] 也记叙了于谦因此而蒙受冤屈惨遭杀害的经过。由此，刘侗抒发了自己对于谦及其主要事迹的认知：在刘侗看来，世人多把功名视为自己捞取荣华富贵的资本，故而喜欢将寻常之事渲染成非常之事以向世人彰显自身的功劳，但如于谦一样的社稷之臣却都心怀坦然而处变不惊，一心只想对国家社稷负责。这正是作者刘侗心中理想的贤臣形象。在刘侗所处的历史时代，大明王朝再次步入了风雨飘摇的境地，作者也借此抒发自己对于谦这样有力挽狂澜的俊杰之士的向往与渴望之情。也间接表达出对自己仕途不顺、无法施展才华的叹息以及对明王朝前途命运的担忧。

生活在晚明时期的小品文名家张岱也十分热衷于在自己的小品文创作中进行对于历史人物与事件的评述。张岱的《史阙序》一文针对后人所写史

---

① （明）刘侗、于奕正著，孙小力校注：《帝京景物略》，上海古籍出版社 2001 年版，第74 页。

书的资料缺漏问题提出了自己的见解。文章开篇引经据典地表达了自己的见解："《春秋》'夏五'，阙文也，有所疑而阙之也。如疑，何不并'夏五'而阙之？阙矣而又书'夏五'者，何居？孔子曰：'其义则丘窃取之矣。'书之，义也；不书，义也；不书而又书之，亦义也。故不书者，月之阙也。不书而书者，月之食也。月食而阙，其魄未始阙也，从魄而求之，则其全月见矣。"①作者在这段文字中将史料作品中的缺漏问题比作夜空中的月圆月缺，极为生动形象。继而，作者继续阐述这一观点："从唐言之，六月四日，语多隐微，月食而匿也。太宗令史官直书玄武门事，则月食而不匿也。食而匿则更之道不存，食而不匿则更之道存。不匿则人得而指之，指则鼓，鼓则驰，驰则走，走者救也，救者更也。使太宗异日而悔焉，则更之道也；太宗不自愧而使后人知鉴焉，亦更之道也，此史之所以重且要也。虽然，玄武门事，应匿者也。此而不匿，更无可匿者矣。"②在这一段中，张岱以唐代的历史为具体案例，阐述了唐太宗李世民对待史书写作的态度，具有了较强的说服力。由此，作者发出了自己的感慨："余于是恨史之不赅也，为之上下古今搜集异书，每于正史、世纪之外，拾遗补阙。得一语焉，则全传为之生动；得一事焉，则全史为之活现。"③为了证明自己这一带有明显进步意义的史学观点，作者又举出了一个有关于唐太宗的实例："余又尝读正史，太宗之敬礼魏徵，备极形至。使后世之拙笔为之，累千百言不能尽者，只以'鹞死怀中'四字尽之，则是千百言阙而四字不阙也。读史者由此四字求之，则书隙中有全史在焉，奚阙哉！"④这是一个为后世广为传颂的故事，最早见于刘餗所著的《隋唐嘉话》，原文如下："太宗得鹞，绝俊异，私自臂之，望见郑公，乃藏于怀。公知之，遂前白事，因语古帝王逸豫，微以讽谏。语久，帝惜鹞且死，而素严敬徵，欲尽其言。徵语不时尽，鹞死怀中。"张岱在《史阙序》中重新讲述了这一故事，并指出后世史书多以"鹞死怀中"四

①（明）张岱：《琅嬛文集》，岳麓书社 2016 年版，第 4 页。
②（明）张岱：《琅嬛文集》，岳麓书社 2016 年版，第 4 页。
③（明）张岱：《琅嬛文集》，岳麓书社 2016 年版，第 4 页。
④（明）张岱：《琅嬛文集》，岳麓书社 2016 年版，第 4 页。

字尽之，并不能完整而传神地表现出历史人物的思想情感。通过这篇小品
文，张岱集中阐述了自己对史传类作品写作的观点，认为史传作品必须重视
相关史料的选择，所选史料应服务于主要人物的性格特征塑造的需要，正所
谓"得一语焉，则全传为之生动得一事焉，则全史为之活现"。

第四节　对社会现实的关注与思考

欧明俊在《古代散文史论》中专门阐述："严格地说，晚明小品的娱乐
功能应叫'清娱'。但这不是晚明小品的唯一功能。晚明人并不是一味消遣
自娱、'玩物丧志'。他们虽逃世、避世，但并未真的忘却时事。"[1] 这里一
语中的地指出，盛行于晚明时代的小品文并不仅仅是文人雅士们消遣娱乐
的工具或是赏玩的把戏，其中也饱含着士人阶层对社会现实的关注与思考。
正因如此，晚明时期的小品文大都带有着一种独特的深厚韵味。因为篇幅
简短，所以更显现出灵动与精巧；因为意蕴丰富，所以更显现出厚重与深
刻；因为语言简练，所以更显现出哲理与诗意。可以说，正是由于坚持了源
于现实、关注现实的创作立场，晚明小品文才具有了更为强大而持久的生
命力。

晚明时期的竟陵派作家可谓是这一方面的代表。竟陵派的领军人物钟
惺、谭元春都有不少见解独到的戏说之文，文章选取了社会中或大或小的事
件、人物或者现象，以极其简单的笔调进行戏说或者调侃，从而委婉表达出
对于社会事实的思考，达到以小见大、见微知著的目的。

谭元春的《先隐园题门说》就是一篇看似写隐士、实际写社会的小文
章。先隐园是好友杨鹤的私家园林，也就是自己建造的文人小院，但是我们
探寻一下杨鹤就不难看到，作为明末著名的政治、军事人物，他官至兵部右
侍郎，但就是这样一位晚明风云的政治人物，却有着自己的先隐园。这是一
处清闲、安宁、雅致的园林，大有与世隔绝的世外桃源之感。园中之人以

---

① 欧明俊：《古代散文史论》，上海三联书店 2013 年版，第 128 页。

琴、棋、书、画为乐，园中之人大都是晚明风云一时的政治家，却躲在这样一个类似于归隐之家的地方过着闲适的生活，在这个小园子里"真能欣欣然乐之不倦"①。这就生动地反映出三个问题：一是晚明政治生态很糟糕，连一个位高权重的政治人物都想着归隐山林；二是晚明故"楚"派比较失势，杨鹤属湖南常德，竟陵派谭元春也是故"楚"人，在当时的激烈的党争中应该是失衡的；三是隐居思想的盛行与党争的激烈程度成正比。

通过此文不难看出当时的政治生态状况，但是谭元春笔下的先隐园却是如此恬静，如此静美。谭元春笔下描绘"佳山好水、灵窟奥区"②，并且刚好在武陵，所以"妻子可以当鹤妻，子父可以当金兰"③，闲时可以登高啸傲，倦时可以松涛长眠，闲适之意，溢于言表。往往就是这样的闲适词语反衬出当时政治生态之差。

还有一篇戏谑之文名《二杖说》，将拐杖比喻成挚友，同时认为拐杖的主人与拐杖的人格是相通的。文章主人公是郭子，性格孤僻，而且"洁蔬食"，具有世外高人形象，出去散步时，会特别珍视自己的拐杖，对待拐杖时的神态是："时以袖指，优游之，唯恐伤。"④古代文人对于自己的喜欢的物品，会出现一种近乎痴恋的执着喜爱，最著名莫过于梅妻鹤子，林逋对于自己喜爱的梅花和仙鹤直接称之为妻子和孩子。这里的郭子将拐杖称为朋友，并且为了与自己精神相通，还将拐杖做成通体洁白。这样一根普通的拐杖，不但辉映了主人的精气神，更是展示了主人的审美倾向。

前两篇文章，谭元春都是在戏说的文字中展示了一些美好而又无奈的场景，但是显示的却是美好而积极的内容。下面这一篇则是带着一种批判的态度。《近县五里募修路文》是谭元春不可多得的关于社会批判的文章。他首先对于近县这个地区进行简单概括，说明它的大致情况。说明概况的目的只是为了引出后来的募捐事宜，这也是他批判的靶子。谭元春在批判的时候

---

① （明）谭元春著，陈杏珍点校：《谭元春集》，湖北教育出版社 2017 年版，第 605 页。

② （明）谭元春著，陈杏珍点校：《谭元春集》，湖北教育出版社 2017 年版，第 605 页。

③ （明）谭元春著，陈杏珍点校：《谭元春集》，湖北教育出版社 2017 年版，第 605 页。

④ （明）谭元春著，陈杏珍点校：《谭元春集》，湖北教育出版社 2017 年版，第 606 页。

都还运用了"兴"的手法，"予尝谓营建之事有二：快人足目者曰光景，切人焦肺者曰利病"①。"切人焦肺"四字字字带血。

竟陵派的另一位代表作家刘侗在其代表作《帝京景物略》中也进行了有关社会现实的思考与表述。他与于奕正合著的《帝京景物略》对北京一带的风景名胜进行了分门别类地记载和描述，诸多单篇的小品文共同绘就多姿多彩的北京地方风俗画，其中当然也蕴含着作者对于历史的深切思考以及对于现实社会的殷切关注。

作者刘侗所生活的晚明时代正处于时代变革之下的动荡时期，历代封建王朝末世所具有的时代弊病在晚明时期无一例外地存在着：政治上的腐朽与黑暗，经济发展的不平衡，社会底层劳动者生存境况令人担忧。作为生活在晚明时代的士人而言，刘侗对社会的黑暗现实与动荡不安，以及因此带给普通民众的生活困苦有着深切的体会和敏锐的观察。刘侗在对北京一带景观进行描摹的同时，对上述这些社会中的现实问题也进行了真实地反映和深入的思考。

其中的《督亢陂》一文，作者详细描写了督亢陂景观的前后差别，并深入分析了产生这种落差的原因。历史上的督亢陂曾经声名显赫："在绣州东南十五里，沃美之名闻天下。燕太子丹乃遣荆轲，进秦王图也。"②督亢陂一直以其沃美而闻名天下。然而到了晚明时期，督亢陂却成为了另外一幅景象："今过问上谷四五百里间，水流时断，林烟时见，禾黍时有，乌睹所称沃美者哉！"③此时的督亢陂因河流阻塞而导致水流时断时续，人烟稀少、田园荒芜，一片衰朽景象，完全看不出历史上督亢陂的沃美景象。作者将历史上督亢陂的富饶繁盛景象与现实中督亢陂的颓败之景进行了鲜明的对比，从而引发出人们的深思。在思考督亢陂逐渐走向没落的原因时，刘侗将其归因

---

① （明）谭元春著，陈杏珍点校：《谭元春集》，湖北教育出版社 2017 年版，第 477 页。

② （明）刘侗、于奕正著，孙小力校注：《帝京景物略》，上海古籍出版社 2001 年版，第 522 页。

③ （明）刘侗、于奕正著，孙小力校注：《帝京景物略》，上海古籍出版社 2001 年版，第 522 页。

为当时南北经济发展的差异化，提出"然而枣栗之民，粒食东南，东南之粒，能饱九边士，亦能荒三辅士。"① 认为北方地区因多干旱、多严寒所以粮食生长不足，只能依靠南粮北运来解决北方地区粮食不足的问题。然而长期依靠南粮北运在一定程度上让北方地区产生了依赖性，从而进一步弱化了北方种粮垦荒的能力，北京城郊地区出现的大片荒地就是生动的例证。由此可见，刘侗在对身边景物进行观察时，细致入微，具有独到的眼光和极为深入的思考。

对于如何解决北方荒地过多、基础经济薄弱的问题，刘侗在另一篇小品文《翁山》中提出了自己的理想措施：

> 度山前小桥而南，人家傍山，临西湖，水田棋布，人人农，家家具农器，年年农务，一如东南，而衣食朴丰，因利湖也。使畿辅他水次，可田也，皆田之，其他陆壤，可陂塘也，田而水之，其他洼下，可堤苑也，水而田之，一一如东南，本富则尊，上著其重。②

作者在文中详细描述了北京翁山一带的田园风光，其中有星罗棋布的水田，认真务农的居民。由于水源丰沛，此地庄稼长势喜人，人民生活富足，虽位于北京城郊，却俨然一幅江南水乡之景。通过对于这一地区的描写，作者提出了详细的农田开垦措施："使畿辅他水次，可田也，皆田之，其他陆壤，可陂塘也，田而水之，其他洼下，可堤苑也，水而田之，一一如东南"，并且观点鲜明地指出"本富则尊，上著其重"的思想主张，认为只有地区经济得到充分发展，北京的都城地位才能够巩固。

在《火神庙》一文中，作者刘侗以火神庙为切入点描写了民间祭祀火神的民俗传统，并由此想到明天启六年五月初六发生的王恭厂爆炸事件。这

① （明）刘侗、于奕正著，孙小力校注：《帝京景物略》，上海古籍出版社 2001 年版，第 522 页。
② （明）刘侗、于奕正著，孙小力校注：《帝京景物略》，上海古籍出版社 2001 年版，第 447 页。

一爆炸案造成了十分严重的后果：

> 东自阜成门，北至刑部街，亘四里，阔十三里，宇坍地塌，木石
> 人禽，自天雨而下。屋以千数，人以百数，燔臭灰昧，号声弥漫。死
> 者皆裸，有失手足头目，于里外得之者，物或移故处而他置之。①

这一段文字真实反映了当时爆炸现场的惨状，自阜成门，北至刑部街
一带房屋倒塌无数，有大量人员伤亡，死者其状甚惨。作者通过对这场爆炸
案的描写，表现出普通市民阶层生活的困顿，反映了底层人民缺少生命安全
保障的社会现实。

值得一提的是，晚明小品文中出现了大量以商人为主要描写对象的人
物传记类小品文，从一个侧面反映了晚明时期商品经济的繁荣发展以及商
人社会地位的逐步提高。如公安派的代表作家袁宏道曾写有《夷陵罗子华
墓志铭》，袁中道写有《吴龙田生传》《新安吴长公墓表》等作品。其中袁
中道的《吴龙田生传》一文详细记述了自己与吴龙田交往的经过："中郎游
广陵，公乐于亲近，尝云：'吾虽游于贾，而见海内文士，惟以不得执鞭为
恨。'中郎亦爱其贞淳，有先民风，与之往还。每得中郎一纸，即什袭藏之。
予过广陵，待之如中郎。"②对吴龙田虽为商贾但保持自身朴实率真的性情大
加赞赏。袁宏道在他的《夷陵罗子华墓志铭》一文中为世人介绍了富有传奇
色彩的商人罗子华，作者记叙了罗子华"已乃独贾，日则算缗，夜则铅椠如
初，利辄倍他人，橐中不遗一钱"③的乐善好施的义举，并且详细描写了罗
子华悲天悯人的情怀与广施恩义的美德："性好施予，尝有妇垢面而呼，问
其故，则鬻身以偿其夫贷者也，公悯之，遂为代偿。又买一姬，纳币矣，已
乃闻其故夫不能成礼，改而别字者，公乃资之合欢，币帛一无所问。有贷其

---

① （明）刘侗、于奕正著，孙小力校注：《帝京景物略》，上海古籍出版社 2001 年版，第
67 页。
② （明）袁中道著，钱伯城笺校：《珂雪斋集》，上海古籍出版社 1989 年版，第 739 页。
③ （明）袁宏道著，钱伯城笺校：《袁宏道集笺校》，上海古籍出版社 2008 年版，第 1182 页。

赀以贾者，日走青楼中，赀荡尽，以居求偿，公怜之曰：'少年幸莫入轻肥场，吾不汝迫也。'遂焚其卷。"[1] 除此之外，文章还注意刻画出罗子华有别于其他商人的超凡脱俗气质，比如他坚持贾道儒行，爱好山水诗文、擅长抚琴对弈，在暮年则诚信礼佛，罗子华自我评价说"吾性在山水，指间勃勃常有流泉远涧，不愿闻人间鸥弦铁拨声也"[2]。文章在结尾部分描写了罗子华生病坚持不用药，坦然面对死亡的细节："一日呼洗浴甚急，诸子泣曰：'阴阳家言，时日不利奈何？'公轮指曰：'明旦当利，为汝等一日留。'至期乃合掌曰：'门外有高衲携我入七宝池矣。'遂端坐而逝。"[3] 凡此种种，都表现出罗子华有别于一般商人的传奇性格。

　　公安派作家袁中道曾在徽州任职，对于在中国历史上享有盛誉的徽商有着更为深入的了解。进入晚明时期，徽商已经发展为在全国范围内产生重要影响力的商业团体。徽商恪守"讲道义、重诚信""诚信为本、以义取利"的经营理念，在社会上有着极好的信誉，且吃苦耐劳、生活简朴，往往从小本经营开始，注重财富积累，被誉为"徽骆驼"。徽商足迹遍布全国，但在致富之后往往喜欢荣归故里，在家乡兴办文教事业，这一举动令当地的士人阶层对其敬重有加。袁中道就曾有多篇小品文以徽商为主要的描写对象。《吴龙田生传》一文塑造了一位颇具"拙诚"品质的徽商形象。吴龙田少时家贫，为改变出身境况不得已弃儒从商。但他仍不忘儒家精神，"为人淳朴，人往往负之。受廛广陵，其侣尽噬其有，公竟委之去。又屡为豪猾所倾，亦不与争。竟以诚壹故，生计大振"[4]。吴龙田不屑于唯利是图、急功近利的经商伎俩，凭借着自己诚实本分的人品，生意做得反而愈发兴隆。文章详细描写了吴龙田贾道儒行的一面："异日，中贵人渔猎民间，附之者得官进贤，取黄金如瓦砾。人以邀公，公笑曰：'此雪中狡狙也，独不虞义和出耶？'竟闭门谢之。其后隆隆者皆败，人以此服公卓识。公贾也，而行实

---

① （明）袁宏道著，钱伯城笺校：《袁宏道集笺校》，上海古籍出版社 2008 年版，第 1182 页。
② （明）袁宏道著，钱伯城笺校：《袁宏道集笺校》，上海古籍出版社 2008 年版，第 1182 页。
③ （明）袁宏道著，钱伯城笺校：《袁宏道集笺校》，上海古籍出版社 2008 年版，第 1183 页。
④ （明）袁中道著，钱伯城笺校：《珂雪斋集》，上海古籍出版社 1989 年版，第 738 页。

儒。"① 吴龙田坚持兴办教育造福乡里，鼓励乡间的子女读书，以自己的愚拙诚信而获取家业的兴盛。袁中道在描述和彰显吴龙田经商不忘儒家品质的同时，也在提醒世人对"巧"与"拙"的辩证理解。

袁中道的《新安吴长公墓表》一文则是以徽商吴元询为主要描写对象的小品文。文章着重表现了吴元询的侠义之风，为了表现这一突出特点，袁中道刻意选取了几个典型事迹材料："先世以好义闻，至衣公益着选取。以赀难，而粪土其赀，廉取之而奢于与。其生待哺，没待瘗，从囹圄而出之裀席者，不可胜数也。有友人张姓者，负官物，几毙杖下。公捐百余金出之。从弟澍，客死资阳，负数百金，公代偿其负，而更归其葬。凡中表兄弟及知交辈，取于公之笥中若寄也。"② 这些事件都表现出吴元询义字当先、扶危济困、甘于奉献的侠义之举，作者由此也流露出对徽商群体的赞赏之情。

---

①　（明）袁中道著，钱伯城笺校：《珂雪斋集》，上海古籍出版社 1989 年版，第 738 页。

②　（明）袁中道著，钱伯城笺校：《珂雪斋集》，上海古籍出版社 1989 年版，第 772 页。

第六章 晚明小品文中的士人心态

第一节 三教合一的哲学观

自公元 6 世纪中后期开始，中华大地开始形成儒、释、道三家并举的思想态势。其后经过隋唐两朝的融合发展，在北宋时期已初步形成了儒、释、道的局面，到了明代的中后期，三教合一已发展成为社会的主流思想。

在内忧外患的多重压力之下，晚明时代的思想领域较以往发生了根本性的转变：文人士大夫阶层不再将科举仕途之路作为人生的终极理想和目标，转而对自己的内心情感世界进行不懈的开掘和探索。通过休闲娱乐和纵情山水来刻意消解千百年来儒家思想赋予读书人"修""齐""治""平"的责任意识。为了获取个性解放和精神上的超脱，晚明的士人阶层对道教和佛教的兴趣日益浓厚，参禅问道逐渐成为新的社会风尚。陈宏绪在《寒夜录》中对当时文人间的风气有详尽的记录："今之仕宦罢归者，或陶情于声伎，或肆于山水，或学仙学禅，或求田问舍，总之为排遣不平。"[①] 认为晚明士人学仙学禅的种种表现是为了抒发胸中的不平之气。晚明时期"悦禅"之风的兴起不仅有着深厚的社会思想根源，与晚明的士人心态也有着密切关系。禅宗思想中的某些成分，与士大夫们渴求实现个性解放与精神自由不谋而合。禅宗倡导人们通过参禅而实现人生的大彻大悟，也为身处时代变革之中而迷

---

① （明）陈宏绪：《寒夜录》，中华书局 1985 年版，第 125 页。

茫不堪的文人士大夫们提供了一种感知和理解客观世界的全新方式。

　　陈宝良在《明代社会转型与文化变迁》一书中指出，晚明时期儒、释、道合流的最终结果便是导致三者的世俗化，即将大众从缥缈、深奥的教义中解脱出来，重新回归到充满烟火气的人间。在此背景之下，王阳明提出了著名的"人人节可为尧舜"观点，为后世人所广泛推崇。这一观点自然对文学创作也产生了极为深远的影响。李贽指出："天下宁有人外之佛，佛外之人乎？"① 公安派作家袁宏道也提出儒、释、道"三教之至"即便是"道旁之人"，亦是人人具备，换言之就是，人人皆可成仙成佛。竟陵派作家钟惺也表示：阿弥陀佛只是寻常孝慈之人而已。在这样的思潮之下，晚明时期的文人们常常游走于山水园林之间的自在超脱与居庙堂之高的入世激情之间，正是在这种矛盾和焦灼的心态之下，晚明的文学创作为后人展现出一幅幅色彩斑斓、情感多样的生活图景。

　　晚明时期儒、释、道三家融合的哲学观在小品文的创作实践中有着生动的体现。晚明的小品文创作从道教思想中汲取了崇尚淡雅本真的美学思想以及天然自适的处世态度，从儒家思想中汲取了关注现实的创作立场以及不断革新的创作追求，从佛家思想中汲取了冲破樊笼的狂放精神与宁静自适的安闲心态。正如公安派作家袁宗道所言："始则阳明以儒滥禅，既则豁渠诸人以禅而滥儒，禅者见诸儒汩没世情之中，以为不碍，而禅遂为无忌惮之儒。不惟禅不成禅，而儒亦不成儒矣。"② 袁宗道这一观点阐释了晚明时代儒家思想与禅学思想二者相互贯通的辩证关系：儒家思想使得禅学思想进入了世俗社会，而禅学思想则促使晚明的士人阶层突破了理学的束缚。

　　这种儒佛兼容的思想在公安派作家袁中道的小品文创作中有着生动的体现。袁中道曾说："弟自谓从古来不得意于世缘，因而自甘清静，以至于成仙得道者，不可胜数。即如陶弘景，初求县令不遂，然后弃妻子，隐于茅山之积金涧。"③ 在经历了仕途失意之后，袁中道自然而然地从陶弘景的人生

---

① （明）李贽：《焚书》卷一《答周西岩》，第 2 页。
② （明）袁宏道著，钱伯城笺校：《袁宏道集笺校》，上海古籍出版社 2008 年版，第 778 页。
③ （明）袁中道：《珂雪斋集》，上海古籍出版社 2007 年版，第 1025 页。

经历中寻找安慰，从而给自己逃避现实找一个合理的理由。由于受到道家思想的影响，袁中道对于李贽锋芒毕露的处事风格表现出了几多质疑，他直言不讳地指出李贽的不足之处："才太高，气太豪，不能埋归溷俗"，"好刚使气，快意恩仇，意所不可，动笔之书"。① 袁中道在《示学人》一文中说："道不通于三教，非道也。学不通于三世，非学也。"② 这句话充分表明了儒佛两家学说相融合的思想主张。袁中道的佛学思想与心学主张在很大程度上是受其兄长袁宏道的影响，他在《告伯修文》一文中对此有着清晰的表述："蕞尔之邑，不知有所谓圣学禅学，自兄从事于官，有志于生死之道，而后我兄弟始仰青天而见白日矣。"③

袁中道在小品文中体现出的三教合一思想也与其人生经历有着密切关系。袁中道一生困顿多艰，经历了仕途不顺、亲人亡故等诸多坎坷。晚年之时自然生出沧桑忧愁之感，年轻之时的繁华浮躁习气逐渐转为禅宗的静默与沉思："予谓度门曰：'今年受人生之苦，骨肉见背，受离别苦，一也。功名失意，求不得苦，二也。自归家来，耳根正不清净，怨憎会苦，三也。秋后一病，几至不救，病苦，四也。'度门曰：'不如是，居士肯发此勇猛精进心耶？'"④ 由是观之，袁中道向佛是为了寻求内心解脱的路径和方式。在三教合一哲学观的作用之下，袁中道的晚年小品文创作呈现出与先前大不一样的思想追求。例如他在《心律》一文中对自己早期的年少轻狂、感情恣肆的性格特征予以全盘地否定，进行了深刻的自我反省。然而，作为士人阶层中的一员，袁中道终究不能完全做到佛家所倡导的清心净欲，对于科举之路的追求、对于世间情感的眷恋都使他不可避免地产生各种类型的"贪念"，从而使他在文学创作中呈现出自己游走于儒、释、道三家思想之间的徘徊与焦灼情绪，这也是晚明文人精神世界的生动写照。

同为晚明时期小品文大家的陈继儒也在自己的文学创作中坚守儒、释、

---

① （明）袁中道：《珂雪斋集》，上海古籍出版社 2007 年版，第 724—725 页。
② （明）袁中道：《珂雪斋集》，上海古籍出版社 2007 年版，第 1057 页。
③ （明）袁中道：《珂雪斋集》，上海古籍出版社 2007 年版，第 787 页。
④ （明）袁中道：《珂雪斋集》，上海古籍出版社 2007 年版，第 1222 页。

道三教合一的思想观念，这一思想观念集中体现在他久负盛名的《小窗幽记》一书中。《小窗幽记》是陈继儒清言小品文的代表作，有独特的编排体例：全书共分为十二卷，每卷标有卷目，依次为《醒》《情》《峭》《灵》《素》《景》《韵》《奇》《绮》《豪》《法》《倩》。这些卷目的名称均是作者精心锤炼而成，概括出了每卷的主题，有一字传神的艺术效果。作者在卷目之下均附有自做的序言，用以阐明每卷的主题。卷中所收录的内容多为格言警句或前人的诗句，篇幅简短、语言精练。《小窗幽记》的每一卷都有自己的主题，每一个主题依照逻辑顺序贯穿成一部完整的作品，反映出陈继儒的思想主张与审美倾向。清代的陈本敬指出："太上立德，其次立言。言者心声，而人品学术由此见焉。"①认为《小窗幽记》一书集中展现出陈继儒德行与学术的统一。由此可见，陈继儒个人的思想观念在《小窗幽记》中有着直观的呈现。

《小窗幽记》中的《醒》这一卷集中体现出陈继儒的儒、释、道三教融合的思想观念，也体现出他对传统文化的批判与反思意识。晚明时期的士人阶层因大都受到儒、释、道三教的影响，因而在自己的内心深处常常形成一种无法解脱的矛盾情节，具体表现为"进"与"退"的思想斗争。作为其中一分子的陈继儒自然也不例外，正如他自己所说"参玄借以见性，谈道借以修真"②。但较之他人，陈继儒在小品文创作中几乎看不到任何的心里矛盾，在面对"进"与"退"的抉择中，能够毅然而果断地作出选择。陈继儒的思想深处于儒、释、道三教的纠缠之中，却无矛盾焦灼之感，应归因于他对传统思想观念浓厚而清醒的批判意识。在《小窗幽记》中《醒》这一卷的"序言"中，陈继儒明确阐述了他对传统思想的批判意识："今之昏昏逐逐，无一日不醉。趋名者醉于朝，趋利者醉于野，豪者醉于声色车马，安得一服清凉散，人人解醒。"③指出深受传统思想浸染会导致人们浑浑噩噩、沉

---

① （明）陈本敬：《小窗幽记序》，（明）陈继儒著，罗立刚点校：《小窗幽记》，上海古籍出版 2000 社年版，序言。

② （明）陈继儒著，罗立刚点校：《小窗幽记》（外二种），上海古籍出版社2000年版，第13页。

③ （明）陈继儒著，罗立刚点校：《小窗幽记》（外二种），上海古籍出版社2000年版，第4页。

醉不醒，应催生一种类似于"一服清凉散"的思想观念，唤醒人们的沉睡思想。这种于批判中继承的思想观念使陈继儒在自己的创作中更好地融合了儒、释、道三家之长，呈现出与众不同的审美情致。

首先，《小窗幽记》体现出了道家的思想精神。陈继儒在文学创作中体现出的道家思想是经过他本人批判继承吸收的道家思想。陈继儒继承并发展了老子朴素的辩证哲学观。老子提出"祸兮，福之所倚福兮，祸之所伏"的著名哲学思想，受其影响，陈继儒在《小窗幽记》中也说道："平地坦途，车岂无撷巨浪洪涛，舟亦可渡。料无事必有事，恐有事必无事。"①较之老子的表述，陈继儒的语言更为生动形象，且更具有概括性。在老子创立的道家哲学思想基础上，陈继儒进一步指出，矛盾双方在相互依存、相互转化的基础上也存在着互补、互用的关系，这一哲学观点他表述为"藏巧于拙，用晦而明寓清于浊，以曲为伸"②，认为在人的参与之下，"祸"可以被"福"所用，继而提出：

> 天薄我福，吾厚吾德以近之天劳我形，吾逸吾心以补之大厄我遇，吾亨吾道以通之。③

基于"祸"可以为"福"所用的观点，陈继儒认为人们应主动利用矛盾双方相互转化的规律，积极利用相关条件，弥补矛盾转化过程中给自己造成的损失。

陈继儒在《小窗幽记》中的《醒》这一卷大量运用了辩证法的相关哲学思想，广泛涉及了为人处世、个人修养、读书治学等多个方面。例如，在论及人的性情问题时，陈继儒指出"情最难久，故多情人必至寡情性自常有，故任性人终不失性"④。对于善恶这一古老话题，陈继儒也发表了自己的

---

① （明）陈继儒著，罗立刚点校：《小窗幽记》（外二种），上海古籍出版社2000年版，第15页。
② （明）陈继儒著，罗立刚点校：《小窗幽记》（外二种），上海古籍出版社2000年版，第5页。
③ （明）陈继儒著，罗立刚点校：《小窗幽记》（外二种），上海古籍出版社2000年版，第5页。
④ （明）陈继儒著，罗立刚点校：《小窗幽记》（外二种），上海古籍出版社2000年版，第6页。

看法："为恶而畏人知，恶中犹有善念为善而急人不知，善处即是恶根。"①
凡此种种，无不体现出陈继儒的道家辩证法思想。陈继儒自觉将这种辩证法
的观念运用到小品文的创作思路中，善于在文章中灵活运用道家的辩证思想
观察与分析社会现实问题。如：

> 淡泊之士，必为秋艳者所疑检爵之人，必为放肆者所忌。事穷势
> 赛之人，当原其初心功成行满之士，要观其末路。好丑心太明，则物
> 不契贤愚心太明，则人不亲。须是内精明而外浑厚，是好丑两得其平，
> 贤愚共受其益，才是生成的德量。②

这篇文章阐述的是儒家修身处世原则，但陈继儒借鉴使用了道家的辩
证观来进行对比分析。通过正反对比为读者展现出事物的矛盾双方互存互转
的朴素道理。

陈继儒不仅继承了老子的朴素辩证法思想，还继承发展了老庄追求自
然的哲学思想，将道家倡导的自然观与现实生活紧密联系在一起，将抽象的
老庄哲学思想予以通俗化的呈现，表达出自己追求天然本色的生活态度：

> 蔼然可亲，乃自溢之冲和，妆不出温柔软款翘然难下，乃生成之
> 倨傲，假不得逊顺从容。③

陈继儒还进一步发展了老子"绝圣弃智"的思想观念，在《小窗幽记》
的《醒》这一篇中阐释了自己否定聪明才智的原因：

> 大凡聪明之人，极是误事，何以故惟其聪明生意见，意见一生，
> 便不忍割舍。往往溺于爱河欲海者，皆极聪明之人。是非不到钓鱼处，

---

① （明）陈继儒著，罗立刚点校：《小窗幽记》（外二种），上海古籍出版社 2000 年版，第 6 页。
② （明）陈继儒著，罗立刚点校：《小窗幽记》（外二种），上海古籍出版社 2000 年版，第 5 页。
③ （明）陈继儒著，罗立刚点校：《小窗幽记》（外二种），上海古籍出版社 2000 年版，第 12 页。

荣辱常随骑马人。①

　　由此可见，陈继儒继承和发展了老子绝圣弃智的观点是为了追求自己内心的自然，是对当时追名逐利的浮躁世风的批判与否定，正所谓：童子智少，越少而越完成人智多，越多而越散。② 在陈继儒看来，"大巧无巧术，用术者所以为拙"③，所以实现物我两忘、返璞归真的境界显得尤为重要："谈山林之乐者，未必真得山林之趣厌名利之谈者，未必尽忘名利之情。"④

　　其次，陈继儒善于运用道家的思维方式阐释儒家的思想观念，从而赋予儒家思想别样的审美情致。陈继儒对儒家思想进行了重新阐释，颇有自己的见解和认知。例如在对儒家"太上立德""宽厚待人"等主张进行分析与阐释时，陈继儒指出"为富"与"不仁"往往是既对立又统一的关系："富贵之家，常有穷亲戚来往，便是忠厚。"⑤ 对于儒家学说中的"节义"观，陈继儒在《醒》中也作出新了的阐释：

　　　　节义傲青云，文章高白雪。若不以德性陶熔之，终为血气之私，技能之末。我有功于人，不可念，而过则不可不念人有恩于我，不可忘，而怨则不可不忘。⑥

　　这段文字表明，"节义"与文章类似，需要人们以自己的德性进，行不断的熔铸，失去了德性的"节义"只能是"血气之私"，如同缺少德性的文章只能沦为内容空洞地卖弄技巧。在做完这一番比较之后，陈继儒对"德性"一词进行了具体的阐释："我有功于人，不可念，而过则不可不念人有

① （明）陈继儒著，罗立刚点校：《小窗幽记》(外二种)，上海古籍出版社2000年版，第17页。
② （明）陈继儒著，罗立刚点校：《小窗幽记》(外二种)，上海古籍出版社2000年版，第10页。
③ （明）陈继儒著，罗立刚点校：《小窗幽记》(外二种)，上海古籍出版社2000年版，第6页。
④ （明）陈继儒著，罗立刚点校：《小窗幽记》(外二种)，上海古籍出版社2000年版，第6页。
⑤ （明）陈继儒著，罗立刚点校：《小窗幽记》(外二种)，上海古籍出版社2000年版，第15页。
⑥ （明）陈继儒著，罗立刚点校：《小窗幽记》(外二种)，上海古籍出版社2000年版，第17页。

恩于我，不可忘，而怨则不可不忘"。

对于儒家历来倡导的"安贫乐道"思想，陈继儒也进行了自己的判断和解读：

> 贫不足羞，可羞是贫而无志贱不作恶，可恶是贱而无能老不足叹，可叹是老而虚生死不足悲，可悲是死而无补。身要严重，意要闲定，色要温雅，气要和平，语要简徐，泌自要光明，量要阔大，志要果毅，机要缤密，事要妥当。①

在陈继儒看来，人应该树立正确的贫贱观：贫与贱并不令人羞耻，足以令人羞耻的是无志和无能；同样地，生与死也并不令人叹息，令人叹息的是虚度年华于事无补。继而陈继儒进一步从身、意、色、气、语、心、量、志、机、事等方面深入阐释告知人们如何才能做到"乐道"，为儒家的"安贫乐道"思想注入了现实主义的精神。

在《醒》中，陈继儒不但阐释了大量的儒家思想，还就人生修养的问题进行了富有意义的探讨，如：

> 无事便思有闲杂念头否，有事便思有粗浮意气否。得意便思有骄矜辞色否，失意便思有怨望情怀否。时时检点得到，从多入少，从有入无，才是学问的真消息。②

在这段文字中，陈继儒指出人应该时刻检查自己的思想观念，及时祛除一些闲杂念头，从多到少、从有到无，一点一滴戒除。这一阐释，将儒家的修身思想变得更为具体化。

---

① （明）陈继儒著，罗立刚点校：《小窗幽记》（外二种），上海古籍出版社 2000 年版，第 16—17 页。
② （明）陈继儒著，罗立刚点校：《小窗幽记》（外二种），上海古籍出版社 2000 年版，第 10 页。

再次，选择使用佛家的相关表述来阐释儒家思想。佛教宣扬"四大皆空"的观念，陈继儒选择用佛教的"空"来化解儒家的一味执着，以此纠正儒家思想中的过分偏执与狭隘，从而形成淡泊的人生观。在陈继儒看来，佛教的"四大皆空"应理解为"形骸非亲，何况形骸外之长物大地亦幻，何况大地内之微尘"①。在此基础上，陈继儒进一步警告世人"荣利造化特以戏人，一毫着意便属桎梏"②。提醒人们应树立正确的名利观念，抛却名利的桎梏。除此之外，陈继儒利用佛家的因果轮回学说来阐释儒家的处世观念："我不害人，人不害我；人之害我，由我害人。"③ 除了利用佛教的某些观念来阐释儒家思想外，陈继儒也借用禅宗的思维方式来进行儒家思想的解读，如他曾说道"透得名利关，方是小休；歇透得生死关，方是大休歇"④，认为人生路上遇到的名利、生死等一道道的关卡，必须经由顿悟的方式才能突破。

在晚明时期，伴随着个性解放的社会思潮勃然而兴，文学创作领域中的三教合一思想也日益显现，成为晚明文学思潮的总体特征。三教合一的哲学观念对于晚明的小品文创作产生了重要的影响，创作主体以儒、释、道的精神内核为基本观念，对当时的社会现实与人类生存进行了不懈的思考与描摹，从而开辟出新的小品文审美范式。

第二节　休闲娱乐的社会心理

休闲娱乐构成了晚明士大夫阶层的重要生活内容，也是晚明社会风尚的综合表征。在晚明的小品文写作中，有大量的作品对休闲娱乐的社会心理进行了细致而生动的书写。

晚明时期的重要文学团体公安派在大量的尺牍作品中为后世读者展现出了晚明时期这种独特的休闲娱乐心理。尺牍原指古人用于书写的书简，长

---

① （明）陈继儒著，罗立刚点校：《小窗幽记》（外二种），上海古籍出版社2000年版，第10页。
② （明）陈继儒著，罗立刚点校：《小窗幽记》（外二种），上海古籍出版社2000年版，第11页。
③ （明）陈继儒著，罗立刚点校：《小窗幽记》（外二种），上海古籍出版社2000年版，第14页。
④ （明）陈继儒著，罗立刚点校：《小窗幽记》（外二种），上海古籍出版社2000年版，第10页。

为一尺，故名"尺牍"，后多指与友人、亲属之间往来的信函等字迹材料。与其他的文学形式相比，尺牍更带有私人化写作的特征，更为真实地记录和描摹了创作主体的个人生活与心路历程，成为后人了解真实历史情境的重要文献资料。公安派作家的尺牍作品存量极多，且类型多样，有写给某类特定群体的尺牍作品，如袁宗道的《答同社》、袁宏道的《寄同社》等就是写给文学社团全体成员的作品，袁中道的《示学人》是一篇论学的文章，所涉及的受众也是带有不确定性的广泛群体。相对而言，这类尺牍作品并不具有太多的私密性。除此之外，公安三袁的尺牍类作品更多的是写给身边关系密切的亲友，如袁宏道的《虞长孺（僧儒）》、袁中道的《寄四五弟》等文，因创作主体与受众之间有着密切的关系，此类写作往往能够流露出作者真实的情感表达，内容涉及诉说亲情、经济往来、商议家事等日常生活琐事，后人从中能够较为清晰地了解到当事人在晚明时代的生活场景。

何宗美在《公安派结社的兴衰演变及其影响》中曾指出，其时"文人结聚交游的背后有着寻欢作乐的种种难以告人的名目，当时的文人也有五毒俱全的一面"[①]。公安派作家在自己的小品文中记录的诸多生活场景及个人的生活态度，往往令今天的人们也感到几分意想不到的诧异。

袁宏道早年深受李贽思想的影响，热衷于享受奢华的生活，沉湎于酒色的欢愉，这种百无禁忌的生活状态在他的尺牍小品中表现得淋漓尽致："目极世间之色，耳极世间之声，身极世间之鲜，口极世间之谭。"[②] 为了追求自己沉醉的这种生活，袁宏道不惜散尽家产、沿街乞讨，这种生活观念令人匪夷所思。袁宏道的科举之路并不顺畅，但这似乎并没有影响他纵情山水的心情："泛舟西陵，走马塞上，穷览燕、赵、齐、鲁、吴、越之地，足迹所至，几半天下。"[③] 袁宏道曾为吴县令，宦海生涯令他感到痛苦不堪，在辞官之后的袁宏道感觉自己犹如逃出樊笼的飞鸟，感觉身心重获自由，他开始

① 何宗美：《公安派结社的兴衰演变及其影响》，《西南师范大学学报》（人文社会科学版）2006 年第 4 期。

② （明）袁宏道著，钱伯城笺校：《袁宏道集笺校》，上海古籍出版社 2008 年版，第 205 页。

③ （明）袁宏道著，钱伯城笺校：《袁宏道集笺校》，上海古籍出版社 2008 年版，第 188 页。

继续游历名山大川。在与友人的尺牍中，袁宏道直言了自己的理想："千金买一舟，舟中置鼓吹一部，妓妾数人，游闲数人，泛家浮宅，不知老之将至。"① 可惜的是，袁宏道的这一梦想最终也没能成为现实，却也因此更具有了几分浪漫的气质。

《龚惟长先生》是袁宏道在早年与友人的尺牍作品，袁宏道在这篇短文中曾真实表露出异于常人的生活观念，颇令时人感到惊奇：

> 真乐有五，不可不知。目极世间之色，耳极世间之声，身极世间之鲜，口极世间之谭，一快活也。堂前列鼎，堂后度曲，宾客满席，男女交舄，烛气熏天，珠翠委地，金钱不足，继以田土……②

袁宏道向世人展现了各种感官刺激带给人的快感体验，描述的场景恰恰是为历代士人所排斥的声色犬马式的欢愉。刘勰在《文心雕龙》中曾转引班固批评《楚辞》的言论："士女杂坐，乱而不分，指以为乐，娱酒不废，沉湎日夜，举以为欢，荒淫之意也。"可见古人将士人与女子交错杂处、把酒言欢视为荒淫无度的不耻行为。而袁宏道在作品中公然承认自己渴望"男女交舄，烛气熏天"的生活，这一生活态度虽然与他们宣扬的"性灵"学说有着异曲同工之妙，但作为士人代表的袁宏道公然承认自己"好色"，在当时仍不啻离经叛道。这种大胆吐露自己内心声音的创作在当时应属于令人瞠目结舌的另类创作。以今天的视角看来，袁宏道在文中讲述的个人观点应是晚明时代文人群体真实而又普遍的心理写照，确实是民间的真实声音。

公安派作家的尺牍作品对于自己的内心情感有着极为坦诚的描写，这种真诚的态度令人不觉深感钦佩。例如袁中道在与友人的尺牍中对于自己的断袖之癖丝毫没有讳言："惟见妖冶龙阳犹不能无动"③。在晚明时代，同性

---

① （明）袁宏道著，钱伯城笺校：《袁宏道集笺校》，上海古籍出版社 2008 年版，第 205—206 页。

② （明）袁宏道著，钱伯城笺校：《袁宏道集笺校》，上海古籍出版社 2008 年版，第 205 页。

③ （明）袁宏道著，钱伯城笺校：《袁宏道集笺校》，上海古籍出版社 2008 年版，第 1102 页。

之恋在士人阶层似乎并不是什么奇闻异事，但如袁中道一般坦言自己内心情感的还是不多见。而对于自己一般的生理需求，袁中道则更不需避讳，他不加遮掩地向友人吐露自己"放逸自恣，任情纵欲"①，正如他在《李温陵传》一文中所说的那样："公不入季女之室，不登冶童之床，而吾辈不断情欲，未绝嬖宠，二不能学也。"② 随着自己年岁的增大，生理机能自然开始衰颓，他对此也直言不讳："弟比来体中甚康太，如色欲事，非人能断，实天使之不得不断也。何也？力不能也。"③ 步入晚年的袁中道身体健康每况愈下，不禁开始反省自己早年的种种放浪行为："败德伤生，害我之学道者，万万必出于酒无疑也……终日醺醺，既醉之后，淫念随作，水竭火炎，岂能久于世哉？"④"乘兴大饮后，兼之纵欲，因而发病，几不保躯命。"⑤ 这种极端化的生活方式，自然严重损害了他们的健康。如此可见，坦诚与率真是公安派作家尺牍之作的最大特色，正是由于创作主体一直坚持的这份真实品质，后世读者才能从他们的作品中感受到晚明的真实社会境况。

晚明时期的张岱也沉醉于其小品文世界中表现休闲娱乐的生活情致，他善于把个人的情趣爱好和日常生活内容通过小品文的形式进行趣味化的描写，所以张岱的小品文呈现出趣味性、世俗性与哲理性并存的审美特征。张岱正是通过题材多样的小品文作品来完成他对现实生活的关注与思考。如他在自己的《斗鸡社》一文中就对晚明时期流行的斗鸡进行了细致的记叙：

> 在昔纪渻治戎，特选淮南精锐；迨后贾昌振旅，复募河北强梁。毛都护飞扬，当其前队；鬐将军持重，任以中坚。顶拥莲花，不乱蔡州鹅鸭；声随茅月，岂俟朝宁苍蝇。斗鹌鹑，斗画眉，孙武阵尽师鸷鸟；斗

① （明）袁宏道著，钱伯城笺校：《袁宏道集笺校》，上海古籍出版社 2008 年版，第 1008 页。
② （明）袁宏道著，钱伯城笺校：《袁宏道集笺校》，上海古籍出版社 2008 年版，第 725 页。
③ （明）袁宏道著，钱伯城笺校：《袁宏道集笺校》，上海古籍出版社 2008 年版，第 1083 页。
④ （明）袁宏道著，钱伯城笺校：《袁宏道集笺校》，上海古籍出版社 2008 年版，第 905—906 页。
⑤ （明）袁宏道著，钱伯城笺校：《袁宏道集笺校》，上海古籍出版社 2008 年版，第 905—906 页。

山蚁，斗促织，穆王军半属虫沙。①

斗鸡是民间流传已久的娱乐活动，士人阶层多认为其属于玩物丧志之举而多加摒弃。庄子就曾指出"无异于斗鸡，一旦命已绝矣，无所用于国事。"②并以寓言故事的形式对国君迷恋斗鸡的行为进行了讽刺。唐代的王勃也有类似的创作，据《唐书·王勃传》的记载："是时诸王斗鸡，勃戏为文《檄英王鸡》，高宗怒曰：'是且交构，'斥出府。"③可见王勃为讽刺诸王斗鸡的行为，特地写了一篇《檄英王鸡》而得罪了皇室。到了晚明时期，作为士人阶层一员的张岱却对斗鸡这种娱乐方式乐此不疲，并且仿照王勃而作了一篇名为《斗鸡社》的小品文：

> 天启壬戌间好斗鸡，设斗鸡社于龙山下，仿王勃《斗鸡檄》，檄同社。仲叔秦一生日携古董、书画、文锦、川扇等物与余博，余鸡屡胜之。仲叔忿懑，金其距，介其羽，凡足以助其腷膊咮者无遗策，又不胜。人有言徐州武阳侯樊哙子孙，斗鸡雄天下，长颈乌喙，能于高桌上啄粟。仲叔心动，密遣使访之，又不得，益忿懑。一日，余阅稗史，有言唐玄宗以酉年酉月生，好斗鸡而亡其国。余亦酉年酉月生，遂止。

这是一篇极为特殊的文体类型，刘勰在《文心雕龙》中曾解释说："檄者，皦也。宣露于外，皦然明白也。"④檄文本是一种公之于众的昭告性文书，语言多庄重严肃，然而张岱参照王勃的檄文用一种调侃戏谑的笔法将斗鸡游戏公之于众，大力宣扬了这种曾被士人群体讽刺与摒弃的娱乐方式。《斗鸡社》一文表现出张岱对于世俗生活乐趣的浓厚兴趣，并且将自己的个人情趣展露无遗地表现在世人面前。以庄重的文体形式讲述一种民间的娱乐

① （明）张岱著，栾保群点校：《琅嬛文集》，浙江古籍出版社 2013 年版，第 80—81 页。
② 陈鼓应注译：《庄子今注今译》，中华书局 1983 年版，第 812 页。
③ （宋）欧阳修等撰：《新唐书》，中华书局 1975 年版，第 5739 页。
④ （南北朝）刘勰著，范文澜注：《文心雕龙注》，人民文学出版社 1962 年版，第 377 页。

方式，两者之间形成的鲜明反差也别有一种审美情致。

　　同样是文人的游戏之作，张岱的另外一篇小品文《讨蠹鱼檄》则更具有一种特殊的讽刺意味。文章首先列举出自然界中几种特殊的物种："萤能照读，蛇堪悟学，鸽解传笺。凡此羽类，下及虫豸，皆能垂名于艺苑，亦思效用于文坛。"① 在作者看来，这几类物种都勤勉好学，颇能名垂文坛。进而张岱又着重讲述了另外一种与之相对的物种："惟此蠹鱼者，赋质轻微，存心残忍。寸喙之犀利类蟊，因名曰蠹；双尾之轻盈似燕，乃号为鱼。"② 依照作者的眼光，蠹鱼"满口图书，胸无只字，以枵腹而冒名饱学；盈眸文墨，目不识丁，以曳白而搅乱文场。"③ 很明显，张岱是以蠹鱼的形象来讽刺那些徒有其表、名不副实的文人。作者选择使用檄文的形式对蠹鱼大加征讨，"法严武之发奸，破妄喉之而验字；亦须效洪乔之邮简，剖鱼腹而取书。毋使潜逃，致骩律法。"④ 看似有些小题大做，但却是以充满独特幽默色彩的笔法揭露了当时文坛中充斥着一些不学无术之人的现实。以庄重之文抒发个人的审美与思考，往往产生读者意想不到的审美体验。

　　除了上述的檄文创作之外，张岱还有两篇独特的制体文章令后世所称道。蔡邕在《独断》中指出："制书，帝者制度之命也。"⑤ 刘勰在《文心雕龙》一文言曰："制者，裁也，上行于下，如匠之制器也。"⑥ 由此可见，制书应为向民众颁布诏令的一种公务文书，是朝廷实施管理的工具，普通文人当然没有撰写或者颁布制书的资格。而作为一介布衣的张岱选择用制书的形式撰写玩乐消遣的内容，除了具有一种戏谑调侃的意味之外，也可视为是对小品文进行体裁上突破的一种尝试。其中一篇名为《戏册穰侯制》，以制书的形式册封橘子为穰侯：

---

① （明）张岱著，栾保群点校：《琅嬛文集》，浙江古籍出版社2013年版，第81页。
② （明）张岱著，栾保群点校：《琅嬛文集》，浙江古籍出版社2013年版，第82页。
③ （明）张岱著，栾保群点校：《琅嬛文集》，浙江古籍出版社2013年版，第82页。
④ （明）张岱著，栾保群点校：《琅嬛文集》，浙江古籍出版社2013年版，第82页。
⑤ （汉）蔡邕撰：《独断》卷上，四部丛刊三编景明弘治本。
⑥ （南北朝）刘勰著，范文澜注：《文心雕龙注》，人民文学出版社1962年版，第458页。

　　《禹贡》之书，骚称橘柚；《楚骚》之颂，独著穰橙。嗅之香，食
　之甘，荔枝比美；赤如日，甜如蜜，萍实争奇。江陵千户，既有素封；
　湘甸三衢，可无微号？……朕才乏涂林，廷鲜益智。喜闻箴贬，同汝
　听鹂；畏见蛴螬，用尔除蠹。……特遣上林苑从事甘茂持节，册命尔为
　穰侯。①

　　文章列举了古人对柑橘的吟咏与评价，以生动的语言从色、香、味等
多个方面对柑橘进行了生动而诱人的描写。张岱只因一己之爱就以帝王的口
吻将柑橘册封为穰侯，而历史上的穰侯确有其人，指的是战国名将魏冉，魏
冉为秦国大将，因拥立秦昭襄王有功而被封为穰侯。张岱以历史上的穰侯来
类比柑橘，可见对柑橘独特的情感。

　　另一篇为《戏册岕侯制》，将茶册封为岕侯，与上一篇相比，制书的意
味更加浓厚：

　　尔既立勋，救民于水火；朕思图报，锡如以土田。今特遣春官持
　节，晋尔为岕侯，原官如故。尔其食禄宜兴，以罗岕、虎丘为汝汤沐
　之邑；剖符顾渚，以松萝、闻苑为汝刍牧之场。特进官阶，复加轩冕。
　羡尔臭味，人皆望而知珍；咀汝甘芳，朕实喜而不寐。钦裁！②

　　柑橘与茶叶本是生活中常见的副食品，历代吟咏之作也并不少见。张
岱别出心裁假借帝王的身份将这两种副食品册封为侯爵，并赐田封邑，昭告
天下。用极为严肃庄重的公务文书来表现作者对日常副食品的喜爱之情，除
了使文章妙趣横生之外，也显示出雅文学向世俗化发展的一面。由此可见，
张岱对于世俗生活中的点滴极为重视，许多习以为常的事物都成为他赏玩审
美的对象，正是这种世俗的心态，才使张岱的小品文具有别样的美学风格。

———————————

① （明）张岱著，栾保群点校：《琅嬛文集》，浙江古籍出版社 2013 年版，第 94 页。
② （明）张岱著，栾保群点校：《琅嬛文集》，浙江古籍出版社 2013 年版，第 96 页。

在人物传记方面，张岱也是侧重于展现当事人日常生活中的趣味性细节，从而使人物形象更加丰满生动。如张岱在为自己的十叔张煜芳作传时就这样写道：

> 未死前半月，阳羡李仲芳在二叔署中制时大彬沙罐，紫渊（张煜芳，号紫渊）嘱其烧宜兴瓦棺一具，嘱二酉叔多买松脂。曰："我死，则盛衣冠殓我，焙松脂灌满瓦棺，俟千年后松脂结成琥珀，内见张紫渊如苍蝇山蚁之留形琥珀，不亦晶莹可爱乎？"其幻想荒诞，大都类此。①

在张岱的笔下，这位名不见经传的十叔张煜芳有其独特的天真可爱之处：在临死之时竟然想到用松脂灌注到自己的棺椁之内，从而在千年之后结成琥珀留待后人观赏。

张岱在为自己的父亲张耀芳作传时写道：

> 先子喜诙谐，对子侄不废谑笑。一日，周氏病，先子忧其死。岱曰："不死。"先子曰："尔何以知其不死也？"岱曰："天生伯嚭，以亡吴国；吴国未亡，伯嚭不死。"先子口訾岱，徐思之，亦不觉失笑。②

这段充满人间温情的讲述为读者描述了一个有趣诙谐的父亲形象，张岱的父亲"喜诙谐，对子侄不废谑笑"，并不是一个封建式家长的作风。以至于张岱可以与他开一些看似有些过分的玩笑，而父亲也只是笑骂一通了事。由此可见，张岱的人物传记充满的仍旧是生活化和世俗化的描写内容，从日常生活中挖掘充满趣味和温情的场景，努力将日常的生活讲述得卓有生趣。

---

① （明）张岱著，栾保群点校：《琅嬛文集》，浙江古籍出版社 2013 年版，第 141 页。
② （明）张岱著，栾保群点校：《琅嬛文集》，浙江古籍出版社 2013 年版，第 128 页。

通过张岱的小品文写作，后人能生动体味到晚明时代背景下士人群体中的享乐主义。张岱不仅热衷于详细描写这些日常享乐的生活场景，并且对这种享乐主义的生活态度大力宣扬。他在《自为墓志铭》这篇著名的小品文中对自己进行了这样的评价：

> 少为纨绔子弟，极爱繁华，好精舍，好美婢，好娈童，好鲜衣，好美食，好骏马，好华灯，好烟火，好梨园，好鼓吹，好古董，好花鸟，兼以茶淫橘虐，书蠹诗魔。[1]

张岱晚年为自己写下的这篇墓志铭可谓是完全颠覆了以往的文学传统，他坦诚讲述自己作为纨绔子弟有着众多的爱好，甚至是一些有失文人风雅的、并不健康的癖好。对于这些爱好，张岱在讲述时带有着几分自豪，正是晚明世俗享乐观念的生动体现。与之类似，晚明时期的袁宏道也曾在小品文中宣扬了自己认为的"五快活"之事：

> 目极世间之色，耳极世间之声，身极世间之鲜，口极世间之谭，一快活也；堂前列鼎，堂后度曲，宾客满席，男妇交舄，烛气熏天，珠翠委地，金钱不足，继以田土，二快活也；筐中藏书万卷，书皆珍异，宅畔置一馆，馆中约真正同心友十余人，人中立一识见极高，如司马迁、罗贯中、关汉卿者为主，分曹部署，各成一书，远文唐、宋酸儒之陋，近完一代未竟之篇，三快活也；千金买一舟，舟中置鼓吹一部，妓妾数人，泛家浮宅，不知老之将至，四快活也；然人生受用至此，不及十年，家资田地荡尽矣。然后一身狼狈，朝不谋夕，托钵歌妓之院，分餐孤老之盘，往来乡亲，恬不知耻，五快活也。[2]

---

① （明）张岱著，栾保群点校：《琅嬛文集》，浙江古籍出版社 2013 年版，第 157 页。
② （明）袁宏道著，钱伯城笺校：《袁宏道集笺校》，上海古籍出版社 1981 年版，第 205—206 页。

这两篇小品文均将声色犬马的物质享乐放在了人生价值的首位，不再注重长久以来的道德约束力，并且表示应该长久追求这种几近奢靡的生活状态。就这一方面而言，晚明时代的小品文与传统文以载道的创作传统形成了鲜明的对立关系，但这种对立关系正是社会转型时期产生的社会观念转型的体现。正如吴承学所言："它不但是对名教礼法的反叛，对中国传统文人那种重道义、重操持、自强不息的人格理想的一种背离，同时也是对陶潜式清高淡薄的隐逸之风的嘲弄。"① 这种反叛的精神，为晚明的小品文创作开辟了世俗化的道路。

第三节　积极入世之心

中国的读书人普遍受到儒家思想的浸染与熏陶，儒家"穷则独善其身，达则兼济天下"的思想在每个文人心中都打下了深深的烙印，修身、齐家、治国、平天下成为每个读书人终其一生不断奋斗的目标。总体而言，积极入世之心始终是中国文学创作的主流思想观念，这一点也体现在晚明时期的小品文创作中。

晚明公安派的代表作家袁中道虽然一生为科举仕途之路所苦，但始终如苦行僧般在这条道路上坚持跋涉，其间的思想情感变化在他的相关小品文创作中有着较为清晰的记录和描述。

袁中道早年也与其他文人一样胸怀济世救民的远大志向，在奔赴科举的道路上意气风发地破浪前行。然而残酷的现实却一次次打击着这位年轻的读书人。袁中道的两位兄长比他更早科举高中、步入仕途，然而两人的人生经历却让袁中道过早地体味到人在仕途中的种种无奈与艰辛。袁中道在《寿孟溪叔五十序》中曾这样记录自己的两位兄长对为官的感慨："予伯兄、仲兄，相次列贤书。然两兄有书来，皆云仕宦苦甚，机关械其内，礼法束其外，不似昔日坐大槐树下乐也。若予为博士弟子，每入试，头须为白。人

---

①　吴承学、李光摩：《晚明心态与晚明习气》，《文学遗产》1997 年第 6 期。

生几何，而能堪之?"① 从中可以看出他的两位兄长对误入仕途产生的懊悔情绪，在为官期间都表现出对隐逸的渴望。由于受到自己亲人的影响，袁中道自己也表现出对仕途的不屑之情，他在《后泛凫记》一文中写道："仆于中外骨肉，由登第至盖棺，皆亲见之，做宦之味亦历知久矣。"② 由此可见，两位兄长的出仕经历让尚未步入官场的袁中道已经对做官的苦楚有了深切的体会。其后袁中道在科举之路上屡次受挫，已经身心俱疲的他对于仕途之路更加感到厌倦，儒家所倡导的功名进阶之路已经成为袁中道身上的精神枷锁，此时内心的痛苦也体现在了他的小品文创作中，如袁中道在《送石洋王子下第归省序》一文中就写道："即区区功名，直欲一了以完世缘耳。"③ 等到四十多岁的袁中道终于考上进士之后，在他与友人的书信中，多次表达了自己内心的真实情感："弟六年困苦，百念俱灰。今者幸得一第，足了书债矣"，"卑卑一第，聊了书债"④。在袁中道看来，科举高中并没有带给他春风得意马蹄疾的快感，仅仅像是还了欠债一般松了一口气。对于这段艰辛的岁月，袁中道在他的小品文之中曾有过详细的讲述：

> 自念精血未耗之时，犹不敢以进取争衡造物，况今疲然龙钟。已矣，已矣，从今绝意于仕宦之途矣! 少有才名，或以止于一孝廉为憾；然同学诸人，有才不减于予，学力数倍于予，而以一诸生终者有矣。仆所得已多，亦复何憾。孝廉粗有体面，可支门户；早完公租，不涉闲事，可以不到公门半步，州县亦自敬重。上拟不足，下拟有余，亦可安心卒岁者也。⑤

> 追思我自婴世网以来，止除睡着不作梦时，或忘却功名了也。求胜求伸，以必得为主。作文字时，深思苦索，常至呕血。每至科场将

① (明) 袁中道：《珂雪斋集》，上海古籍出版社 2007 年版，第 428 页。
② (明) 袁中道：《珂雪斋集》，上海古籍出版社 2007 年版，第 666 页。
③ (明) 袁中道：《珂雪斋集》，上海古籍出版社 2007 年版，第 445 页。
④ (明) 袁中道：《珂雪斋集》，上海古籍出版社 2007 年版，第 1068—1069 页。
⑤ (明) 袁中道：《珂雪斋集》，上海古籍出版社 2007 年版，第 666 页。

近，扃户下帷，拚弃身命。及入场一次，劳辱万状，如剧驿马，了无停时。岁岁相逐，乐虚苦实。屈指算之，自戊子以至庚戌，凡九科矣。自十九入场，今年亦四十一岁矣。①

　　这段文字因为细腻刻画了自己的心声，显得情真意切、感人至深。此时的袁中道从十九岁开始参加科举考试，已经经历了九次考试，从一个翩翩少年成为一个历尽人世沧桑的中年，个中滋味实在是难以言表。面对自己屡试不第，袁中道的内心充满了惶恐与犹疑。一方面，袁中道努力自我安慰，认为自己已经有了孝廉的社会身份，算得上是"粗有体面"，比很多同辈的读书人要好得多，不应再有过度的贪念；另一方面，袁中道的自我安慰之词并不能令他就此断绝科举的念头，以至于"作文字时，深思苦索，常至呕血。每至科场将近，扃户下帷，拚弃身命。及入场一次，劳辱万状，如剧驿马，了无停时"。这种极为矛盾的心态表现出袁中道在科举之路上跋涉的艰辛与内心的焦灼。

　　支撑袁中道在科举之路上长久坚持的精神动力仍然是儒家的积极入世思想。袁中道在《郧水素言序》中曾说道："一第粪土也，然亦有不可解者，想来真可叹也！"②袁中道自幼接受儒学教育，积极入世的思想早已是根深蒂固，一直恪守济世安民的古训，自然要走科举取士的正途。正如他自己在《心律》中所说的那样："少而学之，长而营之，此根盘踞久矣。天地之间，如谓不中一制科，便不比于人。人之所以期己，与己之所以自期，未有胜此者耳。"③对于身边的成功典范，袁中道也一直心存仰慕，他曾盛赞蔡元履说："先生行若朱绳，词同白雪。比者弹压南徼，所在夏雨秋霜，三不朽之事具矣。"④在袁中道看来，通过科举之路为官是人生最为成功的标识，已经实现了儒家所倡导的立德、立功、立言三不朽。由此可见，儒家积极入世

---

① （明）袁中道：《珂雪斋集》，上海古籍出版社 2007 年版，第 961 页。
② （明）袁中道：《珂雪斋集》，上海古籍出版社 2007 年版，第 479 页。
③ （明）袁中道：《珂雪斋集》，上海古籍出版社 2007 年版，第 958 页。
④ （明）袁中道：《珂雪斋集》，上海古籍出版社 2007 年版，第 1044 页。

的精神追求长存于袁中道的内心世界，成为其根深蒂固的思想观念，也是支撑袁中道半生执着于科举之路的精神动力。在踽踽独行的路途中，艰辛与无助常常让袁中道产生动摇与放弃的念头，然而儒家入世的精神又使他一次次从挫折中不断奋起，最终实现了儒家的人生理想。这一心路历程，不仅仅是袁中道一人所独有的，放眼整个晚明时代乃至整个封建时代，读书人大都以博取功名为第一要务。在晚明时代，虽然社会观念正悄然发生着诸多变化，但读书人对于功名的追求仍然是痴心不改，参加科举仍旧是那个时代文人实现自己人生理想与价值的唯一途径。袁中道自己对于名利观也有着清晰的认识：

> 今约吾辈现行之事，易涉于贪者，毋如名利。利根于吾辈，稍易脱去，然有所计算图维，皆利类也。以吾一身论，所衣所食，能费几何？家中粗有薄田，可以供给一家，决不至于饥寒，此外置之，胸中常可使坦然无一事也。离家行游，处处自有资粮，但不求赢余耳，何至有沟壑之忧？万一事势穷极，寄食僧寺，伊蒲终身，翻是快活。否则云水箪瓢，作自在人可也。我平生于利甚轻，但宿有豪奢之志，此机多年不息。命与愿违，甚为所苦。①

在这段文字中，袁中道坦言自己执着于科举之路的真正原因并不是追求富贵荣华，而是看重由科举成功带给自己和家族的莫大荣耀。由于父亲的期待和两位兄长的榜样作用，袁中道内心深处对于名利的渴求十分强烈。所以，虽然因追逐名利而使自己身心疲惫，时时萌生归隐山林的念头，但积极入世却始终是袁中道内心深处最为真实的声音。在袁中道真正开始进入官场之后，他的内心开始随之起伏荡漾，对于名利的追求和对于官场中世态人情的厌倦令他陷入一种进退维谷的矛盾境地，时时煎熬着。

晚明时期的竟陵派作家在自己的小品文创作中也表现出积极的入世情

---

① （明）袁中道：《珂雪斋集》，上海古籍出版社 2007 年版，第 957 页。

绪。面对明王朝的社会动荡与风雨飘摇，竟陵派作家在自己的创作中也表现出了文人阶层关心时事、忧国忧民的思想情感。他们对于社会现实有着敏锐的洞察力，往往有发人深省的观点和议论。

竟陵派代表作家钟惺在《两淮盐法纲册序》真实记录了明代万历年间两淮地区由于盐法崩坏而导致的盐仓积压，并且对于袁沧孺不随波逐流提出实行食盐纲法的制度表现出由衷称赞：

国家塞下粟，强半仰于两淮盐课，乃套搭之苦，中于两淮，十馀年矣。套搭深，则积引没；积引没，则见引复积；见引积，而边商之新钞无所售；新钞无所售，而后举商与国之困，全以为奸民利。

吾楚沧孺袁君，佐计大农，为疏理十议。大要以正行见引、附销积引为主，期十年套尽，复盐法之故。部覆其议报可，特设盐法宪臣疏理两淮盐法，即以君往。往有日矣，乃事中事外之人，犹谓盐法坏尽矣。如沈疴积岁，医者持药囊进，虽口头纸上凿凿必可经验，有如举手投剂与病者丝狄不相应，则国手与庸医其效无异。彼奸民为利者，亦乐有是说，庶几中挠之。君不为夺，曰："销积引之说，无所事疑也。惟正行见引，察之人情，乐于趋，而或苦其多。于是予之以所乐，而不强其所苦，画为十纲，岁以一纲行旧引，以九行新引，各不相涉，而交得所欲。"盖向以四十八万有奇新引，聚责于二十万旧引之商；今使之散行于二百馀万超掣之商，不妙于害之中开之以利，妙于利之中察其害，而分合权之，轻重布之。

令甫具，群情嚣然。行之数日，而输者十四万，数月而十倍之。还套搭二十四万，补司库六万，边商得新价四十万。桁杨呼霣，不闻于庭，两淮若不知有盐使者。语曰："民之趋利，如水走下。"非民之乐于输，利在输不在逋，则舍逋而向输者，其势也。

纲法之效如是，向谓其不可为者，见其为之不劳馀力，反以其太易而疑有他端焉。夫课医之法，以病者起蹶为程。今贵人而抱沈疴，亦尝费岁月，糜金钱，卒无起色。有持草木之滋，手到患除，弹指而

复起为人，易则易耳；当其访师、拜药、投躯、破产及诊切之时，精神
与病者通，此岂可谈笑而致之者邪？乃病者及侍病者，反以其期之不
久，费之不奢，而不以国医酬之也，岂有是哉？大抵人见谓不可为之
日，自有难而易者，而人第惧其难；及为之不劳馀力之日，又自有易而
难者，而人第疑其易。天下事，其故岂能一一告人哉！①

钟惺在这篇文章中对于当时社会中存在的盐业管理问题进行了极为深
入的分析，作者以高度的社会责任感直面存在的社会问题，正是儒家所倡导
的积极入世的精神体现。钟惺曾在诸多小品文的创作中针对现实社会中存在
的问题发声立论，表达出自己的认知和判断。如针对晚明时期朝廷中激烈的
党争给国家正常发展秩序带来的破坏，钟惺在《汤祭酒五十序》一文中就鲜
明地指出"今之为所欲为者，何事也？其途径虽多，作用虽殊，不过欲致高
官大位而止。不则，欲其拥戴而为所欲为者各致高官大位而止"②，揭露了晚
明的派系之争并不是为了国家的长远利益而只是为了一己之私争名夺利，言
语间充满了愤激之情。《邹彦吉先生七十序》一文讲述了督学楚中的邹彦吉
因遭受谗言而被罢官赋闲在家长达二十八年之久，但邹先生自甘淡泊、不以
为意，在平淡的生活中自得其乐。与此形成鲜明对比的是作者钟惺描写的另
外一类官员形象：在晚明时期，由于政治生态的逼仄，许多官员一旦遭到罢
黜，极难再获任用。在这种情形之下，一些遭到罢免的官员不甘心自己的仕
途就此终结，想尽各种办法再次进入官场之中。为此，他们无所不用其极：
"年来起废之典格不行，士大夫一经家食，便同永锢。望赐环束帛，如日却
河清。其人无虑皆世所号为贤者，其势决不能蔬食没齿、无故而老山泽之下
明矣。打手抱膝，思一有所通之而无其术。相与别创一标目，开一途径，以
为从吾说者既得高官大位之实，而又不失端人修士之名。使天下群失职之
人，若狂若沸，驱而纳诸其中。"③钟惺用生动而传神的语言对这类官员的丑

① （明）钟惺著，李先耕、崔重庆标校：《隐秀轩集》，上海古籍出版社2017年版，第291页。
② （明）钟惺著，李先耕、崔重庆标校：《隐秀轩集》，上海古籍出版社2017年版，第360页。
③ （明）钟惺著，李先耕、崔重庆标校：《隐秀轩集》，上海古籍出版社2017年版，第363页。

态进行了淋漓尽致的刻画，讽刺了贪名图利、虚伪狡诈的不良世风。

竟陵派的另外一位代表作家谭元春同样在作品中对国家和社会的现实问题进行殷切的关注。谭元春在《云眠居士小传》一文中就曾说道："一旦国家有事，潭烟石霞犹在衣裾，而安危存亡之意，勃勃不可忍，然后知真山水人，能急君父也。"①《少司马蔡公抚黔文》直面了现实社会中存在的不良风气，文章将古今都强调的"气"进行了对比分析，指出古代君子讲究养浩然正气，而现在的士人阶层多盲目攀比："古之君子惧以养气，气以养智，而今之所为气者，皋皋訾訾，而务以苟胜于人而已矣。使皋皋訾訾而可以苟胜于人焉，己泄矣，已尽矣，岂能复有气乎？"②两相对比之下，晚明衰退的世风立刻显现出来。他的《刘侍郎传》一文描写的是在晚明崇祯时期与后金的一场战事中，刘侍郎等人临危请命、英勇作战，直至壮烈牺牲的感人故事。谭元春十分敬佩刘侍郎为国捐躯的牺牲精神，不由感慨"国耻未雪，孤忠徒泯"③。谭元春的《湖广布政司左布政闵公墓表》一文对闵公的才干进行了充分的认可和评价："予独喜详其经世雄略，以公生平所志常在此。因不惜纸墨书之，揭于其墓之原，以告夫后世治河、治兵与县官度支民社之寄者，盖将为法焉"④告诉世人应将闵公传于后世，令后人都能以闵公为榜样。

竟陵派作家对于现实的关注体现出的仍是儒家倡导的积极入世的心态。竟陵派作家的代表人物钟惺、谭元春等人自觉继承和发扬了儒家的传统精神，在小品文创作中实现了文以言志、文以益世，为他们的创作增添了几许厚重之气。谭元春曾在为友人作的序文《闲园诗选序》中指出："惟足以存吾直而明吾道者，犹当有事于言，故予往往慎之，而今滋甚""诗、春秋相表里，存吾直，明吾道，吾何敢一日忘经？"⑤由于深受儒家精神的洗礼，钟、谭二人内在的精神品质也带有着浓重的儒家思想观念，这些也成为他们

---

① （明）谭元春著，陈杏珍点校：《谭元春集》，湖北教育出版社 2017 年版，第 451 页。
② （明）谭元春著，陈杏珍点校：《谭元春集》，湖北教育出版社 2017 年版，第 505 页。
③ （明）谭元春著，陈杏珍点校：《谭元春集》，湖北教育出版社 2017 年版，第 458 页。
④ （明）谭元春著，陈杏珍点校：《谭元春集》，湖北教育出版社 2017 年版，第 556 页。
⑤ （明）谭元春著，陈杏珍点校：《谭元春集》，湖北教育出版社 2017 年版，第 519 页。

小品文着力表现的内容。

钟、谭二人极为注重不断自省的君子品格，敢于不断否定自己以求更大的发展。在"竟陵派"的名声开始在文坛中流传之时，钟惺就在《潘稚恭诗序》中请求好友不要提及"竟陵派"的名号："近相知中有拟钟伯敬体者，予闻而省想者至今……请为削此竟陵么名与迹。"认为一旦形成了固定的文学流派就会成为文学创作的一种束缚，反而不利于文学创作的发展和创新："物之有迹者必敝，有名者必穷。"① 在《书所与茂之前后游处诗卷》一文中，钟惺也曾向友人反省自己诗歌创作的得失："予后日之视今日诗也，进退去留不可知；但由今日视前日诗，其惭悔者多矣。"② 这种自我否定的勇气和深刻的自省意识，是文学创作所需要的可贵品质。谭元春本人也极为欣赏不断自省、善于自悔的品质，他在《袁中郎先生续集序》一文中对袁宏道的自省精神进行了由衷的赞美，并指出"予因思古今真文人，何处不自信，亦何尝不自悔"③。在《九峰静业序》一文中，谭元春也深刻反省了自己文章写作中存在的不足之处："世旧目予文为奇，尝恐厉一二偏嗜之士。及遍睹时贤所称大手笔者，挟灵气者多读古书者，敬焉骇焉，犹未有解者焉，始悟予之文肤甚钝甚，而不足以为厉也。"④ 由此可见，不断地自我反省是钟、谭二人可贵的精神品质，也是他们的儒家精神的重要体现。

除此之外，钟、谭二人也有着儒家思想提倡的温柔敦厚的一面。对于读书人心目中的头等大事——科举，他们有着不一样的理解。钟惺和谭元春两人的科举之路都不顺畅，但两人都对此表现出了良好的心态，认为在文学上的成就比科举考试的结果更重要，两者其实并无必然的联系，钟惺在《闽文随录序》一文中针对别人向他请教如何科举得中时，"厉声答之：某知有好不好文，不知有中不中文字"⑤。钟惺在《沈雨若时义序》一文中

---

① （明）钟惺著，李先耕、崔重庆标校：《隐秀轩集》，上海古籍出版社2017年版，第323页。
② （明）钟惺著，李先耕、崔重庆标校：《隐秀轩集》，上海古籍出版社2017年版，第657页。
③ （明）谭元春著，陈杏珍点校：《谭元春集》，湖北教育出版社2017年版，第470页。
④ （明）谭元春著，陈杏珍点校：《谭元春集》，湖北教育出版社2017年版，第500页。
⑤ （明）钟惺著，李先耕、崔重庆标校：《隐秀轩集》，上海古籍出版社2017年版，第346页。

也指出科举考试"赢者，数外不可必之物，得固欣然，失亦有以自处之谓也……故诗如李、杜，可布衣终其世"[1]。钟、谭两人对于科举的态度也体现出了他们的名利观，谭元春在《汪暗夫时文序》一文中阐述了自己对名利的看法："名之为物，往而不知其所在，来而不知其何由，无形无影，无首无脊，浮动于不可知之中，而我之根深蒂固者，遥遥与之相应，亦如人之须眉发三者而已矣。夫三者非有用于人也，而子以其无用于人而去之乎？"[2] 在晚明追逐名利的社会大环境下，两人对于名利的认知无疑是文坛上的一股清流。

第四节　超然出世之情

除了儒家倡导的积极入世之情，晚明小品文中也处处流露出道家宣扬的超然出世之情，这种"悠然见南山"式的闲适恬淡的审美情趣似乎更符合中国传统的审美要求。依据中国古代美学的观点，人在内心平静安详之时更易有感而发。正如道家的鼻祖老子提出的"虚静"说："致虚，极；守静，笃。万物并做作，吾以观复。夫物芸芸，各复归其根。归根曰静，静曰复命。复命曰常，知常曰明。"[3] 晚明时期的小品文创作也体现出这种超然出世的审美情感。

晚明时期的公安派作家在小品文创作尤其注重营造这种超然出世的抒情氛围。公安三袁在小品文创作中对"趣"有着独特的感悟与理解，与传统文艺批评观有着不一样的解读。严羽在《沧浪诗话》中认为："夫诗有别材，非关书也；诗有别趣，非关理也。"[4] 在严羽看来，"趣"是一种含蓄蕴藉的审美格调。而公安三袁所倡导的"趣"有着更加丰富的内涵，是创作主体的情感在审美状态下的具体呈现。陆云龙在《叙袁中郎先生小品》一文中指出公

---

① （明）钟惺著，李先耕、崔重庆标校：《隐秀轩集》，上海古籍出版社2017年版，第342页。

② （明）谭元春著，陈杏珍点校：《谭元春集》，湖北教育出版社2017年版，第491页。

③ （春秋）老子：《老子》第十六章，贾德永译注，北京联合出版公司2015年版，第37页。

④ （明）严羽著，郭绍虞校释：《沧浪诗话校释》，人民文学出版社1961年版，第26页。

安派的创作特点："率真则性灵现，性灵现则趣生"。① 认为崇尚"趣"的表达是公安三袁小品文创作的重要审美特征，是创作主体向往个体生命自由的超然出世观念的具体体现。

公安派的代表作家袁宏道在《叙陈正甫会心集》一文中曾详细论述了自己"趣"的文学审美主张：

> 世人所难得者唯趣。趣如山上之色，水中之味，花中之光，女中之态，虽善说者不能下一语，唯会心者知之。夫趣得之自然者深，得之学问者浅。当其为童子也，不知有趣，然无往而非趣也。面无端容，目无定睛，口喃喃而欲语，足跳跃而不定，人生至乐，真无逾于此者。山林之人，无拘无缚，得自在度日，故虽不求趣而趣近之。率心而行，无所忌惮，自以为绝望于世，故举世非笑之不顾也，此又一趣也。入理愈深，然去趣愈远矣……②

在袁宏道看来，"趣"应是人内心中一种自然与率真的状态，就像山林中的人一样，没有任何的束缚，能够享受自在的人生。想要达到这种"趣"的状态，不能涉及太多的理性思考，"入理愈深，然去趣愈远矣"，由此可见，公安派强调的"趣"是一种超然出世的随性之美，符合人的自然天性和天然人性。相比严羽在《沧浪诗话》中提出的"趣"之概念，袁宏道的"趣"强调的是从自然与生活中体悟出人生之"趣"，要求创作主体忘却尘世的喧嚣，再度回归自然状态，用自适其意的放松心态来细细体味自己内心的真实声音，获得纯真的人生情致，从而使自己的真实情感得以充分发挥与彰显。在此基础上，公安派一直倡导的"性灵"学说才能够得以实现。由此可知，以公安派为代表的晚明小品文创作群体为了营造出独特的抒情氛围，大都习惯于在自然界中寻求一份超然出世之情。

---

① 陆云龙：《明人小品十六家》，浙江古籍出版社 1996 年版，第 56 页。

② （明）袁宏道著，钱伯城笺校：《袁宏道集笺校》，上海古籍出版社 2008 年版，第 463 页。

在晚明之前，中国士人阶层往往将充盈着山水美景的自然界视为消极避世的场所，所以寄情山水之作多出自消极避世的贬谪之臣、隐逸之士的手中。如山水诗派的开创者谢灵运就是因不满于当时士族阶层的打压，从而努力在自然山水中找寻心灵的慰藉。谢灵运曾在《游名山志序》中说道："夫衣食，生之所资；山水，性之所适。"将山水视为陶冶和抒发自己内心情绪的绝佳方式。然而，这种纵情山水的审美方式并不是超然出世的心态，而是带有因在现实中碰壁的无奈。正如萧涤非在《读谢康乐诗札记》中评价说："山水不足以娱其情，名理不足以解其忧"。① 因此，这类文人笔下的自然山水并不是真正意义上的纯自然山水，而是带有了创作主体个人浓重的情感，处于看山不是山，看水不是水的境界。

自晚明开始，随着商品经济的勃然而兴，士人阶层的思想观念也发生了显著的变化。生活在城市中的文人群体不再将游览自然界的山水视为排解心中郁结的途径，而是把外出旅游作为一种颇为流行的社会风尚。张岱就曾这样描写当时人们出游的场景："离州城数里，牙家走迎，控马至其门，门前马厩十数间，妓馆十数间，优人寓十数间。向谓是一州之事，不知其为一店之事也。"② 由此可知，晚明时期的士人阶层已将旅游视为日常生活中极为重要的休闲娱乐活动。在这一背景下，文人群体更多的是带着一份放松和愉悦的心情来欣赏自然界中的山山水水，这种超然出世的审美情感为真切感受自然的本真奠定了重要的基础。

晚明时期的另外一位小品名家王思任也是如此。王思任并未在自己的作品中借机抒发怀才不遇之感或者不平之气。王思任寄情山水的主要目的是追求一种身心完全融入山水的境界，从而实现自己倡导的"自适"。在这一人生追求的引领下，王思任的旅游相比其他人更多了一份与山水相期、相遇、相知的期待，是对山水真正的热爱与欣赏，因而王思任对于山水的态度是老朋友般的相互交流与彼此欣赏。在王思任看来，自己徜徉在自然山水之中就要

① 葛晓音：《谢灵运研究论集》，广西师范大学出版社 2001 年版，第 132 页。
② （明）张岱：《琅嬛文集》，上海古籍出版社 1991 年版，第 175 页。

与自然山水融为一体，实现物我交融的境界。正如他在《游唤·纪游》中所说："至于鸟性之悦山光，人心之空潭影，此即彼我共在，不相告语者，今之为告语，亦不过山川之形似，登涉之次第云耳。磋乎，游何容易也！而亦何容易告语人也！"① 这种人与自然和谐统一的境界是难以用语言准确描述的。王思任在《石门·青田》一文中也说道："夫游之情在高旷，而游之理在自然，山川与性情一见而洽，斯彼我之趣通。"② 这就是在超然出世的心境之下，创作主体将自己视为自然山水中的一部分，才能真切体味到的自然之美。

晚明的小品文大家张岱一生也喜欢遍游祖国的名山大川，所追求的仍旧是超然出世的审美体验。张岱曾在诗中写道："余少爱嬉游，名山恣探讨。泰岳既巍峨，补陀复杳渺。"③ 张岱旅游的足迹遍布苏州、杭州、无锡、南京、镇江、曲阜、泰安等地，在长途跋涉之中逐渐培养起自己超然出世的审美心态。张岱将出游视为是自己对喧嚣繁杂的城市生活的一种调和，用自然山水的纯美来洗涤自己的俗肠，与三五知己结伴畅游在青山绿水之间，从而彻底摆脱日常生活中的繁杂琐事，获得内心的安宁与自由。晚明时期的文人群体不仅对游览山水名胜保有着极高的热情，还善于通过诗文、书画等艺术形式详细记录下游览的全过程，并借机抒发自己对山水的独特审美体验。晚明的文人群体如痴如醉地流连忘返于自然山水之间，在获得无尽的乐趣的同时，也培养起自身超然出世的人生态度。张岱在《炉峰月》一文中就详细记叙了一次颇有趣味的旅行经历：

> 丁卯四月，余读书天瓦庵，午后同二三友人登绝顶，看落照。一友曰："少需之，俟月出去。胜期难再得，纵遇虎，亦命也。有虎亦有道，夜则下山觅豚犬食耳，渠上山亦看月耶？"语亦有道。四人踞坐金简石上。是日月正望日没月出山中草木都发光怪悄然生恐。月白路明，相与策杖而下。行未数武，半山噪呼，乃余苍头同山僧七八人，持火

---

① （明）王思任著，任远点校：《王季重十种》，浙江古籍出版社 2010 年版，第 107 页。

② （明）王思任著，任远点校：《王季重十种》，浙江古籍出版社 2010 年版，第 133 页。

③ （明）张岱：《琅嬛文集》卷二，《张岱诗文集》，上海古籍出版社 1991 年版，第 162 页。

燎、勒刀、木棍，疑余辈遇虎失路，缘山叫喊耳。余接声应，奔而上，扶掖下之。次日，山背有人言："昨晚更定，有火燎数十把，大盗百余人，过张公岭，不知出何地？"吾辈匿笑不之语。谢灵运开山临潋，从者数百人，太守王琇惊骇，谓是山贼，及知为灵运，乃安。吾辈是夜不以山贼缚献太守，亦幸矣。①

这次旅行颇有些历险记的意味，张岱表现出自己对日落、皓月等自然景物的极度痴迷，甚至为此甘冒命丧虎口的危险。晚明文人对于自然山水的依恋程度由此可见一斑。

畅游于自然界的山水间不仅有助于人们一扫心中的诸多烦闷与不快，还是文人群体进行艺术创作的广阔素材来源。张岱从自然山水中汲取了大量的创作养料，在与自然山水的交流中获得了丰富的情感体验，锤炼出了超然出世的宁静心态。张岱由此创作出大量的游记题材小品文，真实记录了自己畅游自然山水时的审美体验，其中最为著名的当数《西湖寻梦》一书。《西湖寻梦》讲述的是张岱游览杭州西湖一带的详细经历，其中囊括了雷峰塔、苏公堤、昭庆寺、岳王坟、飞来峰、西泠桥等众多西湖的风景名胜和人文古迹，成为后人了解西湖的重要文献资料。

人们游赏自然风光总会引发内心深处别样的情感体验。这种情感体验会随着景物的变化而各不相同。正如范仲淹在《岳阳楼记》中所阐述的那样，自然景物带给人的审美体验往往会随着时间、地点、环境、气候等外在条件的变化而发生改变。正因如此，创作主体在游览自然山水之时，应秉持一种更为高远旷达的心胸，并逐渐由情入理，从而实现个人性情与山水之性的契合与贯通。王思任对此曾有过极为精辟的阐述："夫游之情在高旷，而游之理在自然，山川与性情一见而洽，斯彼我之趣通。"②张岱在小品文创

---

① （明）张岱著，夏咸淳、程维荣校注：《陶庵梦忆·西湖梦寻》，上海古籍出版社2001年版，第74页。

② （明）王思任：《游唤·石门》，《王思任小品全集详注》，北京联合出版社2018年版，第39页。

作中也坚持将自身的情感与志趣与眼前的自然风光融为一体，如他在《栖霞》一文中就这样写道：

> 戊寅冬，余携竹兜一、苍头一，游栖霞，三宿之。山上下左右鳞次而栉比之，岩石颇佳，尽刻佛像，与杭州飞来峰同受黥劓，是大可恨事。山顶怪石巉岏，灌木苍郁，有颠僧住之。与余谈，荒诞有奇理，惜不得穷诘之。日晡，上摄山顶观霞，非复霞理，余坐石上痴对。复走庵后，看长江帆影，老鹳河、黄天荡，条条出麓下，悄然有山河辽廓之感。一客盘礴余前，熟视余，余揖与揖，问之，为萧伯玉先生，因坐与剧谈，庵僧设茶供。伯玉问及补陀，余适以是年朝海归，谈之甚悉。《补陀志》方成，在箧底，出示伯玉，伯玉大喜，为余作叙。取火下山，拉与同寓宿，夜长，无不谈之，伯玉强余再留一宿。①

在张岱的笔下，栖霞一地的自然风光可谓是绝美无比，但更为重要的是创作主体在游览时的性情和情趣。面对栖霞一带绚烂的晚霞和江中远去的帆影，作者心中顿生山河辽阔之感。这种独特的审美体验，非达到超然出世的境界不能体会。

晚明的文人群体在自然山水中往往能够获得人生的意趣和艺术创作的灵感。这种带有强烈的主观意识的审美体验是创作主体的个人性情、审美品位等方面与自然山水景观相互作用的结果。正如潘耒在评价徐霞客时所说的那样："文人达士，多喜言游。游，未易言也。无出尘之胸襟，不能赏会山水；无济胜之支体，不能搜剔幽秘；无闲旷之岁月，不能称性逍遥。"② 仍旧强调了要想实现这一境界，必须要具备超然世外的心态和观念。

除此之外，张岱凭借着这种超然世外的审美心态，在进行自然风光描写的同时，也在进行着富于人生哲理的思索和探究。如他在《曹山》一文中

---

① （明）张岱著，夏咸淳、程维荣校注：《陶庵梦忆·西湖梦寻》，上海古籍出版社2001年版，第63页。

② （明）潘耒：《〈徐霞客游记〉序》，云南人民出版社2018年版，第3页。

由曹山因过度开凿而变成"残山剩水"的事实联想到了"吾想山为人所残，残其所不得不残，而残复为山，水为人所剩，剩其所不得不剩，而剩还为水。山水倔强，仍不失其故我。……世不知我，不如杀之，则世之摧残我者，犹知我者也。"① 这种独特的人生感受和体味正是源于张岱对眼前景物的细致观察与思考，带有其自身独有的审美体验。张岱的《峨眉山》一文也表现出他的独特审美感受，张岱在该文中描写了峨眉山在细微之处的风景："奇峦怪石，翠藓苍苔，徒与马浡牛溲两相污秽。"② 眼前的美景竟然与污秽之物混在一起，这样的情景令张岱心生感慨："余因想世间珍异之物，为庸人所埋没者不可胜记。"③ 由此联想到世间诸多富有才华之人遭到埋没的事实，过渡衔接自然合理，相映成趣。这种于细微之处见别样风光的景物描写恰恰是作者在极度休闲与放松的状态下完成的，在不经意间彰显出创作主体的自然性情与人生态度。

---

① （明）张岱著，夏咸淳、程维荣校注：《陶庵梦忆·西湖梦寻》，上海古籍出版社 2001 年版，第 149 页。

② （明）张岱著，夏咸淳、程维荣校注：《陶庵梦忆·西湖梦寻》，上海古籍出版社 2001 年版，第 121 页。

③ （明）张岱著，夏咸淳、程维荣校注：《陶庵梦忆·西湖梦寻》，上海古籍出版社 2001 年版，第 121 页。

第七章　晚明小品文产生与发展的原因探析

第一节　晚明的政治环境

自秦统一六国开始，历代王朝都为构筑起适合封建统治的政治制度而进行不断的探索和实践，中国的政治制度发展至明代已经高度成熟和完善，从中央至地方的一整套政治管理体系已经相当完备。然而到了晚明时期，这一政治管理制度已逐步走向衰落。

明王朝承续了前代以儒家思想主导国家治理的路径，不同之处在于，明太祖朱元璋在"胡惟庸案"之后废除了延续千年的宰相制度，由皇帝直接统辖六部，仿照宋例设置殿阁大学士，充当皇帝的助手与参谋。明成祖朱棣时期，开始设立内阁大学士数人负责朝廷日常的行政工作，于是明代延续了二百多年的内阁制度正式确立。在新兴的内阁制度下，解除了相权威胁的皇权得到了空前的加强。明万历时期，内阁首辅张居正大力推行新政，一度扭转了明王朝的衰败局势，国家出现了短暂的中兴气象。但随着张居正病逝，明神宗朱翊钧正式亲政。终于真正执掌国家政权的明神宗朱翊钧对张居正进行了严苛的清算，张居正推行的新政被迫中断。自万历十四年（1586 年）起，万历皇帝朱翊钧长达三十余年不理朝政，从中央至地方的各级官员空缺人数过半，国家管理机关长期陷于半瘫痪的状态。朱翊钧为满足自己奢侈无度的生活大肆搜刮民脂民膏，最终导致民怨沸腾、百业凋敝。皇帝的昏庸怠政必然导致上行下效、政事废弛，晚明时期官员结党营私、中饱私囊已是屡见不鲜，有部分正直的官员冒死直谏，但无一例外地遭到了罚俸、降级、廷杖、罢官、流放的打击报复。对于这段历史史实，《明史》曾有如下的记录：

> 神宗冲龄践阼，江陵秉政，综核名实，国势几于富强。继乃因循牵制，晏处深宫，纲纪废弛，君臣否隔。于是小人好权趋利者驰骛追逐，与名节之士为仇雠，门户纷然角立。驯至惎、愍，邪党滋蔓。在廷正类无深识远虑以折其机牙，而不胜忿激，交相攻讦。以致人主蓄疑，贤奸杂用，溃败决裂，不可振救。故论者谓明之亡，实亡于神宗。①

"纲纪废弛"描述的是晚明政治制度衰败的现实，"君臣否隔"描述的是皇帝与官僚集团之间的矛盾，"邪党滋蔓"描述的是晚明极端恶劣的政治生态。由此可见，明神宗的统治已经是明王朝走向末期的开端。

处于这种政治环境之中，晚明的读书人很难看到自己步入仕途的光明前景，这在很大程度上影响了他们通过科举入仕的信心。儒家所倡导的修身、齐家、治国、平天下的入世之路成为无法触及的泡影。晚明的士人阶层往往选择了疏离政治的态度：或为官而不作为的"吏隐"，或远离官场的是非，转而将关注的目光投向对自己内心世界的开掘和世俗生活的享受。晚明的文人无法在现实中实现自己的人生理想与政治抱负，只得把自己的一腔热情挥洒在大自然的山山水水之中，以此弥补自己内心的缺憾与空虚。正因如此，明哲保身的处世哲学与安逸享乐的人生意趣成为晚明士人阶层社会一种生活风尚。这种生活态度对晚明的小品文创作产生了重要的影响，这一影响从公安派与竟陵派的小品文创作历程可见一斑。

公安三袁均亲身经历了晚明政局变化而带来的社会动荡。张居正去世后，他致力的改革大业被迫中断，并遭到了严苛的清算，家产抄没一空。张居正的悲惨结局令当时的读书人感到无比的恐慌和不安，此时袁宏道因参加府试而恰好亲历了这一事件。有感于此，袁宏道作有《古荆篇》一诗："霍

---

① 张廷玉等：《明史》，中华书局1974年版，第294—295页。

氏功名成梦寐，梁王台馆空山丘"，"汉恩何浅天何薄，百年冠带坐萧索"①，
以此表达对张居正的惋惜之情，也流露出对当时朝政的失望之情。因而在全
诗的结尾袁宏道不禁发出了感慨："楚国非无宝，荆山空有哀，君看白雪阳
春调，千载还推作赋才"②。经此一事，袁宏道深刻体会到儒家所看重的功名
成败在人的一生中充满了变数和不确定性，故而袁宏道虽然在两年之后就高
中进士，却也对自己的仕途没有抱太大的希望。公安三袁共同的友人也在此
期间多遭遇种种不幸：御史潘士藻因对朝廷征收赋税一事犯颜直谏而被贬广
东，给事中李沂因弹劾东厂太监张鲸而被处以廷杖之刑并削职为民。明王朝
政局的昏暗不明使公安三袁济世救民的理想逐渐消退，治国平天下的儒家精
神也受到动摇，于是他们开始将对社会现实的关注转向为对自然山水的欣赏
与描摹以及对自身情感体验的体味与展现。这种价值观念与审美观念的转
变，直接导致公安三袁等晚明士人阶层生活方式和生活趣味的变化，为晚明
文学思潮的转型奠定了基础。

　　竟陵派同样处于晚明时期，社会纪纲不振，弊习尚存，虚文日繁，实
惠益寡③，晚明时期政治上内外交困，国内政治动荡，国外有外族虎视眈眈，
政治上走向末路。同时，明中期以来在经济上出现了资本主义萌芽，自然经
济受到资本主义经济和商品经济的冲击，随之王阳明的心学和李贽的童心
说、公安派的性灵说等学说渐次出现并在思想界产生了重要影响，人们的思
想追求呈现出个性解放和重情趋向，社会经济、思想和风尚剧烈变化。在这
种种特殊的时代语境下，竟陵派形成了独具特色的现代话语体系和创新转型
萌芽因素，并成为当时文坛的领军，深刻影响了晚明的文坛。

　　晚明特殊的政治环境促进了竟陵派创新意识的产生。孟森在《明史讲
义》中指出："明之衰，衰于正、嘉以后，至万历则加甚焉。明亡之征兆，
至万历而定。"④可知明朝的衰亡始于正德、嘉靖年间，到了万历朝已经是不

---

①　（明）袁宏道著，钱伯城笺校：《袁宏道集笺校》，上海古籍出版社 2008 年版，第 3 页。

②　（明）袁宏道著，钱伯城笺校：《袁宏道集笺校》，上海古籍出版社 2008 年版，第 3 页。

③　参见张舜徽：《张居正集》第 2 册，湖北人民出版社 1994 年版，第 912 页。

④　（清）孟森：《商传导读》，《明史讲义》，上海古籍出版社 2002 年版，第 255 页。

可挽回的衰退之势。从万历、天启和崇祯的社会现实着手，可见晚明时代的政治历史面貌，并找到其最终走向灭亡的原因。万历年间，首辅张居正进行改革，"有张居正当国，足守隆、嘉之旧，而又或盛之"①，在一定程度上改善了政治的黑暗和经济的发展。然而改革未能彻底进行，在张居正去世后，神宗一朝变得更加黑暗，改革期间被张居正罢黜不用的官员重新为皇帝重用，朝政因出现反弹效应不可避免地更加黑暗。从以下《明史讲义》的相关记载中可见一斑：

> 盖居正总览大柄，帝之私欲未能发露，故其干济可观，偏倚亦可厌……其后专用软熟之人为相。②

在万历皇帝的干涉之下，张居正的政治改革实践被迫中止，张居正提拔的官员受到排挤，改革成果也不同程度遭到破坏。同时，当政的万历皇帝不理朝政而又骄奢淫逸，纵容宦官当政，宦官利用职务之便到民间巧取豪夺、与民争利，致使百姓不堪重负、苦不堪言，专任自己信任的宦官为矿监税使，滥行权利、大肆搜刮民脂民膏，逼迫民间反税监的声音一浪高过一浪，使本就风雨飘摇的晚明政局更加动荡不安。万历皇帝本身无甚才能，致使朝政昏庸，明王朝不可避免走向衰退，再也未能中兴，相反逐渐日暮西山，艰难喘息。万历皇帝不务朝政，在位期间长达二十年间没有上朝议政，这直接导致了晚明的党派之争，皇帝无心国政、沉湎酒色，臣子们自立门户、结党营私，为了个人私利和门户之见斗争日益激烈，朝政更加混乱，社会更加停滞不前。党派斗争的愈演愈烈，又影响了后续政治的发展，到了天启年间，宦官把持朝政，以魏忠贤为代表的宦官集团和东林党人斗争达到白热化程度。天启皇帝本身不问朝政，宠信乳母和宦官，导致阉党肆意横行、气焰嚣张，使得政局雪上加霜。虽然之后的崇祯皇帝有心改变阉党专政的黑

---

① （清）孟森：《商传导读》，《明史讲义》，上海古籍出版社 2002 年版，第 255 页。
② （清）孟森：《商传导读》，《明史讲义》，上海古籍出版社 2002 年版，第 255 页。

暗政治，但是晚明政治已经病入膏肓、不可救药了，朝廷内外危机四伏，崇祯帝自己勤政爱国也无法力挽狂澜，明王朝只能走向灭亡一途。"明祚之亡，基于嘉靖，成于万历，天启不过扬其焰耳"①，后人对于明王朝灭亡原因的认识可谓直击要害、一语中的。

在黑暗政治的大环境下，想要通过入仕报效国家、实现人生价值的读书人，只能根据自己的师承关系或者地缘关系团结在某一个党派之中，以求找到强大稳定的政治靠山，避免受到无处不在的党派斗争的波及和影响，力求实现自己仕途方面的理想。这就迥异于明王朝前期，明初科举相对公正，读书人追求功名利禄会首选通过科举考试"一举成名天下知"，从而顺利进入官场，实现自己对权利和功名的追求。这种通过科举进入官场光耀门楣的方式，到了晚明时期就没有用武之地了，斗争白热化的党派和门户之争使得科举变成了党派之间互相倾轧、搜集党羽的途径，失去了为朝廷选拔人才、为士人求取功名的原有作用。如此恶劣的政治环境，使得有志之士报国无门，文人的风骨和意气也逐渐被无休止的政治斗争消耗殆尽，在此情况下，文人对政治失望透顶，继而选择隐居赋闲、明哲保身，追求自身性情的释放，在日常生活中纵情山水、饮酒作乐，以期望得到世俗生活的平静安宁，在自己的一方天地中找到心灵的寄托。

竟陵派就是在这种黑暗的政治格局中发展起来的，他们期望通过学习古之真人的精气神，通过抒发自己性灵的厚重，得到人生的寄托，客观上改变了传统文学，出现了求新求变的现代文学因素。如晚明兴盛的篇幅短小、灵活自由的小品文，士子们通过小品文写作寄托个人情怀、寻找生活乐趣。如竟陵派作家刘侗的作品《帝京景物略》中就有关于晚明文人们闲适生活的大量描写：

> 岁盛夏，莲始华，晏赏尽园亭，虽莲香所不至，亦席，亦歌声。……水，秋稍闲，然芦苇天，菱芡岁，诗社交于水亭。冬木坚冻，

---

① （清）沈家本：《历代刑法考》上，商务印书馆 2011 年版，第 339 页。

一人挽木小兜，驱如衢，曰冰床。雪后，集十余床，罏分尊合，月在雪，雪在冰。①

这段文字描写了四时景物不同，文人们不同的闲适生活：盛夏时节，莲花盛开，人们相聚在亭子里，游赏乐园，唱歌赋诗；到了秋天，生活更加悠闲，芦苇摇曳多姿，菱芡正是丰收的时节，文人们在水亭举行诗社活动，饮酒唱和；到了冬天，下雪时节，水面结冰，人们可以在结冰的水面上滑冰，玩冰床，在雪后饮酒取暖，赏雪赋诗。不同的季节有不同的风光，也有不同的乐趣，若无闲事挂心头，便是人间好时节，刘侗笔下的水亭充满了文人们的闲适和乐趣，具有晚明典型的闲适文学的特点。政治的黑暗反而激发了文人的闲适生活，体现在竟陵派的小品文创作中，则是出现了不同于以往的充满趣味的清新格调。

第二节　城市经济的繁荣

作为中华文化史中一个承前启后的重要阶段，晚明时期既继承了中华文化千百年来积淀下的血脉，又努力不断孕育和创新出新的思想文化，思想文化的多元发展成为这一时期的典型特征。在晚明时期，中国的社会基础正在发生着翻天覆地的变化，传统的封建社会开始向近代社会过渡。

明朝初年的统治者为强化中央集权，着力推行重农抑商的经济政策，商品经济受到了极大的压制。自明中期以来，这一统治措施无法阻挡经济发展的步伐，在江南地区的家庭手工业开始蓬勃兴起，成为当地民间的主要经济来源，资本主义萌芽在中国开始出现：

进入明代以后，商品经济不断向纵深发展，日益深入农村，促使

---

① （明）刘侗、于奕正著，孙小力校注：《帝京景物略》，上海古籍出版社 2001 年版，第28 页。

农家经营的商品化程度加深，尤其是江南的苏州府、松江府、嘉兴府、湖州府一代，从十五世纪末至十六世纪以来，农业经济的商品化以引人注目的态势发展着。①

在漫长的封建社会中，土地兼并问题始终存在，这一问题在明代中后期愈演愈烈。王公贵族及士绅豪强对民间的土地大肆掠夺，致使大量的农民失去了赖以生存的依靠，被迫来到城市中寻找新的生存空间。这些破产农民为城市提供了大量的剩余劳动力，为城市手工业的兴起奠定了基础。到了明嘉靖、万历年间，以江南地区手工业的出现与发展为标志，中国的经济结构开始发生重大的变化，城市商品经济的迅速发展最终促进了资本主义萌芽的产生。资本主义萌芽的出现为晚明市井经济的发展注入了新鲜血液，市井经济的高度繁荣使市民阶层得以迅速壮大。市民阶层对于城市消费与生活娱乐的追求也为晚明小品文的创作提供了新的观察视角与创作素材。

市井经济的繁荣发展也促进了城市数量和规模的扩大，陆续出现了北京、天津、南京、苏州、扬州、杭州、上海等大城市。这些城市中均有固定的早市与夜市，市场中汇集了来自天南海北的各色商品。例如在北京城隍庙的集市由庙东"直摆到刑部街上来卖"②，仅山东临清县就有三十二家绸缎店和七十二家布店。江南地区的城市经济发展尤为令人瞩目，由于绝佳的地理位置，自隋唐以来，江南地区的经济发展开始明显优于其他地区，到了晚明之时，更是出现了空前的繁荣局面：

> 在江南，诸如各府、县、卫一类的城市，繁华壮丽，言不可悉。即使像镇、巡检司、千户所、寨、驿、铺、里、坝所在地及其附近地方，也是市肆夹路，楼台相望，舳舻接缆，珠、玉、金、银宝贝之产，稻、粱、盐、铁、鱼、蟹之富，羔羊、鹅、鸭、鸡、猪、驴、牛之畜，

① 樊树志：《晚明史》，复旦大学出版社 2003 年版，第 74 页。
② （明）凌濛初：《权学士权认远乡姑白孀人白嫁亲生女》，《二刻拍案惊奇》卷三，金城出版社 1999 年版，第 26 页。

松篁、簏、棕、龙眼、荔枝、橘、柚之物，无不富家天下。①

类似这样的繁华景象出现在江南地区的诸多城市之中。据《广志绎》所载："杭城北湖州市，南浙江驿，咸延袤十里，井屋鳞次，烟火数十万家，非独城中居民也。"② 由于城市中的商品经济蓬勃开展，刺激了广大市民开始从事商业活动，如杭州居民就开始"以逐本为生""半多商贾"③。在苏州的市场中"洋货、皮货、细缎、衣饰、金玉、珠宝、参药诸铺、戏园、游船、酒肆、茶店如山如林，不知几千万人。"④ 冯梦龙在他的《醒世恒言》中就详细地描写了江南一地的商业繁荣景象："市河两岸绸丝牙行，约有千百余家，远近村纺织成绸匹，俱到此上市。四方市贾来收买的，蜂攒蚁聚，挨挤不开。"⑤

在各种内外因素的直接或间接影响下，在经济本身的发展规律的推动下，商品经济在晚明获得极大发展，同时也带动了明王朝各个工商集镇的发展和兴起，嘉靖、万历年间"大之而为两京、江、浙、闽、广诸省，次之苏、松、淮、扬诸府，临清、济宁诸州，仪镇、芜湖诸县，瓜州、景德诸镇"⑥。商业城镇的兴起和发展自然催生了市民阶层的娱乐方式，晚明出现了茶楼、戏园、酒肆、赌场等娱乐场所，当然各种各样的城市娱乐活动如斗鸡、听戏、听曲、斗蟋蟀等活动广受欢迎，和城市商品经济发展相适应的城市文化生活渐渐兴起。城市经济的高度繁荣促使市民阶层成为一股重要的社会力量，在社会中的多个领域中扮演着重要的角色，其中对于文学创作、艺术创造等行业的审美风尚也产生了举足轻重的影响。城市娱乐生活也是文人

---

① 陈宝良：《明代社会生活史》，中国社会科学出版社 2004 年版，第 25 页。

② 王士性：《广志绎》，中华书局 1981 年版，第 69 页。

③ （清）陈梦雷：《古今图书集成》卷三六七，《职方典·杭州府部》，中华书局 1934 年版，第 342 页。

④ 刘志琴：《晚明世风漫议》，《社会学研究》1992 年第 2 期。

⑤ （明）冯梦龙：《施润泽滩阙遇友》，《醒世恒言》，时代文艺出版社 2004 年版，第 245 页。

⑥ 杨国桢、陈支平著，傅衣凌主编：《矞欠志》卷十，《明史新编》，人民出版社 1993 年版，第 309—310 页。

们不可缺少的活动之一，晚明文人们将充满生活化和资本主义萌芽的城市生活写入作品中。

种类繁多的城市娱乐活动给晚明文人们提供了新鲜的写作材料和创作灵感，出现了大量的描写城市生活、城市繁华和市民阶层普通生活的艺术形式和文学作品，文人用自己的文学语言记录了晚明市井经济繁荣发展和城市商业活动的风貌。商品经济的发展和城市经济的繁荣使得市民阶层不断扩大，作品的受众越来越多，新兴的市民阶层不但为文人们的作品买单，还为文人们提供了丰富多样的素材。正如夏咸淳所说的"生产的发展刺激消费的增长，繁华缤纷的都市生活激起人对尘世生活的热恋，程朱理学和禁欲主义的衰落引起人对生存和享受的关切"①，传统的儒家思想受到了极大的挑战，人们更相信现世的幸福，李贽提出了"童心说"，反对程朱理学的"存天理，灭人欲"，旗帜鲜明提出了"穿衣吃饭即是人伦物理。除却穿衣吃饭，无伦物矣"②。反对空谈人伦物理，提倡将道德和实际的经济生活相结合，认为人们日常生活中就包含着基本的伦理道德，不能脱离物质谈精神。商品经济的发展不但改变了人们的物质生活方式，更多的是促使人们精神的觉醒和对传统伦理道德观念的质疑，原本在程朱理学那里被压抑的个人私欲纷纷被释放出来并得到肯定和支持，晚明的士人和文人纷纷肯定自己欲望存在的合理性，公开追逐财富和名利，由俭变奢，追求现实享受和声色犬马。

对于传统文人坚守的贫贱不能移的清高绝尘、重义轻利，在晚明种种物欲的渲染下也悄然发生了改变。士人们的最高理想不是治国平天下，而是肯定个人的欲望和价值，满足个体的精神需要和物质欲望才是头等大事。与政治密切相关的"文以载道"的古典文学的传统思想不再受到文人的追捧，为了表现晚明文人的人生观、世界观和价值观，文学创作者们开始寻求新的文学样式，从而导致了小品文的产生和兴起，小品文短小精悍，随意自在，不受传统文学样式的约束，不用刻意追求作文的八股之法，信手拈来，情随

---

① 夏咸淳：《晚明士风与文学》，中国社会科学出版社 1994 年版，第 30 页。

② （明）李贽：《焚书续焚书》，中华书局 1975 年版，第 4 页。

笔至，更加符合晚明文人的心态和追求，竟陵派则是个中翘楚和优秀代表。晚明时代商品经济的发展、城市商业集镇的发展和市民阶层的壮大，都为晚明文人提供了新的生活方式和文化熏陶，使得他们无论是生活态度还是审美价值都发生了很大转变。

在市井经济高度繁荣的作用下，晚明时期文人们的个人志趣爱好也得到了充分发展的空间。诸多文人士大夫阶层对于生活中的各色事物都抱有浓厚的兴趣，甚至发展成常人难以理解的癖好。除了一些较为常见的琴棋书画、花鸟鱼虫、古董珍玩之类，一些文人的爱好可谓是世人罕见。如晚明的小品文大家张岱在《五异人传》一文中就对自己亲友的癖好进行了极为详尽的描述：张岱的二叔张燕客"凡诗词歌赋，书画琴棋，笙箫弦管，蹴鞠弹棋，博陆斗牌，使枪弄棍，射箭走马，挝鼓唱曲，傅粉登场，说书谐谑，拨阮投壶，一切游戏撮弄之事，匠意为之，无不工巧入神。"① 这位二叔痴迷于饲养金鱼，曾花三十金买了十几条金鱼，因喂养不得法，没过多久就全部死掉，但他丝毫不觉遗憾与心痛，仍旧是谈笑风生。张岱的另一位亲戚虽双目失明，但丝毫不影响他广泛的生活情趣与爱好，"所读书目，自经史子集，以至九流百家，稗官小说，无不淹博。"② 他"有一隙之暇，则喜玩古董，葺园亭，种花木，讲论书画。更喜欢养鹁鸽，养黄头，养画眉，养驴马，斗骨牌，著象棋，制服饰，蓄僮童。知无不为，兴无不尽头。"③ 张岱在小品文中讲述的这些文人雅癖不仅仅是个例，在整个晚明时代已成为普遍的社会风气，在一定程度上表现出了当时人们对于生活的热爱，也体现出社会中浓厚的休闲娱乐氛围。

随着社会氛围的悄然变化，文学创作中的审美风格也会发生改变。早

---

① （明）张岱：《五异人传》，《琅嬛文集》卷四，《张岱诗文集》，上海古籍出版社1991年版，第267页。

② （明）张岱：《五异人传》，《琅嬛文集》卷四，《张岱诗文集》，上海古籍出版社1991年版，第267页。

③ （明）张岱：《五异人传》，《琅嬛文集》卷四，《张岱诗文集》，上海古籍出版社1991年版，第267页。

在明朝初年，由于统治者的大力倡导，社会风气总体而言崇尚简朴、力戒奢靡。到了晚明时期，广大的城市中出现了休闲娱乐、热衷消费的新的生活观念，具体体现为对于各种休闲娱乐活动的热衷参与。例如出游活动就是晚明士人最为热衷的休闲娱乐活动之一。出游之时，士人们"盛服靓装，倾城而出，三五一群，大声谈笑，全无拘束。当此时，各种游戏尽情开展，各类艺人也趁机卖弄，只见长塘丰草，走马放鹰，高阜平岗，斗鸡蹴鞠，劈阮弹筝……"① 热闹程度可见一斑。

袁宏道在《虎丘记》一文中对于苏州城的人们游览虎丘的场景进行了着意的描写：

> 凡月之夜，花之晨，雪之夕，游人往来，纷错如织。而中秋为尤胜。每至是日，倾城阖户，连臂而至，衣冠仕女，下迨蔀屋，莫不靓妆丽服，重茵累席，置酒交衢间。从千人石上至山门，栉比如鳞，檀板丘积，樽罍云泻，远而望之，如雁落平沙，霞铺江上，雷辊电霍，无得而状。②

张岱在他的《陶庵梦忆》中也详细记载了晚明城市中节庆民俗的场面，如他的《秦淮河房》一文描写南京城的市民在端午节时游秦淮河的场景：

> 年年端午，京城士女填溢，竞看灯船。好事者集小篷船百什艇，蓬上挂羊角灯如联珠，船首尾相衔，有连至十余艇者。船如烛龙火屋，屈曲连蜷，蟠委旋折，水火激射。舟中撒钱星饶，宴歌弦管，腾腾如沸。士女凭栏轰笑，声光凌乱，耳目不能自主。③

张岱在其久负盛名的小品文《西湖七月半》中详细讲述了杭州城的百

---

① 陈炎主编，王小舒等著：《中国审美文化史》，山东画报出版社 2007 年版，第 334 页。

② （明）袁宏道著，钱伯城笺校：《袁宏道集笺校》，上海古籍出版社 1981 年版，第 157 页。

③ （明）张岱：《陶庵梦忆》，上海古籍出版社 1982 年版，第 31 页。

姓在七月十五这一天赏玩西湖的热闹场面：

> 杭人游湖，巳出酉归，避月如仇。是夕好名，逐队争出，多犒门
> 军酒钱，轿夫擎燎，列埃岸上。一入舟，速舟子急放断桥，赶入胜会。
> 以故二鼓以前人声鼓吹，如沸如撼，如魔如呓，如聋如哑，大船小船
> 一齐凑岸，一无所见，止见篙击篙，舟触舟，肩摩肩，面看面而已。①

张岱在《扬州清明》一文中对于清明踏青的活动也进行了描述：

> 是日，四方流寓及徽商西贾、曲中名妓，一切好事之徒，无不咸
> 集。长塘丰草，走马放鹰；高阜平岗，斗鸡缴蹄；茂林清抛，劈阮弹
> 筝。浪子相扑，童稚纸鸢，老僧因果，瞽者说书，立者林林，蹲者蛰
> 蛰。日暮霞生，车马纷沓。宦门淑秀，车幕尽开，脾腹倦归，山花斜
> 插，臻臻簇簇，夺门而入。②

除此之外，刘侗在《帝京景物略》中就详细描写了京城中元宵灯会的
盛况：全城连续十日的节庆狂欢，日间"人不得顾，车不能旋，填城溢郭，
旁流百廛。"③夜晚的灯会则是流光溢彩、乐器齐鸣，一派人声鼎沸的热闹场
景。这些休闲活动既是晚明时代城市生活的重要组成部分，也成为了晚明小
品文写作的主要内容。

第三节　思想观念的革新

明朝立国之初，程朱理学被视为官方哲学，统治阶级以程朱理学的相

---

① （明）张岱：《陶庵梦忆》，上海古籍出版社 1982 年版，第 88 页。
② （明）张岱：《陶庵梦忆》，上海古籍出版社 1982 年版，第 48 页。
③ （明）刘侗、于奕正著，孙小力校注：《帝京景物略》，上海古籍出版社 2001 年版，第
127 页。

关思想观念作为国家治理的准则，程朱理学享有无可比拟的崇高地位。刘基、宋濂等重要的文臣都是著名的理学家，他们常与明太祖朱元璋讲经论道，以孔孟之书和程朱注解为经典，议论国家的礼乐之制。至永乐年间，在明成祖朱棣的亲自主持下，朝中重臣以程朱注解为标准，将儒家经典汇编成《五经大全》《四书大全》《性理大全》等。至此，程朱理学成为明王朝治理国家的统一法理和准则，取得了至高无上的尊崇地位。作为一种哲学思想，程朱理学倡导的核心观念是"理"（亦称"天理"），认为"天下物可以理照。有物必有则，一物须有一理"①。"理是自然界的最高原则，他包括无物的理，又包括封建社会的孝、悌、忠、信、君道、子道都是理所规定了的。"②程朱理学对中国封建社会后期的思想观念产生了深远的影响，"存天理，灭人欲"的主张成为禁锢自然人性的一道精神枷锁。自明初至中期，明代思想界呈现出万马齐喑的沉寂状态。

自明代成化至正德年间，程朱理学在社会上享有的尊崇地位逐渐发生了动摇。在政治环境与经济基础的共同作用下，晚明时期的统治者对思想文化的控制较以往开始有所放松，为晚明社会中新思潮的出现提供了宽松的环境。程朱理学的衰落为心学的出现与发展提供了契机，"万历以来，心学横流，儒风大坏，不复以稽古为事"③，心学主张开始深入人心。晚明社会思潮的显著特征是程朱理学的衰退和阳明心学的兴起。自明代中后期开始，这一情形发生了显著变化。具《明史·儒林传》记载："嘉（靖）、隆（庆）而后，笃信程、朱，不迁异说者，无复几人矣。"④此时程朱理学的思想禁锢作用逐步显现出来，从而遭到了士人阶层的质疑，失去了往日的尊崇地位，很难再对人的思想产生控制和束缚作用。与之相对的，则是心学的蓬勃发展。

所谓"心学"是与"理学"相对而存在的哲学思想流派。程朱理学讲

---

① 任继愈：《中国哲学史》第三册，人民出版社 1979 年版，第 218 页。
② 任继愈：《中国哲学史》第三册，人民出版社 1979 年版，第 219 页。
③ 成复旺、蔡钟祥、黄保真：《中国文学理论史》第三册，北京出版社 1987 年版，第 155 页。
④ （清）张廷玉等：《明史》，中华书局 1974 年版，第 7222 页。

求"存天理，灭人欲"，心学思想则是一种追求生命本真与生活情趣的哲学思想。王阳明从南宋陆九渊的心学观念中获得启发，明确提出"人者，天地万物之心也，心者，天地万物之主也"①。这一著名的哲学观念极大地冲击了程朱理学在思想界的统治地位，标志着晚明社会思潮开始出现重大的变革，使思想界"如暗室一炬"。心学的主要奠基人王阳明提出"夫在物为理，处物为义，在性为善，因所指而异其名，实皆吾之心也。心外无物，心外无事，心外无理，心外无义，心外无善"。认为人世间的所有问题都是人心的问题，只要人的内心足够通透豁达，就没有过不去的事。并进一步提出"心外无理"的主张。② 王阳明认为社会中的人们应该从自己的内心深处寻找"理"，因为"理"全在人"心"，并将"理"与人在生活中的审美体验结合起来，强调人的自然天性在探求真理过程中的重要作用。王阳明提出了"格物致知"的重要主张，认为人们可以通过"格物"的方式达到"致良知"的目的。这一探究真理的方式可以促使主体精神从现实生活中的认识层面逐步发展到精神生活中的审美层面。王阳明倡导的心学主张并不是针对文艺创作的美学思想，但其中的"心外无物""心即是理"等观念将人们的关注点转向自己的内心世界，从而对晚明时期文学创作观念的革新产生了重要的影响。萧华荣在《中国诗学思想史》一书中指出："'性灵说'是阳明心学'良知'向诗学的转化，是哲学概念向审美概念的转化。"③ 心学最主要的是高扬人的主体精神，并用"良知"作为判断世间万物的标准。王阳明的心学用主观唯心主义来批判程朱理学，大力提倡人的自我意识的觉醒，使长期以来被程朱理学禁锢的个体意识得到觉醒和解放。

晚明思想观念的革新与阳明心学有着极为密切的关系。阳明心学的出现对晚明的思想界产生了重要的影响，顾炎武曾说道："嘉靖以后，从王氏

---

① （明）王阳明著，吴光、钱明、董平、姚延福编校：《王阳明全集》，浙江古籍出版社2010年版，第228页。

② 张维昭：《悖离与回归：晚明士人美学态度的现代观照》，凤凰出版社2009年版，第11—12页。

③ 萧华荣：《中国诗学思想史》，华东师范大学出版社1996年版，第283页。

而抵朱子者，始接踵于人间。"① 在王阳明去世之后，心学观念得到了继续发展，出现了以王艮为代表的泰州学派，他们进一步阐述了王阳明有关人的良知的论述主张，提出"良知即性"的思想，"故道也者，性也，天德良知也，不可须臾离也"②。认为天理就渗透在人们的日常生活之中，人人都能拥有。这些类似的主张对晚明的文学创作观念产生了深刻的影响。除此之外，在当时被视为"异端之尤"的李贽提出的"童心"说也对程朱理学进行了尖锐的批判，倡导人们应该大胆表现自己真正的内心情感需求。这些学说都是专注于个体意识的解放，肯定人的主观能动性和客观主体地位，这也促进了晚明的文人们追求自我价值的实现和自我意识的解放。以李贽、公安三袁、钟惺、谭元春、张岱等为代表的一大批晚明小品文作家开始在自己的创作中自觉贯穿个性解放的思想主张，成为时代风尚的引领者。

思想领域的个性解放极大地推动了文学的创作，晚明文人的作品大多更注重个人的本心和欲望，从推崇"理"到推崇"情"，阳明的心学体系为晚明的文坛注入了新鲜的血液并催生了新的气象。明中叶时期，前后七子提倡的"文必秦汉、诗必盛唐"，大力倡导复古拟古的风气，然而最后却走向了只学习古人的格式和格律等外在皮相，而忽略了蕴含其中的古之真人，陷入了一味拟古抄袭的弊病，鉴于此，晚明文人开始反对七子反对文学复古，推崇师心、自用。李贽的"童心说"就是其中的代表，此外还有汤显祖提出的"至情论"，冯梦龙提出的"情教说"以及公安派三袁倡导的"性灵说"，这些晚明文人都反对一味复古拟古风气，提倡创作中应重视人的个性发展和作者的真情流露，这也为竟陵派的兴起产生了不可磨灭的影响。李贽本人也从事文学创作，因而对晚明文人群体的创作产生的影响极为重大。例如李贽与公安三袁就是亦师亦友的亲密关系，他的思想认知自然直接影响到公安派在文学创作中"性灵"主张的形成。由此可见，晚明思想观念的革新促使文人群体开始从程朱理学的桎梏中挣脱出来，开始关注到自己的内心世界，在

---

① （明）顾炎武：《日知录集释》，上海古籍出版社 2013 年版，第 1065 页。

② （明）王艮：《王心斋全集》，江苏教育出版社 2001 年版，第 54 页。

文学创作中大胆宣扬自我意识。李贽是个性叛逆的晚明社会的思想家，他用心学为思想武器，批判一切假道学，致力于人的意识觉醒和个性解放，他所提倡的"童心说"，即"夫童心者，绝假纯真，最初一念之本心也"①，这里的"童心"就是人最初的"本心"，主张人应该重视自己的真实欲望和真实想法，注重自身的主观意识和个性发展。相应地，李贽认为最好的文章一定是抒发作家自己最真实的感情或者来自作家本身最真实的经历和心灵体验，即"天下之至文，未有不出于童心焉者也"②，不重视童心和本心，一味拟古复古是不会创作出天下最好的文章的。由此可看出李贽对于前后七子拟古抄袭的弊端是大力批判的，主张用作家真实的心灵体验和个性经历来写文章，从而让读者产生内心深处的共鸣。

公安派的代表作家袁宏道对于阳明心学极为推崇，曾说道："故仆谓当代可掩前古者，惟阳明一派'良知'学问而已。"③公安派的文学创作观念深受心学的影响。在学习和继承李贽"童心说"的基础上，公安派进一步提出了"性灵说"，钱谦益论述公安派起源时候说"中郎以通明之资，学禅于李龙湖，读书论诗，横说竖说，心眼明而胆力放"④。论述了公安派对于李贽学说的继承关系，公安派的文学思想受到了李贽学说的直接影响，李贽的"童心说"就是公安派的先声。从袁宏道赞扬袁小修诗文"大都独抒性灵，不拘格套，非从自己胸臆流出，不肯下笔，有时情与境会，顷刻千言，如水东注，令人夺魄"⑤。可以看出公安派最主要的文学主张就是"独抒性灵，不拘格套"，在文学内容上要抒发作家自己独特的情感体验，重视自己原发情感的自然流露，在文学形式上要不拘一格、不落俗套，而不是拘泥于传统或者字斟句酌，讲究"发人之所不能发，句法、字法、调法——从自己胸中流出"⑥。这

---

① （明）李贽：《焚书续焚书》，中华书局1975年版，第98页。
② （明）李贽：《焚书续焚书》，中华书局1975年版，第99页。
③ （明）袁宏道著，钱伯城笺校：《袁宏道集笺校》，上海古籍出版社2008年版，第738页。
④ （清）钱谦益：《列朝诗集小传》，上海古籍出版社1983年版，第567页。
⑤ （明）袁宏道著，钱伯城笺校：《袁宏道集笺校》，上海古籍出版社1981年版，第187页。
⑥ （明）袁宏道著，钱伯城笺校：《袁宏道集笺校》，上海古籍出版社1981年版，第786页。

一观点倡导作家在文学创作中自觉摆脱"文以载道"的窠臼和八股文的硬性要求，无论是形式还是内容都要遵从自己内心，大胆表露自己真实的情感体验，极大地震荡了晚明的坛。但是公安派过分强调抒发性灵，又使得文学走向粗浅俚俗的弊端。继之而起的是竟陵派，竟陵派继承了公安派的观点，并用"厚"来弥补性灵说的不足，"思别出手眼，另立幽深孤峭之宗"①，要求作家在进行文学创作时候能够另辟蹊径，求新求奇，力求矫正公安派平易近乎俗的不足。竟陵派同时提倡学习古人之真精神，而不是拘泥于古人文学作品的形式和格律，这一观点对晚明的文坛影响深远，"钟谭一出，海内始知'性灵'二字"②。晚明各种思想转变和社会思潮为竟陵派的创新转型意识的产生提供了思想基础和认知前提，也为竟陵派的兴起提供了一定的时代语境和文化氛围，其倡导的性灵和复古极大调和了前后七子和公安派各自的不足，追求个性张扬、反对抄袭拟古的进步文学主张凸显了竟陵派的文学创新观念。

晚明的小品文大家张岱对于程朱理学思想的禁锢作用有着充分的认知，他指出："高皇帝以大误举子，而举子效而尤之，亦用以大误国家，何者？举子应试，原无大抱负，正以呫哔之学，迎合主司，即有大经济，大学问之人，每科之中无一二，而其馀入彀之辈，非日暮途穷奄奄待尽之辈，则书生文弱少不更事之人，以之济世利民，安邦定国，则亦奚赖焉？"③认为自明代初期盛行的八股取士等制度是对读书人的极大摧残，成为统治者打压士人阶层的工具。在心学思想的影响下，张岱对于日常生活中的寻常事物给予了充分关注，"善于以情感物、以趣观物，使日常生活中的一些原本稀松平常之物，都具有了独特的情味和情调，从而获得丰富的美感"④，在身边事物的描写中体现出"重情尚趣"与"率性自由"的审美意蕴成为以张岱为代表的晚明小品文创作的显著特征。

---

① （清）钱谦益：《列朝诗集小传》，上海古籍出版社 1983 年版，第 570 页。
② （清）钱谦益：《列朝诗集小传》，上海古籍出版社 1983 年版，第 572 页。
③ （明）张岱著，栾保群点校：《石匮书》，故宫出版社 2017 年版，第 785 页。
④ 田军：《〈长物志〉的生活美学研究》，华东师范大学 2014 年博士论文，第 27 页。

伴随着心学主张的盛行，传统的道德观念对于人们的约束和规范作用逐渐式微，理性的缺失必然导致人们感性的高扬。醉心于声色犬马的享乐风气开始在晚明的社会中盛行开来。如明人张瀚在《松窗梦语》中所描述的那样："人情以放荡为快，世风以侈靡相高。"① 此时的士人阶层普遍认为闲适与欢愉才是人生的真谛，他们将更多的时间和钱财投入各种的娱乐活动中。对于晚明的文人而言，"闲适"不仅仅是审美范畴的一个概念，而是一种真实存在的生活内容。大到房屋建造、山水鉴赏，小到花鸟鱼虫、一丝一缕，在饮食起居的方方面面都体现出个人审美情感的"闲适"性。这一审美追求缺少了先前文学创作中"文以载道"的厚重感，却多了世俗的烟火气，因而别有自然流露出的真实感。与此同时，晚明文人创作也展现出狂放与任情的一面。许多小品名家如徐渭、李贽、袁宏道、钟惺等人在当时均被人称为"狂人""达人""豪杰"等，无论在日常生活中的为人处世还是文学创作中都表现出一种无拘无束的放纵态度。徐渭在《自为墓志铭》一文中就向世人真实地吐露了自己的心声：

> 山阴徐渭者，少知慕古文词，及长益力，既而有慕于道，往从长沙公究王氏宗，谓道扣禅，又去扣于禅，久之，人稍许之，然文与道终两无得也，贱而懒且直，故惮贵交似傲，与众处不免坦荡似玩，人多病之，然傲与玩，亦终两不得其情也。②

徐渭对自己进行盖棺定论，认为自己一生学无所成的原因在于"贱而懒且直"。从这种敢于自我否定、肆无忌惮的率真讲述中，可以直观地看到晚明文人对于自我情感表达与以往的不同认知。当文人群体从以往道貌岸然的礼教条框中挣脱出来，重新回归到真实情感的世界中，他们的文学天地也从此充满着生动与欢腾之气。

---

① （明）张瀚：《松窗梦语》卷七，上海古籍出版社 1986 年版，第 74 页。
② （明）徐渭：《徐渭集》卷二六，中华书局 1983 年版，第 237 页。

第八章　晚明小品文对后世文学创作的影响

晚明的小品文创作达到了艺术上的高峰，即使对竟陵派多持鄙薄和批判的态度的纪昀，也不得不承认："盖竟陵、公安之文，虽无当于古作者，而小品点缀，则其所宜；寸有所长，不容没也。"① 晚明小品文对后世的小品文创作乃至于新文学革命后的美文与现代散文的写作均产生了重要的影响。

第一节　对清代小品文创作的影响

清代初年，闲适、纵情的社会思潮逐渐退却，儒家的正统观念仍然处于社会中的主导地位。由明入清的思想家亲身经历了亡国的切肤之痛，自然将明朝灭亡与晚明社会的独特世风联系在一起，于是他们开始对以小品文为代表的晚明文风进行批判。

清初统治者为了巩固统一的多民族政权，采取了一系列加强国家思想控制的措施。在乾隆年间编修《四库全书》时，清廷以修书之名查抄、销毁了大量的书籍文献，对于晚明的书籍更是严加审查，李贽、徐渭、公安三袁等晚明作家的文集均被列划入禁书之列。在此情形之下，晚明的小品文作品遭到了压制和贬斥，晚明的文风也受到了钱谦益、朱彝尊、纪昀等人的指责和攻击。比如钱谦益就诽谤竟陵派的人都是些不学无术的人，他们之所以能

---

① 转引自刘侗、于奕正《帝京景物略》"出版说明"，北京古籍出版社 1983 年版。

够统治晚明文坛就是"蜀中无大将，廖化作先锋"，是因为没有水平更高的文人以致使竟陵竖子成名，竟陵所编的《古今诗归》更是错漏百出，滑天下之大稽，聚集在竟陵派门下的也多是无才无德之辈。晚明"深幽孤峭"的文风更是不祥之象，如同山鬼夜哭预示着鬼气与兵象，晚明小品文的代表作家都是妖孽横行于世，明朝的最终灭亡与此有关。但晚明小品文创作带给清代文学创作的深远影响则是不能否认的客观事实。例如清代金圣叹、袁枚、李渔等人的小品文创作自然深受晚明创作的影响，承继了浪漫自由、率真洒脱的文风。清初的渔洋山人就高度赞扬钟惺的诗歌，施闰章也称赞钟惺的作品"不得目伯敬以肤浅"，竟陵派有着深情的语言表达和文字描述，能够引起人们的共鸣，不能用冷僻加以粗暴否定。之后的清代文坛中如沈春泽、陈伯矶、王湘绮、邓弥之等都极为推崇竟陵派的钟惺和谭元春等人。清末的龚自珍等则更重视个性解放和思想独立，故而对晚明的小品文创作加以重视，认为能表达作者的真情实感。由此可见，尽管晚明小品文创作在清代正统文人那里受到了打击和批判，但是有清一代，依然有不少作家推崇晚明小品文，并在客观上受到了晚明小品文文风的影响。

以《浮生六记》为例，沈复直接受到晚明心学的巨大影响，其《浮生六记》也充满了个性解放的诉求。同时，在艺术形式和表现手法上，尤其是小说文体的散文化特征，都受到晚明小品文的巨大影响。晚明小品文的特色之一就是善于在文章中营造出一种空灵淡雅的氛围，无论是山水小品文或者其他晚明小品文中都有所体现。沈复在《浮生六记》中记虞山之游的情景充满闲适的文人雅趣，能于自然中发现不同一般的闲情雅致和天然风趣。《浮生六记》受到晚明小品文创作观念影响最明显的地方就在于将夫妻感情的描写作为文学主题，独抒性灵，不拘格套，抒发的都是作者纯真率直的感情和体会，富有创新。陈寅恪指出："盖闺房燕昵之情意，家庭米盐之琐屑，大抵不列于篇章……此后来沈三白《浮生六记》之《闺房记乐》，所以为例外创作。"① 以往的文学作品表现情爱故事的很多，但都是描写权力影响下的爱

---

① 陈寅恪：《陈寅恪集·元白诗笺证稿》，生活·读书·新知三联书店 2009 年版，第 103 页。

恨情仇，或者风尘女子错付真心的爱情悲剧，或者少男少女之间的纯洁相思，而沈复用满腔感情描述出和芸娘的夫妻深情与闺房之乐，抒发出自己和妻子深厚的夫妻情感，感人至深，这是具有创造性的实践。《浮生六记》在语言上更是借鉴晚明小品文的风格，力求简洁清雅的文风，在取材上同样学习竟陵派的小品文创作，将目光放至日常生活的点滴琐碎中，并从中得到极大的安慰和享受，起到了小中见大而又亲切可感的艺术创作效果。

第二节　对现代散文写作的影响

20世纪初期出现的现代散文正是源于晚明时期的小品文。晚明的小品文在创作观念、审美理念乃至于创作手法等方面均对现代散文的创作和兴盛提供了可资借鉴的宝贵经验。

在经历了有清一代的批判和鄙薄之后，晚明小品文在近现代得到了以周作人、林语堂等人的认可和推崇。周作人认为："我们读明清有些名士派的文章，觉得与现代文的情趣几乎一致。"[①] 这段话明确表达出了晚明时代主情的文化情趣和当下的自己有某种精神共鸣。晚明小品文作家更多强调的是自己的文章旨归与传统的功利化和政治化取向的不同，也就是林语堂强调的"当纯以文笔之闲散自在，有闲谈意味为准"[②]。晚明商品经济的发展和个性主义思潮的流行，与民国时期社会现实有某种相似之处。民国时期的文学对政治和时代都有很强的参与性和关联性，"文学是不革命，然而原来是反抗的：这在明朝小品文是如此，在现代的新散文亦是如此。"[③] 强调的是"小品文意虽闲适，却时时含有对时代与人生的批评"，周作人反对以"集团的艺术"来压抑"真的自己的表现"，呼吁文坛应该更加关注文学创作本身，而不是强调更多政治的因素。在对传统的质疑和重构中，对国民深切的关注和批判中，梁实秋说"文学家没有任何使命，除了他自己内心对于

① 周作人：《苦雨斋序跋文》，河北教育出版社2002年版，第115页。
② 林语堂：《林语堂文集》第十卷，作家出版社1998年版，第179页。
③ 周作人著，钟树河编：《燕知草跋》，《周作人散文类编》，岳麓书社1999年版，第644页。

真善美的要求使命"①，重读经典，重新回顾这段文学史，不应只因"文学家没有任何使命"而一味地大肆批判他们对于国计民生的漠然态度，实际上应该更加关注的是对于"真善美的使命"，是对文学理想的最纯粹的追求。五四时期就是一个推翻一切、怀疑一切、重建一切的时代。而继承五四精神的同时，在批判传统的同时，不要忽视了对于内心世界的把握和坚持，正如德曼所说："这是一个知识分子的职责，一种从内在性的角度认识世界的职责"。

在 1929 年刊印的刘声木《直介堂丛刻》中的《苌楚斋随笔》一文论述道："明末诗文派别于公安、竟陵，可谓妖妄变幻极矣，亡国之音固宜如此时当末造，非人力所能挽回。"② 虽然刘声木这段文字是对竟陵派的极大批判和有失公允的鄙薄，认为竟陵派和公安派一样都是妖孽，是亡国之音，但这种污蔑性的文字却也从另一个侧面证明了：这些盛行于晚明时期的文学流派在民国时期依然具有相当大的影响力。在近现代的文学史中，晚明的小品文创作确实有着一席之地。在五四运动时期，周作人一直对于晚明竟陵派的文风持赞赏态度，并且周作人认为在胡适、冰心和徐志摩等人的作品中体现出了非常强烈的晚明文风，俞平伯、废名的文学作品就是晚明小品文在民国时期的继承。而竟陵派的小品文写作特点就是注重抒发自己内心的真实情感，主观色彩浓厚，并且透露出一种奇妙和荒诞的文学表达，民国时期的林庚继承并发扬了晚明小品文的艺术特征，林庚的诗歌也非常注重对于"感觉"对于"自我"的表达，李长之将其称为感觉论，林庚等作家认为感觉是诗歌创作的一切先决条件，没有感觉就无法区分诗人和普通人，也无法区别各个诗人的差异，再推至对于诗歌好与坏标准的评判，都可以用感觉来加以很好地划分。

在林庚的《破晓》一诗中就生动地描绘了感觉的玄妙感受，诗中对于"破晓中天傍的水声，深山中老虎的眼睛"等的表述就是完全借鉴晚明小品

---

① 林语堂：《林语堂文集》第十卷，作家出版社 1998 年版，第 8 页。

② （清）刘声木：《苌楚斋随笔》，直介堂丛刻版。

文的艺术手法和风格特色，是晚明小品文在当代的活的继承。郁达夫在《重印袁中郎全集序》一文中也曾指出："由来诗文到了末路，每次革命的人，总以抒发性灵，归返自然为标语。"① 将晚明小品文在文学创作方面的巨大贡献和影响说得很明白，也将整个发展脉络概括得相当清楚，顺着郁达夫所归纳的性灵的思路，可以进而推论说，俞平伯、废名、林庚等人都是晚明小品文在民国时期的继续和余脉。

另外，周作人、林语堂也对于晚明小品文所推重的性灵文学和真情意识加以发扬和继承，最早在 1926 年周作人为《陶庵梦忆》写作的序文中就提到："现代的散文在新文学中受外国的影响最少……我们读明清这些名士派的文章，觉得与现代文的情趣几乎一致，思想上固然难免有若干距离，但如明人所表示的对于礼法的反动则又很有现代的气息了。"② 他认为，尽管文人士大夫并没有公允地评价晚明小品文的创作实绩，但是实际上晚明小品文倡导的独抒性灵的真情文章不仅表现出了对于当时礼法的反抗，同时也具有相当强的现代意识，产生出较大的艺术影响力。他在 1926 年 2 月写给俞平伯的信中，进一步提出了他推重的乃是"小品"之文。到了 1932 年在《中国新文学的源流》明确将五四散文小品与晚明时代的公安、竟陵派的小品文相类比，表明五四新文学不是空穴来风，而是对于"历史的言志派文艺运动之复兴"③。

周作人对于晚明小品文的学习和推崇并非民国时期的个例，而是当时学界对于晚明时期文学的现代性的认识进一步加深的结果和反映。林语堂支持周作人的观点，他也同样推崇晚明文学的现代性。晚明时期不但出现了资本主义经济的萌芽，也出现了文学的创新转型意识的萌芽，无论是公安派还是竟陵派对于俗文学的发扬和推崇，还是文人加入戏曲小说的创作活动等，都不再是严格意义上的俗文学和雅文学的区别，而是具备了某些革命性的现

---

① 郁达夫：《郁达夫文论集》，浙江文艺出版社 1985 年版，第 590 页。

② 周作人：《周作人文类编》第 3 卷，湖南文艺出版社 1998 年版，第 378 页。

③ 周作人：《引言》，《中国新文学大系·散文一集·导言》，上海文艺出版社 1980 年版，第 5 页。

代新文学特质，到了五四时期，则达成了中西合流①。中国现当代文学家朱德发也提出应该正视晚明文学所表现出来的现代化文化意识和文学形态的萌芽，据此将晚明文学看作是五四新文学可追溯的源泉。并且，朱德发认为晚明李贽提出的"童心说"和公安派、竟陵派共同宣扬的"性灵说"都是正视自己的内心、以人为思考中心的，五四时期也有对于"人的发现"，两者之间有着共同的人文主义精神②。

从以上的部分论述中，可以看出在 20 世纪的学者眼中，尽管晚明文学无法同汉唐文学相比，但是在对于现代文学的直接影响力方面，晚明虽不是一个伟大的文学时代却是五四新文学的源流。晚明的文学思潮就是在 20 世纪中国新文化运动视野的观照和阐释中大放异彩的③。鲁迅先生曾说过，在新文学所取得的实绩中"散文小品的成功，几乎在小说戏剧和诗歌之上"④。也正是因为五四新文化运动对于晚明文学的极力推崇和阐释，也让晚明的小品文在近代重现生机和活力，小品文的成就得益于五四时期周作人、林语堂等作家的发扬和实践，更得益于晚明小品文的发达和成熟为五四小品文创作提供了很好的借鉴，从而能够让小品文在新时代新环境下迅速成熟发展开来。而新式的小说和诗歌因没有注重从传统的文学作品中借鉴创作经验，发展反不如小品文迅猛。

更为重要的是，五四时期所倡导的新文学和新革命与晚明小品中蕴含的革命精神和进步意识有内在的关系，周作人在《中国新文学的变迁》一章中对于晚明人性化社会思潮和五四时期提倡的文学革命观念进行了适当对比，发现二者有着某种血缘关联："两次的主张和趋势几乎都很相同，更加奇怪的是有许多作品也都很相似。"⑤并且推论出俞平伯和废名是竟陵派在

---

① 参见陈伯海：《近四百年中国文学思潮史》，东方出版中心 1997 年版，第 32 页。

② 参见朱德发：《中国古代文学向现代文学转换的第一部曲》，《齐鲁学刊》1991 年第 3 期。

③ 参见吴承学、李光摩：《"五四"与晚明——20 世纪关于"五四"新文学与晚明文学关系的研究》，《文学遗产》2002 年第 3 期。

④ 鲁迅：《小品文的危机》，《鲁迅全集》卷四，人民文学出社 2005 年版，第 576 页。

⑤ 周作人：《中国新文学的源流》，华东师范大学出版社 1995 年版，第 28 页。

五四时期的余脉，胡适之、冰心和徐志摩的作品也有很强的竟陵派的影响和色彩，胡适提出的关于文学改良的"八事说"，即言之有物、不摹古人、讲求文法、不无病呻吟、务去滥调文章、用典、不对仗、不避俗字，这些文学主张和晚明时期的晚明小品文创作也有着颇多相似之处。

　　周作人不遗余力地推重晚明文学，其文学创作无可避免地受到了晚明小品文的影响，他的散文小品中表现出的闲适情趣和语言技巧都可看出晚明小品文的痕迹，用周作人自己的话说是巧合①。巧合之说自然是周作人的戏言，但在具体的文学主张和文学作品中确实可以证明他受到的晚明小品文的影响。晚明时代的政治混乱、社会黑暗，是资本主义的萌芽时期也是封建时代的末世时期，士人在腐朽的现实中难以排遣的幻灭感和迷茫感使得他们反而寄情山水、关注日常生活，追求现世的自然、清净、淡泊、优雅，故而适合抒发闲情和个性的小品文在晚明风靡一时。反观五四新文学运动前后，也正是封建社会彻底没落、新的体制尚未建立的过渡时期，充满着旧制度和新思想的矛盾，促使人们反思求变，但是旧的观念不可能忽然之间转变，社会的种种黑暗和无奈让周作人不禁感慨："现在的中国情形又似乎正是明季的样子，手拿不动竹竿的文人只好避难到艺术世界里去。"②面对和晚明类似的社会政治环境，文人不免和晚明士人一样，渴望寄情山水。假托闲适的小品文来逃避现实，获得精神的片刻安宁。

　　周作人对于晚明小品文的继承和发展，表现在语言上就是追求闲适。早在《〈燕知草〉跋》中就可以看出他对语言的重视和看法："不专说理叙事而以抒情分子为主的，有人称他为'絮语'过的那种散文上，我想必须有涩味与简单味，这才耐读，所以他的文词还要变化一点。"③周作人欣赏的正是晚明读书人对于通俗文学的大力发挥以及小品文中以口语为基础，夹杂着古人优美句子的有韵味的语言和表达形式，还有小品文的整体审美倾向——

---

①　参见周作人著，钟树河编：《笠翁与随园》，《周作人散文类编》，岳麓书社 1999 年版，第679—682 页。

② 　周作人著，钟树河编：《燕知草跋》，《周作人散文类编》，岳麓书社 1999 年版，第 644 页。

③ 　周作人著，钟树河编：《燕知草跋》，《周作人散文类编》，岳麓书社 1999 年版，第 644 页。

闲适，闲适不但是晚明小品文追求的境界，更是一种乐观的人生态度。"闲适是一种很难得的态度，不问苦乐贫富都可以如此。"① 追求一种不论困境顺境，不论社会现实如何风云变幻，一直坚守本心的淡定和从容，体现在文学作品上就是语言的清雅与平淡和文本思想的闲适与豁达。

　　周作人对于晚明小品文的继承还表现在对晚明小品文体现出的平淡境界的推重。在《雨天的书·自序二》中周作人对于自己的文学思想境界的追求已有明确的表达："作文极慕平淡自然的景地"②，其文学创作被视为冲淡、平和的典范，这固然因五四时期周作人受到了英国传统贵族精神的影响从而达到一种雍容闲适的境界，但其实细究下去，这种雍容闲适的境界更直接地来自晚明小品文创作的直接影响。为了更好地在文学作品中体现出雍容闲适的文学追求，周作人更加提倡不为情牵、不为物累、不以物喜、不以己悲的含蓄淡然的情感表达方式，"只是顽强的主张自己的意见，至多能说得理圆，却没有什么余情"③。这也从反面表现出周作人对于竟陵的继承，即主张无论通过什么文体或者什么表现手法，文章最重视的就要表达出作者的感情和寄托，并且最好是通过含蓄委婉的方式，达到冲和闲适的境界。

　　五四时期除了周作人从理论到创作实践都大力推崇晚明小品文之外，林语堂更是坚持不懈地从语言上分析应用、从理论上归纳倡导竟陵风神，并归纳学习晚明小品文中的两大主题，即"性灵"和"幽默"，并内化为可以寄托人文精神的绝佳载体，学习竟陵如何陶冶性情闲适心灵，这也在客观上迎合了五四时期一大批追求自由的文人，文坛掀起了创作小品文的热潮。周作人表面上是学习外国散文的外形，尤其是外国文体分类，来进行自己的美文创作，内核却是学习和继承竟陵派传统，对此周作人有相当明确的解释："我相信新散文的发达成功有两重要原因，一是外援；二是内应。外援即是

---

① 周作人著，钟树河编：《自己的文章》，《周作人散文类编》，岳麓书社 1999 年版，第327 页。
② 周作人：《雨天的书》，人民文学出版社 2000 年版，第 3 页。
③ 周作人：《引言》，《中国新文学大系·散文一集·导言》，上海文艺出版社 1980 年版，第5 页。

西洋的科学哲学与文学上的新思想之影响，内应即是历史的言志派文艺运动之复兴"① 这是周作人散文创作的关键点，也是最初林语堂所缺乏的对于传统的继承，在五四时期西方思想大行其道的时候，置身于各种文化浪潮中的林语堂却有些"窘态"和"惭愧"，直到他发现晚明小品文的思想情趣和艺术追求与他之前一直推崇的西洋随笔如此相似，终于在传统中找到了答案，并最终舍弃了用欧美散文改革白话文体的设想，向传统文化和晚明小品文汲取营养和灵感，将晚明小品文作为白话文文体的理想范式不遗余力地进行推广和发扬。

　　不同于周作人侧重学习晚明雍容闲适的思想追求，林语堂更多侧重从语言分析的角度量化研究学习晚明小品文，通过对晚明小品文进行"形式与内容的剥离"来解读小品文语言形式的独特表达，进而类比得出五四新文学的白话小说可以从至少两方面学习晚明小品文的创作：一方面学习晚明小品文内容的尚真精神，"性灵派文字，主'真'字，发抒性灵，斯得其真"②，晚明小品文创作讲求学习"古之真人"，强调对于性灵的抒发，这一点和西方蒙田、爱默生的文章注重对于"诚意"的追求是一致的，"凡是诚意的意思，只要是自己的，都是偏论，若怕讲偏见的人，我们可以决定那人的思想没有可研究的价值"③，"真"才是文章的精髓所在，晚明小品文"一言以蔽之，真而已矣"，五四新文学要打倒的也是宣传伪道学、假仁义的旧文学，提倡的是追求真、诚的新文学。另一方面则是学习晚明小品文自由的形式。"独抒性灵、不落俗套"，反对前后七子的复古拟古的倾向，追求古之真人，追求文学的创新，晚明小品文形式上有创新，新颖独特的形式、丰富多样的内容、充满情趣的表达、明畅轻灵的语言、简洁明快的叙事，都表达出了晚明文人追求的轻松自由的文学观；晚明小品文在体制上也是求新求变，发展出了随笔、杂文、日记、书信等各种文学小品样式；同时在语言的应用方

---

① 周作人：《引言》，《中国新文学大系·散文一集·导言》，上海文艺出版社 1980 年版，第 5 页。

② 林语堂：《论文》下，《论语》1933 年第 11 期。

③ 林语堂：《插论〈语丝〉的文体》，《语丝》1925 年第 12 期。

面也颇为活泼自由，口语化是基本特征，有的语言为文言或者半文半白，无不信手拈来；小品文的题材内容不断增加，"宇宙之大，苍蝇之微"无不可以入文，无论是对于自然山水的描摹还是对于日常生活琐事的描写，都可以入文。

在对晚明小品文全面分析的基础上，林语堂彻底从西洋文学转而到晚明传统文学上，前期的林语堂学习西方先进的思想文化主张文章的幽默，后期则学习晚明小品文的创作观念，主张性灵说，并将晚明小品文称为"性灵小品"，渴望通过传统的力量来进行个人精神的自救。他认为晚明小品文能够最大自由地抒发自己的感情，最接近现实人生和个人世界。当时以鲁迅为代表的左翼作家群体把文学作为革命斗争的工具，大力推行革命文学，对于林语堂等提倡的"性灵小品"进行贬斥，宣称文学作品不再是为了个人的伤春悲秋。而"海派"作家群体则过分凸显灰暗、异化的都市生活，展现人的欲望如何使得都市里的人变得绝望而变态。林语堂则于两派之外，"悠然三尺外，独得我所爱"，一心学习晚明小品文的文学创作精神，既学习晚明小品文自由活泼的文学样式和简单清雅的文学表达，也学习晚明小品文流露出的幽默闲适的人生态度，并有意无意促成了五四时期一股小品文热，进而通过晚明小品文的文风确定了五四散文的"闲话"风格，在冰心和朱自清独语式抒情散文外找到了新的文学表达方式和精神旨归，上承周作人散文的"言志"精神，下开梁实秋"雅舍"小品的先河，在五四文学中占有重要的位置。

第三节　对现代散文创作的影响

在经过了五四新文学的冲击和发展之后，晚明小品文在现当代散文领域依然具有一定的影响力。汪曾祺就是受晚明小品文创作影响比较大的现代作家之一。汪曾祺谦虚地称自己无法创作宏大的作品，写不好有分量、有气魄、雄辩、华丽的论文，他将自己定位为一个通俗抒情诗人，更适合进行小品文创作。晚明小品文对汪曾祺的文学创作影响深远，由于受到卞之琳等人关于文学传统观点的影响，汪曾祺认为要用发展的眼光看待传统的东西，真正了解、把握传统，对传统活态继承。晚明小品文对于性灵的追求和对真情实感的推崇与汪曾祺是高度契合的；同时，晚明小品文有着先进的创作观念，在追求形式创新的同时又尊情融俗，这与汪曾祺对于现代小说艺术的创作追求不谋而合。可以说，汪曾祺的文学创作受到了晚明小品文的诸多影响，无论在文学主张还是在文学创作方面，汪曾祺的文学写作都是晚明小品文创作在当代的复归和延伸，并且取得了重要的文学成就。

汪曾祺学习晚明小品文最大的表现就是学习其创作贵真尚情、重视趣味和重视现实百态的写作传统。晚明小品文最大的特色也在于对正统文学的背离和突破，晚明小品文不再专注于"文以载道"的传统，而是把文笔对准个人的精神世界，注重个人的独白和自娱。晚明小品文作家对于小品文创作的最高追求就是"真"，抒发作家最真实的情感，包括各种物质或者精神欲望在内。汪曾祺和晚明的文人一样，追求率真，讲究自然，讲究作品要反映本色真情，他自认文学创作的最高美学标准和最大艺术追求就是"真"。汪曾祺认为"生活的样式就是小说的样式"①，主张表象的真实，作品的真实要具体可感，故而文学创作要从挖掘生活本质的意义转变为描写生活的表象本身。为了实现自己作品真实的理想，汪曾祺进而强调"非故事性"，他的作品不是对于生活的故事化叙述，而是传递出一种印象，抒发作家的一种情绪或者构建一种情绪的氛围。同时，在文学创作中非常强调"反性格""反典型"，适应"非故事性"的文学描写，故而反对性格典型的塑造和定型，他认为"不存在典型，典型是说谎。"这也是对于十七年文学和文革文学人物典型化的一种修正观点。

汪曾祺对于真实的追求也让文学重新回到关注人、关注个体的人学轨道，这也是对于晚明小品文创作观念的继承。晚明时期，学术和思想的尊崇才性和智慧反映到文学上就是求新求变，不拘格律和俗套，袁宏道说过"薄技小器，皆得著名"，晚明的读书人更加重视才情和技艺，这也是资本主义

---

① 汪曾祺：《汪曾祺全集》第 6 卷，北京师范大学出版社 1998 年版，第 80 页。

萌芽的自然产物，评判人物不以地位高低而是以才智优劣为标准，这也是对于个人价值的重视，是现代意识的萌芽。故而在晚明小品文中，出现了各种各样身处社会底层却有着一门才情和技艺的"小人物"形象。同样受到晚明小品文创作观念的影响，汪曾祺在他的文学作品中经常出现一些身怀绝技的小人物形象，比如《兽医》刻画的是一个"六针见效"的神医姚有多，他善于用奇招给牲口治病且针法高妙。《八千岁》中的宋侉子则有着非同一般的相马技艺，堪称一绝。写于 20 世纪 40 年代的《鸡鸭名家》也是汪曾祺塑造市井小人物的代表作品之一，小说在描写故乡情感的同时，也成功表现出余老五炕小鸡这一出神入化的场景，带给读者一种羽化而登仙的洒脱之感，小说的另一个奇人异士则是陆长庚，"这一带放鸭的第一把手，诨号陆鸭，说他跟鸭子能通话，他唱的不知是什么，仿佛鸭子都爱听，听得很入神，真怪！"① 这种能够和鸭子通话的本领也是陆长庚奇特的地方，正是余老五和陆长庚的神奇的本领让他们充满着神奇的光环，从而表现出汪曾祺对于故乡勤劳聪明的劳动人民的由衷赞赏。

晚明小品文主张追求极趣、独抒性灵，袁宏道在《叙小修诗》中表达了作品要"各极其变，各穷其趣"。陶望龄的《刻徐文长三集序》也指出"古之为文者，各极其才而尽其变"。其实无论是要"各极其变"还是"极其才"都是要求作家尽可能地求新求变，追求作品的创新性和文学的个性化。而作品的求新求变则要打破文学的陈规，独抒性灵，不拘俗套，充分正视并尊重作家自身的欲望、情绪和想法，追求自我价值的高度实现。晚明小品文"当行则行，当止则止"，反对一味地复古拟古，在学习古之真人的基础上大胆创新，汪曾祺学习并继承晚明小品文这种贵创求新的精神，在文本创作中自觉进行文体试验，追求作品的创新与突变。例如，他的随笔体式小说《七里茶坊》《钓鱼的孩子》《榆树》等都学习了晚明时期小品笔记类小品文的取材自由、记事随意的特点，结构自由，随笔写作，对于小说故事情节的合理性则不过分强求。汪曾祺是一个不折不扣的"文体家"，他追求各种新奇的

---

① 汪曾祺：《汪曾祺全集》第 1 卷，北京师范大学出版社 1998 年版，第 91—92 页。

作品形式，努力修正被"文化大革命"僵化的小说形式和故事典型，学习并播扬晚明竟陵派作家和公安派作家对于性灵的看重和阐释，性灵也就是情感，除了自己的情绪和思想之外，也包括世情和俗情。

晚明时期的小品文作家重情，亲近社会底层人物，热爱世俗生活，晚明小品文以极大的热情描绘都市生活和世情人物，留下来的作品就是晚明社会的《清明上河图》。无论是张岱的《西湖梦寻》《陶庵梦忆》还是刘侗的《帝京景物略》，都充满了对于都市繁华生活的描写和各地丰富民俗的介绍，以及对各类特色鲜明的市井人物的描述。他们不仅仅概括描写市井小民的整体形象，而是真诚与他们相交，以朋友的视角通过小品文揭示普通人的生活状况和心灵世界。在汉唐传统的文人眼中，"巫医乐师百工之人"是不受人尊重的，商贾等更是文人鄙薄的对象，而晚明商品经济的发展和都市集镇的繁荣以及各种社会思潮的流行，使得晚明的读书人亲近市井人物，与"君子不齿"的人密切交往，并将其作为主人翁生动形象地写入小品文中。汪曾祺学习晚明的小品文创作，更是将故乡的街坊邻里、同学师长、商贾小贩统统写入自己的作品中，充满着对于芸芸众生和世俗生活的热爱。他从市民文学、民间文学中汲取养分，在司空见惯的日常生活中提取艺术养分，从而在普通的世俗生活描写中赋予世俗雅致的一面，作品风格寓庄于谐、以俗为雅。

作家无法脱离自己的成长背景，汪曾祺的小说背景多是自己的家乡南京高邮地区，作品中也多是表现这些地方的风土人情。在《陈四》中，四分之三的篇幅都着重描写家乡迎神会踩高跷、舞狮龙等民俗活动，《大淖记事》《晚饭花》等则继承竟陵的小品风土实录的文体特征，多描写江南地区的乡情民俗，且多描写的是不拘礼法、张扬个性的民间能人异士，饱含着对于世俗人情的热爱。

晚明小品文创作的另一个特点是从古代的代圣人立言，变为纯粹为了娱己。汪曾祺的作品中也是充满着娱乐诙谐的闲适意味，能够在戏谑中不乏善意，于谐趣中见出机智，比如他在散文《金岳霖先生》中就以诙谐的笔调描述金岳霖讲了半天的"小说与哲学"然后发现二者没什么必然性的联系，还"甚为得意"地把右手伸进脖颈捉跳蚤，等等。在《葵·薤》一文也写道："古人说诗的作用：可以观，可以群，可以怨，还可以多识于草木虫鱼之名。草木虫鱼，多是与人的生活密切相关。对于草木虫鱼有兴趣，说明对人也有广泛的兴趣。"①这也形象地说明了汪曾祺对于草木虫鱼的欣赏，这一点与晚明小品文作家津津乐道的"趣"不谋而合，无论是童趣还是生活之趣，他都积极追求并加以赞美。《蒲桥集》中收录的风物小品文"记人事，写风景，述掌故，兼及草木虫鱼、瓜果食物，皆有情致；间作小考证，亦可喜，娓娓而谈，态度亲切，不矜持作态。文求雅洁，少雕饰，如行云流水。春初新韭，秋末晚松，滋味近似。"②汪曾祺对于大自然中普通的草木虫鱼的关注，反映了其对于世俗人生和个体生命的热爱和关怀，这也是对于晚明小品文文风"各因其性之所近，而纵谈其所自得"的继承。晚明小品文追求语言运用的淡雅闲适，讲究一种韵趣兼具、清淡雅致的语言风格和文字应用，表现在作品中就是漫不经心的挥洒，将自己内心的文学世界和理想社会投注在雍容闲适的小品文中，"求以快乐自己"。

晚明小品文作家几乎不写道德教化的文章，强调在小品文中记录世俗生活和平凡人物，追求个人的闲适意趣，追求文学的真实和个人情感的抒发，这些晚明遗风都在汪曾祺的文学创作中有直观的体现。汪曾祺主动从晚明小品文那里找到当代文学和传统文学之间的联通点和沟通桥梁，呈现出的是晚明雍容闲适的气度和对性灵、对世俗最真实的美学表达，接受晚明个性主义思潮的影响，并很好地结合了西方人文主义的艺术表达，从而使得自己的文学创作呈现出一种独特而真实的美。

晚明小品文创作对于当时及后世的文坛产生了深远的影响。虽然清代一度对晚明盛行的小品文创作颇有微词，然而施闰章等人依然能客观公允评价晚明小品文的创作，沈复的《浮生六记》也是学习晚明小品文创作的代表。到了近代民国时期，以周作人、林语堂为代表，将晚明小品文创作的现

---

① 汪曾祺：《汪曾祺全集》第 3 卷，北京师范大学出版社 1998 年版，第 389 页。
② 费振钟：《江南士风与江苏文学》，湖南教育出版社 1995 年版，第 167 页。

代性与五四时期的新文学相类比，极力推崇晚明小品文，并且林庚、俞平伯、废名等人的作品实际上可以称为晚明小品文创作在民国的余脉。进入现当代文学，晚明小品文独抒性灵的文学创作主张和对世俗生活的重视更是影响了以汪曾祺为代表的作家。当然，最重要的是晚明小品文对于文学的创新意识以及对于"古之真人"的合理继承，对于近现代文学观念的创新发展作出了很好的示范，今天的我们不必"薄今人爱古人"，要对于古代优秀的文化传统加以继承和发扬，并有大胆创新的精神，随着社会经济文化的发展不断推陈出新，无论是产生新的文体、文风、文论，还是用现有的文体抒写新时代新内容，都是文学可喜的创新。

参 考 文 献

一、古籍类

[1]（东汉）许慎：《说文解字》，岳麓书社 2006 年版。

[2]（三国）刘劭：《人物志》，中华书局 2014 年版。

[3]（南朝）刘勰著，范文澜注：《文心雕龙注》，人民文学出版社 1958 年版。

[4]（南朝）萧统编，李善注：《文选》，上海古籍出版社 1986 年版。

[5]（南朝）刘义庆著，刘孝标注：《世说新语》，中华书局 2015 年版。

[6]（唐）司空图著，郭绍虞集解：《诗品集解》，人民文学出版社 1963 年版。

[7]（唐）司空图著，罗仲鼎、蔡乃中译注：《二十四诗品》，浙江古籍出版社 2018 年版。

[8]（宋）严羽著，郭绍虞校释：《沧浪诗话校释》，人民文学出版社 1961 年版。

[9]（宋）朱熹：《四书章句集注》，中华书局 1983 年版。

[10]（明）陈继儒：《小窗幽记》，中华书局 2008 年版。

[11]（明）陈继儒等著，罗立刚校注：《小窗幽记》（外二种），上海古籍出版社 2020 年版。

[12]（明）陈洪谟、张瀚撰，盛冬铃点校：《松窗梦语》，中华书局 1985 年版。

[13]（明）何心隐著，容肇祖整理：《何心隐集》，中华书局 1960 年版。

[14]（明）刘侗、于奕正著，孙小力校注：《帝京景物略》，上海古籍出版社 2001 年版。

[15] （明）罗汝芳著，方祖献等编校整理：《罗汝芳集》，凤凰出版社 2007 年版。

[16] （明）江盈科：《江盈科集》，岳麓书社 1997 年版。

[17] （明）江盈科著，黄仁生校注：《雪涛小说》（外四种），上海古籍出版社 2000 年版。

[18] （明）李贽：《焚书·续焚书》，中华书局 1975 年版。

[19] （明）钱谦益：《列朝诗集小传》，上海古籍出版社 2008 年版。

[20] （明）汤显祖：《汤显祖文集》，上海古籍出版社 1982 年版。

[21] （明）汤显祖著，徐朔方笺校：《汤显祖全集》，北京古籍出版社 1998 年版。

[22] （明）谭元春著，陈杏珍标校：《谭元春集》，上海古籍出版社 1998 年版。

[23] （明）谭元春著，陈杏珍标校：《谭元春集》，湖北教育出版社 2017 年版。

[24] （明）王思任著，蒋金德点校：《文饭小品》，岳麓书社 1989 年版。

[25] （明）王思任著，任远点校：《王季重十种》，浙江古籍出版社 2010 年版。

[26] （明）王思任著，任远点校：《王季重集》，浙江古籍出版社 2012 年版。

[27] （明）王守仁著，吴光等编校：《王阳明全集》，上海古籍出版社 1992 年版。

[28] （明）王夫之：《明诗评选》，岳麓书社 1998 年版。

[29] （明）徐师曾著，罗根泽校点：《文体明辨序说》，人民文学出版社 1998 年版。

[30] （明）袁宏道著，钱伯城笺校：《袁宏道集笺校》，上海古籍出版社 1981 年版。

[31] （明）袁中道：《珂雪斋集选》，上海古籍出版社 1989 年版。

[32] （明）袁中道著，钱伯城点校：《珂雪斋集》，上海古籍出版社 2019 年版。

[33] （明）袁宗道著，钱伯城标点：《白苏斋类集》，上海古籍出版社 2007 年版。

[34] （明）钟惺：《钟伯敬先生遗稿》，明天启七年（1627 年）刻本。

[35] （明）钟惺、谭元春：《诗归》，湖北人民出版社 1985 年版。

[36] （明）钟惺著，崔重庆、李先耕标校：《隐秀轩集》，上海古籍出版社 1992 年版。

[37] （明）钟惺著，陈少松选注：《钟惺散文选集》，百花文艺出版社 2005 年版。

[38] （明）张岱：《陶庵梦忆》，上海古籍出版社 1982 年版。

[39] （明）张岱著，夏咸淳、程维荣校注：《陶庵梦忆·西湖梦寻》，上海古籍出版社 2001 年版。

[40] （明）张岱著：《张岱散文选集》，百花文艺出版社 2005 年版。

[41]（明）张岱著，栾保群点校：《琅嬛文集》，浙江古籍出版社 2013 年版。

[42]（明）张岱著，林邦钧注评：《陶庵梦忆注评》，上海古籍出版社 2014 年版。

[43]（明）郑元勋著，姜鹏注：《媚幽阁文娱集》，故宫出版社 2019 年版。

[44]（清）陈衍：《石遗室诗论合集》，福建人民出版社 1999 年版。

[45]（清）丁福保：《清诗话》，上海古籍出版社 1978 年版。

[46]（清）邓显鹤著，欧阳楠注解：《沅湘耆旧集》，岳麓书社 2007 年版。

[47]（清）贺贻孙：《诗筏》，清道光二十六年（1846 年）刻本。

[48]（清）纪昀等：《影印文渊阁四库全书》，清刻本。

[49]（清）刘熙载：《艺概》，上海古籍出版社 1978 年版。

[50]（清）孟森：《明史讲义》，上海古籍出版社 2002 年版。

[51]（清）潘雪帆：《宋诗啜醨集》，清乾隆年间刻本。

[52]（清）蒲松龄著，路大荒整理：《蒲松龄集》，中华书局 1962 年版。

[53]（清）邹漪：《启祯野乘》，清康熙年间刻本。

[54]（清）张廷玉等：《明史》，中华书局 2001 年版。

二、专著类

[1]［日］大木康著，王言译：《明清文人的小品世界》，复旦大学出版社 2015 年版。

[2]［美］黄仁宇：《万历十五年》，中华书局 2006 年版。

[3]［美］牟复礼、［英］崔瑞德，杨品泉、吕昭河、陈永革译，杨品泉校订：《剑桥中国明代史（1368—1644 年）》，中国社会科学出版社 2006 年版。

[4]［美］牟复礼、［英］崔瑞德编，张书生等译：《剑桥中国明代史》，中国社会科学出版社 2016 年版。

[5]［美］梅维恒编，马小悟、张治、刘文楠译：《哥伦比亚中国文学史》，新星出版社 2016 年版。

[6]［美］孙康宜、［美］宇文所安编，刘倩等译：《剑桥中国文学史》，生活·读书·新知三联书店 2013 年版。

[7]陈伯海：《近四百年中国文学思潮史》，东方出版中心 1997 年版。

[8]陈广宏：《钟惺年谱》，复旦大学出版社 1993 年版。

[9] 陈广宏：《竟陵派研究》，复旦大学出版社 2006 年版。

[10] 陈少棠：《晚明小品论析》，波文书局出版社 1981 年版。

[11] 陈书良、郑宪春：《中国小品文史》，湖南出版社 1991 年版。

[12] 陈书录：《明代诗文的演变》，江苏教育出版社 1996 年版。

[13] 陈平原、王德威、商伟：《晚明与晚清：历史的传承与文化创新》，湖北教育出版社 2002 年版。

[14] 陈寅恪：《陈寅恪集》，生活·读书·新知三联书店 2009 年版。

[15] 丁晓原：《行进中的现代性：晚清"五四"散文论》，中国社会科学出版社 2016 年版。

[16] 樊树志：《晚明史》，复旦大学出版社 2003 年版。

[17] 傅衣凌：《明史新编》，人民出版社 1993 年版。

[18] 傅德岷：《中外散文纵横论》，西南师范大学出版社 2002 年版。

[19] 傅德岷：《散文艺术论》，重庆出版社 2006 年版。

[20] 傅璇琮：《中国古代散文研究》，福建人民出版社 2005 年版。

[21] 傅璇琮、蒋寅：《中国古代文学通论》，辽宁人民出版社 2010 年版。

[22] 费振钟：《江南士风与江苏文学》，湖南教育出版社 1995 年版。

[23] 冯天瑜：《明清文化史散论》（第二版），华中理工大学出版社 1998 年版。

[24] 冯天瑜、何晓明、周积明：《中华文化史》，上海人民出版社 2005 年版。

[25] 冯友兰：《中国哲学史新编》，人民出版社 2007 年版。

[26] 郭绍虞：《中国文学批评史·后七子派的诗论》，中华书局 1961 年版。

[27] 郭绍虞：《清诗话续编》，上海古籍出版社 1983 年版。

[28] 郭预衡：《历代散文史话》，中国文联出版公司 2009 年版。

[29] 郭预衡：《中国散文史》，上海古籍出版社 2011 年版。

[30] 郭英德、张德建：《中国散文通史·明代卷》，安徽教育出版社 2012 年版。

[31] 葛兆光：《中国思想史》，复旦大学出版社 2001 年版。

[32] 龚鹏程：《晚明思潮》（增订版），商务印书馆 2005 年版。

[33] 胡益民：《张岱研究》，安徽教育出版社 2002 年版。

[34] 侯外庐：《中国思想史纲》，上海书店出版社 2008 年版。

[35] 竟陵派文学研究会：《竟陵派与晚明文学革新思潮》，武汉大学出版社 1987 年版。

[36] 嵇文甫：《晚明思想史论》，河南大学出版社 1996 年版。

[37] 劳思光：《新编中国哲学史》，广西师范大学出版社 2005 年版。

[38] 李宁编：《小品文艺术谈》，中国广播电视出版社 1990 年版。

[39] 李先耕：《疑信集》，社会科学文献出版社 2004 年版。

[40] 李先耕：《钟惺著述考》，黑龙江大学出版社 2008 年版。

[41] 林语堂：《林语堂文集》，作家出版社 1998 年版。

[42] 刘明今：《中国古代文学理论体系：方法论》，复旦大学出版社 2000 年版。

[43] 罗筠筠：《灵与趣的意境：晚明小品文美学研究》，社会科学文献出版社 2001 年版。

[44] 罗宗强：《明代文学思想史》，中华书局 2013 年版。

[45] 鲁迅：《鲁迅全集》，人民文学出版社 2005 年版。

[46] 马美信：《晚明小品精粹》，复旦大学出版社 1997 年版。

[47] 欧明俊：《现代小品理论研究》，上海三联书店 2005 年版。

[48] 欧明俊：《古代散文史论》，三联书店 2013 年版。

[49] 钱锺书：《谈艺录》，中华书局 1984 年版。

[50] 钱穆：《中国文化史导论》（修订本），商务印书馆 1994 年版。

[51] 钱穆：《中国文学论丛》，生活·读书·新知三联书店 2002 年版。

[52] 饶龙隼：《先秦诸子与中国文学》，百花洲文艺出版社 2010 年版。

[53] 孙旭升译注：《晚明小品名篇译注》，凤凰出版社 2012 年版。

[54] 施蛰存：《晚明二十家小品》，上海书店 1984 年版。

[55] 童庆炳：《文学理论教程》（修订版），高等教育出版社 1998 年版。

[56] 谭家健：《中国古代散文史稿》，重庆出版社 2006 年版。

[57] 王天有：《晚明东林党议》，上海古籍出版社 1991 年版。

[58] 王运熙：《中国文学批评史新编》，复旦大学出版社 2007 年版。

[59] 王运熙、顾易生主编：《中国文学批评通史》，上海古籍出版社 2011 年版。

[60] 王立群：《中国古代山水游记研究》（修订本），中国社会科学出版社 2008 年版。

[61] 汪曾祺：《汪曾祺全集》，北京师范大学出版社 1998 年版。

[62] 吴承学：《旨永神遥明小品》，汕头大学出版社 1997 年版。

[63] 吴承学：《中国古代文体形态研究》，中山大学出版社 2002 年版。

[64] 吴承学、李光摩：《晚明文学思潮研究》，湖北教育出版社 2002 年版。

[65] 吴承学：《晚明小品研究》（修订本），北京大学出版社 2017 年版。

[66] 吴调公：《竟陵派钟惺谭元春选集》，湖北人民出版社 1993 年版。

[67] 闻一多：《闻一多全集》，湖北人民出版社 1993 年版。

[68] 闻一多：《唐诗杂论》，广西人民出版社 2017 年版。

[69] 邬国平：《竟陵派与明代文学批评》，上海古籍出版社 2004 年版。

[70] 夏咸淳：《晚明士风与文学》，中国社会科学出版社 1994 年版。

[71] 熊礼汇：《明清散文流派论》，武汉大学出版社 2003 年版。

[72] 薛泉：《晚明中后期文学流派与文风演化》，中国社会科学出版社 2012 年版。

[73] 许爱珠：《20 世纪中国作家对明清性灵文学的接受》，社会科学文献出版社 2016 年版。

[74] 郁达夫：《郁达夫文论集》，浙江文艺出版社 1985 年版。

[75] 尹恭弘：《小品高潮与晚明文化——晚明小品七十三家评述》，华文出版社 2001 年版。

[76] 张国光等主编：《竟陵派与晚明文学革新思潮》，武汉大学出版社 1987 年版。

[77] 张国光、李心余、欧阳勋：《竟陵派文学研究论集》，中国社会科学出版社 1990 年版。

[78] 张舜徽：《张居正集》，湖北人民出版社 1994 年版。

[79] 张伟然：《湖北历史文化地理研究》，湖北教育出版社 2000 年版。

[80] 张建业：《李贽文集》，社会科学文献出版社 2000 年版。

[81] 张建业：《李贽小品文笺注》，社会科学文献出版社 2012 年版。

[82] 张国俊：《中国艺术散文论稿》，中国社会科学出版社 2004 年版。

[83] 赵伯陶：《明清小品：个性天趣的显现》，广西师范大学出版社 1999 年版。

[84] 赵伟：《晚明狂禅思潮与文学思想研究》，巴蜀书社 2007 年版。

[85] 赵士林：《心学与美学》，人民出版社 2013 年版。

[86]　周作人著，张明高、范桥编：《周作人散文》，中国广播电视出版社 1992 年版。

[87]　周作人：《中国新文学的源流》，华东师范大学出版社 1995 年版。

[88]　周作人：《周作人文类编》，湖南文艺出版社 1998 年版。

[89]　周作人著，钟树河编：《周作人散文类编》，岳麓书社 1999 年版。

[90]　周明初：《晚明士人心态及文学个案》，东方出版社 1997 年版。

[91]　周群：《儒释道与晚明文学思潮》，上海书店出版社 2000 年版。

[92]　周荷初：《晚明小品与现代散文》，湖南人民出版社 2004 年版。

[93]　周寅宾：《明清散文史》，湖南人民出版社 2004 年版。

[94]　左东岭：《李贽与晚明文学思想》，天津人民出版社 1997 年版。

三、期刊论文类

[1]　安文军：《周作人的现代散文源流观》，《中国农业大学学报》2002 年第 4 期。

[2]　白军芳、冯希哲：《"小女人散文"与晚明小品文》，《海南师范学院学报》2006
年第 4 期。

[3]　陈平原：《晚明小品论略》，《中州学刊》1995 年第 4 期。

[4]　陈广宏：《竟陵派领袖钟惺》，《古典文学知识》1997 年第 4 期。

[5]　陈少松：《论钟惺散文的艺术特色》，《南京师范大学学报（社会科学版）》1997
年第 4 期。

[6]　陈水云、周云：《论晚明小品的世俗性》，《海南师范学院学报》2006 年第 1 期。

[7]　陈美兰：《晚清小说的"现代"辨析——兼议"现代文学的起点在晚清"一说》，
《长江学术》2013 年第 4 期。

[8]　陈鹭：《文体的传承与流变——以晚明小品和中国现代散文为例》，《安徽理工
大学学报（社会科学版）》2014 年第 1 期。

[9]　陈剑晖：《散文文体的传承与创新——比较晚明与现代小品之异同》，《学术研
究》2014 年第 3 期。

[10]　蔡江珍：《"小品文"的现代性隐喻》，《南京师范大学文学院学报》2006 年第
6 期。

[11]　段继红：《晚明小品类型论》，《山西大学学报》2001 年第 6 期。

[12] 丁功谊：《竟陵派崛起成因及文学思想探析》，《内蒙古师范大学学报（哲学社会科学版)》2005 年第 4 期。

[13] 邓富华：《晚明传记小品的文体嬗变》，《文学评论丛刊》2012 年第 6 期。

[14] 董定一：《跨文体的"人物仿拟"——浅议清初才子佳人小说对晚明小品的继承》，《浙江学刊》2013 年第 1 期。

[15] 方铭：《论明清散文的发展和成就》，《安徽大学学报》1980 年第 4 期。

[16] 顾晓宇：《评谭元春的山水游记》，《苏州大学学报》1994 年第 3 期。

[17] 顾琅川：《向历史寻求理论支撑点——30 年代周作人推重明末公安派性灵小品原因考察及其他》，《绍兴文理学院学报》2002 年第 6 期。

[18] 葛勇：《小品文理解的层次性——对明代小品文的现代诠释》，《盐城工学院学报（社会科学版)》2007 年第 3 期。

[19] 黄科安：《历史循环观念周作人随笔创作的独特思维》，《贵州社会科学》2006 年第 1 期。

[20] 黄开发：《一个晚明小品选本与一次文学思潮》，《文学评论》2006 年第 2 期。

[21] 金克木：《文艺的地域学研究设想》，《读书》1986 年第 4 期。

[22] 蒋寅：《古典诗学中"清"的概念》，《中国社会科学》2000 年第 1 期。

[23] 蒋继华：《论晚明小品文的身体意识》，《大庆师范学院学报》2007 年第 1 期。

[24] 江舒琳：《从〈陶庵梦忆〉探究张岱小品文的艺术特色》，《语文学刊》2015 年第 6 期。

[25] 贾蕾：《论雅舍小品与明清小品文的内在精神联系》，《湖北大学学报》2006 年第 3 期。

[26] 李先耕：《钟惺卒年辨正》，《文学遗产》1987 年第 6 期。

[27] 李先耕：《简论钟惺》，《文学评论》1995 年第 6 期。

[28] 李济雨：《晚明小品研究概观》，《天津师范大学学报》2001 年第 5 期。

[29] 李圣华：《20 世纪明代散文研究述论》，《中州学刊》2004 年第 5 期。

[30] 李圣华：《近四百年竟陵派散文研究史述》，《郑州大学学报》2005 年第 1 期。

[31] 刘再复：《论文学的主体性》，《文学评论》1985 年第 6 期。

[32] 刘硕伟：《袁宏道的现代回响——以鲁迅和周作人为中心的考察》，《绍兴文理

学院学报（人文社会科学）》2019 年第 6 期。

[33] 罗时进：《家族文学研究的逻辑起点与问题视阈》，《中国社会科学》2012 年第 1 期。

[34] 梁雪、胡元翎：《清言小品研究综述》，《牡丹江大学学报》2017 年第 2 期。

[35] 马美信：《论公安派与竟陵派的分歧》，《复旦大学学报》1985 年第 5 期。

[36] 欧明俊：《论晚明人的"小品"观》，《文学遗产》1999 年第 5 期。

[37] 欧明俊：《明清的尺牍小品》，《文史知识》2003 年第 3 期。

[38] 钱歌川：《我们所要读的小品文》，《小品文和漫画》1981 年第 6 期。

[39] 孙立：《屈大均的逃禅与明遗民的思想困境》，《中山大学学报》2003 年第 5 期。

[40] 商传：《竟陵派与晚明时代》，《历史研究》2004 年第 1 期。

[41] 师雅惠：《乱世文人的持守与展望：竟陵派的文章理论与创作》，《苏州大学学报》2017 年第 2 期。

[42] 谈蓓芳：《明代后期文学思想演变的一个侧面——从屠隆到竟陵派》，《复旦学报》1989 年第 1 期。

[43] 妥建清：《绮丽审美风格与晚明文学现代性——以晚明小品文为考察中心》，《中州学刊》2018 年第 6 期。

[44] 王了一：《谈谈小品文》，《文艺研究》1982 年第 1 期。

[45] 王齐洲：《竟陵派兴衰原因辩》，《长江大学学报》1985 年第 3 期。

[46] 王恺：《论袁宏道、钟惺创作个性的异同》，《南京师范大学学报》1990 年第 4 期。

[47] 王嘉良：《晚明小品与语丝文体：古今散文文体的传承与流变》，《浙江学刊》2007 年第 1 期。

[48] 王昕：《近三十年竟陵派研究综述》，《齐齐哈尔大学学报》2007 年第 6 期。

[49] 王瑞荣：《晚明小品文清幽空灵的意境美》，《语文学刊》2010 年第 20 期。

[50] 吴承学、董上德：《明人小品述略》，《中山大学学报》1994 年第 2 期。

[51] 吴承学：《遗音与前奏——论晚明小品文的历史地位》，《江海学刊》1995 年第 3 期。

[52] 吴承学：《〈帝京景物略〉与竟陵文风》，《学术研究》1996 年第 1 期。

[53] 吴承学：《论晚明清言》，《文学评论》1997 年第 4 期。

[54] 吴承学、李光摩：《晚明心态与晚明习气》，《文学遗产》1997 年第 6 期。

[55] 吴承学、李光摩：《"五四"与晚明——20 世纪关于"五四"新文学与晚明文学关系的研究》，《文学遗产》2002 年第 3 期。

[56] 吴调公：《为竟陵派一辩》，《文学评论》1983 年第 3 期。

[57] 吴调公：《文艺启蒙的曙光——晚明文艺思潮鸟瞰》，《枣庄学院学报》1984 年第 1 期。

[58] 魏宏远：《钟惺的病与画、诗及禅》，《文史知识》2006 年第 11 期。

[59] 小默（刘思慕）：《小品文的一种看法》，《小品文和漫画》1981 年第 6 期。

[60] 肖剑南：《散文的周作人：既开风气亦为师》，《中共福建省委党校学报》2008 年第 1 期。

[61] 夏咸淳：《明代散文流变初探》，《上海社会科学院学术季刊》1988 年第 3 期。

[62] 徐柏容：《别辟蹊径但趣新隽——钟惺散文艺术管窥》，《散文》1997 年第 3 期。

[63] 徐鹏绪、张咏梅：《论周作人的传统文学价值观》，《山东师范大学学报》2005 年第 3 期。

[64] 徐艳：《晚明小品的文体发展历程》，《南通大学学报（社会科学版）》2007 年第 2 期。

[65] 徐文翔：《晚明山水小品文中的"人趣"——以袁宏道和张岱作品为例》，《兰州文理学院学报（社会科学版）》2015 年第 3 期。

[66] 熊礼汇：《略说竟陵派对公安派性灵说的修正》，《荆州师范学院学报》2003 年第 6 期。

[67] 夏咸淳：《论公安竟陵六家游记》，《中国文学研究》2009 年第 2 期。

[68] 俞允海：《竟陵文学及其命运》，《湖州师范学院学报》1985 年第 3 期。

[69] 叶朗：《说意境》，《文艺研究》1998 年第 1 期。

[70] 严赛梅：《香来清静里　韵在寂寥时——〈游玄岳记〉赏析》，《辽宁师专学报》2008 年第 5 期。

[71] 杨森旺：《势有穷而必变——竟陵派对晚明文学的反思与重构》，《河北北方学院学报》2017 年第 3 期。

[72] 袁宪泼：《竟陵派的书画游艺与诗学观念》，《文学遗产》2018 年第 2 期。

[73] 祝诚：《钟惺生卒年考辨》，《镇江师专学报》1986 年第 3 期。

[74] 祝诚：《竟陵巨子谭元春评传》，《镇江师专学报》1994 年第 1 期。

[75] 祝诚：《论谭元春和他的散文》，《镇江师专学报》2005 年第 1 期。

[76] 周群：《佛禅旨趣与竟陵派诗论》，《江海学刊》1998 年第 2 期。

[77] 周荷初：《周作人与晚明文学思潮》，《鲁迅研究月刊期》2002 年第 6 期。

[78] 周荷初：《晚明小品与现代白话小品的文体特征》，《求索》2004 年第 1 期。

[79] 周荷初：《晚明与现代文艺随笔小品》，《湛江师范学院学报》2004 年第 4 期。

[80] 朱德发：《中国古代文学向现代文学转换的第一部曲》，《齐鲁学刊》1991 年第 3 期。

[81] 张辅麟：《晚明文化思潮述略》，《社会科学辑刊》1997 年第 5 期。

[82] 张建业、张绍梅：《论李贽与明中后期散文新变》，《首都师范大学学报（社会科学版）》1998 年第 2 期。

[83] 张德建：《小品文的突破与局限——从文体演变的角度看晚明小品的价值》，《中国文学研究》2000 年第 4 期。

[84] 张鹏振：《明清清言小品的审美价值》，《华中科技大学学报》2006 年第 2 期。

[85] 张军强、白静：《李贽童心说的思想内涵及其启蒙意义》，《长江大学学报（社会科学版）》2018 年第 6 期。

[86] 赵伯陶：《17 世纪：小品精神的末路》，《武汉大学学报》2003 年第 5 期。

[87] 赵建军、闫雪：《竟陵派钟惺、谭元春小品的审美理性》，《中国石油大学学报》2014 年第 1 期。

[88] 褚大庆：《〈浮生六记〉的现代意识》，《东疆学刊》2009 年第 1 期。

[89] 翟兴娥：《中国古典文学向现代文学转型的基本动因探讨——兼论季桂起〈中国文学现代转型的历史源流〉》，《求索》2013 年第 7 期。

[90] 曾肖：《"诗以静好柔厚为教"：论竟陵派的审美追求与诗学宗尚》，《中国韵文学刊》2014 年第 4 期。

四、学位论文类

[1] 安思余：《"雪月花时，千空幻梦"——张岱小品文的自然审美路径、意蕴及内涵研究》，广西民族大学 2016 届硕士学位论文。

[2] 包建强：《陈继儒及其小品文研究》，西北师范大学 2005 届硕士学位论文。

[3] 陈敏：《〈诗归〉与竟陵派的诗论纲领》，山东师范大学 2000 届硕士学位论文。

[4] 陈艳丽：《中国现代小品文文体研究》，山东师范大学 2012 届博士学位论文。

[5] 谌雨：《李贽文学思想研究》，湖南师范大学 2014 届硕士学位论文。

[6] 杜敏：《公安三袁小品文的审美意蕴研究》，西安电子科技大学 2019 届硕士学位论文。

[7] 冯瑾：《公安三袁小品研究》，陕西师范大学 2012 届硕士学位论文。

[8] 顾虹：《张岱小品文略论》，东北师范大学 2012 届硕士学位论文。

[9] 高俊杰：《张岱小品文景观书写研究》，北方民族大学 2020 届硕士学位论文。

[10] 胡根红：《中国古代小品文研究》，陕西师范大学 2008 届博士学位论文。

[11] 胡迎会：《〈帝京景物略〉小品文研究》，山东师范大学 2016 届硕士学位论文。

[12] 贺文锋：《张岱"小品"研究》，华中师范大学 2017 届硕士学位论文。

[13] 韩旭阳：《汪曾祺创作的"小品化"研究》，河北师范大学 2019 届硕士学位论文。

[14] 寇磊：《张岱休闲美学思想研究》，四川师范大学 2020 届硕士学位论文。

[15] 李桂芹：《竟陵派的诗学观》，华南师范大学 2003 届硕士学位论文。

[16] 李家城：《晚明士人思想的时代特质》，上海师范大学 2020 届硕士学位论文。

[17] 雷群州：《竟陵派散文美学研究》，暨南大学 2010 届硕士学位论文。

[18] 刘珊珊：《竟陵派山水游记研究》，辽宁大学 2014 届硕士学位论文。

[19] 彭雪英：《周作人与晚明小品的关系论》，南昌大学 2009 届硕士学位论文。

[20] 任怡姗：《晚明清言小品与儒家文化研究》，新疆师范大学 2013 届硕士学位论文。

[21] 申鑫：《晚明清言小品研究》，陕西师范大学 2015 届硕士学位论文。

[22] 谭佳：《现代性影响下的"晚明叙事"研究》，四川大学 2006 届博士学位论文。

[23] 唐娜：《钟惺〈诗归〉文艺思想研究》，南京师范大学 2007 届硕士学位论文。

[24] 童小丽：《〈民国诗话丛编〉中的竟陵派研究》，黑龙江大学 2012 届硕士学位论文。

[25] 汤雁婷：《王思任小品文体特征研究》，扬州大学 2019 届硕士学位论文。

[26] 翁强：《八十年代中国文学现代性话语分析》，福建师范大学 2003 届硕士学位论文。

[27] 王一帆：《禅学与晚明清言》，河北师范大学 2007 届硕士学位论文。

[28] 王俊乔：《文体学视野下的张岱小品文研究》，扬州大学 2019 届硕士学位论文。

[29] 汪怡君：《袁中道散文研究》，山东师范大学 2010 届硕士学位论文。

[30] 尉维星：《张岱〈西湖梦寻〉西湖景观呈现研究》，浙江师范大学 2021 届硕士学位论文。

[31] 徐艳：《晚明小品文体研究》，复旦大学 2003 届博士学位论文。

[32] 许丽雯：《论王思任的游记散文》，南昌大学 2009 届硕士学位论文。

[33] 许倩：《晚明清言小品研究》，苏州大学 2011 届硕士学位论文。

[34] 徐希敏：《王思任游记小品文研究》，山东师范大学 2015 届硕士学位论文。

[35] 颜水生：《论中国散文理论的现代性转变》，山东师范大学 2011 届博士学位论文。

[36] 姚瑶：《李贽的文学批评理论研究》，新疆大学 2014 届硕士学位论文。

[37] 袁笑笑：《李流芳小品文的审美品格研究》，广西民族大学 2018 届硕士学位论文。

[38] 岳莹：《张岱心态变迁与创作研究》，深圳大学 2019 届硕士学位论文。

[39] 郑艳玲：《钟惺评点研究》，复旦大学 2005 届博士学位论文。

[40] 郑萍：《论周作人的散文文体》，福建师范大学 2013 届博士学位论文。

[41] 周翔飞：《公安三袁散文研究》，安徽师范大学 2017 届博士学位论文。

[42] 张晨光：《论〈浮生六记〉的现代性因素》，内蒙古大学 2007 届硕士学位论文。

[43] 张翠翠：《〈幽梦影〉中的清言小品研究》，辽宁大学 2012 届硕士学位论文。

责任编辑:王怡石

图书在版编目(CIP)数据

晚明小品文审美嬗变研究/张啸 著. —北京:人民出版社,2022.10
ISBN 978－7－01－025060－1

Ⅰ.①晚…　Ⅱ.①张…　Ⅲ.①小品文-古典文学研究-中国-晚明
　　Ⅳ.①I207.62

中国版本图书馆 CIP 数据核字(2022)第 167259 号

晚明小品文审美嬗变研究
WANMING XIAOPINWEN SHENMEI SHANBIAN YANJIU

张 啸 著

人民出版社 出版发行
(100706　北京市东城区隆福寺街 99 号)

北京盛通印刷股份有限公司印刷　新华书店经销

2022 年 10 月第 1 版　2022 年 10 月北京第 1 次印刷
开本:710 毫米×1000 毫米 1/16　印张:16.75
字数:340 千字

ISBN 978－7－01－025060－1　定价:98.00 元

邮购地址 100706　北京市东城区隆福寺街 99 号
人民东方图书销售中心　电话 (010)65250042　65289539